mare

Das Herz auf der Haut versammelt Höhepunkte der internationalen Literatur, darunter Erzählungen von Ray Bradbury, Sylvia Plath, Franziska Gerstenberg und John Irving. Darin verausgaben sich geniale Tätowierkünstler, um das perfekte Tattoo zu kreieren, ein kleiner Matrose schreckt selbst vor Kirchenraub nicht zurück, um das heiß ersehnte Motiv bezahlen zu können, und von mysteriösen Frauen gestochene Tätowierungen erwachen auf der Haut ihrer Träger zum Leben.

Das Herz auf der Haut

Literarische Geschichten
über das Tattoo – von Herman Melville
bis Franziska Gerstenberg

Hrsg. von Benedikt Geulen,
Peter Graf und Marcus Seibert

Mit einem Vorwort von
Clemens Meyer

mare

Die Deutsche Nationalbibliothek verzeichnet diese Publikation in der Deutschen Nationalbibliografie; detaillierte bibliografische Daten sind im Internet unter http://dnb.ddb.de abrufbar.

1. Auflage 2011

Einbandgestaltung Simone Hoschack, Berlin, und Petra Koßmann, Zeitschrift mare, Hamburg
Typografie Farnschläder & Mahlstedt, Hamburg
Schrift Adobe Jenson
Druck und Bindung Kösel, Krugzell
Printed in Germany
ISBN 978-3-86648-146-6

www.mare.de

FSC
www.fsc.org
MIX
Papier aus verantwortungsvollen Quellen
FSC® C013736

Trage dein Herz in diesem Leben
auf der Haut.

Sylvia Plath

Inhalt

Vorwort der Herausgeber 9
Vorwort von Clemens Meyer: *Schmerz und Mythos. Über Zeichen und Bilder* 13

Ray Bradbury
Der illustrierte Mann 27
Alex Capus
Ein Finne auf Hawaii 37
Jens Kreutzmann
Der Lustmörder Iseraasoraq, der sehr alt wurde 47
Sylvia Plath
Der Fünfzehn-Dollar-Adler 53
Junichiro Tanizaki
Tätowierung 77
Thorsten Krämer
Nur ein Strich 91
Nicolai Lilin
Wenn die Haut spricht 99
Wolfgang Hildesheimer
Westcottes Glanz und Ende 101
Bohumil Hrabal
Die Meerjungfrau 123
Franziska Gerstenberg
Marecki singt 139

Dorle Trachternach
Frösche 151
Victor Segalen
Der Erzähler 163
Flannery O'Connor
Parkers Rücken 179
Don de Grazia
American Skin 211
Egon Erwin Kisch
Das tätowierte Porträt 221
Jürg Federspiel
Geographie der Lust 239
John Irving
Der kleinste Soldat von allen 243
Sarah Hall
Der elektrische Michelangelo 275
Artur Heye
Unterwegs 285
Clemens Meyer
Tattoo-Thilo 291
Herman Melville
Das Gasthaus »Zum Walfänger« 301
Frank Schulz
Schupf, Onno Schupf 321

Die Autoren 340
Quellenverzeichnis 363
Weiterführende Literatur 366
Die Herausgeber 367

Vorwort der Herausgeber

Die Tätowierung ist gewissermaßen der Quastenflosser unter den europäischen Kulturtechniken. Im 18. Jahrhundert stieg sie vom Meer an Land, um dort ein eigenes buntes Leben zu entwickeln. Tätowierungen hat es zwar als Körperschmuck der Pikten, Kelten und Germanen vermutlich vorher schon in Europa gegeben. Infolge der Christianisierung starb die Technik aber mit den Trägern aus. Christliche Seefahrer seit James Cook entdeckten den ornamentalen Körperschmuck der »Wilden« neu und nannten ihn wie auf Tahiti ab sofort Tattoo oder Tatau.

Der Schauder vor den barbarischen Initiationsriten hielt die Europäer keineswegs davon ab, die Technik gleich an sich auszuprobieren. Schnell wurden Tattoos bedeutsame Zeichen der maskulinen Subkultur der Häfen, Knäste und Bordelle. Von dort war der Schritt zum tätowierten Dresscode der Unterwelt nicht weit, und im Zuge des Körperkults der letzten Jahrzehnte und der urbanen Suche nach Abenteuerlichkeit haben sich Tätowierungen schließlich als modischer Körperschmuck des jungen Großstadtwilden ausgebreitet und gesellschaftlich emanzipiert.

Die kulturelle Aufwertung spiegelt sich auch in den literarischen Texten, die um Tätowierungen kreisen. Dem Erstaunen über die brutalen Riten der Wilden folgt mit zunehmender Verbreitung der Nixen, Anker und Herzen auf der Haut die Bewunderung für das besondere Emblem maritimer oder halbweltlicher Lebensform. Damit einhergehend wandelt sich das Bild des Tätowierers langsam zum Nachfahren des mythischen Schamanen. Als begnadeter Sonderling »hackt« er noch in der Langeweile des Knastalltags Mithäftlinge, als Einzelgänger und Maler unter den Dienstleistern eines Überseehafens verziert er Matrosen und Prostituierte. Aber weit ist es von dort nicht zum autonomen Künstler, der auf lebender Leinwand arbeitet und wegen dieses Eingriffs in die lebende Natur moralisch höchst umstritten ist.

Die meisten Erzählungen und Romane zum Thema kreisen um das intime und erotische Verhältnis von tätowierendem Künstler und tätowiertem Modell, das zugleich Bildgrund ist. Nicht selten endet die *amour fou* dieser künstlerischen Beziehung tödlich. Tätowieren ist in vielen Erzählungen lebensgefährlich. Denn ist die tätowierte Haut nicht mehr bloß Haut, sondern auch Bild und Kunst, tauchen auf einmal skrupellose Kunstsammler auf.

In letzter Zeit sind einige Romane erschienen, die Tätowierkunst als Leitmotiv einer Sittengeschichte des Intimen von den Weltkriegsjahren bis in unsere Zeit erzählen, mit dem Salzgeschmack der Küstenstädte zwischen den Seiten. Familiengeschichten verkrachter Tätowierer, die damit auch für die bürgerliche Leserschaft als wunderliche Künstlerpersönlichkeiten salonfähig geworden sind.

Die literarische Darstellung der imaginären Kunstwerke auf der Haut scheint generell einen besonderen Reiz zu haben. Fabelhafte Lebensgesamtkunstwerke, Landkarten unbekannter Welten, in nie gekannter Weise erotisierende

Malereien entstehen in den Texten mehr als auf der geritzten Haut. Das Fazit scheint dabei: Die wichtigste Tätowierkunst ist immer noch die Literatur.

Benedikt Geulen, Peter Graf, Marcus Seibert
im März 2011

Als ich mit der Schüssel zurückkam, hatte der Doktor schon dem Kaptein den Ärmel hochgestreift und seinen dicken, muskelkräftigen Arm entblößt, der an mehreren Stellen tätowiert war: »Gut Glück!« – »Schöner Wind!« – »Billy Bones sein Liebchen!« Diese Inschriften waren sauber und deutlich auf dem Unterarm angebracht; auf dem Oberarm aber in der Nähe der Schulter war ein Bild von einem Galgen, an dem ein Mensch hing – sehr hübsch und witzig ausgeführt, wie mir dünkte.

Robert Louis Stevenson,
Die Schatzinsel

Schmerz und Mythos. Über Zeichen und Bilder

Vorwort von Clemens Meyer

Ich weiß nicht mehr genau, wann ich das erste Mal bemalte Haut sah. Auch nicht, wann ich dieses geheimnisvolle Wort »tätowieren« zum ersten Mal hörte oder darüber las. War es in einer der Garten- oder Eckkneipen gewesen, in die mein Vater manchmal auf ein Bier ging, wenn wir von Spaziergängen kamen? Vielleicht saß dort ein alter, wettergegerbter Mann am Tresen, die Ärmel hochgekrempelt, ein verschwommener blauer Anker auf dem Unterarm oder die berühmten drei Punkte in dem kleinen Hautdreieck zwischen Daumen und Zeigefinger. Später habe ich immer wieder neue Geschichten gehört, was diese Punkte, die ich noch oft sah und sehen sollte, bedeuten: *mi vida loca* – mein verrücktes Leben; *mort aux vaches* – Tod den Bullen; nichts hören, nichts sehen, nichts sagen. Oder ganz simpel: rauchen, saufen, ficken. Und viel schöner: Glaube, Liebe, Hoffnung. In Amerika erzählte mir jemand von den »hobo dots«, dem Schutzzeichen der Landstreicher, Sträflinge und Seemänner.

Aber vielleicht habe ich diesen blauen Anker meiner Kindheit (in meinem Gedächtnis leuchtet er jedenfalls) auch in Stralsund gesehen oder in Rostock oder in dem kleinen Hafen von Wolgast; Teile meiner Familie kommen aus Mecklenburg, etwas Meer fließt also auch durch mein Blut; wahrscheinlich aber beim Fußball, denn mein Verein Chemie Leipzig zog schon immer die abenteuerlichsten Typen an, und ich erinnere mich sogar dunkel daran, schon sehr früh meinen ersten Gesichtstätowierten dort im Stadion in Leipzig-Leutzsch gesehen zu haben, Königsklasse sozusagen.

Aber es war wohl doch Robert Louis Stevenson, der moderne Romantiker der See und der Inseln und der stolzen Schiffe, der in mir den Wunsch geweckt hat, mir später einmal die Haut bemalen zu lassen, obwohl ich mir gar nicht sicher bin, ob Long John Silvers Tätowierungen (denn er musste welche haben als ordentlicher Seebär und Pirat) eingehend beschrieben werden in der *Schatzinsel;* aber das wusste ich schon aus anderen literarischen und filmischen Begegnungen, dass Seefahrer tätowiert waren von Kopf bis Fuß, zumindest Anker und Herz und Horizont auf der Brust, Glaube Liebe Hoffnung, wenn ich »nachts wieder die Brandung an ihre Ufer donnern höre oder wenn ich im Bett hochfahre, weil Kapitän Flints schrilles Gekreisch mir in den Ohren nachklingt: ›Piaster! Piaster!‹«. Vielleicht war mir auch früh bewusst, da ich schon als Kind Schriftsteller werden wollte, dass Geschichten auf dem Papier und die Geschichten auf der Haut auf geheimnisvolle Weise zusammengehörten, zumindest dachte ich das und denke es heute noch. Und so geheimnisvoll ist das gar nicht, denn wir ritzen Zeichen und wir wollen die Momente bewahren und die Erinnerungen und die Geschichten. Und während ich hier und jetzt erst meine Erinnerungen, dann meine Stevenson-Gesamtausgabe und dann die Weiten des Netzes durchsuche, ob der Meister irgendwo die Tätowierkunst erwähnte und beschrieb (ganz bestimmt in seinen *Südseegeschichten,* die habe ich vor zwanzig Jahren gelesen), stoße ich im Netz auf das Foto eines Rückens. Der Rücken einer Frau soll das sein, und ein Zweizeiler ist ziemlich groß auf ihn tätowiert, in schwarzer, sehr deutlicher Schrift: »The world is so full of a number of things, / I'm sure we should all be as happy as kings«. Und das ist von ... natürlich ... Robert Louis Stevenson. Und als ich als Kind und in der Jugend beim großen Melville und bei Captain James Cook und bei Kapitän Marryat (der sogar ein Flaggensignalsystem erfand und die Leiche Napoleons auf St. Helena für die Nachwelt skizzierte) über die bemalten Körper und Seelen las, begann ich mir vorzustellen, wie das wohl wäre, wenn ich den Ärmel hochschieben oder die Brust entblößen und dort eine schmucke Brigg segeln oder eine schöne Meerjungfrau sich präsentieren würde oder die Stichworte und Hieroglyphen meiner Abenteuer zu entdecken wären. Ich fand es immer sehr schade, dass weder Old Shatterhand noch Old Surehand, Old Firehand, der Wildtöter (also der Lederstrumpf von Cooper) noch Gabriel Ferrys Waldläufer und die anderen Westmänner und Trapper meiner Kindheit und Jugend tätowiert die Wildnis durchstreiften, dass sie nicht mit ihren wilden Tätowierungen in den Saloons für Aufmerksamkeit und Respekt sorgten. Bei Karl May kommen alle möglichen Nebenfiguren vor, die physische Absonderlichkeiten mit sich herumtragen (Riesennasen, Buckel, skalpierte Schädel), in Reimen sprechen, sich ungeheuerlich kleiden, aber keiner von ihnen hat auch nur ein bisschen Tinte unter der Haut. (Aber immerhin schrieb Cooper auch über rote Korsaren, Lotsen und Kaperkapitäne. Und Ferry, der französische Cooper, ertrank mit vierhundert anderen Passagieren auf dem Weg nach Amerika. Später erfuhr ich, dass Friedrich Gerstäcker, dessen

Bücher ich auch verschlang als Kind, sich auf Tahiti großflächig tätowieren ließ, aber im Netz finde ich keine Angaben dazu, erfahre nur, dass er Melvilles *Omu* um 1847 ins Deutsche übertrug.) Und höre ich nicht noch heute beim Summen der Maschine das Rauschen des Meeres und der Abenteuer, und wenn ich in meiner Tätowier-Trance die Augen schließe, sehe ich bemalte und gezeichnete Körper und Seelen, die der Welt ihre Farben und Zeichen und Bilder zeigen und damit sagen: »Wir sind anders. Wir sind weit gereist. Wir haben gesehen. Und wir wollen nicht vergessen.«

Doch zurück zu den Anfängen, zurück in die Kindheit, oder noch etwas weiter zurück? »Wir sind anders.« War nicht das Kainsmal die erste Tätowierung? Gott persönlich führte die Nadel. Aber das klingt wie die Geschichte von einem fernen exotischen und seltsam geschwungenen Eiland im Meer, eine Schatzinsel der Tätowierungen und Bilder, von Kain, dem Mörder seines Bruders, zu Papillon, dem Sträfling mit dem Schmetterling auf der Brust, unschuldig schuldig wie alle Sträflinge und wie letztlich jeder, der frei sein wollte wie dieser Schmetterling und nie aufgab über die Jahre und von Flügeln träumte und am Ende auch frei war. Eine Zeit lang hatte ich die fixe Idee, mir einen Schmetterling auf die Brust tätowieren zu lassen, bis mir jemand sagte, das wäre *schwul*. Heute bereue ich, dass ich auf diesen Stilberater gehört habe; eine Brust ist ja noch frei, aber eigentlich für Marilyn Monroe reserviert (die mich bereits sehnsüchtig erwartet auf dieser Vorlage: blutige Tränen weinend, die sie lasziv mit ihrer Zunge auffängt; ich stelle mir immer vor, wie mein Blut aus den Tausenden winzigen Einstichen rinnt, sehr hell und blassrot ist es immer, vermengt mit Wundwasser und den Farben und dem Wasser, das der Tätowierer auf die Haut spritzt, und so weint Marilyn an meiner Brust ...).

Als Kind habe ich mir keine Gedanken gemacht über die Schmerzen, die man erleiden muss, bis die Zeichen und die Bilder endlich auf der Haut sind. Und besonders auf der Brust waren diese Schmerzen kaum auszuhalten. Fast fiel ich in Ohnmacht und war froh, auf einer Liege zu liegen, während die Nadel so nah an meinem Herzen summte. Das war ein paar Jahre bevor ich meinen Stammtätowierer traf, der mich heute noch behandelt. Und an dem Dämon auf meiner Brust versuchten sich damals einige dubiose Hacker, bis er am Ende doch halbwegs gelang, die abgeschlagenen bleichen Köpfe hält er an den Haaren, die andere Hand schwingt ein Schwert, das wie ein Brotmesser aussieht.

Und an diese Schmerzen dachte wohl auch nicht Bohumil Hrabal, als er in einer seiner Geschichten einen kleinen Jungen tätowierte, der genau wie ich als kleiner Junge so gern ein Schiff auf seinem Körper segeln sehen wollte. Der Junge liegt auf dem Tisch einer Schenke, und der Tätowierer scheint eine Handnadel zu benutzen, zumindest lese ich nichts von jenem mythischen und mystischen Summen, das, so erfuhr ich im Kapitel »Ich trage den Namen Lili auf dem Unterarm« des Buches *Seemann, Tod und Teufel* von Helmut Hanke (erschienen im salzwassergetränkten Hinstorff Verlag), seit Ende des 19. Jahrhunderts den Tintensüchtigen in den Ohren klang.

Das Summen der Maschine und die Schmerzen. Lange Zeit war das für mich eine untrennbare Einheit. Erst später begann ich meinen Körper in Schmerzzonen und Nichtschmerzzonen zu unterteilen. (Während ich das schreibe, habe ich meine alte Tabakspfeife rausgekramt und sie, da ich nichts anderes habe, mit Zigarettentabak gestopft, »Schwarzer Krauser« immerhin, auf der Packung ist ein kleines ovales Logo mit einem Schiff und einer Boje zu sehen.) Bevor ich meinen Stammtätowierer fand, schmerzte jeder Nadeleinschlag auf jeder Körperzone. Viele der frühen Arbeiten auf meiner Haut gingen einfach zu tief, also in zu tiefe Hautschichten, und vernarbten später …

Jetzt weiß ich, dass es auf dem Oberschenkel nicht schmerzt, wenn ein kompetenter Mann bei der Arbeit ist, ebenso wenig auf dem Oberarm, und sogar die Armbeuge war total schmerzfrei, aber der Rücken, der seit Jahren in Arbeit ist, tut doch sehr weh, wenn die Maschine über die Haut rast. Und so stelle ich mich jedes Mal aufs Neue diesen Schmerzen, die sicher sehr moderat sind auf der Skala der Torturen, aber eben doch sehr speziell. Ich kann mich ihnen öffnen, sie in meinen Körper und meinen Geist einlassen, mich direkt auf sie besinnen und mit ihnen verschmelzen. Der Schmerz wird ein Teil von mir. Das ist wie eine Meditation, während deren ich mich auch mit mir und meinem Leben und meinem Unterbewussten auseinandersetze. Und die andere Möglichkeit ist der Kampf, das Rausdrängen, das Zähneknirschen, die Anspannung, der Schmerz als Feind, der bekämpft werden muss. Zwei Wege, vielleicht ist der erste der weisere. Der Schmerz gebiert das Bild (wie die Seejungfrau, meerschaumgeboren? … nee, zu viel Pathos), und die Bilder entstehen auch oft aus anderem, aus seelischem Schmerz und dessen Verarbeitung, so ist das alles verbunden, und am Ende ist man bunt.

Aber wo hat es begonnen? Sind die Bilder lebendig und zu Geschichten geworden, wie im *Illustrierten Mann* von Ray Bradbury, als ich das erste Mal auf großflächige Tätowierungen blickte? Wann hat mich der Mythos des lebenden Großbildes gepackt? Und wann wurde mir klar, dass die Eidechse nur der Anfang war, und wann begriff ich, dass das dilettantische Kreuz auf meiner Brust mit der dünnen Kette doch eine Geschichte war, die ich bewahren musste? (Die Seemänner trugen die Kreuze unter der Haut wie Talismane, kein Ertrinken, kein Hai, kein Tod durch Skorbut.) In eine Welt eintauchen … in eine Welt der Kneipen, der Schlägereien, der Trunksucht, der Geldnot, der dunklen Gassen und der dunklen Nächte, der krummen Geschäfte, der Hinterhoflieben, der geklauten Schnapsflaschen unterm Mantel, der Angst vorm Nachhausekommen, der Angst im kalten Bett, der Brüderlichkeit unter Freunden, der Luft im Viertel … Doch ist das nicht alles falsche Romantik? Auch wenn so und dort, neben der Lektüre, meine Haut sich bereits zu glätten begann für die *Beschreibung*? Und hatte ich nicht da den *Seewolf* und Stevenson und Melville und Cook & Co. schon fast vergessen? Als ich die Desperados sah, die Verlorenen, die Gesessenen, die Gezeichneten. Aber nein, meine Wahrnehmungen in jenen Jahren vermischten sich mit den Seewölfen, den Piraten, den tätowierten Jägern des weißen Wals, auch wenn *sie* und *die* von den Theorien und Farbwissenschaften nichts wussten. Aber Freunde und Feinde (je nachdem) waren sie dennoch. Und durch meine stille Leidenschaft, die Literatur, war ich nicht allzu sehr gezeichnet, eher als Exot bewundert von denen, die es wussten. *Ich* wusste mit sechzehn, dass auf meinem Unterarm mein erstes Zeichen, mein erstes Bild erblühen würde, sehr poetisch, nicht wahr? Der

Unterarm musste es sein, um es allen zu zeigen. Denn das waren nur die Härtesten, die sich so sichtbar zeichnen ließen (Hals- und Gesichtstätowierte waren, wie schon gesagt, die fast unerreichbare Königsklasse!), junge und alte Sträflinge, Abenteurer. Bei meinem Freund Jean Genet blühten diese Blumen, in den wilden Kneipen von Joyce habe ich sie gesucht, auf Döblins Alexanderplatz habe ich die Augen offen gehalten; Kneipen und Menschen und Literatur. Und der elektrische Michelangelo summte durch mein Hirn. Und als meine Mutter diese Eidechse auf meinem Unterarm sah, konnte sie es nicht verstehen. Da war ich achtzehn Jahre alt, hatte gerade mein Abitur gemacht, hatte mir schon während der elften und zwölften Klasse gewünscht, mit dieser Eidechse zum Unterricht zu erscheinen. Wollte in den Kneipen des Viertels meine Ärmel aufrollen. Habe dann nach der Eidechse einen Schriftzug in meine Haut stechen lassen. *Eastside* stand da, auf dem anderen Unterarm. Erinnerung an die illegale Techno-Disco gleichen Namens, die wir von 1994 bis 1998 betrieben. Und ich traf Menschen bei diesem Knasttätowierer, der immer mal wieder draußen war und mich hacken konnte, bevor er drinnen war, Menschen, als hätten Balzac, Dostojewski, B. Traven, Hemingway sie in ihren Büchern beschrieben, und doch einmalig in ihrer Realität. Menschen, die jetzt nicht mehr leben, Menschen, die verschwunden sind und die ich auch nicht mehr treffen will, die Bücher bleiben zugeschlagen. Erinnerungen wollte ich bannen auf meiner Haut, Bilder, Bilder, Worte! – gezeichnet wollte ich sein bis in alle Ewigkeit, und wenn das Leben aus mir heraus und mein Körper in die Grube fährt, werden sie, die Bilder und Zeichen, noch da sein. Eine Konstante, sagte ich immer, wenn mich jemand fragte. Gestochen bis zum Ende. Von einem elektrischen Prediger der Endlichkeit. Viel von dem, was ich mit mir herumtrage und was gestochen wurde, bevor ich meinen Stammtätowierer traf, ist nicht die allererste Güteklasse. Aber das stört mich nicht. »Wir wollen anders sein.«

Ist es ein Schutzschild? Schrieb jemand mal etwas von einem Schutzschild? In irgendeinem Buch? Keiner quatscht dich dumm an, wenn du die Ärmel hochrollst. Wenn die Farben dich bedecken, bist du in Sicherheit. Es ist die Camus'sche Revolte gegen die Farblosigkeit. Die Rebellion gegen den Tod, Konstante in der Zeit, Schopenhauers Gesellschaftskritik. Zurück zum Anfang. Ob die tätowierten Kneipenbewohner die Ursprünge kennen? Ob sie zu Rasmus beten, einem der vierzehn Nothelfer? Der in Italien Sankt Elmo heißt, elektrisch sprühen seine Funken auf den Rahen. Ob sie den heiligen, unter seinem Mantel ganzkörpertätowierten Sankt Nikolaus kennen, der all die Kinder gerettet hat? Oder weiß jemand, dass mein Namenspatron der heilige Clemens ist, den vor vielen, vielen Jahren Ungläubige an einen Anker banden, um ihn damit zu versenken? Heilige Scheiße, mein Kruzifix auf der Brust wird mich retten. Ich habe auf Coney Island vor einer kleinen Tattoobude gestanden und wollte nicht hineingehen, weil der Mann, der dich über die Zeiten tätowiert, in einer Blutsbande mit dir steht. Weil er deine freien Flächen gepachtet hat. Weil du weißt, wie sehr seine Nadel dir schmeichelt. (Nicht unweit dieser kleinen Bude, die wirklich nicht mehr war als eine längliche, flache Holzhütte, ging ich in eine Art Varieté, »The Coney Island Freak Show« oder so ähnlich; auf einer kleinen Bühne, vor zehn, fünfzehn Leuten, machte eine Gruppe großflächig tätowierter Männer und Frauen alle möglichen Kunststücke, Entfesselungstricks, Akrobatik, Messer wurden geworfen, und ich werde nie das Gurgeln und Röcheln vergessen, das aus dem weit geöffneten Schlund der nach vorne gebeugten, jungen schönen, tätowierten dunkelhaarigen, dunkeläugigen Frau drang, als ich ihr das Schwert dort herauszog, *deep throat*, nachdem ich vorher zu meinem Schrecken auf die Bühne gebeten worden war, auf der einen Schulter trug sie eine Meerjungfrau mit Engelsflügeln, die Spucke lief über die Klinge des Schwertes und über ihr Kinn, und als ich in ihren Ausschnitt blickte, sah ich zwischen ihren Brüsten – ich schwöre das bis heute! – ein flammendes Herz.) Und als du (wenn ich auf Distanz gehe, sage ich *man* oder *du*) in der Jugendarrestanstalt Zeithain (in Zeithain frisst das Zeitschwein) unter der Dusche standest, blickten all die Kinder bewundernd auf deinen bemalten Torso ... Und dir erzählte mal jemand, dass man auf oder besser an lebenden Schweinen übt, wenn man mit der Tätowiererei weiterkommen will. Weil die eine dicke Haut haben und nix spüren. Und die Erde tätowiert ihre Hinterlassenschaften in ihre tiefen, tiefen Schichten, bannt Urzeitfische in den Stein, wir hören Long John Silver in den Nächten traumlos stöhnen ... Und ich stöhne über die freien Flächen auf meiner Haut. Weil sie alle vergeben sind. Weil meine Ideen von damals noch lebendig sind. Weil ich die See rauschen höre, wenn die Maschine brummt. Weil wir Außenseiter sein wollen und die Arschgeweihe verachten. Und die Modetattoos auch. Weil unsere Farbe unsere Philosophie ist. Proust tätowierte in sein Hirn. Gerüche, Gefühle, Erinnerungen, leuchtende Momente. Ein Freund von mir, der kürzlich gestorben ist, mit neunundfünfzig und viel zu früh, hatte ein Hufeisen auf seinen Unterarm tätowiert, weil er ein Jockey war und das auf immer zeigen wollte und so stolz darauf war. In Japan ist es ein Zeichen von Adel, wenn der Körper großflächig behackt ist. Wann lassen sich Banker die Kurse auf den Körper hacken? Auf unserer Haut ist so viel Platz ... Zweimal wollte ich mir das Bildnis einer Frau, die ich damals sehr liebte, auf den Leib brennen. Aus Fotos waren schon Vorlagen entstanden. »Ich trag den Namen Lilly auf dem Unterarm – als Männerleiber noch Alben und Bilderbücher waren.« Aber ich bin froh, dass ich immer, kurz vorher, davon absah. Es wäre auf meinem Oberschenkel gewesen. Zu intime Zone für zu neue ... Dinge. Ein Kainsmal für meine derzeitige oder künftige oder Wann-auch-immer-wie-auch-immer-Frau. Ich wollte mich wie Queequeg bei Melville bis an meine Halskrause hacken lassen, bis hoch ins Gesicht. Wollte mich zeichnen lassen wie ein Totenschiffbewohner. Du findest auf See, was immer du willst. Aber die Dinge kommen und gehen, ich sprach doch von der Konstante, gelle? Sehnsucht: Es gibt irgendwo ein Mädchen, eine Frau, wie alt sie ist, weiß ich nicht. Irgendwo in Russland, das weiß ich. Ich kenne nur ein Foto von ihr, das habe ich irgendwann um 2003 auf einer Tattoo-Convention gesehen, am Stand eines russischen Tätowierers, die Visitenkarte habe ich leider verloren. Es zeigte nur ihren Kopf, ihr Gesicht. Sie hatte schwarze Haare. Und auf beiden Gesichtshälften wohnte ein Drache. Also zwei Drachen. Einer links, einer rechts. Vollkommen gleich sahen die beiden aus. Schwarz und grau, mit feinen Schattierungen. Elegant schlängelten sie sich über die Jochbeine und Wangenknochen, die Spitzen ihrer züngelnden Zungen berührten ihre Mundwinkel. So etwas Schönes hatte ich noch nie gesehen. Ihre Augen waren voller Geheimnisse. Wo kam sie her, diese traurige Clawdia Chauchat? Wer war sie? Ich stellte mir vor, dass wir uns irgendwann einmal kennenlernen würden, mehr noch, viel mehr noch. Ich wollte die Drachen berühren, die Zungen der Drachen … Ich träumte von ihr, nachts und auch wenn die Maschine summte, und eine Zeit lang glaubte ich, Traum und Schmerz und Telepathie und Schicksal … Ob sie auf mich wartet? Aber das führt zu weit jetzt. Konstante Sehnsucht:

»Mein Mädel glaubt, ich lieg im Meer,
sie steht nicht mehr am Jackson Square
im sonn'gen New Orleans,
im lieben Louisiana.«

Wo hat es angefangen? Die Tätowierungen ziehen sich von unserem Gedächtnis bis in unsere Handwurzeln. Weiße Haut ist langweilig, sagen wir zu unseren Frauen. Und wenn tätowiert, dann ganz und gar. Wie Dostojewskis Spieler spielte. Keine halben Sachen, nix Kleines auf dem Arm, mit dem Mister Möchtegern rumposen kann im Sommer. Wir tragen Geschichten mit uns.

Und ich bin stolz, dass ein Mann mich gestochen hat, lange vor meinem Stammhacker, bin stolz, dass ich vernarbte Spuren und Motive auf mir trage, die in keine Mode passen. Und bin auch stolz, dass ich den Ursprung kenne, und wenn die Maschine summt, klettere ich durch die Wanten, schmecke das Salz, höre in den Sturm hinein, sehe die Typen am Tresen, die dunklen Seelen in ihren Zellen. Deren Arme mit bläulichen Linien und Figuren bedeckt sind, Meerjungfrauen, Buchstaben, Worte »Muschi«, »Big C«, »Kampf«, drei Punkte. Als ich Kind war, hat mich all das fasziniert, und auch in meiner Jugend und auch heute noch hat es mich nicht losgelassen.

»Doch ich lieg nicht an einem Riff,
ich fahre auf dem Totenschiff
so fern vom sonn'gen New Orleans,
so fern vom lieben Louisiana.«

Beide Geschlechter bemalen ihre Körper,
Tattow, *wie sie es in ihrer Sprache nennen;*
dies geschieht in der Weise, dass die Farbe
Schwarz ihrer Haut eingegeben wird, und zwar so,
dass sie sich nicht mehr entfernen lässt.

James Cook, Entdeckungsfahrten im Pacific
(Erste Nennung des Wortes Tattow im
europäischen Kontext. Logbucheintrag von
James Cook, Tahiti 1769)

Ray Bradbury

Der illustrierte Mann

An einem warmen Nachmittag, Anfang September, begegnete ich dem illustrierten Mann zum ersten Mal. Ich befand mich auf der letzten Etappe einer zweiwöchigen Wanderschaft durch Wisconsin und trottete über eine Asphaltstraße. Am späten Nachmittag machte ich Rast, aß etwas Speck, Brot und ein Rosinenbrötchen und wollte mich gerade hinlegen und lesen, als der illustrierte Mann über die Hügelkuppe trat und sich einen Augenblick lang gegen den Himmel abzeichnete.

Ich wusste zu jenem Zeitpunkt noch nicht, dass er illustriert war; ich sah lediglich, dass er groß war, früher einmal sehnig und muskulös gewesen sein musste, jetzt aber aus irgendeinem Grunde dick zu werden schien. Ich erinnere mich, dass er lange Arme und dicke Hände hatte, sein Gesicht jedoch wie das eines Kindes auf einem zu gewaltigen Körper aussah.

Er schien meine Gegenwart nur zu spüren, denn als er zu sprechen begann, sah er mich nicht an.

»Wissen Sie, wo ich einen Job bekommen kann?«

»Bedaure, nein«, antwortete ich.

»Seit vierzig Jahren hab ich keinen dauerhaften Job mehr gehabt«, sagte er.

Obwohl der Abend heiß war, trug er sein wollenes Hemd

bis an den Hals geschlossen. Die Ärmel waren heruntergerollt und über seinen dicken Handgelenken zugeknöpft. Der Schweiß rann ihm in Strömen vom Gesicht, doch er machte keine Anstalten, sein Hemd zu öffnen.

»Na ja«, meinte er schließlich, »eigentlich könnte ich genauso gut hier wie irgendwo anders die Nacht verbringen. Haben Sie etwas gegen Gesellschaft?«

»Ich hab noch was von meinem Proviant übrig, das ich Ihnen gern anbieten würde«, erwiderte ich.

Schwerfällig und mit einem Grunzen setzte er sich. »Es wird Ihnen noch leid tun, dass Sie mich zum Bleiben aufgefordert haben«, sagte er. »Bisher hat's noch jeder bedauert. Deshalb bin ich ja auf der Wanderschaft. Und das Anfang September, wo es überall Jahrmärkte gibt. Auf jedem Kleinstadtrummelplatz sollte ich das Geld nur so schaufeln können, dabei sitz ich hier, ohne jede Aussicht.«

Er zog einen gewaltigen Schuh aus und betrachtete ihn eingehend. »Gewöhnlich behalte ich so einen Job zehn Tage lang. Und dann passiert etwas, und ich werde rausgeschmissen. Heute ist es so weit, dass kein Schausteller in ganz Amerika mich mit der Kohlenzange anfassen möchte.«

»Und der Grund dafür?«, fragte ich.

Als Antwort öffnete er langsam sein Hemd. Mit geschlossenen Augen machte er, einen nach dem andern, alle Knöpfe auf. Er ließ seine Hand hineingleiten und tastete über seine Brust. »Sonderbar«, sagte er, die Augen noch immer geschlossen. »Man kann sie nicht fühlen, aber sie sind doch da. Ich hoffe unentwegt, dass ich eines Tages hinsehen werde und sie sind verschwunden. Stundenlang trabe ich an den heißesten Tagen schmorend durch die Sonne und hoffe, dass mein Schweiß sie wegwaschen wird, dass die Sonne sie fortbrennt, aber am Abend sind sie immer noch da.« Er drehte sich ein wenig zu mir und zog mit beiden Händen das Hemd über seiner Brust weit auseinander. »Sind sie auch jetzt noch da?«

Ich hielt unwillkürlich den Atem an. »Ja«, sagte ich nach einer langen Pause. »Sie sind immer noch da.«

Die Illustrationen.

»Ein weiterer Grund, warum ich mein Hemd bis zum Kragen zugeknöpft lasse«, sagte er, »sind die Kinder. Sie laufen mir auf den Landstraßen nach. Alle wollen die Bilder sehen, und doch möchte niemand sie sehen.«

Er zog sein Hemd aus und legte es zusammen. Von einem blauen, eintätowierten Ring um seinen Hals war er bis zur Gürtellinie mit Illustrationen bedeckt.

»Und genauso geht's weiter«, erriet er meine Gedanken. »Ich bin am ganzen Körper bebildert. Sehn Sie.« Er öffnete seine Hand. Auf der Innenseite war eine frischgeschnittene Rose zu sehen, zwischen deren zartrosa Blütenblättern kristallklare Tautropfen standen. Ich streckte meine Hand aus, um sie zu berühren, aber es war nur eine Abbildung.

Ich kann kaum sagen, wie überwältigt ich dasaß und ihn anstarrte; der ganze Mann floss förmlich über von Raketen, Quellen und Leuten, so echt in den kleinsten Einzelheiten und in den Farben, dass ich leise und gedämpfte Stimmen aus den Menschenmengen, die seinen Körper bewohnten, murmeln zu hören glaubte. Wenn sein Fleisch sich bewegte, zuckten die kleinen Münder, blinzelten die winzigen gringoldenen Augen, gestikulierten die winzigen rosa Hände. Gelbe Wiesen und blaue Flüsse, Berge und Sterne und Sonnen und Planeten erstreckten sich wie in einer Milchstraße über seine Brust. Die Menschen verbreiteten sich in zwanzig oder mehr sonderbaren Gruppierungen über seine Arme und Schultern, seinen Rücken, die Seiten und die Handgelenke und auch über seinen Bauch. Man fand sie in Wäldern von Haaren, versteckt zwischen einer Konstellation von Sommersprossen oder aus den Achselhöhlen lugend, mit glitzernden kleinen Diamantaugen. Jeder schien völlig versunken in seine eigene Betriebsamkeit; jedes Gesicht war vergleichbar mit einem Porträt von Meisterhand.

»Einfach wunderbar!«, rief ich aus.

Wenn ich diese Illustrationen nur besser beschreiben könnte! Hätte El Greco in seiner Blütezeit Miniaturen gemalt, nicht größer als eine Hand, unendlich detailliert mit seinen schwefligen Farben, seiner Exaktheit und seinem Gespür für Anatomie – der Körper dieses Mannes hätte seine Leinwand sein können. Die Farben brannten in drei Dimensionen; sie waren Fenster, die den Blick auf eine feurige Wirklichkeit freigaben. Hier, zusammengerafft auf einer einzigen Ausstellungswand, befanden sich die schönsten Szenen des Universums; der Mann war eine wandernde Kunstgalerie. Das war nicht die Arbeit eines billigen Rummelplatztätowierers mit nur drei Farben und Whiskyatem. Es war das Werk eines Genies, voll vibrierenden Lebens, klar und wunderschön.

»Oh ja«, sagte der illustrierte Mann; »ich bin so stolz auf meine Illustrationen, dass ich sie am liebsten wegbrennen möchte. Ich hab's schon mit Sandpapier versucht, mit Salzsäure, mit dem Messer ...«

Die Sonne sank hinter den Horizont. Der Mond stand bereits hoch im Osten.

»Sie müssen nämlich wissen«, fuhr der illustrierte Mann fort, »diese Bilder sagen die Zukunft voraus.«

Ich schwieg.

»Solange die Sonne scheint, ist alles in Ordnung«, sprach er weiter. »Tagsüber könnte ich schon in einer Schaubude arbeiten. Aber nachts – nachts fangen die Bilder an, sich zu bewegen. Sie verändern sich.«

Ich muss unwillkürlich gelächelt haben. »Wie lange sind Sie schon so – illustriert?«

»Im Jahr 1900, als ich zwanzig war und in einem Zirkus arbeitete, brach ich mir ein Bein. Damit war ich eine Zeitlang lahmgelegt. Ich musste einfach etwas unternehmen, um nicht völlig zu versauern, und da beschloss ich, mich tätowieren zu lassen.«

»Aber wer hat Sie tätowiert? Was ist mit dem Künstler geschehen?«

»Sie ging wieder zurück in die Zukunft«, antwortete er. »Wirklich, ich meine es ernst. Es war eine alte Frau. Ich habe sie in einem kleinen Haus mitten in Wisconsin kennengelernt, irgendwo in dieser Gegend, nicht weit weg von hier. Eine kleine alte Hexe – einmal sah sie wie tausend Jahre alt aus und im nächsten Augenblick wieder wie zwanzig. Sie erzählte mir, sie könne in der Zeit reisen. Damals hab ich gelacht. Nun, heute weiß ich es besser.«

»Wie sind Sie ihr begegnet?«

Er erzählte es mir. Er hatte ihr handgemaltes Schild am Straßenrand gesehen: HAUT-ILLUSTRATIONEN! Illustrationen anstelle von Tätowierungen! Künstlerisch! Und so hatte er die ganze Nacht gesessen, während ihre magischen Nadeln ihm Wespenstiche und sanftere Mückenstiche versetzten. Am nächsten Morgen sah er aus wie ein Mann, den man in eine Zwanzig-Farben-Druckerpresse gestoßen und über und über bunt und voller Bilder wieder herausgeholt hatte.

»Seit fünfzig Jahren jage ich hinter ihr her«, sagte er und streckte die Hände weit von sich in die Luft. »Wenn ich diese Hexe jemals finde, bringe ich sie um!«

Die Sonne war untergegangen. Die ersten Sterne schienen, und das Mondlicht überstrahlte Wiesen und Weizenfelder. Die Bilder des illustrierten Mannes schimmerten wie glimmende Holzkohlen im Zwielicht, wie verstreute Rubine und Smaragde, in Farben wie von Rouault und Picasso und den langen, schmalen Gestalten von El Greco.

»Man wirft mich hinaus, wenn meine Bilder sich bewegen. Die Leute mögen es nicht, wenn sich gewalttätige Dinge in meinen Illustrationen abspielen. Jede enthält eine kleine Geschichte. Wenn man sie beobachtet, erzählen sie einem in ein paar Minuten ihre Geschichte. In drei Stunden kann man achtzehn oder zwanzig Geschichten auf meinem Körper aufgeführt sehen, Stimmen hören und Gedanken mitdenken. Alles ist da und wartet nur darauf, dass Sie zusehen. Aber am wichtigsten ist eine ganz besondere Stelle.« Er drehte mir den Rücken zu. »Sehen Sie? Auf meinem rechten Schulterblatt ist keine richtige Illustration – nur so ein Durcheinander.«

»Ja.«

»Wenn ich lange genug mit jemandem zusammen bin, verschwimmt diese Stelle und wird dann klar. Wenn es eine Frau ist, tritt ihr Bild etwa nach einer Stunde zum Vorschein und zeigt ihr ganzes Leben – was ihr bevorsteht, wie sie sterben wird, wie sie mit sechzig Jahren aussehen wird. Und wenn es ein Mann ist, ist eine Stunde später sein Bild auf meinem Rücken. Es zeigt, wie er von einer Klippe stürzt oder unter einem Zug stirbt. Und wieder wirft man mich hinaus.«

Während er sprach, wanderten seine Hände unablässig über die Illustrationen, als wolle er sie zurechtrücken, Staub fortwischen – mit den Bewegungen eines Kunstsachverständigen, eines Kunstliebhabers. Dann legte er sich zurück und streckte sich bequem im Mondlicht aus. Es war eine warme Nacht. Kein Windhauch regte sich, und die Luft war drückend. Auch ich hatte mein Hemd ausgezogen.

»Und Sie haben die Alte tatsächlich nie wieder gesehen?«

»Nie.«

»Und Sie sind überzeugt, dass sie aus der Zukunft kam?«

»Wie sonst hätte sie diese Geschichten kennen können, die sie mir auf den Leib gemalt hat?«

Ermüdet schloss er die Augen. Seine Stimme wurde leiser. »Manchmal, nachts, fühle ich sie – die Bilder; wie Ameisen, die über meine Haut krabbeln. Ich weiß dann, dass sie tun, was sie tun müssen. Ich sehe überhaupt nicht mehr hin. Ich versuche nur zu ruhen. Ich schlafe nicht viel. Sehen Sie auch nicht hin, ich warne Sie. Drehen Sie sich auf die andere Seite, wenn Sie schlafen.«

Ich legte mich etwa einen Meter entfernt von ihm hin. Er schien mir nicht gefährlich zu sein, und die Bilder waren wunderbar. Andernfalls hätte ich mich vielleicht versucht gefühlt, vor so einem Schwätzer das Weite zu suchen. Aber diese Illustrationen – meine Augen schwelgten förmlich darin. Jeder, der solche Dinge auf seinem Körper trägt, würde davon ein wenig verrückt werden.

Die Nacht war ruhig. Unter dem Licht des Mondes konnte ich die Atemzüge des illustrierten Mannes hören. Grillen zirpten leise zwischen den fernen Hügelketten. Ich hatte mich auf die Seite gelegt, so dass ich die Illustrationen beobachten konnte. Vielleicht eine halbe Stunde verstrich. Ob der illustrierte Mann schlief oder nicht, konnte ich nicht sagen; doch plötzlich hörte ich ihn flüstern: »Sie bewegen sich, nicht wahr?«

Ich wartete eine Minute.

Dann antwortete ich: »Ja.«

Die Bilder bewegten sich, eins nach dem andern, jedes für ein oder zwei kurze Minuten. Hier im Mondlicht, mit leise anklingenden Gedanken und dem fernen Murmeln der Seen, schien jedes ein kleines Drama aufzuführen. Ob es nun eine, zwei oder drei Stunden dauerte, bis alle durchgespielt waren, konnte ich nur schwer sagen. Ich weiß nur, dass ich völlig fasziniert dalag und mich nicht regte, während die Sterne durch den Himmel kreisten.

Achtzehn Illustrationen, achtzehn Erzählungen, Ich zählte sie, eine nach der andern.

Die erste Szene, die meinen Blick bannte, war ein großes Haus mit zwei Leuten darin. Ich sah eine Kette von Aasgeiern durch einen brennenden, fleischfarbenen Himmel fliegen, ich sah gelbe Löwen, und ich hörte Stimmen.

Die erste Illustration bebte und begann zu leben ...

Und dann spielt der poltrige Daddeldu
Verstecken, Stierkampf und Blindekuh,
Markiert einen leprakranken Schimpansen,
Lehrt seine Kinderchen Bauchtanz tanzen
Und Schiffchen schnitzen und Tabak kauen.
Und manchmal, in Abwesenheit älterer Frauen,
Tätowiert er den strampelnden Kleinchen
Anker und Kreuze auf Ärmchen und Beinchen.

Joachim Ringelnatz,
Kuttel Daddeldu und die Kinder

Alex Capus

Ein Finne auf Hawaii

Johnny Türler lag im Bug des Rettungsboots, das mit einer rostigen Kette am Steg festgebunden war. Die Schwimmbecken im Strandbad waren leer, irgendwo tröpfelte eine Dusche, und überall lag dürres Laub. Johnny hatte die Hände hinter dem Kopf verschränkt. In der Beuge seines linken Arms lag der Kopf eines Mädchens. Das Mädchen war sehr jung, siebzehn oder achtzehn Jahre alt. Es hieß Nadja, vermutlich nach jener rumänischen Kunstturnerin, in die Johnny als Siebzehnjähriger verliebt gewesen war. Johnny kam sich ein bißchen alt und albern vor. Das Boot duftete nach Benzin und pendelte in der Strömung des Flusses. Im Wasser spiegelten sich rot, gelb und blau die letzten Lichter der Herbstmesse. Hoch über den schwarzen Dächern der Altstadt kletterten die Schausteller auf dem Riesenrad umher und lösten armdicke Bolzen aus den Halterungen; das Klang-Klang ihrer Hämmer drang bis herunter zum Strandbad.

»Da kann man sich schon seltsam fühlen, wenn man so zu den Sternen hochschaut, nicht?«

»Ja«, sagte Johnny und wandte den Blick zum Himmel. »Die sind so klein, und wir sind so groß.«

Nadja lachte und schüttelte den Kopf, daß ihre blonden Locken seinen Arm kitzelten, und stieß ihn mit spitzem Ellbogen in die Seite. Er sagte pflichtschuldig »Au« und schaute mit hochgezogenen Augenbrauen zur Altstadt hinüber, wie wenn er sich bei den schlafenden Bürgern entschuldigen wollte. Er benahm sich ja wirklich zu albern: morgens um halb vier über Zäune klettern und in fremde Boote steigen wie ein hormongesteuerter Jüngling, die Sterne anschauen und dummes Zeug schwatzen mit einem Mädchen, das halb so alt war wie er selbst ... Schließlich war er kein kleiner Junge mehr, sondern viele Jahre als Matrose zur See gefahren; bald würde er in Gottes Namen die väterliche Konditorei übernehmen, um im Dienst des hiesigen Spießertums Champagner-Truffes zu produzieren bis ans Ende seiner Tage. Aber dann rückte Nadja näher zu ihm hin, vielleicht weil sie fröstelte. Sie kuschelte sich in seine Achselhöhle, sie fühlte sich knochig und klein an, und sie war unbefangen wie ein müdes Kind. Johnny gestand sich ein, daß er sich sehr wohl fühlte an ihrer Seite.

»Und diese Tätowierung, woher ist die?« Nadja deutete auf seinen Hals.

»Der Puma?«

»Der Pinguin.«

»Der ist aus Nantucket. Den habe ich machen lassen, nachdem unser Schiff zwei Monate im Packeis eingeschlossen war. Ich stand die ganze Zeit auf Deck und schaute hinunter aufs Eis, das Tag und Nacht krachte und ächzte. Wenn die Schollen an der Schiffswand rieben, entstand ein kreischendes Geräusch wie von Kreide auf einer Schiefertafel.«

»Und der Puma?«

»Der ist aus Zürich. Da war ich nur jung und besoffen.«

»Was ist mit der Schildkröte?«

»Welche – die?«

»Nein, die.«

»Die ist aus Honolulu. Siehst du, wie traurig sie dreinschaut? Genau wie der finnische Schiffskoch, den wir damals hatten. Er hat den Anblick Hawaiis nicht ertragen. Hat sich in der Kombüse erschossen, als wir anderen auf Landurlaub waren.«

Nadja hatte Johnny Türler am frühen Abend entdeckt, mitten im Getümmel der Herbstmesse. Sie war in Begleitung von fünf Freundinnen gewesen, die sie zu Tode langweilten: Die eine sprach seit Menschengedenken von nichts anderem als von ihrem Chef; die zweite redete ausschließlich über Handball, die dritte über ihr Karnevalskostüm, die vierte von einem gewissen Mario, und die fünfte redete gar nicht. Und dann war zwischen Schießbuden und Zuckerwatteständen auch noch der Strom der Menschen ins Stocken geraten, und fremde Männer hatten ihr in den Nacken geatmet. Am liebsten hätte sie den nächsten Kanalisationsdeckel hochgehoben und wäre durchs Abwasser aus der Stadt geflohen. Aber dann hatte sie über das Meer von Köpfen hinweg diesen baumlangen Kerl entdeckt, der zwischen Glücksrad und Himalajabahn eine Bratwurst aß und herausragte wie ein Leuchtturm.

»Schau mal, da«, hatte sie zu dem Mädchen gesagt, das immerzu über Mario redete. »Kennst du den?«

»Den Alten? Den Tätowierten? Klar.« Und drei Minuten später war Nadja über alles unterrichtet gewesen, was man sich im Städtchen über Johnny Türler erzählte.

Als Johnny seinen Pappteller in den nächsten Mülleimer geworfen hatte, war Nadja mit ihren fünf Freundinnen unauffällig in seine Richtung gezogen. Johnny war vom Riesenrad hinüber zum Bierzelt geschlendert, vom Flohmarkt des gemeinnützigen Frauenvereins zum Trailer mit den Süßigkeiten und wieder zurück zum Bierzelt – und die ganze Zeit war ihm ein Schwarm von sechs Mädchen auf den Fersen gewesen. Er hatte das natürlich nicht bemerkt, und auch von Nadjas Freundinnen hatte jede einzelne geglaubt, sie sei die Anführerin des Schwarms. Aber eine Stunde nach dem Feuerwerk hatte Nadja ihr Ziel erreicht: Als Johnny aufs Riesenrad stieg, drängten sich sechs junge Mädchen zu ihm in die Gondel. Johnny lud sie zu einer zweiten Fahrt ein, und so ergab es sich ganz natürlich, daß sie alle zusammen zur Tanzbühne gingen. Nadja tanzte gleich den ersten Tanz mit Johnny, und da er ein ausgezeichneter Tänzer war, gab sie ihn den ganzen Abend nicht mehr her, bis die Musiker ihre Instrumente einpackten. Nadjas Freundinnen brachen irgendwann auf, und sie winkte ihnen zum Abschied zu.

»Ich will noch nicht nach Hause!« sagte Nadja, als sie an Johnnys Arm von der Tanzbühne herunterstieg. »Laß uns spazierengehen – oder nein! Zeig mir deinen Lieblingsplatz!«

»Was?«

»Na, deinen Lieblingsplatz! So was hast du doch, nicht?«

Johnny dachte nach. Dann zuckte er mit den Schultern und führte Nadja hinunter zum Strandbad.

Seit bald zwei Stunden lagen sie jetzt im Rettungsboot. Nebel stieg aus dem Fluß, und es war kühl. Zeit, Abschied zu nehmen und heimzugehen. Johnny fröstelte. Die Bohlen des

Boots waren plötzlich hart und unbequem. Stechmücken sirrten ihm um die Ohren. Und dieses Mädchen an seiner Seite war ihm fremd – zu jung, zu blond, zu eckig, zu rund, mit einem scharfen Duftwasser parfümiert. Er fühlte sich verwirrt wie jemand, der in einem anderen Raum aufwacht, als er eingeschlafen ist.

»Du, Johnny?«

»Ja?«

»Sag mir noch einmal: Welches Tattoo hast du in Djakarta machen lassen – das hier?«

»Hm.«

Nadja setzte sich auf. Mit der linken Hand deutete sie auf Johnnys Hals, die rechte ließ sie über die Bootswand ins Wasser gleiten. »Und in London – das da?«

»Ja.«

»Und in La Paz – das?«

»Aber ja. Wir sollten jetzt gehen. Es wird bald hell.«

»Und in Venezuela?«

»Ich begleite dich heim, wenn du willst.«

Sie schüttelte ungeduldig den Kopf. »Venezuela, Johnny – welche Tätowierung?«

»Die da.« Er deutete mit der Rechten auf sein linkes Handgelenk. »Laß uns gehen, ja?«

»Zeig her.«

Johnny schnaubte, aber dann preßte er beide Handgelenke aufeinander und hielt sie Nadja hin. Zu sehen war eine Schlange, die sich mehrfach um seine Unterarme wand. Nadja legte die Fingerspitzen auf die Schlange. »Ist das – ein Symbol?«

»Nein, eine Schlange. Ich gehe jetzt.« Johnny stand auf. »Gehst du auch, oder bleibst du noch?«

Das Mädchen hielt ihn am Handgelenk fest. »Laß uns hierbleiben, Johnny. Diese Schlange – was bedeutet die?«

»Daß ich Schlangen mag. Zumindest, daß mir das Schlangentattoo gefällt; daß es mir früher einmal gefallen hat.« Er versuchte, ihr seinen Arm zu entziehen, aber sie hielt ihn fest.

»Johnny?«

»Ja?«

»Geh noch nicht.«

»Doch.«

»Nein.«

»Wieso nicht?«

»Ich will nicht nach Hause, und ich mag nicht allein sein.«

»Aber ich. Ich bin ein Vampir. Vor dem ersten Sonnenstrahl muß ich wieder im Sarg liegen. Und schrei nicht so in der Nacht herum. Du weckst die Leute auf.«

»Ich kann noch viel lauter.« Nadja neigte den Kopf zur Seite. »Wenn du jetzt gehst, schreie ich die ganze Nachbarschaft aus dem Schlaf.«

Johnny tätschelte ihre Schulter und stand auf. »Dann schrei mal.«

»Ich tu's wirklich, Johnny. Ich schreie, und dann kommt die Polizei, und du wirst verhaftet.« Es entfuhr ihr ein erschrockenes kleines Lachen. Sie preßte ihre Hand auf den Mund und sah mit großen Augen zu ihm hoch. Aber dann sah sie, daß auch er erschrocken war. Das machte ihr Mut.

»Ich tu's wirklich«, sagte sie, und ihre Stimme war plötzlich schneidend wie Möwengeschrei. »Ich tu's, wenn du dich nicht sofort dort hinten hinsetzt.«

»Bitte. Nur zu. Schrei nur.« Er schüttelte ihre Hand ab.

»Du hast keine Chance, Johnny.« Sie lachte noch einmal. »Versuch, über den Zaun zu klettern, bevor die Polizei da ist. Dann zeig ich dich an. Heute abend haben uns tausend Leute miteinander tanzen gesehen.«

Er sah sie an. Sie atmete flach und schnell. Er versuchte an ihr vorbei zur Spitze des Boots zu gelangen, aber sie faßte ihn wieder am Handgelenk. Ihre Fingernägel bohrten sich in seine Haut.

»Ich mein's wirklich ernst, Johnny. Ich schreie, und ich zerreiße meine Kleider. Da kannst du Gift drauf nehmen.« Mit der freien Hand griff sie sich an den Hemdkragen und zerrte daran.

»Bitte, laß das.« Er machte einen Schritt zurück. Ihre Finger lösten sich von seinem Handgelenk, und dann ließ sie auch ihren Hemdkragen los. Er setzte sich auf die Sitzbank in der Mitte des Boots.

»Also, was nun?«

Das Mädchen ließ sich hintenüber in die Biegung des Bugs fallen und breitete die Arme aus. »Ach, Johnny, mach doch nicht so ein Gesicht. Ich will nur nicht allein sein. Verstehst du das denn nicht?« Ihre Stimme war wieder sanft und schmeichelnd. »Jetzt machen wir es uns bequem. Du dort und ich hier. Einverstanden? Wo ist eigentlich der Mond? Ach, dort drüben. Hast du gesehen, wie weit er schon gewandert ist? Hast du das gesehen, Johnny?«

Er nickte. Plötzlich schnellte sie hoch, stützte sich auf die Ellbogen und sah ihn forschend an.

»Johnny?«

»Ja?«

»Hast du eigentlich auch Tattoos auf der Brust?«

»Ja.«

»Und am Rücken?«

»Klar.«

»Überall?«

»Überall.«

»Zeigst du sie mir?«

»Vielleicht, irgendwann.«

»Würdest du bitte dein Hemd ausziehen?«

»Nein.«

»Würdest du bitte dein Hemd ausziehen?«

»Laß das doch ...«

»Ziehst du jetzt bitte dein gottverdammtes Hemd aus? Ich mein's wirklich ernst, weißt du.«

Er stand auf, breitete die Arme aus und ließ sie wieder sinken. Er warf einen Blick zur Altstadt hinüber, wie wenn er von dort Hilfe hätte erwarten können. Die Schausteller hatten das Riesenrad schon zur Hälfte abgebaut; es schwebte über der Stadt wie ein schwarzer, liegender Halbmond. Er wandte sich wieder dem Mädchen zu.

»Du kannst mich doch nicht zwingen, die ganze Nacht hierzubleiben. Schämst du dich denn nicht?«

»Was?« Sie sprang auf die Beine und trat dicht vor ihn hin. Sie reichte ihm kaum bis zur Schulter. Ihre Lippen zitterten. »Was hast du gesagt? Ich soll mich schämen? Vor einem starken Kerl wie dir?«

»Nein. Natürlich nicht. Ich meine nur ...«

»Dann mach!«

Und so knöpfte er sein Hemd auf, schlüpfte aus dem linken Ärmel und dann aus dem rechten. Er setzte sich auf die Bank in der Mitte des Boots, streckte die Beine vor und schlug sie übereinander. Nadja rückte näher heran, kniff die Augen zusammen und spitzte den Mund, um seine reichverzierte Brust zu betrachten.

»Oh, Mann«, sagte sie. »Der Adler da, woher ist der?«

»Austin, Texas.«

»Das Känguruh?«

»Woher wohl.«

»Dieses Spiralmuster?«

»Maori, Neuseeland.«

»Und das Segelschiff? und der Löwe? die Rose? der Delphin?«

Dann verlangte das Mädchen von ihm, daß er seine Schuhe auszog und seine Strümpfe, dann die Hose und zuletzt auch die Unterhose.

Eine Stunde später graute im Osten der neue Tag. Die Schausteller hatten das Riesenrad gänzlich abgebaut und auf drei große Lastwagen verpackt; bald würden die Straßenfeger ihre Arbeit verrichten, und dann würde im Städtchen nichts mehr an die Herbstmesse erinnern. Johnny Türler kauerte nackt und zitternd im Heck des Rettungsboots. Nadja lag im Bug und schlief, mit Armen und Beinen versperrte sie den Weg ans Land. Johnny atmete leise durch den Mund; als er aufstand, hielt er sich vorsichtig in der Mitte, um das Boot nicht zum Schaukeln zu bringen. Er sammelte seine Schuhe und Kleider ein und rollte sie zu einem Bündel. Er ging zurück zum Heck und ließ sich neben dem Außenbordmotor ins Wasser gleiten. Das Wasser war kalt und schwarz. Sein Kleiderbündel hielt er mit einer Hand in die Höhe, damit es nicht naß wurde. Die Strömung trug ihn rasch weg vom Boot. Er legte sich auf den Rücken, und sein Hinterkopf sank, bis die Ohren unter Wasser waren. Dann hörte Johnny, wie auf dem Grund des Flusses die Kiesel kullerten.

Der Erhängte war vom Halsansatz bis zu den Fußsohlen tätowiert. Ein rundes Dorf, das sich um die Taille wand und in dem Joseph Silistri die selige Place des Fêtes, das Reich seiner Kindheit, wiedererkannte. Von der Place des Fêtes ausgehend erstreckte sich ein enges Netz von alten Gassen über den Torso des Erhängten, über seinen Rücken, seine Arme, seine Beine, die Straßen bahnten sich ihren Weg zwischen einer Anhäufung längst verschwundener Häuser.

Daniel Pennac,
Monsieur Malaussène

Jens Kreutzmann

Der Lustmörder Iseraasoraq, der sehr alt wurde

Iseraasoraq war ein streitsüchtiger Mensch. Er tötete nicht aus Rachgier, sondern aus reiner Mordlust. Man erzählt, dass er im Frauenboot von Akilineq herübergefahren kam. Und wie er nun so an der menschenleeren Küste Grönlands entlangfuhr, fiel ihm plötzlich ein Kajak in den Blick. Iseraasoraq saß als Rudergänger im Frauenboot, aber als er diesen Kajakmann bemerkte, stieg er sofort in sein eigenes Kajak hinunter, paddelte hinüber und schlug ihn tot. Das war der erste Mord, den er beging. Als er zum Frauenboot zurückgefahren war und an Bord kam, tätowierte er sich eine Marke an der Haargrenze. Auf diese Weise schlug er von nun an alle Kajakmänner, denen er begegnete, tot, und für jeden tätowierte er sich eine solche Marke.

Den ersten Winter verbrachte er in Ilulissat. Wenn er in diesem Winter mit dem Kajak draußen war und einen Weißwal fing, schlachtete er ihn nicht, sondern legte ihn oben vor die Häuser. Und als er eines Tages draußen war und eine Landspitze umruderte, kamen plötzlich vier sehr schöne Zelte mit sehr schönen Außenfellen zum Vorschein. Zu diesen Zelten gehörten eine ganze Schar von Frauen und nur zwei Männer! Das eine der Zelte war ausschließlich von Frauen bewohnt, und es gab zwei Frauenboote. Die zwei Männer sagten zu

Iseraasoraq, dass er an Land kommen solle, und so ging er also an Land. In welchem Überfluss sie lebten, diese Leute!

Iseraasoraq blieb eine Weile dort, und eines Tages sagten die Männer zu ihm, dass er doch im anderen Zelt schlafen solle, in demjenigen, in dem es nur Frauen gab. Jaaa, dort wollte Iseraasoraq gerne schlafen! Als es Abend geworden war, legte er sich zu den Frauen, weil der Gastgeber ihn ja darum gebeten hatte. Am nächsten Morgen erwachte Iseraasoraq früh, und im selben Augenblick trat der Gastgeber von nebenan aus seinem Zelt, um Wasser zu lassen. Aber er ging erst in das Frauenzelt, in dem Iseraasoraq geschlafen hatte – und als er wieder herauskam, da war er sehr zornig. Er warf mit allem Möglichen um sich, und als er beim Vorrat vorbeikam, sieh an, da trat er sogar noch dagegen! Als er so wütend zu Iseraasoraq kam, sagte er zu ihm, noch bevor Iseraasoraq den Mund aufmachen konnte:

»Wie diese dummen Weiber doch bockig sein können!«

Iseraasoraq sagte:

»Ich würde heute Nacht gerne wieder dort schlafen!«

Und da bekam das Gesicht des Gastgebers einen milderen Ausdruck.

Als es dann Abend geworden war und er wieder zu Bett gehen sollte, hielt der andere ein scharfes Auge auf ihn. Erst als er sich zwischen die Frauen gelegt hatte, ging der Gastgeber hinaus. Und sobald der draußen war, stand Iseraasoraq auf und fing an dem einen Ende an und nahm sie eine nach der anderen. Als er endlich mit der Letzten fertig war, schlummerte er ein wenig und ging dann hinaus, bevor der Gastgeber erwachte. Doch wie am Tag zuvor trat der Gastgeber im gleichen Augenblick aus seinem Zelt – er wollte nur Wasser lassen, das war alles. Aber noch bevor er sich richtig ausgepinkelt hatte, ging er zu den Frauen hinein. Dann kam er heraus – und was für eine zufriedene Miene er jetzt hatte!

Er kam zu Iseraasoraq, doch jedes Mal, wenn er den Mund aufmachte, um etwas zu sagen, brach er in brüllendes Gelächter aus. So trieb es dieser Mann also immer, wenn er Gäste bekam! Er war so freigiebig zu seinen Gästen, dass er ihnen alle seine jungen Nebenfrauen anbot.

Als Iseraasoraq sich auf den Heimweg machte und sie ihm ein Rentier mitgaben, lud er sie als Gegenleistung zu einem Besuch bei sich ein. Sie fuhren auch alle mit auf Besuch. Als sie aber an jenen ungeschlachteten Weißwalen vorbeikamen, bekamen sie Angst und drehten um. Und weil sie umdrehten, kam Iseraasoraq alleine nach Hause.

Als das Wetter milder wurde, zog er wieder südwärts, und unterwegs schlug er wieder alle Kajakmänner, denen er begegnete, tot. Für jeden Erschlagenen tätowierte er sich eine kleine Marke, und auch jedes Mal, wenn er irgendwo übernachtete, tötete er jemanden und entführte eine weitere Ruderfrau. Und als sie schließlich weit unten im Süden ankamen, hatte Iseraasoraq Tätowierungen im ganzen Gesicht!

Zum Winter hin suchte er nach einem Winterquartier. Er ließ sich dann ein Stückchen vor einem Wohnplatz nieder, an dem viele Menschen lebten, die Trommeltanz in einem sehr großen Haus ohne Fenster tanzten. Jetzt hörten diese Menschen am Wohnplatz mit dem großen Tanzhaus Gerüchte von ihm:

»Iseraasoraq ist auf dem Weg südwärts, der fürchterliche Mann, der im ganzen Gesicht Tätowierungen trägt, weil er jedes Mal, wenn er jemanden getötet hat, eine Marke setzt!«

Das waren nur Gerüchte, bis einem der Leute vom Wohnplatz plötzlich einfiel, sich einen kleinen Spaß mit seinen Mitbewohnern zu erlauben. Drüben vom Tanzhaus her brüllte er:

»Der grimmige Iseraasoraq ist im Tanzhaus drin!«

Und auf der Stelle kamen alle Siedlungsgenossen herangestürmt! Dann wurde es bei ihnen zur Gewohnheit, dass der Erste, der morgens aufstand, die anderen auf diese Art hinters Licht führte.

Als Iseraasoraq davon hörte, wartete er dort, ganz in der Nähe, bis es Abend geworden war, ruderte im Kajak zum Wohnplatz und ging in das Tanzhaus hinein. Dort wartete er darauf, dass es hell werden würde, das Gesicht nach draußen gewandt.

In dem Augenblick, in dem Licht in den Hauseingang zu strömen begann, konnte man plötzlich jemanden hereinkommen hören, und im gleichen Moment, in dem Iseraasoraq über die Treppe hinunterblickte, schrie derjenige:

»Aaaah, was für eine Fratze!«

Schreckensbleich raste er hinaus, und der ganze Wohnplatz hörte seine Schreie. Als er herauskam, hörten sie ihn laut rufen, dass der grimmige Iseraasoraq im Tanzhaus sei. Die anderen waren ganz außer sich. Sie kamen angestürmt, und jedes Mal, wenn einer hereinkam, war er also wirklich da – da, gerade vor ihm! Und alle zusammen riefen sie aus:

»Aaaah, was für eine Fratze!«

Weil sein Gesicht ja ganz blau war von all den Marken für all die Morde, die er begangen hatte! Den ganzen Weg südwärts hatte er ja Morde begangen an jedem Wohnplatz, und von jedem Ort hatte er eine neue Frau entführt. Nachdem schließlich auch noch der Letzte aus dieser Menschenmenge drinnen gewesen war, kam Iseraasoraq heraus, und als sie ihn alle zusammen angriffen, schlug er, seiner Gewohnheit gemäß, alle Männer tot! Dann zog er davon, fand ein Winterquartier und verließ es seither nicht mehr. Nur im Sommer zog er in den Fjord. Auf der einen Seite dieses Fjordes lag ein steiler Vogelfelsen. Man erzählt, dass Iseraasoraq ein richtiger Spaßvogel war. Wenn jemand zu diesem steilen Felsen kam, fing er an zu schreien und zu rufen und Echos zu erzeugen.

Nun wurde Iseraasoraq sehr alt und bekam eine ganze Menge Enkel. Zum Schluss konnte er nicht mehr alleine gehen, genau wie ein Kind. Nur mit der Hilfe seiner Enkel kam er voran. Wenn sie wegfuhren, deckten sie ihn am Boden des Frauenbootes zu, und so lag er da und nuckelte an seiner Decke, und ganz schwerhörig war er auch. Wenn sie aber an den steilen Felsen kamen, riefen alle Enkel ihm zu:

»Iseraasoraq, wir sind jetzt bei deiner Echostelle, ruf doch mal!«

Und wenn seine Enkel dann ruhig waren und lauschten, dann hörten sie Iseraasoraq wie einen kleinen Vogel, der piepst! Erst wenn er verstummte, riefen und lärmten die Enkel, und erst wenn sie sich ausgelacht hatten, fuhren sie weiter.

Als sie eines Tages wieder einmal zu dem großen Felsen kamen, riefen die Enkel ihm wie üblich zu:

»Iseraasoraq, wir sind jetzt an deiner Echostelle. Mach doch jetzt mal ein Echo!«

Sie lauschten und lauschten, aber weil nicht der leiseste Laut von ihm kam, hoben sie die Decke beiseite und fühlten nach: Meine Güte, da hatte er schon angefangen, steif zu werden, der Arme!

Die Tatauierer von Hivarhu erfreuten sich innerhalb der ganzen Inselgruppe großen Ansehens. Sie hatten ihre Kunst zu höchster Vollkommenheit entwickelt, und der Beruf wurde sehr geachtet. Kein Wunder, dass sie wie erste Schneider sich ihre Dienste recht gut bezahlen ließen; bei diesen Preisen konnten nur die wohlhabenden Kreise ihre Arbeit in Anspruch nehmen. Daher war die Eleganz der Tatauierung in den meisten Fällen ein sicheres Zeichen für Herkommen und Wohlstand.

Herman Melville,
Omu

Sylvia Plath

Der Fünfzehn-Dollar-Adler

Es gibt einige Tätowierläden am Madigan Square, aber gegen Carmeys Etablissement kann man sie alle vergessen.

Er geht mit Nadel und Farben wie ein begnadeter Dichter um, er ist ein Künstler mit Herz. Jugendliche, Hafen-Gammler oder Vorstadtpärchen, die ein wenig Großstadtluft schnuppern wollen, sie alle ziehen vor Carmeys Laden die Bremse und hängen mit der Nase am Schaufenster: Du hast geträumt, sagt Carmey zu ihnen, ohne ein Wort zu sagen, daß du eine Rose auf dem Herzen trägst, einen Adler im Muskel, und selbst das süße Jesuskind, darum komm zu mir. Trage dein Herz in diesem Leben auf der Haut, es liegt in meiner Hand. Ich habe für jeden etwas: Hunde, Wölfe, Pferde und Löwen für den Tierfreund. Für die Damen Schmetterlinge, Paradiesvögel, lächelnde oder weinende Babygesichter. Sie haben die Auswahl. Rosen z.B., jede Sorte, große, kleine, Knospen und voll erblühte, Rosen mit Namensschnörkel, Rosen, aus deren Mitte ein Figürchen aufsteigt, rosafarbene Blüten, grüne Blätter, apart von einer blei-schwarzen Linie eingefaßt. Schlangen und Drachen für Frankenstein. Gar nicht zu reden von Cowgirls, Hula-Mädchen, Meerjungfrauen und Filmstars mit tiefroten Brustwarzen und so nackt wie gewünscht. Und für einen freien Rücken gibt es

Christus am Kreuz, einen Dieb zu jeder Seite, und darüber Engel zur Rechten und zur Linken mit einem Spruchband, auf dem in gelber, fast goldener altenglischer Schrift »Golgatha« zu lesen ist.

Von draußen zeigen sie auf die farbenprächtigen Bilder, mit denen Carmey seine drei Wände von oben bis unten zugepflastert hat. Ihre Stimmen überschlagen sich wie bei einem Massenaufstand, man hört sie sogar durch die Glasscheibe:

»Hej, Schätzchen, guck ma die Pfauen!«

»Is ja verrückt, Geld fürs Tätowieren auszugeben. Ich hab nur einmal bezahlt, für den Panther hier auf meinem Arm.«

»Du willst ein Herz, ich sag ihm, wo es hin soll.«

Dank meinem festen Freund Ned Bean sehe ich Carmey das erste Mal in Aktion. Lässig an einer Wand voller Herzen und Blumen lehnend, wartet Carmey mit einem Mr. Tomolillo auf Kundschaft. Mr. Tomolillo ist außergewöhnlich kleinwüchsig, seine nicht vorhandenen Schultern stecken in einer Wolljacke, die auch nicht den geringsten Versuch unternimmt, zu passen oder ihn gar etwas vorteilhafter erscheinen zu lassen. Sie ist bedeckt mit schwarzumrandeten braunen Karos in Zigarettenschachtelgröße, die man gut und gerne zum Backgammon-Spielen benutzen könnte. Über seinen Kopf hat er, scharf bis an die Augenbrauen, einen Filzhut gestülpt, was ihn wie ein Pilz aussehen läßt.

Mit seinem schmalen, verzückten, spitzigen Gesicht ähnelt er einer Gottesanbeterin. Als Ned mich vorstellt, knickt Mr. Tomolillos Oberkörper zu einer tadellosen Verbeugung nach vorne, wie der kleine Schnurrbartansatz über seiner Oberlippe. Ich kann diese Verbeugung gar nicht genug bewundern, denn Carmeys Laden ist so proppenvoll, daß wir vier uns kaum bewegen können, ohne aneinanderzustoßen.

Über dem ganzen Raum hängt der Geruch von Schwarzpulver und irgendeinem verdunsteten Antiseptikum. An der Rückwand des Ladens sind von links nach rechts aufgereiht: Carmeys Arbeitstisch, ein Regal, an dem elektrische Nadeln über einem Drehtisch mit Farbtöpfen hängen; Carmeys dem Schaufenster zugewandter Drehstuhl, davor ein normaler Stuhl für die Kunden, ein Mülleimer und eine Orangenkiste übersät mit Papierfetzen und Bleistiftstummeln. Vorne im Laden, neben der Glastür steht ein weiterer Stuhl, an dem das große Golgatha-Plakat lehnt, und ein zerkratzter Holztisch mit einem Karteikasten aus Pappe. An der Wand hinter Carmeys Stuhl hängen zwischen Kinderköpfen und Gänseblümchen zwei verblichene, bräunliche Photographien, die einen Jungen, von der Taille an aufwärts einmal von vorn und einmal von hinten, zeigen. Von weitem meint man, er hätte ein langärmliges, hautenges schwarzes Spitzenhemd an, aber wenn man genauer hinguckt, sieht man, daß sein nackter Körper von Tätowierungen überzogen ist, dicht, wie Kletterefeu.

Auf einem gelblichen Ausschnitt eines uralten Kupfertiefdrucks sitzen orientalische Männer und Frauen im Schneidersitz auf Kissen mit baumelnden Quasten. Sie wenden der Kamera den mit siebenköpfigen Drachen, Berghängen, Kirschbäumen und Wasserfällen bestickten Rücken zu. ›Diese Menschen sind vollkommen nackt‹, erläutert die Bildunterschrift. ›Sie gehören zu einer Gesellschaft, die von ihren Mitgliedern die Tätowierung fordert. Eine Ganzkörpertätowierung kann bis zu 300 Dollar kosten.‹ Daneben hängt die Photographie eines glatzköpfigen Mannes, dessen Schädel von den Fangarmen eines Tintenfisches umschlungen wird. »Solche Häute sind wertvoller als manch ein Gemälde, denk ich mir«, sagte Mr. Tomolillo. »Wenn man sie auf ein Brett aufziehen würde.«

Aber der tätowierte Junge und diese orientalischen Vereinsmitglieder sind nichts gegen Carmey, der eine lebende Reklame für seine Kunst ist – auf seinem rechten Bizeps fährt ein Schoner mit vollen Segeln über ein Meer aus Rosen und Stechpalmenblättern, auf seinem linken läßt Gipsy Rose Lee ihre Bauchmuskeln spielen, auf seinen Unterarmen drängen sich Herzen, Sterne und Anker, Glückszahlen und Namensbinder, deren blauverwaschene Schrift sich liest wie ein vergessenes Comic-Heft in einem sonntäglichen Wolkenbruch. Man munkelt, daß Carmey, der Wild-West-Fan, vom Nabel bis zum Schienbein ein sich aufbäumendes Pferd trägt, auf dessen Rücken sich ein Cowboy wie eine Klette festklammert. Aber das ist wahrscheinlich reine Erfindung, genährt durch Carmeys Angewohnheit, Cowboystiefel mit Lederverzierungen und eleganten Absätzen zu tragen, und einen mit roten Steinen besetzten Bill-Hickock-Gürtel, der die schwarzen Röhrenhosen obenhält. Carmeys Augen sind blau, ein Blau, das dem vielbesungenen Himmel von Texas in nichts nachsteht.

»Ich mach das jetzt seit sechzehn Jahren«, sagt Carmey, an seine Bilderbuchwand gelehnt, »und man kann sagen, daß ich noch immer dazulerne. Meinen ersten Job hatte ich in Maine, während des Krieges. Sie hatten gehört, daß ich Tätowierer bin, und riefen mich zu diesem Women's Army Corps.«

»Um sie zu täto*wieren?*« fragte ich.

»Um ihnen ihre Nummern einzutätowieren, nicht mehr und nicht weniger.«

»Hatten die keine *Angst?*«

»Na klar, klar doch. Aber einige von ihnen kamen noch mal. Ich hatte zwei von den Armeehelferinnen an einem Tag für 'ne Tätowierung. Sie drucksten herum und wollten nicht recht mit der Sprache raus. ›Also, was is‹, sagte ich, ›ihr wart neulich schon hier und habt euch bestimmt was ausgesucht, wo ist das Problem?‹

›Na ja‹, legt die eine los, ›das Problem is nich, was wir wollen, sondern wo wir es wollen.‹ ›Wenn das alles ist, da kann ich euch beruhigen‹, hab ich gesagt, ›ich bin so was wie 'n Doktor, klar? Hatte schon viele Frauen in Behandlung, da macht euch man keine Sorgen.‹ ›Gut‹, sagte die erste, ›ich will drei Rosen, eine auf den Bauch und je eine auf die Pobacken.‹ Und dann traute sich auch die andere, wie das so ist, und will eine Rose ...«

»Kleine oder große?« Mr. Tomolillo will sich kein Detail entgehen lassen.

»Ungefähr wie die da oben«, Carmey zeigt auf eine Karte mit Rosen an der Wand, jede Blüte von der Größe eines Rosenkohls. »Die größten, die draufgingen. Ich machte ihnen die Dinger und sagte dann: ›Zehn Dollar Rabatt, wenn ihr sie mir noch mal zeigt, wenn der Schorf ab ist.‹«

»Und, sind sie gekommen?« will Ned wissen.

»Und ob.« Carmey zieht an seiner Zigarette und bläst dann einen Rauchring in die Luft, der einen knappen halben Meter als zartblauer Umriß einer hundertblättrigen Rose wabernd vor seiner Nase hängenbleibt.

»Schon mal was von 'nem wirklich verrückten Gesetz gehört?« spricht Carmey mich an: »Ich könnte Sie überall tätowieren«, seine Augen mustern mich voller Kummer, »überall. Auf dem Rücken. Auf dem Hintern.« Er senkt seine Lider, als ob er beten wolle. »Auf dem Busen. Überall, nur nicht im Gesicht, an den Händen und an den Füßen.«

Mr. Tomolillo fragt: »Ist das ein *Bundesgesetz?*«

Carmey nickt. »Ein Bundesgesetz. Ich hab 'ne Jalousie«, sein Daumen zeigt auf die verstaubten Sprossen einer vor dem Schaufenster hängenden Jalousie. »Ich laß die Jalousie runter und tätowiere unbeobachtet jeden Körperteil. Ausgenommen Gesicht, Hände und Füße.«

»Liegt wohl daran, daß man sie *sieht*«, sage ich.

»Genau: Denk an die Army, beim Exerzieren. Die Kerle würden nicht korrekt aussehen. Ihre Gesichter und Hände würden auffallen, die können sie nicht verdecken.«

»Wie dem auch sei«, sagt Mr. Tomolillo, »ich finde, es ist ein empörendes Gesetz, ein totalitäres Gesetz. In einer Demokratie sollte es die Freiheit zur Selbstverzierung geben. Wenn eine Dame sich eine Rose auf dem Handrücken *wünscht*, dann ...«

»Sollte sie sie auch *bekommen*«, beendet Carmey den Satz voller Zorn. »Die Leute sollten bekommen, was sie sich wünschen, ohne Rücksicht auf irgendwas oder -wen. Neulich war so eine kleine Dame hier«, Carmey deutet mit der Hand etwa ein Meter fünfzig an, »so groß. Wollte die Kreuzigungsgruppe, ganz Golgatha auf den Rücken, und ich hab's ihr gemacht. Achtzehn Stunden hab ich gebraucht.«

Zweifelnd sehe ich nach den Dieben und Engeln auf dem Golgatha-Plakat. »Haben Sie es nicht verkleinern müssen?«

»Nee.«

»Oder 'n Engel weggelassen?« fragt Ned. »Oder was vom Vordergrund?«

»Kein bißchen. Ein fünfunddreißig-Dollar-Job – mit allen Farben, Dieben, Engeln, altenglischer Schrift – komplett. Stolz wie ein Spanier marschierte sie ab. Hat ja auch nicht jede kleine Dame die gesamte Kreuzigungsgruppe in Farbe auf dem Rücken. Ich übertrage Photos, die die Leute bringen, ich male Filmstars, was immer sie wollen, von mir kriegen sie es. Ich hab ein paar Zeichnungen, die ich nicht aufhängen kann, könnten bei den Kunden Anstoß erregen: Ich zeig sie euch mal.« Carmey, macht den Pappkarton auf, der vorne im Laden auf dem Tisch steht. »Muß die Frau mal aufräumen«, sagt er, »is 'n furchtbares Durcheinander.«

»Hilft Ihnen Ihre Frau?« frage ich interessiert.

»Laura? Oh, ja, die ist fast immer im Laden.« Aus irgendeinem Grund klingt Carmey plötzlich so ehrwürdig wie ein Mönch am Sonntag. Ich frage mich, ob er sie wohl als Lockvogel benutzt: Laura, die Tätowierte Dame, ein lebendes Meisterwerk, entstanden in sechzehn Jahren Arbeit. Meine Damen und Herren, kommen Sie und sehen Sie sich satt – kein einziges weißes Fleckchen werden Sie auf ihrem Körper finden. »Sie sollten mal vorbeikommen und ihr Gesellschaft leisten, das würde ihr Freude machen.« Carmey kramt in seinem Pappkarton, ohne etwas rauszunehmen. Und plötzlich verharrt er mitten in der Bewegung, starr wie ein Hühnerhund.

Ein Riesenkerl steht mitten im Eingang.

»Was kann ich für Sie tun?« Carmey geht auf ihn zu, ganz der große Meister.

»Ich will den Adler, den Sie mir gezeigt haben.«

Ned, Mr. Tomolillo und ich pressen uns an die Seitenwand, um dem Kerl Platz zu machen. Er ist wahrscheinlich ein Matrose auf Urlaub, mit seiner kurzen blauen Jacke und dem karierten Hemd. Sein rautenförmiger Schädel ist zwischen den Ohren am breitesten und verjüngt sich nach oben in einen schmalen Streifen kurzgeschorener Haare.

»Für neun Dollar oder für fünfzehn?«

»Für fünfzehn.«

Mr. Tomolillo zeigt leise Bewunderung.

Der Matrose setzt sich vor Carmeys Drehstuhl, pellt sich aus seiner Jacke, knöpft die linke Manschette auf und rollt bedächtig den Ärmel hoch.

»Kommen Sie hierher«, winkt Carmey mir mit leiser, verheißungsvoller Stimme, »von hier aus sehen Sie es am besten. Weil Sie's ja noch nie gesehen haben.« Ich stoße mich von der Wand ab und lasse mich vorsichtig wie eine Henne auf ihre Eier auf die Papierkiste, links von Carmeys Stuhl, nieder.

Carmey geht wieder seinen Pappkasten durch, und diesmal gräbt er ein quadratisches Stück Plastik aus. »Meinen Sie den hier?«

Der Matrose wirft einen Blick auf den in Plastik gestochenen Adler und sagt: »Das isser.«

»Hmmm«, macht Mr. Tomolillo voller Anerkennung für den guten Geschmack des Matrosen.

Ned sagt: »Das ist ein schöner Adler.«

Der Matrose richtet sich stolz auf. Carmey tanzt um ihn herum, legt ihm ein dunkel-fleckiges Stück Leinenstoff über den Schoß und bereitet auf seinem Arbeitstisch einen Schwamm, ein Rasiermesser, verschiedene Töpfchen mit unleserlichen Aufschriften und eine Schüssel mit Antiseptikum vor – genauso pedantisch, wie ein Priester sein Messer für das gemästete Kalb schärft. Alles muß korrekt sein. Endlich setzt er sich. Der Matrose streckt seinen rechten Arm aus, und Ned und Mr. Tomolillo beugen sich über seinen Stuhl, einer über die rechte Schulter, einer über die linke. Direkt hinter Carmeys Ellenbogen habe ich alles am besten im Blick.

Mit einem knappen, schnellen Streich des Rasiermessers entfernt Carmey die schwarz sprießenden Haare vom Unterarm des Matrosen und schnickt mit dem Daumen die Haare von der Klinge auf den Boden. Dann cremt er das haarlose Stück Fleisch mit Vaseline aus einem der Töpfchen auf seinem Tisch ein. »Sind Sie schon mal tätowiert worden?«

»Ja.« Der Matrose ist kein Schwätzer. »Einmal.« Seine entrückten Augen schauen durch Carmey hindurch, durchdringen die Wände und halten irgendwo in dünner Luft vor einem Bild, das weit entfernt von uns vieren hier unten ist. Carmey streut ein schwarzes Pulver auf das Plastikstück und reibt es in die ausgestochenen Löcher. Der Umriß des Adlers wird dunkel. Mit einer Drehung preßt Carmey die Pulverseite des Plastikstücks gegen den eingefetteten Arm des Matrosen. Als er es wieder ablöst, so leicht wie die Haut von einer Zwiebel, wird der Umriß eines Adlers sichtbar, der mit ausgebreiteten Schwingen und zum Greifen gespreizten Fängen sich drohend vom Arm des Matrosen abhebt.

»Ah!« Mr. Tomolillo wippt auf seine Korkabsätze zurück und wirft Ned einen bedeutungsvollen Blick zu. Ned hebt zustimmend die Augenbrauen. Der Matrose erlaubt sich ein leichtes Zucken der Oberlippe, was bei ihm soviel wie ein Lächeln ist.

Mit einer Gebärde, als ob er ein Kaninchen aus dem Zylinder zöge, langt Carmey sich eine der elektrischen Nadeln und sagt: »Jetzt zeige ich euch, wie man aus einem Neun-Dollar-Adler einen Fünfzehn-Dollar-Adler macht.«

Er drückt auf einen Knopf an der Nadel. Es tut sich nichts. »Nun«, seufzt er, »sie geht nicht.«

Mr. Tomolillo stöhnt. »Schon wieder nicht?«

Da kommt Carmey eine Idee, er lacht und tippt auf einen Schalter hinter sich an der Wand. Als er diesmal auf den Knopf an der Nadel drückt, beginnt sie zu surren und blaue Funken zu sprühen. »Kein Strom, das war's.«

»Gott sei Dank«, sagt Mr. Tomolillo.

Carmey füllt die Nadel aus einem Topf mit schwarzer Farbe. »Der gleiche Adler«, Carmey senkt die Nadel auf die rechte Flügelspitze des Adlers, »für neun Dollar ist nur schwarz und rot. Für fünfzehn Dollar werden Sie eine Kombination aus vier Farben erleben.« Die Nadel folgt der Linie, die das Pulver hinterlassen hat. »Schwarz, grün, braun und rot. Blau ist im Moment ausgegangen; sonst wären es fünf Farben.« Die Nadel hüpft und schlägt wie ein Preßluftbohrer, aber Carmeys Hand ist ruhig, wie die Hand eines Chirurgen. »Ich kann gar nicht sagen, wie sehr ich Adler *liebe!*«

»Ich glaube, du *lebst* von Uncle Sams Adlern«, sagt Mr. Tomolillo.

Schwarze Tinte rinnt vom Arm des Matrosen auf die steife, fleckige Metzgerschürze auf seinem Schoß, aber die Nadel fährt unbeirrt fort, die Federn der Schwingen auszuzacken, von der Spitze bis zur Wurzel. Glänzendrote Perlen treten durch die Tinte, Herzblutblasen mischen sich im schwarzen Strom.

»Die Kerle beklagen sich«, sagt Carmey mit eintöniger Stimme. »Woche für Woche hör ich dieselben Klagen: Was gibt es Neues? Wir wollen nicht immer denselben rotschwarzen Adler. Deshalb habe ich mir diese Kombination ausgedacht. Wartet's ab. Ein gediegener Adler in Farbe.«

Der Adler verliert sich in einer größer werdenden Gewitterwolke aus schwarzer Tinte. Carmey hält inne und taucht die Nadel in die Schüssel mit dem Antiseptikum, ein weißer Geiser quillt vom Boden der Schüssel an die Oberfläche. Er nimmt einen großen runden zimtfarbenen Schwamm, tunkt ihn in die Schüssel und wischt die Tinte vom Arm des Matrosen. Der Adler kommt hinter dem Schleier von blutiger Tinte zum Vorschein, ein angeschwollener Umriß auf der wunden Haut.

»Jetzt werdet ihr etwas zu sehen bekommen.« Er läßt den Drehtisch kreisen, bis der Topf mit der grünen Farbe kommt, und greift sich eine andere Nadel vom Regal.

Der Matrose ist inzwischen in noch weiteren Fernen gelandet, irgendwo in Tibet, Uganda oder auf den Barbados-Inseln, auf jeden Fall aber Ozeane und Kontinente entfernt von aufplatzenden Blutstropfen in den Schwaden von Grün, die Carmey in den Schatten der Adlerschwingen entstehen läßt. Mich beschleicht ein merkwürdiges Gefühl. Ein starker, süßer Geruch schwappt vom Arm des Matrosen zu mir rüber. Ich merke plötzlich, daß meine Augen sich von dem rotgrünen Gemisch abgewandt haben und ich völlig versunken in den Anblick des Abfalleimers links von mir bin. Während ich auf den stillen Müll von bunten Candy-Verpackungen, Zigarettenkippen und alten zerknüllten, schlammfleckigen Kleenextüchern starre, wirft Carmey ein frisches, blutgetränktes Taschentuch auf den Haufen. Hinter den Umrissen von Neds und Mr. Tomolillos Kopf schwanken die Panther, die Rosen und die Damen mit den roten Brustwarzen, und ich bekomme eine Heidenangst. Ob ich nach vorne oder nach rechts falle, bei beiden Möglichkeiten werde ich an Carmeys Ellenbogen stoßen, er wird den Matrosen stechen, und ich habe einen tadellosen Fünfzehn-Dollar-Adler versaut, von der Schande für mich als Frau mal ganz abgesehen. Die einzige Alternative ist ein Sturz in den Eimer mit blutigem Papier.

»Jetzt mache ich das Braun«, Carmeys Stimme klingt meilenweit entfernt, und ohne es zu wollen, werfe ich einen Blick auf den blutglänzenden Arm des Matrosen. »Wenn der Adler verheilt ist, werden die Farben wie bei einem Gemälde ineinander übergehen.«

Neds Gesicht erscheint mir als schwarzes Gekritzel auf einer siebenfarbigen Flickendecke.

»Ich werde ...« Ich bewege die Lippen, aber es kommt kein Ton heraus.

Ned springt auf mich zu, aber bevor er mich erreicht, versinkt alles in Dunkelheit, als ob jemand das Licht ausgeknipst hätte.

Als nächstes sitze ich auf einer Wolke und schaue mit den alles durchleuchtenden Augen eines Engels in Carmeys Laden, aus dem das feine Summen einer Biene zu hören ist, und ich sehe sie blaues Feuer spucken.

»Das Blut hat sie geschafft, was?« Es ist Carmeys Stimme, schwach und weit weg.

»Sie ist ganz weiß«, sagt Mr. Tomolillo. »Und sie guckt so komisch.«

Carmey reicht Mr. Tomolillo irgendwas rüber. »Laß sie daran riechen.« Mr. Tomolillo reicht es an Ned weiter. »Aber nicht zuviel.«

Ned hält mir das Ding unter die Nase.

Ich rieche, und schlagartig sitze ich auf dem Stuhl vorne im Laden, mit der Kreuzigungsgruppe als Rückenstütze. Ich rieche gleich noch mal. Niemand sieht ärgerlich aus, dann bin ich wohl nicht an Carmeys Nadel gestoßen. Ned schraubt den Deckel auf eine kleine Flasche mit gelber Tinktur. Yardleys Riechsalz.

»Alles klar, um weiterzugucken?« Carmey deutet freundlich auf die verlassene Orangenkiste.

»Fast.« Ich habe das dringende Bedürfnis, Zeit zu gewinnen. »Haben Sie auch Tätowierungen?« flüstere ich in Mr. Tomolillos Ohr, das auf gleicher Höhe mit meinem Mund ist, weil er so klein ist.

Unter der pilzförmigen Krempe seines Filzhutes verdreht Mr. Tomolillo seine Augen himmelwärts. »Um Himmels willen, nein! Ich bin nur wegen der Federn hier. Die Federn in Mr. Carmichaels Maschine haben die Angewohnheit, mitten bei der Arbeit am Kunden zu zerbrechen.«

»Wie unangenehm.«

»Deswegen bin ich hier. Wir probieren gerade eine neue Feder aus, eine viel dickere. Sie wissen ja, wie quälend es ist, wenn man beim Zahnarzt sitzt, den Mund voll mit allem möglichen ...«

»Wattebäuschen und kleinen Metallabsaugern ...?«

»Genau. Und mittendrin wendet sich der Zahnarzt ab«, Mr. Tomolillo dreht sich mit einem bösen, geheimnisvollen Gesichtsausdruck halb weg, um seine Erzählung zu demonstrieren, »und fummelt in der Ecke zehn Minuten lang an der Maschine rum, und man weiß nicht, was los ist.« Mr. Tomolillos Gesicht glättet sich wie Leinen unter dem Dampfbügeleisen. »Deswegen bin ich hier, wegen der stärkeren Feder. Einer Feder, die den Kunden nicht im Stich läßt.«

Inzwischen bin ich soweit, meinen Ehrenplatz auf der Orangenkiste wieder einzunehmen. Carmey ist gerade mit dem Braun fertig, und die Farben haben sich während meiner Abwesenheit tatsächlich zu einer Einheit verschmolzen. Der eingeritzte Adler ist auf der rasierten Haut in dreifarbiger Wut angeschwollen, seine gebogenen Krallen sind scharf wie Fleischerhaken.

»Ich denke, wir könnten das Auge noch ein bißchen röter machen?« Der Matrose nickt, und Carmey schraubt den Deckel von einem Farbtöpfchen ab, dessen Inhalt wie Tomatenketchup aussieht. Jedesmal, wenn Carmey die Nadel absetzt, treten auf der Haut des Matrosen Blutperlen hervor, aber jetzt nicht nur an dem schwarzen Umriß des Adlers, sondern aus dem ganzen wunden, regenbogenfarbenen Körper.

»Rot«, sagt Carmey, »hebt die Dinge wirklich enorm.«

»Sammelst du eigentlich das Blut?« fragt Mr. Tomolillo plötzlich.

»Ich finde auch«, sagt Ned, »du könntest doch gut eine Abmachung mit dem Roten Kreuz treffen.«

»Mit einer Blutbank!« Das Riechsalz hat mir das Hirn frei geblasen, so daß ich das Gefühl habe, an einem blauen Tag auf dem Gipfel des Monadnocks zu stehen. »Sie brauchen nur eine kleine Schale auf dem Boden, um die Tropfen aufzufangen.« Carmey gräbt dem Adler ein rotes Auge ein. »Wir Vampire teilen das Blut nicht mit anderen.« Das Auge des Adlers ist nun röter, aber man kann nicht feststellen, ob vom Blut oder von der Tinte. »Ihr habt sicher noch nie von 'nem Vampir gehört, der das tut, oder?«

»Neee ...«, gibt Mr. Tomolillo zu.

Carmey überzieht das Fleisch hinter dem Adler mit Rot, und der fertige Adler schwebt vor einem roten Himmel, geboren und getauft aus dem Blut seines Besitzers.

Der Matrose taucht aus unbekannten Gegenden auf.

»Schön?« Mit seinem Schwamm befreit Carmey den Adler von seinem Blutschleier, ähnlich, wie ein Straßenmaler den Kreidestaub von einem Bild des Weißen Hauses, von Liz Taylor oder Lassie wegblasen würde.

»Ich sag immer«, bemerkt der Matrose, ohne jemanden anzugucken, »wenn du 'ne Tätowierung willst, dann 'ne gute. Nur das Beste.« Er schaut auf seinen Adler, der trotz Carmeys Tupferei wieder zu bluten angefangen hat. Sagt nichts. Carmey wartet auf irgendwas, und es scheint nicht das Geld zu sein. »Was kostet es, Japan drunter zu schreiben?« Carmey lächelt erfreut: »Einen Dollar.«

»Dann schreiben Sie Japan.«

Carmey zeichnet die Buchstaben auf den Arm des Matrosen, mit einem extra Schnörkel am Haken des J, an der Schleife vom P und dem abschließenden N, eine Liebeserklärung an den vom Adler beherrschten Orient. Er füllt seine Nadel und beginnt mit dem J.

»Ich ver*stehe*«, läßt Mr. Tomolillo mit klarer Dozentenstimme wissen, »Japan ist ein Zentrum des Tätowierens.«

»Nicht als *ich* da war«, sagt der Matrose. »Es ist verboten.«

»Verboten!« sagt Ned. »Warum das?«

»Ach, sie halten es für *bar*barisch, heutzutage.« Carmey läßt kein Auge vom zweiten A, unter seinen meisterhaften Fingern reagiert die Nadel wie ein eingerittenes Pferd. »Natürlich gibt's da Tätowierer. Geheim. Gibt's immer.« Er bringt den abschließenden Schlenker beim N an und wischt das quellende Blut ab, das anscheinend seine kunstvollen Linien verdecken will. »Ist es das, was Sie wollten?«

»Das isses.«

Carmey faltet einen Stoß Kleenex zu einem groben Verband und legt ihn auf den Adler und Japan. Flink, wie eine

Verkäuferin ein Geschenk verpackt, klebt er den Verband fest. Der Matrose steht auf und zwängt sich in seine Jacke. Ein paar schlaksige Schuljungen mit blassen, pickligen Gesichtern drängen sich am Eingang und sehen zu. Ohne ein Wort greift der Matrose nach seiner Brieftasche und streicht sechzehn Dollar-Noten von einer grünen Rolle. Carmey steckt das Geld in seine Brieftasche. Die Schuljungen gehen einen Schritt zurück, um den Matrosen rauszulassen.

»Ich hoffe, Sie nehmen es mir nicht übel, daß mir schwindlig wurde.«

Carmey grinst. »Was glauben Sie, warum ich das Riechsalz so schnell zur Hand hatte? Mir sind hier schon Riesenkerle umgekippt. Sie werden von ihren Kumpels angestachelt, hier reinzukommen, und wissen nicht, wie da wieder rauskommen. Ich hatte Leute hier, die bis über die Ohren in dem Eimer hingen und sich erbrechen mußten.«

»Das ist ihr noch nie passiert«, sagt Ned. »Sie hat schon jede Menge Blut gesehen. Bei Geburten, Stierkämpfen und solchen Sachen.«

»Sie waren einfach aufgeregt«, Carmey bietet mir eine Zigarette an, die ich nehme, und er nimmt selbst eine, und Ned nimmt eine, und Mr. Tomolillo sagt, nein, danke. »Sie waren verkrampft, daher kam's.«

»Was kostet ein Herz?«

Die Stimme gehört zu einem Jungen in einer schwarzen Lederjacke, der vorne im Laden steht. Seine Kumpels stoßen sich an, und ihr Lachen klingt heiser wie das Bellen junger Hunde. Der Junge grinst und errötet gleichzeitig unter den purpurnen Punkten seiner Akne. »Ein Herz mit einem Schriftband drunter und einem Namen darauf.«

Carmey lehnt sich in seinem Drehstuhl zurück und hakt

die Daumen in den Gürtel. Die Zigarette zittert an seiner Unterlippe.

»Vier Dollar«, sagt er, ohne mit der Wimper zu zucken.

»Vier Dollar?« Die Stimme des Jungen geht hoch und bricht in schriller Ungläubigkeit. Die anderen drei am Eingang murmeln sich was zu und treten von einem Fuß auf den andern. »Hier gibt's an Herzen nichts unter drei Dollar.« Bei geizigen Leuten geht Carmey keinen Schritt zurück. Du willst eine Rose, du willst ein Herz fürs Leben, also mußt du bluten. Und zwar tüchtig.

Der Junge zögert vor der Tafel mit Herzen, rosafarbigen, prallen, von Pfeilen durchbohrten Herzen, Herzen in einem Kranz von Butterblumen. »Wieviel«, fragt er mit kleiner, zaghafter Stimme, »wieviel nur für einen Namen?«

»Einen Dollar«, Carmeys Ton ist rein geschäftlich.

Der Junge streckt seine linke Hand aus. »Ich möchte Ruth.« Er zeichnet eine ungefähre Linie über sein Handgelenk. »Genau hier … dann kann ich es mit 'ner Uhr verdekken, wenn ich will.«

Seine Freunde am Eingang brüllen vor Lachen.

Carmey zeigt auf den Stuhl und legt die halbgerauchte Zigarette auf den Drehtisch zwischen zwei Farbtöpfe. Der Junge setzt sich und verstaut die Schulbücher auf dem Schoß.

»Was passiert«, Mr. Tomolillo stellt die Frage in den Raum, »wenn man beliebt, den Namen zu ändern? Streicht man ihn einfach aus und schreibt den nächsten darüber?«

»Man könnte über dem alten Namen eine Uhr tragen, so daß man nur noch den neuen Namen sieht«, schlägt Ned vor.

»Und dann die nächste Uhr darüber«, sage ich, »wenn es einen dritten Namen gibt.«

Mr. Tomolillo nickt: »So lange, bis die Uhren bis zur Schulter gehen.«

Carmey rasiert den spärlichen Haarbewuchs vom Handgelenk des Jungen. »Du wirst dir bei jemandem 'ne Menge Ärger einhandeln.«

Der Junge starrt auf sein Handgelenk mit einem etwas zittrigen, unsicheren Lächeln, einem Lächeln, das wohl nur für die Öffentlichkeit bestimmt ist, denn er würde wohl lieber weinen. Mit seiner rechten Hand umklammert er seine Schulbücher, damit sie ihm nicht von den Knien rutschen. Carmey ist fertig mit seinen Vorarbeiten, R-U-T-H steht auf dem Handgelenk des Jungen, und er hält die Nadel bereit. »Sie wird dich ganz schön anschreien, wenn sie das sieht.« Aber der Junge fordert ihn mit einem Nicken auf, weiterzumachen.

»Warum«, fragt Ned, »warum wird sie ihn anschreien?«

»Geht der hin und läßt sich tätowieren!« Carmey ahmt eine übertriebene Empörung nach. »Und nur den Namen! Ist *das* alles, was dir für mich einfällt? – Sie wird sich Rosen, Vögel, Schmetterlinge wünschen ...« Die Nadel steckt eine Sekunde lang fest, und der Junge zuckt wie ein junges Fohlen.

»Und *wenn* du dir den ganzen Kram machen läßt, um ihr zu gefallen – Rosen ...«

»Vögel und Schmetterlinge«, fährt Mr. Tomolillo fort, »dann wird sie sagen, und das ist so sicher wie Regen beim Fußball, warum hast du dafür das viele *Geld* ausgegeben?« Carmey wirft die Nadel in die Schüssel mit dem Antiseptikum. »Einer Frau kann man es nie recht machen.« Ein paar spärliche Blutstropfen ziehen sich über die vier Buchstaben – Buchstaben, so schwarz und rein, daß man kaum unterscheiden kann, ob es eine Tätowierung ist oder nur eine Tintenschrift. Carmey überklebt den Namen mit einem kleinen Kleenexverband. Die ganze Operation dauerte keine zehn Minuten.

Der Junge angelt einen zerknüllten Dollarschein aus der Hosentasche. Seine Freunde hauen ihm anerkennend auf die Schulter, und sie drängen sich alle zugleich aus der Tür, einander anrempelnd und stoßend, und fallen beinah über ihre eigenen Füße. Ein paar schreckensbleiche Gesichter hinter dem Schaufenster verschwinden unter Carmeys Blick.

»Kein Wunder, daß das Kerlchen kein Herz wollte, er wüßte ja gar nicht, für wen. Ich wette, nächste Woche kommt er wieder und will eine Betty oder Dolly oder so was.« Carmey seufzt und langt aus seinem Pappkarton ein paar Photos, die er nicht an die Wand hängen will, und zeigt sie rum. »Ein Bild hätte ich zu und zu gern«, er lehnt sich in seinem Drehstuhl zurück und legt die Cowboystiefel auf einen kleinen Karton. »Den Schmetterling. Ich hab Bilder von der Hasenjagd. Ich hab Bilder von Schlangen, die sich an den Damen hinauf- und in sie hineinwinden, aber ich könnte 'ne Menge Knete machen, wenn ich 'n Bild hätte mit 'nem Schmetterling auf 'ner Frau.«

»Will denn keiner so 'ne verrückte Art von Schmetterling?« Ned wirft einen verlangenden Blick auf meinen Bauch, wie auf ein kostbares Stück käuflichen Pergaments.

»Es geht nicht darum, wie er aussieht, sondern wo er hin soll. Auf jedem Oberschenkel einen Flügel. Ihr wißt doch, daß die Flügel von Schmetterlingen so ein ganz bißchen vibrieren, wenn sie auf einer Blüte sitzen? Und genau so würden die Flügel bei jeder Bewegung der Frau vor- und zurückgehen, vor und zurück. Ich hätte so gern eine Photographie davon, daß ich den Schmetterling praktisch umsonst machen würde.« Eine Sekunde lang erwäge ich einen zehnmal vergrößerten Guinea-Goldfalter, dessen ausgebreitete Flügel von der Hüfte bis zu den Knien reichen, aber ich lasse den Gedanken schnell wieder fallen. Das fehlte gerade noch, daß ich meine Haut schneller satt habe als die Jacke vom vergangenen Jahr.

»Eine Menge Frauen *wünschen* sich einen Schmetterling an genau dieser Stelle«, fährt Carmey fort, »aber das Verrückte ist, keine will sich anschließend photographieren lassen: Noch nicht mal von der Taille abwärts. Nicht daß ihr glaubt, ich hätte mich nicht zu fragen getraut. Aber wenn man es nur erwähnt, sind sie so entsetzt, als ob ganz Amerika sie wiedererkennen könnte.«

»Könnte deine Frau dir nicht den Gefallen tun?« fragt Mr. Tomolillo schüchtern. »Dann würde es in der Familie bleiben.«

Carmeys Gesicht verzieht sich schmerzhaft. »Nee«, seine Stimme klingt bedauernd und als ob er es immer noch nicht glauben kann: »Nee, Laura will nichts von der Nadel wissen. Früher habe ich gehofft, das würde sich irgendwann legen, aber nichts da. Und manchmal bringt sie mich so weit, daß ich mich frage, warum ich so scharf darauf bin. Laura ist so weiß wie am Tag ihrer Geburt. Sie haßt Tätowierungen.« Bis zu diesem Moment hatte ich törichterweise vorgehabt, Laura in Carmeys Laden kleine intime Besuche zu machen. Ich hatte mir eine geschmeidige, biegsame Laura vorgestellt, einen abflugbereiten Schmetterling auf jeder Brust, blühende Rosen auf den Pobacken, auf dem Rücken einen Goldschatz bewachenden Drachen und Sindbad den Seefahrer sechsfarbig auf ihrem Bauch; eine Frau, die von Kopf bis Fuß Erfahrung ausstrahlt, eine Frau, von der ich etwas fürs Leben lernen wollte. Ich hätte es eigentlich wissen müssen.

Eingehüllt in den Rauch unserer Zigaretten, hängen wir schweigend unseren Gedanken nach, als eine rundliche, kräftige Frau den Laden betritt, gefolgt von einem Mann mit fettigen Haaren und einem drohend herausfordernden Gesichtsausdruck. Die Frau ist bis zum Kinn in einen grellblauen Wollmantel eingewickelt, und der fuchsienrote Schal läßt nur die blond schimmernde pompöse Haarkrone frei. Ohne einen Blick auf die Kreuzigungsgruppe zu verschwenden, setzt sie sich auf den Stuhl vors Fenster und fährt fort, Carmey unverwandt anzustarren. Der Mann bezieht finsteren Blickes neben ihr Stellung, als erwarte er, daß Carmey sich ohne Vorwarnung aus dem Staub machen würde.

Eine Zeitlang herrscht ein bedrohliches Schweigen.

»Nun ja«, sagt Carmey freundlich, aber kleinlaut, »das ist meine Frau.«

Ich erhebe mich von meiner bequemen Kiste neben Carmeys Ellbogen, um einen zweiten Blick auf die Frau zu werfen. Aus der wachhundähnlichen Haltung des merkwürdigen Mannes schließe ich, daß er entweder Lauras Bruder oder ihr Leibwächter oder ein von ihr angestellter zweitklassiger Privatdetektiv ist. Mr. Tomolillo und Ned streben gleichzeitig auf die Tür zu.

»Wir müssen uns aufmachen«, murmele ich, da keiner die Absicht zu haben scheint, etwas zu sagen.

»Sag doch den Leuten guten Tag, Laura«, bittet Carmey mit dem Rücken zur Wand. Ich kann mir nicht helfen, er tut mir leid, und ein bißchen schäme ich mich für ihn. All seine Stärke und die flotten Sprüche sind verflogen.

Laura sagt kein Wort. Mit der Gelassenheit einer Kuh

wartet sie auf unseren Abgang. Ich sehe ihren Körper vor mir, lilienweiß und leer, der Körper einer Frau, einer Nonne, unerreichbar für die Wut des Adlers, für das Verlangen der Rose. Die Menagerie der Welt an Carmeys Wand verlangt sehnsuchtsvoll nur nach ihr.

Das kind ist amoralisch. Der papua ist es für uns auch. Der papua schlachtet seine feinde ab und verzehrt sie. Er ist kein verbrecher. Wenn aber der moderne mensch jemanden abschlachtet oder verzehrt, so ist er ein verbrecher oder ein degenerierter. Der papua tätowiert seine haut, sein boot, sein ruder, kurz alles, was ihm erreichbar ist. Er ist kein verbrecher. Der moderne mensch, der sich tätowiert, ist ein verbrecher oder ein degenerierter. Es gibt gefängnisse, in denen achtzig prozent der häftlinge tätowierungen aufweisen. Die tätowierten, die nicht in haft sind, sind latente verbrecher oder degenerierte aristokraten. Wenn ein tätowierter in freiheit stirbt, so ist er eben, einige jahre bevor er einen mord verübt hat, gestorben.
Der drang, sein gesicht und alles, was einem erreichbar ist, zu ornamentieren, ist der uranfang der bildenden kunst. Es ist das lallen der malerei. Alle kunst ist erotisch.

Adolf Loos,
Ornament und Verbrechen

Junichiro Tanizaki

Tätowierung

Es war zu jener Zeit, als die Menschen noch die edle Tugend des Leichtsinns besaßen und nicht wie heute einen erbarmungslosen Kampf ums Dasein führten. Damals ging es in der Welt noch so schwerelos zu, daß Berufe wie die der Klatsch und Tratsch verbreitenden Tee-Bonzen, die als Sachverständige für die Teezubereitung angestellt wurden, und der späßemachenden und speichelleckenden Geisha-Vermittler gedeihen konnten, auf daß die Fürsten und Kavaliere sich ja nicht langweilten und die Hofdamen und Kurtisanen das Lachen nicht verlernten. Vom Theater mit seinen beliebten Rührstücken bis hin zu den Unterhaltungsromanen jener Zeit galt nur der Schöne als sympathisch und stark, und der Häßliche unterlag. Jeder bemühte sich, schön zu sein, bis man schließlich so weit ging, sich tätowieren zu lassen. Kühne Linien und leuchtende Farben tanzten auf der nackten Haut der Menschen jener Zeit.

Wer Vergnügungsstätten besuchte, wählte sich Sänftenträger mit kunstvoller Tätowierung. Die Damen der Vergnügungsviertel Yoshiwara und Tatsumi bevorzugten mit ihrer Gunst schön tätowierte Männer. Hochstapler und Feuerwehrmänner, ehrsame Bürger und sogar Edelleute – alle ließen sich tätowieren. Von Zeit zu Zeit fanden öffentliche Zurschaustellungen von Tätowierungen statt. Dort zeigten die Männer protzend ihre nackten Leiber, und man kritisierte die Tätowierungen nach ihren künstlerischen Entwürfen, lobte die Originalität der einen und tadelte die Mängel der anderen.

Damals lebte ein begabter junger Tätowierer namens Seikichi. Man rühmte ihn überall als einen Könner und verglich ihn mit großen Meistern wie Charibun von Asakusa oder Yakkohei und Konkonjirô von Matsushima-chô. Viele menschliche Körper wurden vor ihm entblößt und dienten seinem Pinsel und seiner Nadel als Betätigungsfeld. Von seiner Hand stammte ein großer Teil der Tätowierungen, die bei den Ausstellungen prämiert wurden. Während der Tätowierer Darma Kin als Meister der stumpfen Manier und der Künstler Karakusa Gonta als Meister der zinnoberroten Tätowierung gelobt wurden, war Seikichi berühmt für seine phantasievollen Entwürfe.

Früher hatte Seikichi als Maler gearbeitet, in der Schule der Holzschnittmeister Toyokuni und Kunisada. Obgleich er zum Tätowierer herabgesunken war, hatte er sich doch sein künstlerisches Gewissen und seine Sensibilität bewahrt. Seine Kunst ließ er nur jemandem angedeihen, der durch Schönheit an Gestalt und Haut sein Herz erobert hatte, und die seltenen, so ausgewählten Kunden mußten nicht nur die künstlerische Ausgestaltung und den Preis ganz dem Willen Seikichis überlassen, sondern auch Wochen und Monate hindurch die fast unerträgliche Marter seiner Nadelstiche erdulden.

Im Herzen des jungen Tätowierers verbarg sich eine ungewöhnliche Leidenschaft. Er spürte ein überwältigendes Lustgefühl, wenn die von ihm tätowierten Männer vor Schmerzen laut aufstöhnten. Die meisten konnten diese Schmerzen nicht gut ertragen. Wenn er ihnen mit der Nadel durch die Haut in das schwellende, von Blut tropfende Fleisch stach, schrien sie laut. Die zinnoberrote und die stumpfe Tätowierung, die besonders schmerzhafte Prozeduren waren, machten ihm den meisten Spaß. Die Patienten mußten, wenn sie an einem Tage durchschnittlich fünf- bis sechshundert Nadelstiche bekommen hatten, anschließend heiß baden, um den Farben Glanz zu verleihen. Völlig erschöpft kamen sie dann aus dem Bad, und manche stürzten bewußtlos vor Seikichis Füßen nieder. Dann warf Seikichi einen gleichgültigen Blick auf ihre erbarmungswürdige Gestalt und fragte mit befriedigtem Lächeln:

»Es wird doch nicht weh tun?«

Wenn ein Mann verzweifelt das Gesicht verzog, mit den Zähnen knirschte oder laut aufschrie, als ob seine letzte Stunde gekommen sei, sagte Seikichi:

»Aber mein Herr, Ihr seid doch ein Großstädter! Nehmt Euch zusammen! Meine Nadeln sind nun einmal außergewöhnlich schmerzhaft!«

Und er tätowierte gleichmütig weiter, mit einem Seitenblick auf das tränenüberströmte Gesicht des Patienten. Wenn aber ein Tapferer seinen Mut zusammennahm und mit aller Anstrengung versuchte, sich die Schmerzen nicht anmerken zu lassen, lachte Seikichi, die weißen Zähne blekkend:

»Na, einen so starken Willen hätte ich Euch gar nicht zugetraut. Doch es wird Euch nach und nach so zu schmerzen beginnen, daß Ihr es nicht mehr aushalten könnt!«

Seikichi hegte seit Jahren den einen Wunsch, einmal einer Frau von glänzender Schönheit sein höchstes Künstlertum auf die Haut zu tätowieren. Wenn er an das Aussehen und das Wesen dieser Frau dachte, stellte Seikichi hohe Ansprüche. Ein hübsches Gesicht und eine feine Haut allein konnten ihn noch lange nicht befriedigen. Obwohl er sämtliche Damen geprüft hatte, die im Kurtisanenviertel von Tôkyô als Schönheiten berühmt waren, hatte er keine finden können, die seine Sinne reizte. Stets stand ihm das Bild seiner Idealgestalt vor dem inneren Auge, doch in der Wirklichkeit konnte er es nirgends entdecken. So verstrichen drei, vier Jahre der Sehnsucht, und sein Verlangen nahm nur zu.

Im vierten Jahr, an einem Sommerabend, als Seikichi im Vergnügungsviertel Fukagawa am Restaurant Hirasei vorüberging, streifte sein Blick zufällig den nackten, schneeweißen Fuß einer Frau, der unter dem Vorhang einer vor der Tür wartenden Sänfte hervorsah. Seikichis geschärfter Blick las aus dem Fuß den Ausdruck der Schönheit, wie ihn sonst nur das Antlitz spiegelt. Dieser Frauenfuß war für Seikichi ein kostbares Juwel aus Fleisch. Diese Kette aus fünf zarten Zehen, dieses Farbenspiel der Nägel, ähnlich dem der hellrosa Muscheln, wie sie am Strand von Enoshima gesammelt werden! Die Ferse in ihrer sanften Rundung glich einer Perle, und die Haut glänzte in einer Reinheit, als sei sie ständig mit dem klaren Wasser einer Felsenquelle bespült worden. Dieser Fuß, schien es Seikichi, müsse das Blut der Männer in Wallung bringen und ihre Herzen zertreten. Die Frau, der dieser Fuß gehörte, war die Frau aller Frauen, die er jahrelang so sehnsüchtig gesucht hatte. Seikichi bezähmte seine jauchzende Freude und eilte der Sänfte nach, voller Hoffnung, das Gesicht der Dame zu sehen. Doch er war kaum zwei-, dreihundert Meter gelaufen, da war ihm die Sänfte entschwunden.

Das Jahr verging, und aus Seikichis Sehnsucht erwuchs eine leidenschaftliche Liebe. Der Frühling des fünften Jahres war fast vorüber, als Seikichi eines Morgens auf der Bambusveranda seines Hauses in Saga-chó unweit des Vergnügungsviertels Fukagawa stand, mit der Morgentoilette beschäftigt und seine immergrünen Topfpflanzen betrachtend. Da war ihm, als höre er jemand durchs Gartentor kommen, und gleich darauf sah er aus dem Schatten des Zaunes ein Mädchen näher treten, das er nicht kannte.

Das junge Mädchen war von einer Bekannten Seikichis, einer Sängerin im Vergnügungsviertel Tatsumi, mit einem Auftrag zu ihm gesandt worden.

»Meine Kollegin läßt Euch, verehrter Meister, bitten, auf das Futter dieses Umhangs ein Muster zu malen ...«, sagte das Mädchen, entfaltete ein goldgelbes Einschlagtuch und entnahm ihm den Umhang, der nochmals in ein mit einem Schauspielerporträt verziertes Papier eingewickelt war, und einen Brief.

In dem Brief bat die junge Sängerin wiederholt, ihren Umhang zu verschönern, und zum Schluß erwähnte sie, daß das junge Mädchen, das den Brief überbringe, in nächster Zeit ihre Kollegin werden und als Sängerin auftreten würde. Er möchte sich des Mädchens doch so annehmen, wie er es bisher mit ihr selbst getan habe.

»Da ich dich nicht kenne, nehme ich an, daß du erst vor kurzem nach Tôkyô gekommen bist?« fragte Seikichi und begann, die Gestalt des Mädchens aufmerksam zu mustern. Es schien nicht älter als sechzehn oder siebzehn Jahre zu sein, doch waren ihre Gebärden beherrscht und ihr Gesicht seltsam gereift. Ihre Schönheit schien den Träumen all der hübschen Männer und Frauen entsprossen, die seit Jahrhunderten in dieser Großstadt gelebt hatten, dem Sammelbecken aller Reichtümer und Laster des Landes.

»Hast du nicht ungefähr im Juni letzten Jahres einmal das Restaurant Hirasei in einer Sänfte verlassen?« fragte Seikichi, und während er sie bat, auf der Veranda Platz zu nehmen, betrachtete er forschend ihren zarten Fuß, der, mit einer strohgeflochtenen Sandale bekleidet, auf der Stufe ruhte. Das Mädchen lachte über die merkwürdige Frage:

»Ach ja, damals lebte mein Vater noch, und er führte mich öfters ins Restaurant Hirasei.«

Da ergriff Seikichi die Hand des Mädchens, das sich gerade höflich verabschieden wollte, und sagte:

»Fünf Jahre sind es nun schon, daß ich auf dich warte. Heute ist es freilich das erste Mal, daß ich dein Gesicht sehe, aber damals habe ich deinen Fuß gesehen und ihn nie vergessen ... Ich möchte dir etwas zeigen. Bitte, komm doch zu mir herein, und fühle dich wie zu Hause.«

Er geleitete sie nach oben in ein Zimmer, von dem aus man eine schöne Aussicht auf den vorüberfließenden Strom hatte. Er holte zwei große Bildrollen herbei und entrollte die eine vor dem Mädchen.

Es war eine Darstellung der chinesischen Prinzessin Mo Hsi, der Geliebten eines tyrannischen altchinesischen Chou-Königs. Sie lehnte lässig am Geländer einer Treppe, und ihr langes Brokatkleid floß wellenförmig die Stufen herab. Eine schwere, mit Lapislazuli und Korallen besetzte Goldkrone schmückte ihr Haupt. In der rechten Hand einen großen Kelch haltend, blickte sie kalt auf ihr Opfer – einen Gefangenen, der im Hof vor ihren Augen hingerichtet werden sollte. Er war an Armen und Beinen an eine bronzene Säule gekettet. In Erwartung seines Schicksals beugte er mit geschlossenen Augen den Kopf vor der Prinzessin. Der grausame Blick der Frau und das todesbleiche Gesicht des Mannes waren mit großer Ausdruckskraft dargestellt – nicht in grober Zeichnung, in der solche Szenen sonst wiedergegeben zu werden pflegen.

Das Mädchen betrachtete eine Zeitlang versunken das furchtbare Bild. Unbewußt leuchteten ihre Augen, und ihre Lippen zitterten. Auf geheimnisvolle Weise wurde ihr Gesicht dem der chinesischen Prinzessin ähnlich. Sie fand in dem Bild ihr verborgenes wahres Ich.

»In diesem Bild spiegelt sich deine Seele«, sagte Seikichi freudig erregt und sah sie lachend an.

Das Mädchen hob die bleiche Stirn und fragte:

»Warum zeigt Ihr mir so etwas Furchtbares?«

»Die Frau auf dem Bild bist du. Ihr Blut pulsiert in deinen Adern.«

Seikichi holte das dazugehörige andere Bild und rollte es auf. Es trug die Überschrift »Opfer«. In der Mitte des Bildes war eine junge Frau dargestellt, die am Stamm eines Kirschbaumes lehnte. Zu ihren Füßen lagen mehrere tote Männerkörper wirr übereinander. Die Augen funkelten wild vor Stolz und Freude. Sie war umflattert von einer Schar Vögel, die ein Lied des Triumphes zu singen schienen. Stellte das Bild ein Schlachtfeld dar oder einen Blumengarten im Frühling?

Beim Betrachten dieses Bildes war dem Mädchen, als entdecke es eine in der Tiefe seines Herzens verborgene Grausamkeit. Seikichi zeigte auf die gemalte Frau, deren Gesicht wiederum dem des Mädchens ähnelte, und sagte:

»Das ist deine Zukunft. Die Männer werden für dich ihr Leben lassen.«

»Oh, ich bitte Euch, nehmt schnell das Bild weg!« sagte sie, und wie um seinem furchtbaren Zauber zu widerstehen, wandte sie sich vom Bild ab und warf sich auf die Fußmatte. Dann sagte sie mit zuckenden Lippen:

»Ich gestehe, Meister, Ihr habt recht. Ich habe den gleichen Charakter wie die Frauen dort im Bild. Aber bitte, tut die Bilder weg.«

Das unheimliche Lächeln wich nicht von Seikichis Gesicht.

»Sei kein Feigling! Sieh dir lieber das Bild genau an. Du wirst solche Bilder bald nicht mehr fürchten.«

Das Mädchen hob den Kopf nicht mehr. Sie lag am Boden, das Gesicht im Ärmel des Kimonos vergraben, und flehte immer wieder:

»Meister, laßt mich nach Hause. Ich habe Angst bei Euch.«

»Warte nur!« erwiderte Seikichi. »Ich mache dich zu einer Frau von wunderbarer Schönheit!«

Er rückte nah an sie heran. In einer Tasche hatte er ein Betäubungsmittel, das er früher einmal von einem holländischen Arzt gekauft hatte.

Die Sonne spiegelte sich im Strom und leuchtete hell in das acht Matten große Zimmer. Ihre vom Wasser reflektierten Strahlen malten zitternde goldene Wellen auf das Papier der Schiebetür und auf das Gesicht des schlafenden Mädchens. Seikichi hatte das Zimmer abgeschlossen und ließ sich neben dem Mädchen nieder. Jetzt konnte er zum erstenmal in Ruhe seine wundersame Schönheit genießen, und er vermeinte, ewig in den Anblick des vollkommenen, unbewegten Antlitzes versunken dasitzen zu können.

Doch der Drang, seinen langgehegten Wunsch in die Tat umzusetzen, stachelte ihn an. Er legte die Tätowierungsinstrumente bereit und entkleidete das Mädchen. Er klemmte den Pinsel in die linke Hand zwischen Daumen, Ringfinger und kleinen Finger und setzte die Pinselspitze auf den Rücken des Mädchens auf. In der rechten Hand hielt er die Nadel, mit der er längs der vorher gezogenen Pinselstriche einstach. Wie einst das Volk von Memphis das schöne Land Ägypten mit Sphinxen und Pyramiden schmückte, so schmückte Seikichi die reine Haut dieses Mädchens. Er ließ seine ganze Seele in die Zeichnung fließen, und jeder eingespritzte Tropfen Zinnober war wie ein Tropfen seines eigenen Blutes, der in den Körper des Mädchens strömte.

Er merkte nicht, wie die Zeit verging. Der Mittag kam und ging, und der stille Frühlingstag neigte sich seinem Ende zu. Seikichis Hände waren unermüdlich an der Arbeit, ohne das Mädchen aus dem Schlaf zu wecken. Bald ging der Mond auf und ergoß sein träumerisches Licht über die Dachfirste der Häuser am anderen Flußufer. Die Tätowierung war noch nicht halb fertig. Seikichi unterbrach seine Arbeit nur, um die Lampe höher zu schrauben, setzte sich wieder und griff zur Nadel. Jedesmal, wenn er die Nadel einstach oder herauszog, holte er tief Atem und fühlte sich wie ins eigene Herz gestochen.

Allmählich mehrten sich die Spuren seiner Nadelstiche, und aus ihnen erwuchs der Umriß einer riesigen Spinne. Als die bleiche Morgendämmerung heraufzog, hatte das dämonische Tier seine acht Gliedmaßen ausgestreckt und sich über den ganzen Rücken des Mädchens gebreitet.

In der zu Ende gehenden Frühlingsnacht ertönten die Stimmen der Schiffer, die draußen auf dem Fluß die Boote mit weißen Segeln ruderten. Der Morgen dämmerte herauf, und die Dachziegel der Häuser in den umliegenden Ortschaften wurden sichtbar. Seikichi legte den Pinsel nieder und betrachtete die Spinne, die er auf den Rücken des Mädchens eintätowiert hatte. In dieses Tierbild hatte er seine ganze Lebenskraft gegossen. Nun, da das Werk vollendet war, war sein Herz leer.

Einige Zeit blieb Stille um die beiden Menschen im Zimmer. Dann erklang bebend Seikichis heisere Stimme:

»Ich habe meine ganze Seele in deine Tätowierung gelegt, um dich zur schönsten aller Frauen zu machen. Von nun an gibt es keine Frau in Japan, die es mit dir aufnehmen könnte. Dein Herz wird nie mehr zagen. Alle Männer werden dir zum Opfer fallen – Opfer für den Stolz deiner Schönheit.«

Als hätte das Mädchen Seikichis Worte verstanden, kam ein schwacher Seufzer von seinen Lippen. Langsam kam es zu Bewußtsein. Als es tief Atem zu holen begann und seine Schultern dabei hob und senkte, bewegten sich die Glieder der Spinne, als lebe sie.

»Du wirst wohl Qualen leiden. Denn die Spinne umschlingt deinen Körper.«

Das Mädchen schlug halb die Augen auf, die noch ausdruckslos blickten. Doch wie der Mond des Abends an Leuchtkraft zunimmt, glomm in ihren Augen ein Leuchten auf, und sie strahlte Seikichi an:

»Meister, zeigt mir die Tätowierung auf meinem Rücken! Wenn ich nun Eure Seele in mich aufgenommen habe, muß ich sehr schön geworden sein!«

Es sprach wie im Traum, doch in seiner Stimme schwang ein Unterton neuen Selbstvertrauens.

»Zuerst nimm ein Bad, um den Farben ihre Vollendung

zu geben. Es wird sehr weh tun, aber du mußt es durchstehen«, flüsterte Seikichi dem Mädchen fürsorglich ins Ohr.

»Ich will alles ertragen, wenn ich nur schön werde!« sagte sie und zwang sich zum Lächeln. Sie folgte Seikichi die Stufen hinunter ins Bad, und als sie in das dampfende Wasser stieg, glitzerten ihre Augen vor Schmerz.

»Oh, wie das brennt!« stöhnte sie. »Meister, ich bitte Euch, laßt mich allein und wartet oben. Ich will nicht, daß ein Mann mich in einem solchen Zustand der Pein sieht.«

Als sie aus dem Bad stieg, noch feucht vom Wasser, stieß sie die zärtlich helfenden Hände Seikichis zurück und sank zu Boden, aufstöhnend in unerträglichem Schmerz. Das aufgelöste Haar fiel wirr über die Wangen. Der Spiegel hinter ihr warf das Bild zweier perlmutterweißer Fußsohlen zurück.

Seikichi folgte ihrem Wunsch und stieg hinauf, um sie oben zu erwarten. Eine halbe Stunde verging, und als sie schließlich kam, hatte sie sich angekleidet. Ihr schwarzes, vom Baden feuchtes Haar umrahmte, bis auf die Schultern fließend, ihr Gesicht. Ihr zarter Mund und die geschwungenen Brauen zeigten keinen Schatten des Schmerzes mehr, und wie sie, ans Treppengeländer gelehnt, über den Fluß in die duftige Ferne hinausblickte, lag ein kalter Glanz in ihren Augen. Trotz ihrer Jugend hatte sie die Züge einer Frau, die jahrelang in Teehäusern gelebt hat und die Kunst beherrscht, Männerherzen zu bezaubern. Seikichi staunte über das veränderte Auftreten des Mädchens, das so im Gegensatz zu ihrer gestern gezeigten Scheu stand.

»Es ist nun wohl Zeit für dich, heimzugehen«, sprach er sie an. Er legte die beiden Bildrollen vor sie hin:

»Diese Bilder schenke ich dir, wie auch die Tätowierung.«

»Meister«, erwiderte sie, »mein Herz ist jetzt frei von Furcht.« Der Blick des Mädchens durchdrang ihn wie eine frisch geschärfte Klinge. Es war der Blick der chinesischen Prinzessin und der anderen jungen Frau auf dem Bild mit dem Titel »Opfer«. Ihre Stimme hatte den Ton des Triumphes:

»Ihr, Meister, werdet mein erstes Opfer sein – Opfer meiner Schönheit!«

Da bat Seikichi:

»Laß mich deine Tätowierung sehen!«

Das Mädchen nickte stumm und entblößte seinen Körper. Die Strahlen der Morgensonne trafen den Rücken des Mädchens, und ihr goldener Glanz setzte die riesige Spinne in Brand.

Der Saal war betäubt wie im Haschischrausch. Durch den blauen Halbschatten hörte man Gekeuche, Seufzer, Stöhnen. Jemand rang röchelnd nach Luft. Wie in Trance den Tönen eines Schlangenbeschwörers folgend schwang Mata Haris Reptilienkörper noch einmal zu dem im Schlaf lächelnden Gott herum und verneigte sich drei Mal tief. Dann drehte sie sich ganz, ganz langsam um sich selbst und löste mit atemberaubender Langsamkeit den metallenen Armreif von ihrem linken Handgelenk. Unter dem massiven Kupfer erschien ein schmales natürliches Armband auf ihrer mattgoldenen Haut. Die blaue Tätowierung einer Schlange, die sich in den Schwanz beißt. Schließlich sank sie nackt zu Boden und brachte ihren Armreif als Opfergabe dem Gott mit dem geheimnisvollen Lächeln dar, Beschützer ihrer Liebschaft mit dem Mond.

Louis Dumur, Les Défaitistes

Thorsten Krämer

Nur ein Strich

Seitdem ich ihren Nacken gesehen habe, fällt es mir schwer, mit Nicole zu reden. Oder genauer, nicht über das zu reden, was ich dort gesehen habe: ein Tattoo, ein chinesisches Zeichen, das *Liebe* bedeuten soll und bei einer oberflächlichen Betrachtung auch als das entsprechende Zeichen durchgehen würde. Leider bin ich sehr schlecht im oberflächlichen Betrachten ... Mein Analytiker meint, ich sollte es ihr sagen, aber ich glaube, er schätzt die Lage falsch ein. Was weiß er schon über mich? Ich nehme mir vor, ihn genau das beim nächsten Mal zu fragen. Doch fürs Erste muss ich heute versuchen, das Abendessen mit Nicole zu überstehen. Wäre sie nicht eines Tages mit dieser modischen Kurzhaarfrisur zu mir gekommen, alles könnte noch so sein wie am Anfang unserer Beziehung. Sie arbeitet in der Bank, der ich mein Geld anvertraut habe, viel ist es nicht, aber es reicht und würde sicher auch für zwei reichen, wenn Nicole sich zum Beispiel nach unserer Heirat entschließen würde, ihre Arbeit aufzugeben. Warum sie das tun sollte? Ich weiß es nicht, aber die Möglichkeit bestünde zumindest. Ich habe für den Fall, dass sie aufhört zu arbeiten, schon einmal ausgerechnet, wie viel Geld uns bei Ausnutzung aller steuerlichen Vorteile als Ehepaar bliebe – sie müsste ihren Lebensstandard um etwa drei Prozent senken, was ich durchaus für zumutbar halte. Vielleicht sollte ich ihr heute davon erzählen? Die Zahlen könnten mich ablenken von dem falschen Strich auf ihrem Nacken, es wäre ein ganz entspanntes Gespräch. Ich weiß, dass sie es nicht mag, wenn ich über Geld nachdenke, sie muss schon selbst während der Arbeit ständig über Geld nachdenken, da zieht sie es vor, in ihrer Freizeit über andere Dinge zu sprechen. Aber die Zukunft kommt nicht von allein zur Tür hereingeschneit, da muss schon einer zu Hause sein, wenn es klingelt. Ich rufe also lieber meinen Analytiker an und frage, ob er mir kurzfristig einen Termin geben kann. Vielleicht, wenn ich ihm die Sache mit dem Zeichen noch einmal erkläre ... Was wissen Sie denn schon über mich?, frage ich ihn, als er mir in seinem bequemen Sessel gegenübersitzt. Schon bei unserer ersten Sitzung ist mir aufgefallen, dass sein Sessel viel bequemer aussieht als die Couch für die Patienten. Ich machte ihn darauf aufmerksam, aber er sagte nur: Patient ist nicht der richtige Ausdruck. Ich weiß so einiges über Sie, sagt er jetzt und wirkt dabei ganz entspannt, meine Zweifel an seiner Kompetenz scheinen ihn nicht getroffen zu haben. Schon möglich, lenke ich ein, dafür weiß ich mehr über chinesische Zeichen als Sie. Ich stehe auf und gehe an die Tafel, die hinter ihm an der Wand hängt. Sehen Sie, das hier

ist das Zeichen für *Liebe*, auf Chinesisch *ai*. Das Tattoo auf Nicoles Nacken dagegen sieht so aus:

Bemerken Sie den Unterschied? Haben Sie schon einmal Ezra Pound gelesen?, fragt er zurück. Ich nehme mein Handy und sage Nicole für den Abend ab. Bis nach Mitternacht sitze ich vor dem Computer und trage Informationen über diesen Pound zusammen: amerikanischer Dichter, schrieb fast sein ganzes Leben an einem einzigen langen Gedicht, am Ende wahnsinnig. Soll das vielleicht ein Seitenhieb auf mich sein? Nein, der Zusammenhang ist folgender: Pound verwendete in seinem Endlosgedicht zum Teil chinesische Zeichen, manche davon allerdings falsch. Und hat es seinem Gedicht geschadet? Denken die Leute heute, wenn man ihnen den Namen Ezra Pound nennt: Ach ja, dieser wahnsinnige Dichter, der kein Chinesisch konnte? Nein, sie denken an gar nichts. Und auch ich sollte an nichts denken, wenn ich Nicoles Nacken mit diesem falschen Strich sehe, der das Radikal für *Herz* verunstaltet. Ich rufe Nicole an: Tut mir leid wegen gestern Abend, aber was hältst du davon, wenn wir uns heute zum Mittagessen treffen? Um eins, im *Rendezvous?* Dann bis später! Es ist kein Platz mehr frei im *Rendezvous,* also warte ich vor der Tür auf Nicole. Da kommt eine Frau vorbei, die vor einer Woche neben mir an der Ampel am Rudolfplatz stand. Ich kann nichts dafür, ich merke mir so etwas einfach. Unwillkürlich nicke ich ihr zu, sie lächelt mich an. Kennen wir uns?, fragt sie und bleibt stehen. Ja und nein, sage ich, als Nicole um die Ecke biegt. Vielleicht vom Theater? Sie scheint Schauspielerin zu sein, daher wahrscheinlich ihre offene Art. Ich spiele gerade die Ophelia in einer Off-Produktion, vielleicht hast du mich da gesehen? Hallo, sagt Nicole, störe ich? Ich bin schon ewig nicht mehr im Theater gewesen, sage ich und wende mich an meine zukünftige Verlobte, du vielleicht? Willst du uns nicht vorstellen?, sagt Nicole, da fällt ihr Blick auf die rechte Hand von Ophelia. Nein, so was, das ist ja ein Zufall, ich habe genau dasselbe Tattoo. *The apparition of these faces in the crowd*, denke ich, so fängt das berühmteste Gedicht von Ezra Pound an, ich habe es gestern im Internet gelesen. Ich heiße Maren, sagt Ophelia. Das ist nicht dasselbe Tattoo, denke ich. Und was ist nun ein Kurzzeichen?, fragt mein Analytiker. Ich bewundere diesen Mann. Ein Privatleben kann er eigentlich nicht haben; wann immer ich ihn anrufe, kann er in kürzester Zeit einen Termin frei machen. Auch wenn er mir in den zwei Jahren, die ich mittlerweile bei ihm in Behandlung bin, nicht wirklich hat helfen können, verspüre ich ihm gegenüber ein Gefühl der Dankbarkeit. Kurzzeichen, erkläre ich ihm, werden in der Volksrepublik China verwendet. Beim Schreiben sind im Lauf der Zeit gewisse Kürzel entstanden, und einige von ihnen haben über die Kurzzeichen nun auch offiziellen Charakter. Aber mir gefallen sie nicht. Hier ein Beispiel.

愛

kennen Sie ja schon. Das Kurzzeichen für »Liebe« sieht so aus:

爱

Der Unterschied liegt ja auf der Hand. Durch die Verkürzung ist übrigens der untere Teil des Zeichens zu *Freund* geworden, ist ja irgendwie auch sinnvoll. Finden Sie?, fragt mein Analytiker. Gehören für Sie Freundschaft und Liebe zusammen? Ich mag Maren, sagt Nicole, woher kennt ihr euch noch mal? Sie sitzt mir in meinem Wohnzimmer gegenüber, gerade haben wir zusammen die letzte Folge von

Alias geguckt. Nicole, sage ich, wir kennen uns jetzt schon ein paar Monate, und ich habe das Gefühl ... – Psst, unterbricht sie mich, sprich nicht weiter. Sie legt mir ihre rechte Hand auf den Arm und lächelt mich vielsagend an. Dann steht sie auf und geht in den Flur. Als sie zurückkommt, hält sie einen Briefumschlag in der Hand. Ich habe eine Überraschung für dich, sagt sie und reicht mir den Umschlag. Vorsichtig öffne ich ihn. Es ist ein Gutschein für eine Tätowierung. Mir ist aufgefallen, sagt Nicole, dass du immer das Tattoo auf meinem Nacken anschaust, da dachte ich mir, du würdest vielleicht auch eines haben wollen. Du könntest ja dasselbe nehmen wie ich, das wäre doch lustig, so eine Art Partnerlook ... Wie schaffen Sie das eigentlich?, frage ich meinen Analytiker. Wann immer ich Sie anrufe, haben Sie in kürzester Zeit einen Termin für mich frei. Sein Ausdruck verdüstert sich für einen Moment, dann lächelt er mich an. Wir treffen uns nicht, um über mich zu sprechen, sagt er ruhig, wie zu einem starrsinnigen Kind, aber ich lasse mich nicht beirren. Was weiß ich eigentlich über Sie?, frage ich. Vielleicht gibt es in Ihrem Leben ja Faktoren, die meine Behandlung unterschwellig erschweren, vielleicht sogar unmöglich machen? Was sollten das denn für Faktoren sein?, fragt er zurück, der Gedanke scheint ihn zu interessieren. Ich muss jetzt gehen, sage ich barsch und stehe auf. In einem Café, das seiner Praxis gegenüberliegt, beziehe ich Stellung. Nach wenigen Tagen ist mir klar, dass ich sein einziger Patient bin. Was machst du denn hier?, fragt mich Maren, als sie an meinem Tisch vorbeikommt. Hast du dir eigentlich dein Tattoo mal genauer angesehen?, frage ich sie und mache sie auf den ersten Strich des Radikals für *Herz* aufmerksam.

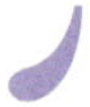

Diesen Strich nennt man *duan pie*, er fällt von oben rechts nach unten links. Aber Nicole hat an dieser Stelle einen anderen Strich, nämlich *tí*. Und der steigt von unten links nach oben rechts.

Aber das macht doch keinen Unterschied, meint Maren. Ist das denn so schlimm? Na ja, sage ich, stell dir vor, du bist in einen Mann verliebt, und dann entdeckst du eines Tages, dass er auf dem Arm ein Tattoo hat: *Liebe* nur mit *i*, ohne Dehnungs-e. Okay, sagt Maren, verstehe. Aber hier in Deutschland weiß doch keiner, dass dieser Strich falsch ist. Aber *ich* weiß es! Meine Stimme ist plötzlich sehr laut geworden, die anderen Gäste in dem Café drehen sich besorgt zu uns um. Ich sollte jetzt besser gehen, sage ich und bin schon verschwunden. *Petals on a wet, black bough*, denke ich, als ich die Stufen zur U-Bahn hinuntergehe, so lautet es in der zweiten Hälfte des bekanntesten Gedichtes von Pound, und irgendwie ist es schon eine nette Ironie, dass dieser Mann ein Leben lang an seinem 800-Seiten-Gedicht geschrieben hat und sich die Leute am Ende dieser zwei Zeilen wegen an ihn erinnern. Woran werden sie sich einmal erinnern, wenn sie an mich denken? An meine Obsession mit Nicoles verdammtem Tattoo! Da fällt mir eine neue Taktik ein. Sie brauchen mir nichts vorzuspielen, erkläre ich, als ich die Tür zum Behandlungszimmer aufstoße. Ich weiß, dass ich Ihr einziger Patient bin. Patient ist nicht der richtige Ausdruck, sagt er. Wie haben Sie es herausbekommen? Desensibilisierung, sage ich, das ist jetzt meine neue Taktik. Ich werde mir ebenfalls ein falsches *ai* machen lassen, mit demselben falschen Strich wie Nicole, vom selben Tätowierer, nach derselben fehlerhaften Vorlage. Haben Sie sich das auch gut überlegt? Und noch etwas, sage ich, das hier ist unser letztes Gespräch. Dann stehe ich auf und gehe, blicke mich nicht um. Als die Maschine meine Haut einritzt, laufen mir wie auf Zuruf die Tränen über die Wangen. Nicole sieht mir zärtlich in die Augen und drückt meine Hand. Sie denkt, es wäre der Schmerz, aber was weiß sie schon über mich? Vielleicht ist das Ganze doch ein einziger großer Fehler. Ich hätte vorher mit Maren darüber sprechen sollen …

Nach ihnen zog ein französisches Strafbataillon ein, »des fortes têtes«, besonders widerspenstige Leute, die von einem Loch ins andere flogen. Ich sehe ihre engen Steinzellen, die sie sich selbst gebaut haben, es muß eine böse zweite Garnitur gewesen sein. Der Schullehrer hat sie gesehen und erzählt noch lachend von ihnen: tätowiert waren sie wohl fast alle, aber einer hatte sich seinen Kriegswahlspruch: »MERDE« auf die Stirn einbrennen lassen, und wenn ihm ein caporal oder ein höheres Tier einen Befehl gab, der ihm nicht paßte, so schob er einfach seine Kappe hoch, daß die Stirn freilag, und der andere konnte ihm so von den Gesichtszügen ablesen, was er zu sagen hatte. Man kann sich dem nur vollinhaltlich anschließen.

Kurt Tucholsky,
Unter anderem in den Pyrenäen

Nicolai Lilin

Wenn die Haut spricht

Ich habe schon immer gern gezeichnet. Als Kind hatte ich immer ein Heft dabei, in das ich zeichnete, was ich sah. Es gefiel mir, zuzuschauen, wie die Dinge auf dem Papier Gestalt annahmen, der Vorgang des Zeichnens an sich faszinierte mich. Ich war wie in einer Blase, in meiner eigenen Welt, und Gott allein weiß, was in diesen Momenten in meinem Kopf vor sich ging.

Wir Kinder wollten alle so sein wie die Erwachsenen, und deshalb ahmten wir sie in jeder Beziehung nach, in Sprache, Kleidung und sogar bei den Tätowierungen. Die erwachsenen Kriminellen, unter denen wir aufwuchsen – unsere Väter, Großväter, Onkel und Nachbarn –, trugen am ganzen Körper Tätowierungen.

In den russischen Verbrechergemeinschaften gibt es eine lebendige Kultur des Tätowierens, und jede Tätowierung hat eine Bedeutung. Eine Tätowierung ist wie ein Ausweis, sie dient dazu, den Rang innerhalb der kriminellen Gesellschaft mitzuteilen: die kriminelle »Profession«, der man nachgeht, Informationen über den Lebensweg und die jeweiligen Knasterfahrungen.

Jede Gemeinschaft besitzt ihre eigene Tradition des Tätowierens, eigene Symbole und Schemata, nach denen die Zeichen am Körper angeordnet und später gelesen und übersetzt werden. Sibirien ist Urheimat der russischen Tätowierkultur, denn es waren die Vorfahren der sibirischen Kriminellen, die kodifizierte, geheime Symbole eintätowieren ließen und damit eine Tradition begründeten. Später wurde diese Kultur von anderen Gemeinschaften kopiert und hat sich in den Gefängnissen überall im Land ausgebreitet, wodurch sich die Bedeutungen der wichtigsten Tätowierungen und die Art, wie sie ausgeführt und übersetzt wurden, wandelten. Die Tätowierungen der mächtigsten Verbrecherkaste in Russland, der Tschornaja mast, sind von den sibirischen Urki übernommen, haben aber andere Bedeutung. Die Bilder können die gleichen sein, doch nur wer einen Körper zu lesen versteht, kann im Detail »erzählen«, was sich dahinter verbirgt, und erklären, worin sie sich unterscheiden.

Im Unterschied zu den anderen Gemeinschaften tätowieren die Sibirer ausschließlich von Hand und mit Hilfe verschiedener Arten von Stäbchen. Tätowierungen, die mit Maschinen oder auf andere Art ausgeführt wurden, gelten als unwürdig.

In der Tradition der sibirischen Urki ist das Tätowieren ein Prozess, der so lange dauert wie das Leben eines Kriminellen. Im Alter von zwölf Jahren werden die ersten Bilder eintätowiert, und mit den Erfahrungen und Lebensphasen des Betreffenden kommen weitere Tätowierungen hinzu und ergeben ein kodifiziertes, mit den Jahren immer vollständigeres Bild. Aus diesem Grund gibt es in der sibirischen Verbrechergemeinschaft im Unterschied zu den anderen Gemeinschaften auch keine jungen Männer, die große, vollendete Tätowierungen besitzen; in Sibirien werden Rücken und Brust erst tätowiert, wenn der Kriminelle in seinen Vierzigern oder Fünfzigern ist, und das Hauptschema ähnelt einer Spirale, die von außen, also von Händen und Füßen, zum Rumpf verläuft.

Um Körper mit derart komplexen Tätowierungen lesen zu können, braucht man große Erfahrung und eine genaue Kenntnis der Tradition; deshalb nimmt der Tätowierer in der sibirischen Verbrechergemeinschaft eine Sonderstellung ein: Er ist wie ein Priester, den die anderen ermächtigt haben, in ihrem Namen zu handeln.

Mir gefiel die Tradition des Tätowierens, aber ich wusste nicht viel darüber, nur das, was Vater, Großvater und Onkel mir darüber erzählt hatten, und ich wollte mehr erfahren. Die Vorstellung, dass man alles lesen konnte, was auf ihren Körpern stand, faszinierte mich.

Deshalb verbrachte ich viel Zeit damit, die Tätowierungen abzumalen, die ich zu sehen bekam, und je mehr davon ich abmalte, desto verzweifelter war ich, weil ich nicht eine Tätowierung fand, die einer anderen glich. Die Motive waren die gleichen, aber in den Details unterschieden sie sich. Nach einer Weile entdeckte ich, dass das Geheimnis in eben diesen Details liegen musste, und begann sie zu analysieren: Doch es war, als müsste ich ganz allein eine Fremdsprache lernen, ohne Lehrer. Ich hatte bemerkt, dass bestimmte Tätowierungen nur an ganz bestimmten Stellen des Körpers angebracht wurden. Ich versuchte, Verbindungen zwischen den Darstellungen zu entdecken, stellte irgendwelche Hypothesen auf, doch das alles war wenig fundiert und flüchtig, wie Sand, der durch die Finger rinnt.

Mit zehn machte ich meinen Freunden falsche Tätowierungen, malte ihnen mit Kuli Phantasiebilder auf, die von jenen inspiriert waren, die ich bei den erwachsenen Kriminellen sah.

Irgendwann fragte mich ein Nachbar, ob ich ihm eine bestimmte Zeichnung anfertigen könnte, die er sich hinterher eintätowieren lassen wollte. Er erklärte mir, wie er sie haben wollte, und ich zeichnete sie aufs Papier. Viele zahlten mir was dafür, nicht viel, zehn Rubel, aber ich fand es schon sensationell, dass sie mir überhaupt etwas zahlten.

So wurde ich unversehens zu einer kleinen Berühmtheit im Viertel, und der alte Tätowierer, der meine Zeichnungen auf die Haut übertrug, Großvater Lescha, ließ mir ein paarmal Grüße und Lob ausrichten. Ich freute mich, ich kam mir wichtig vor.

Als ich zwölf wurde, nahm mein Vater mich beiseite: Ich wäre jetzt schon recht groß, sagte er, und müsste überlegen, was ich aus meinem Leben machen wollte, damit ich mich von den Eltern lösen und unabhängig werden könnte. Von meinen Freunden hatten viele schon unter Führung Erwachsener bei irgendwelchen kriminellen Geschäften mitgemacht, ich selbst hatte mit Onkel Sergej schon ein paar Touren gemacht und mehrfach mit Gold im Rucksack die Grenze überquert.

Ich antwortete, dass ich Tätowierer werden wollte.

Also schickte er mich ein paar Tage später zu Großvater Lescha, um ihn zu fragen, ob er mich als Lehrling nähme. Großvater Lescha empfing mich freundlich, bot mir Tee an, blätterte das Heft mit meinen Zeichnungen durch und musterte die Tätowierungen, die ich mir selbst gemacht hatte.

»Ich gratuliere, du hast ›die ruhige Hand‹«, meinte er. »Weshalb willst du Tätowierer werden?«

»Ich zeichne gern und möchte unsere Tradition lernen. Ich will wissen, wie man Tätowierungen liest …«

Er lachte, dann stand er auf und ging aus dem Zimmer. Als er zurückkam, hielt er eine Tätowiernadel in der Hand.

»Sieh sie dir gut an, mit dieser Nadel tätowiere ich die ehrbaren Leute. Ihr habe ich zu verdanken, dass ich von allen respektiert werde und mein bescheidenes Brot verdienen kann. Ihretwegen habe ich mein halbes Leben im Gefängnis verbracht und mich von den Kötern quälen lassen; außer ihr habe ich nichts im Leben. Geh nach Hause und denk darüber nach. Wenn du dieses Leben wirklich willst, dann komm wieder, ich werde dir alles beibringen, was ich über den Beruf weiß.«

Die ganze Nacht dachte ich darüber nach. Die Vorstellung, mein halbes Leben im Knast zu sein und von den Kötern gefoltert zu werden, gefiel mir nicht, aber angesichts der Alternativen, die mehr oder weniger dasselbe versprachen, beschloss ich, es zu versuchen.

Am nächsten Tag stand ich wieder vor seiner Tür. Großvater Lescha erklärte mir als Erstes, was es heißt, das Handwerk eines Tätowierers zu »erlernen«. Damit er Zeit für mich fand, sollte ich ihm im Haushalt helfen: putzen, einkaufen, Holz hacken.

Und so kam es. Nach und nach brachte Großvater Lescha mir alles bei. Wie man die Stelle fürs Tätowieren vorbereitet, wie man die Zeichnung macht, wie man sie möglichst gut auf die Haut überträgt.

Er gab mir Hausaufgaben auf: Zum Beispiel musste ich mir eine Methode ausdenken, wie die Bilder sich miteinander verflechten konnten, ohne den Bezug zur Verbrechertradition zu verlieren. Er lehrte mich die Bedeutung der Bilder und ihre Anordnung auf dem Körper, erklärte mir von jedem Ursprung und Entwicklung in der sibirischen Tradition.

Nach anderthalb Jahren erlaubte er mir, die verblasste Tätowierung eines Kunden aufzufrischen, eines Kriminellen, der gerade aus dem Gefängnis kam. Ich musste nur die Linien nachfahren. Es handelte sich um die misslungene Darstellung eines Wolfs, die Proportionen waren falsch. Ich bot an, die Tätowierung auch in »künstlerischer« Hinsicht ein wenig aufzupolieren. Ich zeichnete ein neues Bild, das das alte problemlos überdeckte, und zeigte es meinem Meister und dem Kunden. Sie waren einverstanden. Ich führte die Tätowierung aus, und sie gelang mir gut: Der Kriminelle war zufrieden und hörte gar nicht mehr auf, sich bei mir zu bedanken.

Von diesem Tag an ließ mein Meister mich alte und verblasste Tätowierungen nachbessern, und als ich geschickt genug war, erlaubte er mir, mich auch mit neuen Arbeiten zu beschäftigen, auf unberührter Haut.

Bei meinen Entwürfen bediente ich mich immer müheloser der Symbolik der sibirischen Verbrechertradition. Wenn Großvater Lescha mir neue Aufgaben zuwies, sagte er mir nun nicht mehr, wie die Bilder sein sollten, sondern erklärte mir nur die eigentliche, kodifizierte Bedeutung. Kurz: Die Symbolik spielte bei der Erschaffung der Bilder die gleiche Rolle wie die Buchstaben des Alphabets, mit denen man eine Geschichte niederschreibt.

Ich lernte viele Leute mit besonderen Tätowierungen kennen, hinter denen sich interessante Geschichten verbargen. Wenn sie zu meinem Meister kamen, zeigte er mir die Tätowierungen und erklärte mir die Bedeutung. Es waren sogenannte »Unterschriften«, wie die Kriminellen sie nennen: Tätowierungen mit einer bestimmten Bedeutung, entweder das Symbol einer alten und mächtigen kriminellen Autorität oder direkt der Name. Diese Unterschriften sind wie ein Passierschein, sie verhindern, dass ein Mann an einem Ort fern der Heimat unfreundlich empfangen wird, vielleicht aus Misstrauen oder weil er nur wenige Bekannte in der Verbrechergesellschaft hat. Gewöhnlich werden diese Tätowierungen auf besondere Weise ausgeführt, es gibt eine bestimmte Technik, sie einmalig werden zu lassen, ohne dass man ihre Bedeutung direkt mit dem Namen oder Beinamen des Trägers verbindet: Es kommt darauf an, die Eigenschaften und Besonderheiten des Körpers zu berücksichtigen und sie mit Bedeutungen der bereits vorhandenen Tätowierungen zu verknüpfen. Unterschriften habe ich auf vielen Körpern gesehen, und jedes Mal habe ich andere Wege entdeckt, wie die Motive vermischt wurden, um daraus etwas Einmaliges zu schaffen.

Einmal war ich zu Hause, als ein Junge angelaufen kam und sagte, ich solle mitkommen, mein Meister wolle mir was zeigen. Ich ging mit ihm.

Bei Großvater Lescha waren ungefähr zehn Leute versammelt, ein paar aus unserem Viertel, andere sah ich zum ersten Mal, Kriminelle, die von weit her kommen, aus Sibirien. Sie saßen um einen Tisch und unterhielten sich. Mein Meister stellte mich vor:

»Der Barfuß hier möchte lernen, wie man ein großer *Kolschik** wird. Ich bringe ihm alles bei, hoffen wir, dass er eines Tages mit Gottes Hilfe wirklich einer wird.«

Ein kräftiger Mann erhob sich, er hatte einen langen Bart

* Kolschik, das heißt »Einer, der sticht«, ist in der Verbrechersprache das Wort für Tätowierer.

und mehrere Tätowierungen im Gesicht, die ich sofort las: Er war ein zum Tode Verurteilter, der im letzten Augenblick begnadigt worden war.

»Dann bist du also Jurijs Sohn?«

»Ja, ich bin Nicolai ›Kolima‹, Sohn von Jurij ›Wurzellos‹«, antwortete ich mit fester Stimme.

Der Kriminelle lächelte und legte mir seine riesige Hand auf den Kopf:

»Nachher werde ich deinem Vater einen Besuch abstatten, wir sind alte Freunde, als junge Männer waren wir im Knast mal in derselben Familie …«

Mein Meister klopfte mir auf den Rücken:

»Komm mit, ich will dir was zeigen, das du erkennen musst, wenn du ein guter Tätowierer werden willst …«

Wir durchquerten das Zimmer und gingen durch die Hintertür in den kleinen Garten, wo ein paar Obstbäume standen. Wir betraten einen Geräteschuppen aus Holz und rostigem Blech. Mein Meister zündete eine Lampe an, die in Höhe meiner Augen von der Decke hing.

Auf dem Boden lag etwas, das mit einer groben Stoffbahn bedeckt war: etwas Großes. Mein Meister zog die Stoffbahn weg: Darunter lag ein toter Mann, nackt, keine Stichwunden, kein Blut, nur ein großes schwarzes Mal am Hals.

Erdrosselt, dachte ich.

Die Haut war sehr weiß, fast wie Papier, er musste schon ein paar Stunden tot sein. Das Gesicht war entspannt, der Mund leicht geöffnet, die Lippen lila.

»Sieh her, Kolima, sieh genau hin«, sagte Großvater Lescha. Er bückte sich und drehte den rechten Arm der Leiche zu mir hin, damit ich die Tätowierung darauf sehen konnte.

»Na, was meinst du? Was ist das für eine Tätowierung?«

Seine Stimme hatte etwas Geheimnisvolles, als wäre der Moment gekommen, ihm zu zeigen, was ich bei ihm gelernt hatte.

Unwillkürlich begann ich die Tätowierung mit lauter Stimme zu analysieren und meine Schlüsse zu ziehen. Er hörte mir geduldig zu, während er mir noch immer den Arm der Leiche hinhielt.

»Es ist die Unterschrift einer sibirischen Autorität mit dem Beinamen ›Tungus‹. Sie wurde 1989 im Sondergefängnis Nummer 36 in der Stadt Ilin in Sibirien gemacht. Da ist auch ein Segen für den, der sie liest, ein eindeutiges Zeichen, dass der Tätowierer ein sibirischer Urka war …«

»Das ist alles? Mehr ist dir nicht aufgefallen?«, fragte mein Meister kritisch.

»Hm, die Tätowierung ist in Ordnung: ordentlich ausgeführt, deutlich lesbar, klassische, klare Komposition der Motive … Obwohl …«

Ja, es gab ein Obwohl.

»Es ist die einzige Tätowierung am ganzen Körper«, fuhr ich fort. »Trotzdem sind in dem Bild Bezüge auf andere Tätowierungen, die hier fehlen … Sie wurde 1989 gemacht, scheint aber erst seit wenigen Monaten verheilt, sie ist noch zu schwarz, das Pigment hat noch keine Zeit gehabt, auszubleichen … Und die Stelle ist auch seltsam, normalerweise macht man auf dem Arm ›Farben‹ oder ›Flügel‹*, Unterschriften werden meist an die großen Tätowierungen angehängt, sie sind eine Art Brücke zwischen zwei Tätowierun-

* Trotz ihrer Namen zeigen derartige Tätowierungen nicht etwa Spielkartenfarben oder Flügel, sondern verweisen auf persönliche Dinge, auf Gelübde oder Liebesbande des Verbrechers.

gen. Sie befinden sich auf dem Unterarm, an der Innenseite, seltener gleich über dem Fuß, am Knöchel ...«

»Und weshalb werden sie dort angebracht?«, unterbrach mich der Meister.

»Weil es darauf ankommt, dass die Tätowierung an einer Stelle sitzt, die man in jeder Situation zeigen kann, hier die sitzt aber an einer etwas unbequemen Stelle ...«

Ich hielt einen Augenblick inne. In meinem kleinen Kopf ratterte es, und schließlich sah ich meinen Meister mit aufgerissenen Augen an:

»Das glaube ich nicht, sagt, dass das nicht wahr ist, Großvater Lescha ... Das ist doch nicht etwa ein ...« Ich unterbrach mich erneut, weil ich das Wort einfach nicht aussprechen konnte.

»Ja, mein Junge, der Kerl da ist ein Köter. Sieh ihn dir genau an, wer weiß, vielleicht wirst du in deinem Leben noch mal einem begegnen, der sich als einer der unsern ausgibt, und dann wirst du keine Zeit zum Nachdenken haben, du musst dir hundertprozentig sicher sein und ihn sofort erkennen. Der hier muss irgendwie herausgefunden haben, dass einer von uns eine solche Unterschrift trug, und hat sie kopiert, ohne zu wissen, was eine Unterschrift wirklich ist, wie sie aussieht und wie sie gelesen und übersetzt wird ... Er hat den Tod gefunden, weil er zu dumm war.«

Ich war weder von dem Körper des erdrosselten Polizisten beeindruckt noch von der Geschichte mit der Tätowierung, die er von einem Kriminellen abgekupfert hatte. In diesem Augenblick fand ich nur eins merkwürdig, unnatürlich und jenseits meines Verständnisses der Welt: diesen leeren Körper ohne Tätowierungen. Das schien mir unmöglich, ich empfand das fast wie eine Krankheit. Von klein auf war ich immer von tätowierten Menschen umgeben und empfand das als völlig normal. Einen Körper ohne Tätowierungen zu sehen, hatte eine seltsame Wirkung auf mich: ein körperliches Leiden, eine Art Mitleid.

Mein eigener Körper löste die gleiche Empfindung aus, weil ich ihn als zu leer empfand.

Eine Möve bin ich von keinem Land,
Meine Heimat nenne ich keinen Strand,
Mich bindet nicht Ort und nicht Stelle;
Ich fliege von Welle zu Welle

Sisi, Kaiserin Elisabeth von Österreich-Ungarn
(erstes an der Schulter tätowiertes
Staatsoberhaupt Europas)

Wolfgang Hildesheimer

Westcottes Glanz und Ende

Rudolf Westcotte war ein Begnadeter. Diese Tatsache hatte er früh erkannt und mit schöner Gelassenheit hingenommen; schon in jungen Jahren wußte er, daß ihm das Schicksal derer erspart bleiben würde, welche den dumpfen Drang zum Selbstausdruck für erhabene Berufung halten. Daher quittierte er die Großzügigkeit der Musen ohne jene Demut, die man den Titanen der Kunst – meist zu Unrecht – nachrühmt; er fand vielmehr, daß ihm dies alles gebühre, und machte es sich zur Aufgabe, die Spitzenrepräsentanten der bildenden Künste einzeln, und jeden auf seinem eigenen Gebiet, zu besiegen. Nachdem er, im Alter von zweiundzwanzig Jahren, der Tafelmalerei seiner Zeit die letzten und entscheidenden Akzente aufgesetzt hatte, nahm er den Meißel zur Hand und korrigierte mit einigen wohlgezielten Schlägen den damaligen – wie ihm schien, unvollkommenen – Stand der Bildhauerei. Lässig wandte er sich dem Fresco zu, schuf Ewiges an den Wänden großer öffentlicher Gebäude, um sich lässig wieder abzuwenden. Die graphischen Künste hatte er während seiner schöpferischen Pausen abgetan.

So waren die Kollegen im Wettstreit besiegt, die hergebrachten Ausdrucksmittel erschöpft. Mißmutig beschloß Westcotte, die Kunst an den Nagel zu hängen, und schlug

– er liebte Symbole – einen Nagel in die Wand seines Ateliers. Dies jedoch war einer jener Wendepunkte, deren es – sollen wir den Biographen Glauben schenken – im Leben jedes wahren Künstlers zumindest einen gibt; das Hämmern weckte nämlich Bettina, die im Nebenraum geschlafen hatte. Verstört eilte sie herbei; mit der Symbolfreudigkeit ihres Gatten vertraut, erahnte sie sogleich die Bedeutung des Nagels.

Bettina war ehrgeizig und nicht gewillt, auf den polychromen Glanz zu verzichten, der sie in Modeblättern als berühmte Schönheit, in kunstgeschichtlichen Werken dagegen als edelstes Modell ihres berühmten Gatten widerspiegelte: eine Verkoppelung zweier Funktionen, die ihren Lebensinhalt bildeten. So hatte sie denn auch bisher für eine lükkenlose Entwicklungschronik ihrer reifenden Schönheit gesorgt, indem sie Rudolf dazu anhielt, ihre Züge und Formen, je nach dem Stadium, in welchem er sich gerade befand, mit Stift, Pinsel oder Meißel festzuhalten. Es versteht sich daher, daß sie gegen den Entschluß zukünftiger Untätigkeit aufs heftigste protestierte.

»Wenn dir, mein Freund«, so rief sie ihm zu, »die bewährten Mittel nicht genügen, so nimm dies« – hier drückte sie ihm eine Gartenschere in die Hand –, »geh hinaus in den Garten, und schneide mein Bildnis in die Buchsbaumhecke!«

Wortlos nahm Rudolf die Schere, ging hinaus und machte sich an ein überlebensgroßes Bildnis seiner Frau in Buchsbaum. Bettinas Idee hatte das scheinbar verglimmende Feuer neu entfacht. Geniale Menschen bedürfen oft nur des geringsten Hinweises auf einen noch unvollkommen erprobten Bereich, und schon sind sie aus ihrer Lethargie erweckt.

Das Heckenbild ist eine Kunstform, die ihrem Schöpfer eine gewisse architektonische Vereinfachung auferlegt. Stilisierende Beschränkung auf das Wesentliche war indessen von je Rudolf Westcottes Stärke und Programm gewesen. Das Bildnis gelang. Ihm folgten Portraits einiger auserwählter Freunde. Die theoretische Untermauerung überließ er der Meute seiner Biographen, denen die Entdeckung solch unverhofften Neulands willkommene Gelegenheit zu selbstherrlicher Entfaltung bot.

Aber auch diese Periode währte nicht lange. Da Buchsbaumhecken schnell wachsen, erfordern sie eine dauernde Überarbeitung ihres Profils. Rudolf war nicht geneigt, Tag für Tag Korrekturen seiner bestehenden Werke vorzunehmen. Er beschloß daher, die inzwischen stattliche Galerie zuwachsen zu lassen, sehr zum Ärger Bettinas, deren Bildnis, im fortgeschrittenen Stadium der Vernachlässigung, zu hämischer Karikatur verkommen war. In ihrer Erregung versuchte sie, ihr Abbild zu retten, aber es gelang ihr nicht. Unter ihren heftigen Schnitten schrumpfte der Strauch zum Skelett. – Den letzten Stadien der Verwilderung entfloh das Paar durch eine längere Reise. Damit war auch diese Periode zu Ende.

In Marseille angelangt, gedachten sie, sich nach Samoa einzuschiffen. Aber es kam anders. Als sie eines Nachts die Cannebière entlanggingen, stieß Rudolf auf einen neuen Wendepunkt: einen betrunkenen, halbnackten Matrosen. Es gelang den beiden im letzten Moment, seinem gefährlichen Wirkungskreis auszuweichen, aber während der Mann vorbeitorkelte, erblickten sie im Licht der Straßenlampe seinen Oberkörper: eng bebildert, wie eine Wand im Louvre. – »Du solltest tätowieren lernen!« sagte Bettina, erregt durch diesen Anblick; »ich glaube, Rudolf, du könntest Großes leisten!«

Rudolfs innere Stimme wiederholte Bettinas Aufforderung. Eine Woche später hatte er das Handwerkliche im Hafen von Marseille erlernt. Gegen ein großzügiges Lehrgeld stellte ihm sein Meister einige Matrosen zur Verfügung, die nicht so empfindlich waren, daß sie über eine gelegentliche Korrektur unwillig geworden wären. Bald gewann Rudolf Sicherheit über die Nadel, die er nun an Bettinas kostbaren Rücken setzen durfte.

Auch hier versagten die Musen nicht. Das Bild auf Bettinas Rücken wurde ein Meisterwerk unbeschwerter Transparenz, eine Komposition in hellen, duftigen Tönen. Denn es gelang Westcotte, dessen Phantasie sich sogleich an dem neuen, geschmeidigen Material entzündet hatte, das Primitiv-Lineare, das der Kunst des Tätowierens von je angehaftet hatte, hinter sich zu lassen und farbige Flächen anzulegen, wobei er – Meister der großen Vision, der er war – den Rahmen sprengte und die Schulterblätter bis zu den Achseln in die Komposition miteinbezog. Zwar kostete dieser Vorgang Bettina ein paar aufreibende Stunden, durch starke Drogen nur leicht gelindert, aber das Resultat war Schmerzensgeld genug: als die vollends Genesene sich, vermittels mehrerer Spiegel, von der Wirksamkeit des neuen Schmucks überzeugen konnte, war ihre Freude groß.

Es versteht sich, daß die beiden ihre Schiffskarten verfallen ließen und an die Riviera fuhren. Hier wußte man von Westcottes Bedeutung; und bald nachdem die Damen am Strande Bettinas ansichtig geworden waren, konnte sich Rudolf neuen Rücken zuwenden.

Große Kunst ist der Ausdruck einer Art Überwahrheit,

es haftet ihr etwas Überzeugenderes, Größeres an als unserer hausbackenen Realität, die sich der Möglichkeit künstlerischer Darstellung schon durch ihre immer wiederkehrende banale Alltäglichkeit entzieht. Diese Überwahrheit zeichnet die Rücken Westcottes aus, deren reifster wohl Mrs. Homer B. Shrankle jr. gehören dürfte: ein horizontal angelegtes Stilleben in tiefbraunen und mattroten Tönen, Ruhe atmend, meisterhaft in der Ausgeglichenheit seines Valeurs. Man sagt übrigens, daß das Museum of Modern Art in New York mit den Nachkommen der nicht mehr jungen Mrs. Shrankle über dieses Stück verhandle, wie auch über den Rücken der alten Marquise de Corvois-Dutour, deren Erben – einem maliziösen on-dit nach – nicht auf Rosen gebettet sein sollen. Freilich: wer wüßte nicht, wie das Gerücht gerade in solchen Dingen übertreibt!

Die erste Ausstellung der Rückenbilder Westcottes fand in Cannes statt. Sie diente wohltätigen Zwecken; und da Damen der haute volée für wohltätige Zwecke so gut wie alles zu tun bereit sind, stellten sie sich dem Komitee mit einer Selbstlosigkeit zur Verfügung, die wahre soziale Gesinnung verriet: drei Stunden am Tag saßen sie in der Galerie, mit hinten weitausgeschnittenen Roben, ihre Rücken dem vorbeidefilierenden Publikum zugewandt. Sie hatten es jedoch zur Bedingung gemacht, daß sie hinter Glas säßen, um sich kritischen Untersuchungen der Textur und des Pigments von seiten zu näherer Analyse aufgelegter Experten zu entziehen.

Westcotte wandelte durch die Reihen seiner Werke – unbefriedigt; es schien ihm, als werde das Starr-Statische seiner Kompositionen dem Material nicht gerecht. Man sollte, so dachte er, die technischen Möglichkeiten der lebenden

Materie anpassen: das Bild müßte ständig in Bewegung sein, in wechselnder, schillernder Harmonie; Formen und Flächen müßten sich gegeneinander verändern, ein dauerndes Widerspiel der Lichter und Schatten, froh und übermütig. Den Gedanken, seine Damen turnen zu lassen, verwarf er: es hätte die Grenzen des Zumutbaren überschritten. Zudem wäre es der falsche Weg zu der gewünschten idealen Einheit. – Nein, zu den lebenden Bildern, die nunmehr vor seinem geistigen Auge auftauchten, bedurfte es einer neuen Konzeption, die von vornherein sämtliche Möglichkeiten der Bewegung in sich einschloß. Dieser Idee galt es nachzugehen.

Flüsternd verabschiedete er sich von Bettina, die unter den ausgestellten Damen war, und reiste ab, um in einer neuen Umgebung sich seiner neuen Aufgabe zu widmen.

Es ist Nachsaison. In der halbleeren Halle des großen Hotels herrscht besonnte Schläfrigkeit. Hier und dort klirrt der Mokkalöffel leise durch das Geräusch müder Nach-Tischgespräche. Da löst sich aus einer Gästegruppe eine Dame in trägerlosem Sommerkleid und schreitet zum Klavier.

Die Dame heißt Hedwig Wiesendanck, ist Berufspianistin der mittelmäßigen Begabungsklasse, jedoch Besitzerin fester künstlerischer Prinzipien, die es ihr an sich nicht gestatten, ihre Kunst dem zweifelhaften Publikum schweizerischer Erholungsorte preiszugeben, so wohl ihr auch die dauernde Nötigung einiger seiner Mitglieder bisher getan hat. Heute jedoch gibt sie nach gebührendem Zögern dieser Nötigung nach, denn sie weiß einen gewaltigen Mann in der Halle, einen großen Zunichtemacher aller Grundsätze: Hernando Rosenbarth, den internationalen Impresario, der schon öfters, einer jovialen Laune nachgehend, eine wackere Interpretin aus der Anonymität der lokalen Wohltätigkeitsveranstaltung ins Licht der Schlagzeilen erhoben hat.

Hedwig Wiesendanck öffnet das Klavier. Das Gespräch verstummt, der Mokkalöffel legt sich auf das Untertäßchen. Hedwig spielt zunächst einige Paraphrasen eigener Prägung, die dem zaghaften – und leider eben vergeblichen – Beweis dienen, daß auch der Interpret manches Schöpferische in sich trage. Sie sind streng tonal, ja geradezu klassisch, aber doch so phantasiebegabt, daß die Gäste einander bedeutungsvoll zunicken, was soviel heißt wie: Sieh an! Sie hat's in sich!

Dann spielt sie Chopin, wobei sie, der mimischen Überlieferung gemäß, das Rubato mit innigem Kopfschütteln unterstreicht. Ein paar Gäste verlassen die Halle auf Zehenspitzen, gefolgt von mitleidigen oder ärgerlichen Blicken anderer: Banausen!

Unter gewöhnlichen Umständen hätte auch Rudolf die Halle verlassen; nicht etwa weil er die Musik nicht liebt, sondern weil er sie nur gern hört, wenn es ihm behagt, und er sich seinen Interpreten gern selbst aussucht. Aber heute bleibt er. Die Pianistin hat einen schönen Rücken; das Spiel der Muskeln und Schulterblätter fasziniert ihn. Als sie geendet hat, geht er auf sie zu; die Blicke derer, die ihn erkannt haben, begleiten ihn.

»Mademoiselle – Sie haben einen schönen Rücken«, sagt er, denn er kann es sich leisten, Umschweife zu übergehen. Hedwig errötet tief. Das außergewöhnliche Kompliment kommt ihr unerwartet. Zudem weiß sie nicht, von wem es kommt. Denn ausübende Musiker sind selten über anderes unterrichtet als über das Wirken anderer ausübender Musiker, ihrer potentiellen Rivalen. Indessen, bevor Hedwig Wiesendanck ihre Fassung wiedergewinnt, hat Westcotte ihr sein Angebot gemacht, und bevor sie ihm antworten kann, hat von der anderen Seite Hernando Rosenbarth ihr ebenfalls ein Angebot gemacht – wobei er freilich die Bedingung stellt, daß sie Westcottes Vorschlag annehme.

Denn Rosenbarth hat Westcotte sofort erkannt, weiß, was er darstellt, und kann seinen Wert in Zahlen ausdrükken. Und so sieht er bereits Hedwig Wiesendanck vor sich, in überfüllten Konzertsälen, den bunten, beweglichen Rükken einem begeisterten Publikum zugewandt.

Am Morgen nach Hedwig Wiesendancks erstem Konzert war sich die Kunstwelt darüber einig, daß Westcotte seinen Höhepunkt erreicht hatte. Eine solche Verkettung visionärer Wucht mit der souveränen Abgeklärtheit beinahe eines Alterswerkes konnte – wie es in den Rezensionen hieß – auch ein Westcotte selbst nicht mehr steigern. Die überlieferten Feststellungen über Bedeutung und Qualität der dargebotenen Etuden, Mazurken und Sonaten wurden auf ein verschwindendes Maß beschränkt, die Interpretation keiner Erwähnung gewürdigt.

Wenige Tage nach dem Konzert lud Hedwig Rudolf zum Tee. Sie saßen in ihrem kleinen geschmackvollen sitting-room, zwischen Blattpflanzen, Franz-Marc-Reproduktionen und handgewebten Kissenbezügen.

»Der Tee ist köstlich«, sagte Rudolf.

»Darjeeling«, sagte Hedwig.

»Aber es ist noch etwas anderes dabei, was ihm dieses besondere Aroma gibt.«

»Das«, sagte Hedwig, »ist Gift.«

Rudolf lehnte sich genießerisch zurück und trank seine Tasse leer. Dann sagte er: »*Ich* habe meine Aufgabe erfüllt. – Ja, ich habe mich letzthin sogar öfters gefragt, ob das, was ich erfüllt habe, wirklich meine Aufgabe gewesen ist oder ob ich nicht vielleicht zu weit gegangen bin, indem ich der sterblichen Hülle einiger Menschen einen materiellen Wert verliehen habe, der ihr nicht zukommt. – Aber Sie, Fräulein Wiesendanck: Sie hatten doch eine schöne Zukunft vor sich.«

»Ich *habe* sie noch vor mir«, sagte Hedwig mit dem Triumph einer zu unerwartet prächtiger Blüte erwachten Mauerblume; »das Gift ist nur in Ihrer Tasse. Ich dagegen trete morgen meine erste Tournee um die Welt an: als *einzige* Pianistin mit einem Westcotte auf dem Rücken!«

Rudolf lächelte. »Und wieviel hat er Ihnen dafür bezahlt, daß Sie mich aus der Welt schaffen?«

»Wer?«

»Rosenbarth.«

»Zehntausend.«

»Zu wenig«, sagte Rudolf, stellte die Tasse ab und verschied. Hedwig aber holte ihr Tagebuch aus blauem Leder hervor, um diese beiden letzten Worte eines großen Künstlers für die Ewigkeit festzuhalten. Das Tagebuch dürfte allerdings erst nach ihrem Tode geöffnet werden. Dann würde man ihr, um ihres Rückens willen, den Mord zu verzeihen haben, und neben Westcotte würde sie in die Ewigkeit eingehen. – »Zu wenig«, schrieb sie.

Allein, während sie schrieb, wurde sie sich der Tat und ihrer Motive voll bewußt. Angesichts dieser beiden Worte tauchte ihre ganze grausame Unerfülltheit vor ihrem Innern auf; ihr Dasein, nicht einer Künstlerin, sondern einer Dienerin der Künste, noch nicht einmal groß genug für eine rühmliche Vergänglichkeit; auch die Hand eines Unsterblichen hatte nur ihre sterbliche Hülle veredeln können, und selbst von dieser nur einen der unedleren Teile. »Zu wenig!«

Behutsam goß Hedwig Wiesendanck einige farblose Tropfen in ihre Teetasse. Dann legte sie das totenkopfgeschmückte Fläschchen vorsichtig in Rudolfs Rechte. Wenn man sie so fände, dachte sie, möge man vielleicht denken, Rudolf Westcotte habe mit ihr, Hedwig Wiesendanck, vereint in den Tod gehen wollen. Es war dies ihr letzter, verzweifelter Griff nach einem lang entschwundenen Traum von Glanz und Erfüllung.

Indessen, dieser Verdacht regte sich bei niemandem, der Rudolfs Bedeutung auch nur erahnt oder Hedwigs Klavierspiel gehört hatte.

Sobald der Nukahiwer in die Jünglingsjahre tritt, so wird der Anfang mit dem Tatuieren gemacht, und dies ist eines der wichtigsten Ereignisse seines Lebens. Der Künstler, der dieses verrichtet, erhält sowohl vorher als nachher mehrere Schweine zur Belohnung. Die Anzahl derselben richtet sich nach dem Reichthum der einzelnen Personen. Während unseres Aufenthaltes auf dieser Insel wurde der Sohn des Chefs Katanuah tatuiert. Er ward in dieser Absicht, als das Kind eines Vornehmen des Landes, in einem besondern Hause, auf mehrere Wochen, so lange die Tatuierung dauerte, abgesondert, und war tabu: d. h. er durfte nicht ausgehen und auch von Niemand, außer den Personen, die von dem Tabu ausgeschlossen sind, wozu z. B. der Vater gehört, besucht werden. Allen Weibern, auch sogar der Mutter, ist der Zugang zum Candidaten verweigert.

Georg Heinrich von Langsdorff,
Bemerkungen auf einer Reise um die Welt
in den Jahren 1803 bis 1807

Bohumil Hrabal

Die Meerjungfrau

Im Geschwindschritt verließ ich die Schule, ging geradenwegs zum Fluß, dort zur Schwemmschwelle, wo die Sandschiffe ankerten, aus deren Bäuchen die Schipper den Sand in Schubkarren über ein Brett an Land beförderten. Die Sandschipper hatten braungebrannte Oberkörper, aber nicht wie die Leute in Schwimmbädern, sondern anders, eben wie man bei der Arbeit braun wird. Es war ein Tiefbraun, das an Reklame für Sonnencreme erinnerte. Einer der Schipper hatte es mir seit langem angetan. Seine Brust und seine Arme waren voll auftätowierter Meerjungfrauen, Anker und Segelschiffe. Eines der Segelschiffe gefiel mir derart, daß ich es mir auf die Brust tätowiert wünschte. Ich spürte nachgerade, wie es dort schlingern und schwanken würde.

Eines Tages faßte ich Mut und fragte den rauhen Gesellen: »So ein Schiffchen, wie Sie es an dieser Stelle haben, das ist doch nicht abwaschbar, oder?«

Der Sandschipper setzte sich auf das Schubkarrenbrett, zog eine Zigarette heraus, zündete sie an, wobei er tief ein- und ausatmete und das Segelschiff auf und nieder ging, als schwimme es auf hohen Wellen.

»Gefällt es dir?« fragte er.

»Und wie!« antwortete ich.

»Möchtest du so eins haben?« wollte er wissen.

»Und ob!« erklärte ich. »Aber was kostet so ein Schiffchen?«

»Eine Flasche Rum habe ich hingestellt, und schon hatte ich es auftätowiert, in Hamburg«, sagte er und zeigte auf den goldenen Schriftzug, der meine Marinemütze zierte.

»Da müßte ich bis nach Hamburg?« fragte ich enttäuscht.

»Woher denn«, antwortete der Sandschipper und lachte. »Diesen Anker hier, auch dieses durchbohrte Herz hier, die hat mir beide der Lojza eingestochen, der immer drüben im Wirtshaus Zur Brücke sitzt. Für einen doppelten Rum pro Tätowierung.«

»Und mir würde er auch was auftätowieren?« wollte ich wissen.

»Für zwei Doppelte pro Tätowierung«, berichtigte er sich. Der Sandschipper warf den Zigarettenstummel weg. Das Rauchen schien ihn gestärkt zu haben.

»So sehr schmeckt Ihnen das Rauchen?« fragte ich ihn.

»Eine Zigarette ist besser als ein gutes Mittagessen«, antwortete er. Und er ging auf dem breiten Brett, das aus dem Schiffsbauch zu dem Sandberg am Ufer führte, in die Hocke, packte das Brett rechts und links mit festem Griff, machte langsam einen Handstand, kerzengerade spiegelte er sich im Wasser wie der Turm der Dechanteikirche, und die Schiffchen auf seiner Brust waren gekielholt. Nachdem er eine Weile im Handstand ausgehalten hatte, röteten sich seine Augen stark, weil ihm das Blut in den Kopf drückte, er knickte in der Hüfte ab, stellte die nackten Fußsohlen aufs Brett, richtete den Oberkörper auf, und die Segelschiffe, nun wieder mit den Masten nach oben zeigend, konnten weiter nach Hamburg fahren.

»Ich danke Ihnen!« rief ich und rannte, daß in meinem Schulranzen das Schreibzeug und die Bücher klapperten, über die Schwemmschwelle zur Brücke.

Auf der gewölbten Brücke versuchten zwei Gäule, eine Fuhre Sand aufwärts zu ziehen, mit aller Kraft stemmten sich die Zugtiere gegen die Kumte, ihre Hufe schlugen Funken, aber der Sand war naß und die Fuhre zu schwer, vergeblich drohte der Kutscher den Gäulen mit der Peitsche, vergeblich riß er am Leitseil, die Tiere wurden nur unsicher, zogen nicht mehr gleichzeitig an, und damit war es endgültig aus. Wild peitschte ihnen der Kutscher die Füße, schlug er ihnen mit dem umgekehrten Peitschenstiel auf die Nase. Leute schauten zu, sie lehnten sich ans Brückengeländer, blieben gleichgültig, warteten ab. Ich jedoch schämte mich für den Kutscher, Pferde sind in meinen Augen heilige Tiere, bald trieb es mir die Schamröte ins Gesicht, ich sprang hinzu und warf mit Sand nach dem Kutscher, warf davon mehrere Handvoll nach ihm, bis er fast nichts mehr sah, er drohte mir mit der Peitsche, doch ich warf ihm weiter Sand in die Augen, er rannte mir nach, konnte mich aber nicht ausmachen, schrie, daß er mich mit der Peitsche zusammenschlagen werde, ich aber hielt mich am Geländer fest und schrie zurück:

»Sie, Sie Grobian, Sie werden dafür an einer häßlichen Krankheit sterben!«

Ich lief weiter über die Brücke, wollte die andere Seite erreichen, blieb aber auf halbem Wege stehen, lehnte mich ans Geländer, rang nach Luft und wartete darauf, daß mein Blut dorthin zurückkehrte, wohin es gehörte. Bald kam ich wieder zu Atem, beruhigte mich. Ich trabte von neuem los, erreichte die Stelle, wo die Brücke in die Brückengasse überging, bog zum Türkenturm ab, strebte zur Mühle und schritt durch die Fortna, am Gerichtsgebäude vorbei, erreichte den kleinen Kirchplatz – und trat aus der Nachmittagssonne in die Kirche.

Das Gotteshaus war leer, angenehme Kühle herrschte, ich sah mich um, bemerkte aber vom ganzen Kircheninneren nur die beiden Opferstöcke neben den Betstühlen. Mein Herz begann zu hämmern. Um mich zu beruhigen, kniete ich unter der Statue des heiligen Antonius nieder und tat, als betete ich. Den Kopf gesenkt, flüsterte ich verschämt: »Ich möchte ein Segelschiff auf die Brust tätowiert bekommen, für zwei Doppelte, dafür brauche ich Geld, ich borge es mir aus dem Opferstock, Ehrenwort, ich bringe es wieder zurück.«

Dann hob ich den Blick und schaute dem heiligen Antonius in die Augen, der lächelte zu mir herunter, sagte nichts, wendete nichts ein, hielt nur seine weiße Lilie und lächelte immerfort. Ich errötete, sah mich wieder um und wandte mich dem Opferstock zu, in dem ich so lange herumstocherte, bis ich eine Handvoll Münzen hatte. Ich steckte sie in die Tasche, kniete erneut andächtig nieder und stützte den Kopf in die Hände, verharrte in dieser Stellung, um mich abzuregen. Zugluft brachte in einem Spinnennetz am Fenster ein trockenes Blatt zum Rascheln, von draußen vernahm ich Schritte und entferntes Räderrollen. Ich überlegte, ob ich mir das Geld nicht hätte lieber beim Herrn Dechant leihen sollen, doch der hätte mir die Sache mit der Tätowierung bestimmt ausgeredet, denn ich mußte bei ihm immer die Glocken läuten, war eine Art stellvertretender Ministrant. Im übrigen würde ich das Geld ja wieder in den Opferstock zurücktun, also was denn? Ich stand auf und schwor mit erhobenem Finger:

»Mein Ehrenwort, ich bringe das Geld wieder, heiliger Antonius, mitsamt den Zinsen.«

Rücklings entfernte ich mich, der heilige Antonius lächelte unvermindert freundlich, ich trat aus der Kirche in die Sonne, deren schräge Strahlen Wände und Dächer der niedrigen Häuser gleißen ließen, daß sie wie geschmolzen aussahen und mich blendeten. Ich wischte mir meine tränenden Augen ab – und erschrak. Auf mich zu kam ein dicker Gendarm, der Gendarmeriekommandant persönlich, Herr Fidrmuc, er blieb vor mir stehen, sein Schatten legte sich über mich, mein Herz raste, ich senkte den Blick und sah, daß die Schleife an meinem Matrosenanzug im Rhythmus meines Herzschlags hüpfte. Mechanisch streckte ich die Arme aus und legte die Handgelenke überkreuz. Der Gendarmeriekommandant vor mir wühlte in seinen Taschen, ich wußte genau, daß er die Handschellen suchte. In den Taschen des dunkelblauen Uniformrocks fand er sie nicht, er wühlte in den Hosentaschen, fand, was er suchte – und brachte das Virginia-Etui zum Vorschein, wählte bedächtig eine der langen Zigarren, zog den Halm aus dem Mundstück, zündete sie genüßlich an und schob seinen gewaltigen Bauch an mir vorbei. Ich blickte noch ein paar Sekunden auf meine gekreuzten Hände, dann atmete ich erleichtert auf und lief los. Ich lief zur Brücke zurück, im Schulranzen auf meinem Rücken klapperten die Griffelschachtel und die Bücher, ich hielt die Schulterriemen fest, überquerte die Brücke und hopste die Treppe hinab, die direkt zum Fluß führte. Hier, unter dem Brückenbogen, war es stets still, hier kam niemand gern her, und kam doch einer, dann nur, um seine Notdurft zu verrichten. Hinter einem lockeren Stein besaß ich ein Versteck für Tinte und Feder. Wenn ich die Hausaufgabe nicht gemacht hatte und der Klassenlehrer mich danach fragte, sagte ich, daß ich das Heft zu Hause vergessen hätte. Der Herr Lehrer schickte mich dann heim, ich hatte Zeit gewonnen, kaufte mir unterwegs im Papierladen ein Heft und schrieb an meinem trockenen, stillen Platz unter der Brücke schnell die Aufgabe. Jetzt hockte ich mich hier nieder und zählte das Geld. Ich konnte nicht nur zwei, sondern mindestens sechs doppelte Rum bezahlen …

Im Wirtshaus Zur Brücke ging es lustig zu.

»Was besucht uns denn da für ein Matröschen?« rief Herr Lojza.

Ich stand in meinem Matrosenanzüglein vor ihm, auf dem Kopf die Mütze mit dem schwarzen Band, das hinten einen Schwalbenschwanz bildete, vorn aber, über der Stirn, glänzten ein goldener Anker und der goldene Namenszug Hamburg. Herr Lojza nahm mir die Mütze vom Kopf und setzte sie selbst auf, dann stenzte er im Lokal herum, die Sandschipper lachten, ich lachte auch und war glücklich, während Herr Lojza weiter durchs Lokal marschierte, salutierte und Grimassen schnitt, so daß wir uns beinahe kugelten. Ich sagte mir, daß ich, wenn ich groß sei, nicht mehr unter der Brücke, sondern in der »Brücke« hier sitzen und es mir als große Ehre anrechnen würde, in Gesellschaft dieser angenehmen Herren vom Wasser verweilen zu dürfen. Herrn Lojza fehlten die Schneidezähne, darum konnte er die Unterlippe über die Oberlippe stülpen und sich auf diese Weise die Nasenspitze lecken. Er marschierte weiter hin und her, meine runde Matrosenmütze auf dem Kopf, der Sandschippertisch am Fenster applaudierte, und der Wirt mußte eine neue Lage Bier bringen. Ich bestellte zwei doppelte Rum.

»Herr Lojza, wenn's recht ist, die kriegen Sie von mir.«

»Hoho! Wo hast du den Kies her?«

»Den habe ich mir geliehen. Vom lieben Gott persönlich. Wenn's recht ist.«

»Oho! Du hast mit ihm gesprochen?«

»Nein, er war nicht daheim. Einer von seinem Verein hat mir ausgeholfen. Der heilige Antonius. Er hat ihn mir geliehen, damit Sie mir ein schönes Schiffchen auf die Brust tätowieren. Das gleiche, wie es der Sandschipper dort hat, der Herr Korecký.«

Herr Lojza lachte und sagte:

»Haha, wenn der Himmel selber die Hände im Spiel hat, dann machen wir das Schiffchen. Wann soll's denn sein?«

»Jetzt gleich, darum bin ich hier. Wenn's recht ist.«

»Oje, Söhnchen, ich hab die Nadel nicht da.«

»Dann holen Sie sie halt. Wenn's recht ist.«

»Sakra«, rief Herr Lojza, »der geht aber ran!« Er kippte einen der Doppelten und zwängte sich zwischen den Knien der Gäste zur Tür durch, wo er mit Handbewegungen zu verstehen gab, daß er nicht nur die Tätowiernadel, sondern auch die Tätowierfarbe hole.

Die Sandschipper setzten mich an ihren Tisch, und der Wirt brachte mir eine Himbeerlimonade.

»Hör mal, wie viele Köchinnen hat euer Herr Dechant, zwei oder drei?« fragte mich Herr Korecký.

»Zwei, aber die sind noch sehr jung.«

»Sehr jung?« staunten die Sandschipper.

»Sehr. Wenn's recht ist. Wenn der Herr Dechant guter Laune ist, meine Herren, dann setzt er eine der beiden auf einen Stuhl, bückt sich, legt die Hand unter die Sitzfläche, genau so, wie wenn der Herr Wirt ein Tablett voller Biergläser bringt, und auf einmal hupp!, die hübsche kleine Köchin schwebt direkt unter der Decke, und während ihr Rock sein Haar zerzaust, trägt er sie mitsamt dem Stuhl durch die Küche.«

»Was?!« wunderten sich die Sandschipper. »Ihr Rock zerzaust sein Haar?«

»Zu einem Heiligenschein, wenn's recht ist. Unser Herr Dechant ist stark wie ein Schweizer Stier, meine Herren. Er ist eins von sechs Kindern, und sein Vater hat so eine Kraft gehabt, daß er, wenn ihm die Kinder eine Walnuß auf den Tisch legten, schwupp!, die Nuß mit dem Finger knackte, leichter als mit dem Nußknacker. Als der Herr Dechant noch ein Kind und später ein Junge war, da war er der schwächste von den sechsen, er taugte nicht für die Waldarbeit, und die Eltern fragten sich: Was machen wir mit ihm? Nun, sie ließen ihn Pfarrer studieren. Abends hatten sie fast immer eine Riesenschüssel mit Schälkartoffeln, die Familie saß am Tisch, jeder mit seinem Löffel, und wenn die Mutter den ihren kurz auf den Tisch hieb, schaufelten alle um die Wette los, arbeiteten sich in der Schüssel vor, bis keine einzige Kartoffel mehr übrig war.« Ich erzählte es mit ernster Miene, nickte ab und zu bekräftigend. Die Sandschipper hätten lachen mögen, doch es gelang ihnen nicht recht.

Herr Lojza kehrte zurück, schwenkte unter der Tür ein kleines Köfferchen, wie der Beschäler Herr Salvet eines hatte, und Nadeln und Farbgläschen klapperten darin. Ungeduldig zog ich die Bluse aus, während Herr Lojza den Inhalt des Köfferchens auf dem Tisch ausbreitete.

»Also, was für ein Schiff wünschst du dir, eine Barkasse, eine Fregatte, eine Brigg, einen Dampfer?« Mit einer Handbewegung bedeutete er den Sandschippern, die Gläser auf das hölzerne Fensterbrett zu stellen.

»Alle diese Schiffe könnten Sie mir machen?« Ich schlug die Hände zusammen.

»Du hast die Wahl«, sagte Herr Lojza und forderte einen Sandschipper auf, die Arbeitsjacke auszuziehen, er war darunter nackt, seinen Rücken zierten allerlei Tätowierungen, es gab Meerjungfrauen, zusammengerollte Schiffstaue, Herzen, Monogramme, Segelschiffe. Mir gingen die Augen über von all den schönen Bildchen, und ich hätte mir am liebsten alles Geld aus dem Opferstock ausgeliehen, sämtliche Münzen, um mir den Rücken auf die gleiche Weise verschönern zu lassen, mit Bildern und Zeichen.

»Nun, entscheide dich«, sagte Herr Lojza.

Ich wählte ein kleines Segelschiff. Herr Lojza breitete sofort eine Zeitung auf dem Tisch aus und legte mich rücklings darauf.

Ich setzte mich wieder hoch. »Wird es auch nicht weh tun?« Herr Lojza drückte mich ein zweites Mal nieder und sagte, daß es nur ein bißchen pieken werde. Ich blickte zur Decke empor.

»Du hast also gesagt, mein Junge, daß du ein Schiffchen möchtest?«

»Ein Schiffchen, genauso eines wie das, in dem Jesus mit seinen Jüngern über den See Genezareth gefahren ist. Wenn's recht ist.« Und ich schaute weiter zur Decke, hörte Stühlerücken, die Sandschipper beugten sich über mich, ihr Atem wehte mich an, es war Bierduft, Herr Lojza stach mit der Nadel, die er in grüne Farbe tauchte, Punkte in meine Haut, ich döste selig vor mich hin, in der Atemwärme der Sandschipper war mir, als läge ich in der Krippe, als beugten sich Hirten und der Ochse und der Esel über mich, als wäre ich das Jesuskind. Ich hörte Stimmen:

»Sieh einer an, das Schiffchen kriegt aber ein tolles Hinterteil!«

»Lojza, paß auf, daß sich die Segel auch ordentlich blähen!«

»Ach was, die Segel! Wichtig sind Steuerbord und Backbord, die müssen den richtigen Hüftschwung haben!«

»Das schlanke Schiffchen braucht unbedingt ein Ruder wie eine Schwanzflosse!«

Ich lag auf dem Tisch im Wirtshaus Zur Brücke, wurde langsam wieder wach, wollte mich erheben, doch Herr Lojza drückte mich ein drittes Mal nieder, diesmal mit dem Ellbogen und sanft. Nach einer Weile schlief ich wirklich ein. Herr Lojza mußte mich wecken. Während er sein Tätowierungsgerät einpackte, erklärte er:

»So, mein Kleiner, unser Schiffchen ist fertig, und niemand kann es dir wegwischen, wegnehmen. Es wegmachen, das kann ein einziger Doktor in Prag, der den Schauspielerinnen die Haut strafft und ihnen die Falten und Sommersprossen entfernt, aber bei dem kostet ein Quadratzentimeter sechzig Kronen ...«

Die Sandschipper lachten über Herrn Lojzas Ausführungen, sie wieherten, wieherten derart, daß sie schier in Tränen gebadet waren, ich saß auf dem Tisch und wollte mir das Schiffchen ansehen, doch Herr Lojza warf mir die Matrosenbluse zu, zog sie mir dann sogar höchstpersönlich über den Kopf und knöpfte rasch den gestreiften Latz zu. Schließlich hob er mir noch die Schultasche auf den Rükken, setzte mir die runde Mütze auf und rückte Anker und Hamburg gerade.

»Herr Wirt«, rief ich, »zwei letzte Rum, und dann zahle ich.«

Ich lächelte in die Runde, die Sandschipper lachten, aber nicht so wie vorher, sondern irgendwie schuldbewußt, kein einziger schaute mir mehr in die Augen. Ich zahlte und gab dem Wirt meine restlichen Münzen, denn wer ein Segelschiff auf der Brust hat, muß einen springen lassen können. »Der Rest ist für Sie, Herr Wirt, als Trinkgeld. Wenn's recht ist.«

In der Tür drehte ich mich noch einmal um, salutierte und lief dann, begleitet vom Gelächter der Sandschipper, in den frühen Abend hinaus …

Auf der Brücke geriet ich unvermutet in ein sommerliches Schneegestöber. Aus dem Flußbett wirbelten Hunderttausende Eintagsfliegen empor, sie drängten zu den Gaslaternen, sanken versengt zu Boden und bildeten regelrechte Wehen. Die Eintagsfliegen prallten mir gegen die Wangen, ich bückte mich, legte die Hand in einen Haufen von Eintagsfliegen, hatte das Gefühl, die Finger in brodelndes Wasser zu halten. Manche Leute schlitterten, als hätte Rauhreif das Pflaster glatt gemacht. Ich aber richtete mich auf, stolzierte dahin, niemand hatte gesehen und niemand wußte, daß auf meine Brust ein Bild tätowiert war, ein Schiff, das mit mir fuhr, das mit mir schwimmen würde, wenn ich zum Baden ging, und dessen Bug die Wasserfläche teilen würde, wenn ich kräftige Armzüge machte. Und würde ich einmal traurig sein, würde ich es machen wie Jesus, der auf manchen Bildern das Hemd öffnet, um den Menschen sein brennendes, dornenumranktes Herz zu zeigen. Auf der Brücke war es auch, daß mir einfiel, ich müsse mein Schiffchen zuerst dem Herrn Dechant zeigen. Ich schritt kräftiger aus, ließ eine Gaslaterne nach der anderen hinter mir, um die herum die Eintagsfliegen unablässig wirbelten wie um Haspeln, ich trat durch das große Pfarrtor, im Pfarrhof stand ebenfalls eine Gaslaterne, unweit des Gemüsebeetes, an dem entlang ich das Pfarrhaus erreichte. Zwei Fenster waren beleuchtet. Die Wand empor rankte wilder Wein an einem Holzspalier, ich kletterte hinauf, unterm Fenster hielt ich mich mit einer Hand an einer Latte fest, mit der anderen schob ich Ranken und Laub beiseite, gewahrte die Wermutflasche und ein halb geleertes Glas auf dem mit grünem Plüsch bespannten Tisch – und an diesem sah ich etwas, was ich wahrscheinlich nicht hätte sehen sollen. Der Herr Dechant band gerade die beiden kichernden Köchinnen mit einem Tischtuch oder einem Bettuch zusammen. Als er damit fertig war, kniete er nieder und roch an den Bäuchen der beiden. Ich senkte den Blick. Nachdem ich Kraft geschöpft hatte, um erneut hineinzuschauen, bot sich mir ein Anblick, der sogar die Sandschipper im Wirtshaus Zur Brücke begeistert hätte. Der Herr Dechant hatte das Tuch mit den Zähnen gefaßt, wie ein balancierender Artist die Hände ausgebreitet und die beiden Köchinnen allein mit dem Kopf hochgehoben, sie strampelten mit den Beinen und streckten sich, so daß ihre hochgekämmten Haare die Decke streiften. Er trug sie im Kreise durch das Zimmer, und ich freute mich, daß unser Herr Dechant zwei zusammengebundene Köchinnen mit dem Mund tragen konnte, daß er die Kraft dazu hatte, Kraft wie Jesus. Nach einigen Runden stellte er seine beiden Köchinnen wieder auf den Boden, ließ sich in den Sessel fallen und lachte dröhnend, lachte derart, daß die Dämchen ihre Röcke zusammenzogen. Dann leerte der Herr Dechant in einem Zug sein Glas und schenkte es gleich wieder voll. Ich stieg vorsichtig vom Spalier, ging ums Haus herum und klopfte an die Tür. Schritte wurden vernehmbar, die Tür öffnete sich, und die kleinere der kleinen Köchinnen ließ mich ein.

»Was gibt es?« fragte der Herr Dechant, der sein Glas schon wieder erhoben hatte.

»Wenn's recht ist, Herr Dechant, möchte ich um Ihren Segen bitten.«

»So spät noch? Und was soll ich segnen?«

»Herr Dechant, schauen Sie her!«

Ich knöpfte den blaugestreiften Latz ab und öffnete meine Matrosenbluse. Erwartungsvoll stand ich vor ihm, die runde Matrosenmütze auf dem Kopf, wie der heilige Aloisius seinen Heiligenschein, und strahlte vor Glück. Die Köchinnen jedoch erschraken und stopften sich die Fäuste in den Mund. Der Herr Dechant erhob sich, streichelte meine Schulter und schaute mir tief in die Augen:

»Wer hat dir das gemacht?«

»Der Herr Lojza im Wirtshaus Zur Brücke.«

»Und was hat er dir eintätowiert?«

»Ein Schiffchen, ein Segelschiffchen wie das, mit dem der Herr Jesus gefahren ist.«

Auf einen Wink des Herrn Dechanten holten die beiden Köchinnen den großen Spiegel aus dem Vorzimmer, sie trugen ihn vorsichtig herein und knieten auf einen zweiten Wink des Herrn Dechanten vor mir nieder, so daß ich hineinschauen konnte. Ich sah im Spiegel das Gesicht des hochwürdigen Herrn über meiner Schulter, und ich sah auf meiner Brust eine grüne Meerjungfrau, eine Jungfrau mit schuppigem Schwanz, eine Jungfrau mit nacktem Oberkörper, eine Jungfrau, die ähnlich lachte, wie die beiden zusammengebundenen Köchinnen gelacht hatten, als sie vom Herrn Dechanten mit den Zähnen getragen worden waren.

Ich staunte und erschrak, mir wurde schwarz vor den Augen.

»Damit kannst du nicht mehr ministrieren. Was hast du dazu zu sagen?«

»Ein Quadratzentimeter kostet sechzig Kronen«, stotterte ich und drückte beide Hände auf die grüne Meerjungfrau. Die beiden Köchinnen prusteten los, aber sogleich vollführte der Herr Dechant eine Handbewegung, als wollte er sie verdammen. Er sagte:

»Ich bin froh, ich bin sehr froh, daß du damit gerade zu mir gekommen bist. Du wirst es im Leben nicht leicht haben.« Und er strich mir mit der Hand über den Rücken.

Der asiatische Typ mit den schwarzen Streifen auf dem Bizeps, der ist ein Mitglied der Jakusa, der japanischen Mafia; jeder schwarze Streifen steht für ein Verbrechen, das er begangen hat. Und das »NCA« auf dem Rücken dieses anderen Asiaten kennzeichnet ihn als Mitglied der Ninja Clan Assassins. Sie stehen herum, warten darauf, dass sie an die Reihe kommen, Männer mit einem kleinen Kruzifix auf der Haut zwischen Daumen und Zeigefinger. Oben hat es drei kleine fächerförmige Striche, das Pachuco-Kreuz, das Zeichen der lateinamerikanischen Gangs. Andere haben an dieser Stelle drei Punkte in Form eines Dreiecks eintätowiert. Wenn es Mexikaner sind, bedeuten die drei Punkte: Mi vida loca«, *»Mein verrücktes Leben«. Wenn es Asiaten sind, bedeuten die Punkte:* »To o can gica«, *»Mir ist alles egal«.*

Chuck Palahniuk, Snuff

Franziska Gerstenberg

Marecki singt

Einer von ihnen hatte eine Narbe auf der rechten Brust. Er war nicht der Erste und nicht der Letzte. Er hieß Manfred und kam in meine Wohnung, um den Boiler im Bad zu überprüfen. Als er von einer Klappe an der Boilerunterseite die Schrauben löste, bemerkte er, dass der Schlauch meiner Waschmaschine mit einem Krümmer in die Wanne eingehängt war. Er passt nicht auf den Abfluss, sagte ich und drehte die Hähne auf, vielleicht fehlt ein Verbindungsteil. Ich ging in die Küche und kochte Kaffee, schaltete das Radio ab und horchte. Im Bad floss das Wasser aus dem Boiler. Ich stellte zwei Tassen, Zucker und Milch auf ein Tablett und trug es hinüber. Manfred hielt mir die Tür auf und sagte, er habe den Schlauch kürzen müssen, danach habe er sich leicht an den Abfluss anschließen lassen.

Er hatte es nicht eilig, die Durchsicht meines Boilers war sein letzter Auftrag an diesem Nachmittag. Er konzentrierte sich, während er mit mir schlief, ich hob die Hand und tastete nach der Narbe auf seiner Brust. Die Narbe hatte die Form einer Schlange und blieb kühl, obwohl Manfred schwitzte.

Als es Abend wurde, schob er den Arm unter meinen Kopf, vor dem Fenster schrillte immer wieder das Signal des Eiswagens, drei hohe Töne, zum Schluss ein heiseres Krähen. Kikeriki, sagte Manfred. Ich küsste die Narbe, aber er lachte nur, griff über meinen Körper hinweg nach seiner Hose und suchte das Portemonnaie. In einem durchsichtigen Seitenfach steckten Passfotos, er nahm eines nach dem anderen heraus und hielt es zwischen Daumen und Zeigefinger. Seine Frau und seine Kinder. Die Frau war blond, ich schob seine Hand zur Seite und sah mir die Fotos der Kinder an. Rote Haare, die hatten sie von ihm, und breite Wangen, das Mädchen presste die Lippen zu einem Strich zusammen, ich fragte: Haben sie auch so eine Narbe? Er lachte wieder und steckte die Bilder zurück. Narben vererbt man doch nicht, sagte er.

Die Nachbarin hat in ihrer Küche drei Käfige mit Kaninchen zu einem Turm gestapelt. Manchmal greift sie nach meinem Arm und zieht mich in ihre Wohnung. Vor zwei Wochen sagte sie: Morka ist schwanger. Das weiße Kaninchen saß schwer in der Käfigecke, als wäre es gar kein Kaninchen mehr, sondern ein Huhn, das ein Ei ausbrütet. Ich spürte ein Ziehen im Unterleib. Die Nachbarin sagte: Sie können eins haben, wenn es so weit ist. Ich wusste, dass sie eigentlich sagen wollte, ich sei zu viel allein. Ihrer Meinung nach ist nicht der Hund, sondern das Kaninchen der beste Freund des Menschen. Ich streckte mich in den Schultern und sah aus dem Fenster, die Sonne strahlte gegen die Scheiben, auf denen der Glasreiniger schillernde Streifen hinterlassen hatte. Das Gerüst stand seit Tagen, mit dem Balkonanbau sollte am nächsten Morgen begonnen werden. Ich will einen Hund haben, sagte ich, einen großen, schwarzen.

Einer von ihnen reparierte die Klospülung, seine Haare waren lang und braun, wie die Mähne von einem Pferd. Das war vor einem Jahr, im Juli oder August. Sie dürfen nicht so stark drücken, sagte er, nur antippen, das reicht. Ich beugte mich über ihn, er sah sich die Rohre an. Ihre Finger wissen genau, was sie tun, sagte ich. Das ist mein Beruf, sagte er. Er drehte den Kopf zu mir und rieb mit den schmierigen Handballen über den Stoff seiner blauen Latzhose. Endlich verzog er den Mund und sagte: Feierabend. Ich sagte: Kaffee, Wasser, Zitrone? Beim Vereinbaren der Termine behaupte ich immer, erst ab dem späten Nachmittag Zeit zu haben.

Seit drei Tagen klafft ein Loch in meiner Küchenwand, so breit wie das Fenster, zwischen der Rahmenunterseite und den Bodenfliesen. Rohe Ziegel bilden seinen unregelmäßigen Abschluss, die Fensterbank wurde herausgebrochen und der Heizkörper an die rechte Wand versetzt. Der Balkon ist schon begehbar, er besteht aus metallenen, miteinander verschraubten Fertigbauteilen, breite Träger wurden in der Hauswand und im Boden verankert. Solange das Gerüst stand, beobachtete ich die arbeitenden Männer. Ich sah die starken Oberarme mit den dünnen schwarzen Haaren darauf, die Füße in den staubigen Turnschuhen, hörte Lachen und kurze wütende Ausrufe. Stundenlang saß ich am Küchentisch, mit gefalteten Händen, die rissige, farbverschmierte Korkplatte unter meinen Ellenbogen. Ich kochte Hühnersuppe mit Curry und föhnte die Haare zu Wellen, ich spülte das Geschirr und wischte den Kühlschrank aus. Ab und an öffnete ich das Küchenfenster und fragte: Kaffee?, Saft, Wasser, Eis und Zitrone?

Die Nachbarin stellt mir immer wieder Tüten vor die Tür. In den Tüten sind Gläser mit Joghurt und Quark, rote und gelbe Paprika, Gurken und Orangen. An den Tragegriffen kleben kleine Zettel, auf denen Sätze stehen wie: Kommen Sie rüber, ich mache gefüllte Tomaten, es reicht für zwei. Ich bilde mir ein, das Zischen des Fetts zu hören, in dem die Nachbarin die Tomaten brät. Die Tüten lasse ich stehen, bis sie zu riechen beginnen, dann werfe ich sie in die graue Tonne im Hof.

Als ich die Nachbarin letzte Woche im Treppenhaus traf, wollte sie wissen, ob ich sie aufdringlich fände. Nehmen Sie's mir nicht übel, bat sie. Ich erinnere sie an ihre Nichte. Ich mag keinen Joghurt, sagte ich. Sie hob die Hand und strich sich eine der dauergewellten Locken aus dem Gesicht. Ich solle mehr Gemüse essen, wegen der Vitamine. Und Apfelessig, rief sie, das kräftigt. Dann fragte sie: Ihr Telefon klingelt nicht mehr, brauchen Sie einen Handwerker für die Reparatur, bei Ihnen sind häufig Handwerker, oder? Die Wände sind dünn wie Papier. Marecki, sagte die Nachbarin, ist mal wieder nicht zu überhören.

Als ich den Tätowierten in die Küche führte, sagte er, nur eine Stunde, dann sei auch in meiner Außenwand ein Loch. Ich nickte ihm zu und setzte mich auf den Klappstuhl am Küchentisch. Kaffee?, fragte ich, Saft, Wasser, Eis? Er schwieg, nur die Werkzeuge klirrten. Bald hing Ziegelstaub in der Luft und erschwerte das Atmen. Der Tätowierte war jünger als ich und trug Jeans und ein T-Shirt mit dem Aufdruck *for sale*, er hatte maisgelbe Haare und grüne Augen. Die Tätowierung an der Innenseite des linken Unterarms war mir schon in den Tagen davor aufgefallen. Der Tätowierte hatte die frisch verputzten Stellen um die Balkonträger mit weißer Farbe überstrichen. Die Nachbarin hatte mehrmals geklingelt, um mir zu sagen, dass der Vermieter trotz ihrer Beschwerden wieder Schwarzarbeiter beschäftige.

Der Tätowierte sagte, ich könne ruhig ins Zimmer gehen. Hier wird nur Ihr Kleid schmutzig, sagte er. Ich fragte: Störe ich?, und er strich mit der Hand über seine Stirn. Er schwitzte, winzige Tropfen glänzten in seinen Haaren, die Hand hinterließ einen Schmutzstreifen über den Augenbrauen. Wo kommst du her?, fragte ich. Thüringen, sagte er. Ich schlug die Beine übereinander und bot an, uns etwas zu kochen, dabei drehte ich eine Haarsträhne um meinen Zeigefinger, obwohl er den Blick nicht von seiner Arbeit hob. Ich sagte: Thüringer Klöße, mit Brotwürfeln drin, und Thüringer Zwiebelfleisch. Thüringer Zwiebelfleisch, sagte er, was soll das denn sein? Ich stand auf, spürte den trägerlosen BH unter meinen Achseln und fragte: Rinderbrust ohne Knochen, 600 Gramm, wartest du, bis ich vom Fleischer zurück bin? Er wurde rot, eine Röte wie die der Ziegel, am Haaransatz beginnend und bis in die Drosselgrube hinunter, dann sagte er, er habe Brote dabei. Eine dünne Schicht Staub bedeckte die Herdplatten und das verklebte Geschirr in der Spüle.

Eine halbe Stunde lang hatte er schweigend den Putz aus den Fugen geklopft, die Ziegel beiseitegeräumt, als er plötzlich mit einem Ausruf die Arbeitshandschuhe von seinen Fingern streifte und auf die Fliesen warf. Sie machen mich nervös, sagte er. Ich spürte meine Fingernägel, die ich in die Oberarme presste, ich saß am Tisch und fragte laut: Möchtest du wirklich nichts trinken, Saft, Eis und Zitrone? Er ließ die Hände auf die Knie fallen. Lassen Sie mich in

Ruhe, flüsterte er. Ich sagte leise: Du sollst mir doch nur was erzählen, erzähl mir von Thüringen. Er drehte sich überstürzt um, rammte die Schulter zweimal gegen die Fensterbank, die endlich nachgab und auf den schuttbedeckten Boden krachte. Die Küche füllte sich mit Staub, ich hustete. Der Tätowierte stand auf und hielt sich mit einer Hand die Schulter, während er atemlos rief, er sei ja schon fertig. Der Ziegelstaub brannte in den Augen, ich hielt eine Hand vor den Mund, der Husten presste die Luft aus meinen Lungen. Dann trat ich zur Seite. Sind Sie jetzt zufrieden?, sagte der Tätowierte und schlug mit der Tür.

Marecki sagt, die Nachbarin habe als Sozialpädagogin gearbeitet, bis man sie bat, in den Vorruhestand zu gehen. Marecki sagt viel, aber niemand hört ihm zu. Wenn ich der Nachbarin an der Haustür begegne, bittet sie mich, ihr die Einkaufsnetze nach oben zu tragen. In ihrer Küche schiebt sie mir einen Plastikstuhl hin, um mir dann eines der Kaninchen auf die Handflächen oder die Oberschenkel zu setzen. Die Kaninchen heißen Morka, Mirko, Minkel und Möhre, und es enttäuscht die Nachbarin immer wieder, dass ich sie nicht auseinanderhalten kann. Sie sagt, ich müsse über alles reden. Ich glaube, die Kaninchen auf den Oberschenkeln sollen mich lockern. Die Nachbarin sagt, wenn man wirklich reden wolle, genüge sogar ein Hibiskus als Gegenüber. Ich besitze keine einzige Pflanze, aber das geht sie nichts an. Die Nachbarin lächelt, wenn ich schweige, und kocht Kakao in einem blauen Topf. Ich bin neunundzwanzig Jahre alt und sage zu ihr: Ich bin kein Kind mehr. Ich denke an Milchränder um den Mund.

Auch heute roch ich den Müll schon beim Aufwachen, verschimmeltes Obst und Kaninchenstreu. Die Tonnen stehen im Hof, direkt unter dem Loch in meiner Küchenwand, und nicht alle Mieter schließen die Deckel wieder. Ich blieb liegen, drehte mich zur Wand.

Ich stehe auf und gehe einkaufen, ich kaufe Kaffee, Wasser, Saft und ein Netz Zitronen. Als ich wiederkomme, weist der kleine Zeiger der Küchenuhr auf die Neun. Es ist heiß. Auf meinen Armen kann ich feine dunkle Äderchen erkennen. Wenn ich die Augen leicht zusammenkneife, sehen sie aus wie Spinnen auf einer Kalkwand. Die Nachbarin sagt, je wärmer es sei, desto stärker sehe man, dass ich friere. Heute kommen die Handwerker, um die Balkontüren einzubauen. Das passiert von innen, das Gerüst ist schon fertig zerlegt und lagert in Stapeln vor dem Haus. In einem Schreiben teilt der Vermieter mit, der Einbau der Türen sei die letzte Baumaßnahme für lange Zeit.

Ich höre Stimmen im Treppenhaus und sehe durch den Spion. Zwei Balkontüren werden die Stufen hochgetragen. Auch die Schwarzarbeiter steigen hinauf, sie werden den Schutt fortschaffen und, wenn nötig, die Durchbrüche erweitern. Ich vermute, dass mit dem Einbau im obersten Stockwerk begonnen wird, links, bei Marecki. Die Nachbarin sagt, Marecki rufe vor jeder Zählerablesung und Boilerreinigung die Hausverwaltung an, um zuerst dranzukommen. Dabei sei er den ganzen Tag daheim. Auch die Nachbarn von oben und unten sagen: Marecki ist asozial und ein Ferkel. Er trennt seinen Müll nicht und wischt nie die Treppe!

Seit Monaten steckt die Nachbarin Kärtchen mit Adressen in meinen Briefkasten. Wenn ich sie danach frage, zuckt sie die Achseln, als verstünde sie nicht, wovon ich rede. Sie sagt, ich müsse selbst wissen, ob ich Probleme habe. Ich schaffe es nicht, auch die Visitenkarten in eine der Tonnen im Hof zu werfen, ich lege sie nebeneinander auf meinen Schreibtisch. Mittlerweile bedecken sie einen breiten Streifen auf der linken Seite. Manche Karten tauchen mehrfach auf oder sind durch ein rotes Ausrufezeichen als besonders hilfreich markiert. Lachend erzähle ich davon. Irgendjemand, sagt die Nachbarin, macht sich Sorgen um Sie.

Den ganzen Tag über höre ich die Männer im Treppenhaus. Sie tragen die ausrangierten Fenster nach unten, und ich erkenne die Stimme des Tätowierten. Nicht einmal seinen Namen weiß ich. Sie reden über Marecki. Mit dem will ich nicht im Haus wohnen, sagt der Tätowierte halblaut. Jemand antwortet, das sei das Alter, Marecki könne ja nichts dafür, im Grunde sei er ein armes Schwein. Gegen meinen Vater ist der harmlos, sagt ein Dritter.

Während sie weitergehen, denke ich an den Tätowierten. Das Tattoo zeigt zwei ineinander verschlungene Tauben, von denen die eine aufsteigt, die andere mit gebrochenen Flügeln zu Boden taumelt. Wenn der Tätowierte den Arm hob, verdrehte sich das Bild, die kranke Taube stürzte nach oben.

Ich sitze am Küchentisch, ich schaue durch den Spion, ich warte. Nicht zum ersten und sicher nicht zum letzten Mal. Um fünf öffne ich die Tür. Bei der Nachbarin waren die Männer schon vor einer Stunde, jetzt arbeiten sie im Stockwerk unter mir, und ich frage mich, ob sie meine Wohnung vergessen haben. Marecki hat die neue Balkontür geöffnet, sein Radio spielt Hits der Achtziger in voller Lautstärke, wenn ich mich vor das Loch in der Küchenwand stelle, kann ich ihn mitsingen hören.

Auf dem Treppenabsatz stehen die Nachbarin und der Tätowierte, sie sehen zu mir hoch, und die Nachbarin grüßt. Der Tätowierte verschränkt seine Hände ineinander und lässt die Finger knacken, ich denke, vielleicht bricht er sich einen Knochen. Plötzlich bin ich mir sicher, dass sie über mich gesprochen haben, die Nachbarin lächelt, greift fester nach ihrem Einkaufsnetz und geht die Treppe hinunter. Kommen Sie noch zu mir?, frage ich den Tätowierten. Wir haben Dienstpläne, sagt er, Sie haben hier nichts zu entscheiden. Die Tauben liegen leicht auf seinem Arm, und ich möchte antworten, aber er dreht sich schon um.

Ich will einen Hund haben, einen großen, schwarzen Hund, vielleicht einen Labrador. Der Hund wird die Wohnung der Nachbarin nicht betreten dürfen, weil sie Angst um ihre Kaninchen hat. Ich werde mit ihm durch den Park laufen und in die Stadt gehen. Wenn sich uns jemand nähert, wird der Hund seine Schnauze aufreißen, die Lefzen zurückziehen und seine Zähne zeigen, und niemand wird wissen, ob er nur müde ist oder gefährlich. Wenn ich mit dem Fahrrad fahre, wird er den Gehweg entlanghetzen, vor jedem Bordstein stoppen und auf mein Zeichen warten, bevor er die Straße überquert. Er wird Katzen jagen, und Zecken werden sich in seine Haut bohren. Wenn es heiß ist, werde ich uns im Hinterhof mit dem Gartenschlauch abspritzen. Und irgendwann wird ein Mann vor dem Hund knien, der Hund wird die Schnauze aufreißen, aber der Mann wird lachen und ihm ins offene Maul greifen.

Ich sitze auf dem Boden, den Rücken an die Wohnungstür gelehnt. Es ist sechs, und die Handwerker haben das Haus verlassen. Sie sind in ihren Kleintransporter gestiegen und fortgefahren, nachdem der Tätowierte das Werkzeug auf die Ladefläche gelegt hat, neben die ausgebauten Fenster. Ich habe von oben zugesehen, wie er die Straße hinunter in Richtung Park ging. Ich weiß nicht, was ich tun soll. Ich könnte einen der Klappstühle durch das Loch in der Küchenwand ziehen, mich auf den Balkon setzen, über die Brüstung lehnen und rauchen. Von unten wird nicht zu erkennen sein, dass bei mir keine Balkontür eingebaut wurde. Ich könnte grüßen, eine Zeitung lesen und zu Marecki hinaufrufen, er soll das Radio leiser stellen.

Ich bleibe sitzen. Ich rieche den Müll aus den Tonnen im Hof, verschimmeltes Obst und Kaninchenstreu. Die Nachbarin klingelt mehrmals. Marecki singt, und ich bleibe sitzen.

Ich gehöre einer fernen Rasse an:
meine Vorfahren waren Skandinavier.
Sie stachen sich in die Seiten und
tranken ihr Blut. Ich werde mir den
ganzen Leib wundschneiden,
ich werde mich tätowieren, ich will
häßlich werden wie ein Mongole.

Arthur Rimbaud,
Délires I

Dorle Trachternach

Frösche

In der Dunkelheit klang das Rauschen des Meeres wie das Atmen eines großen schlafenden Tieres. Er saß am Fenster an seinem Schreibtisch, neben sich hatte er die aufgeschnittene Wassermelone gelegt. In dem roten Fruchtfleisch krabbelten tagsüber unzählige schwarze Ameisen herum, eine Ameisenstraße führte von der Wassermelone das Schreibtischbein hinunter auf den Fußboden und weiter entlang den frei liegenden Kabeln an der Wand bis zu einer Ritze neben der Terrassentür. Von dort gelangten sie über die Terrasse in den verwilderten Garten. Er stellte sich vor, dass die Ameisen nicht im Garten verschwanden, sondern in der Werkstatt wiederauftauchten, auf dem alten umgebauten Zahnarztstuhl und den Flaschen mit den Desinfektionsmitteln. Wie sie vor den Nadeln und Mappen mit Motiven von Drachen und Schlangen und gepanzerten Zwergen umkehrten, weil sie den Geruch der Wassermelone verloren hatten. Dann neue Nahrung in den Spuren zwischen den Seiten zerfledderter Pornohefte fanden.

Von Zeit zu Zeit tippte er die Wassermelone an, und die Ameisen, die sich tief in das Fruchtfleisch gefressen hatten, begannen, panisch und unkontrolliert übereinanderzukrabbeln. In dem roten Fleisch sah das Gewimmel schön aus. Wenn es sich nach einigen Minuten wieder beruhigte, tippte er erneut mit dem Finger gegen den Rand. Die Ameisen halfen ihm beim Nachdenken. Seit einigen Tagen fragte er sich, ob er die Insel verlassen musste. Vor drei Wochen war das Meer noch nicht so nah gewesen. Vor drei Wochen hatte er das Rauschen der Wellen noch nicht von seinem Fenster aus hören können. Wenn ein Sturm aufzog oder ein Dampfer nah genug vorbeirollte und große Wellen an den Strand spülte, hatte er die Brandung gehört, aber an einem fast windstillen Tag wie heute war das Meer noch nicht einmal eine Hintergrundmelodie gewesen.

Zuzeiten hatte er fast vergessen, dass er auf einer Insel lebte. Sein Haus lag in einem Eukalyptuswäldchen, dessen Duft so kräftig war, dass er den Geruch von Salz überlagerte, der in der Luft schwebte, und der Holzgeruch der gesägten Stämme war intensiver als das faulige Aroma der Algenbüschel am Strand, die die Fischer vom Festland so eifrig sammelten und auf den Märkten verkauften. Aber seit gestern standen die ersten Eukalyptusstämme im Wasser, und nachts unterschied sich das Rauschen der Blätter kaum noch von dem des Meeres.

Es wäre vernünftig gewesen, mit dem Boot überzusetzen und die Fischer zu fragen, was mit dem Wetter los sei und wann das Wasser wieder verschwinden würde, aber dann konnte es sein, dass er seine Kunden verpasste. Er wartete nun schon seit Wochen, und er brauchte das Geld dringend. Die Insel war schwer zu erreichen, es kamen kaum noch Leute zu ihm. Aber der Junge hatte gesagt, dass er Tiere wollte, und niemand konnte bessere Tiere auf einen menschlichen Körper tätowieren als Morgan. Noch konnte er es. Seit einiger Zeit zitterten seine Hände stärker, als ihm lieb war. Er wurde alt, zu alt, um wirklich gut zu sein.

Die Ameisen in der Wassermelone waren fast vollständig zur Ruhe gekommen, als er das Boot hörte. Erst wollte er wütend die Tür zur Terrasse aufreißen und nachschauen, welches Arschloch von Fischer die Gäste in seinem eigenen Boot transportierte, anstatt ihn vom Festland aus anzurufen, damit er es selbst tue, aber dann ließ er es sein. Wenn der Junge wirklich die Tätowierung wollte, die er ihm am Telefon beschrieben hatte, dann sollte der Fischer sein Geld bekommen. Er zog seinen Parka über und öffnete die Terrassentür. Langsam ging er den abschüssigen Pfad hinunter und trat an den Steg, um seine Gäste in Empfang zu nehmen.

Zuerst sah er die Frau. Sie war schwanger und von einer solchen Blässe, dass er fast durch sie hindurchsehen konnte. Flüchtig dachte er daran, dass der Fischer, der da schwankend in seinem Boot stand, vor mehr als dreizehn Jahren auch ihn hier auf der Insel abgesetzt und ihn dabei gewarnt hatte, dass einige dieser Inseln in den nächsten Jahren einfach verschwinden würden. Der Stein sei brüchig, der Meeresspiegel schwanke sehr hier in der Gegend. Morgan hatte ihn ausgelacht und sein Haus gebaut.

Die Frau stand immer noch im Boot, unschlüssig, ob sie den morschen Steg betreten sollte oder nicht. Dann legte ihr ein junger Mann eine Hand auf die Schulter, und sie setzte zaghaft den linken Fuß auf das Holz. Morgan schüttelte den Kopf. Sie war viel zu dünn angezogen für dieses Wetter.

Der Mann hinter ihr überraschte ihn. Er hatte einen Freak erwartet, einen der üblichen Spinner, aber der junge Mann, der ihm jetzt gegenüberstand, war seriös gekleidet. Er war glatt rasiert und trug eine dicke Brille, hinter der seine Augen glänzten wie zwei grüne Glasscherben, in denen sich das Sonnenlicht bricht. Seine Finger waren kalt, Morgan fühlte beim Händedruck einen Ehering. In diesem Augenblick ließ der Wind nach. Sie hatten ein Zelt dabei. Ihm war es egal, ob das Wetter zum Zelten war oder nicht.

In dieser Nacht fanden die Ameisen in der Wassermelone keine Ruhe. Vor dem Schlafengehen hatte der junge Mann Morgan seinen Rücken gezeigt, umständlich hatte er sich aus seinem Rollkragenpullover geschält, ein kariertes Hemd ausgezogen und über dem Ausschnitt seines Achselshirts auf einen hellen Fleck gedeutet. »Da soll es hin«, hatte er gesagt. »Und da noch eins.« Er hatte das Shirt ausgezogen und auf seinen linken Hüftknochen gezeigt. Morgan hatte sich zurückhalten müssen, um nicht mit dem Finger die bereits vorhandenen Stiche nachzufahren, so perfekt erschienen sie ihm. Auf der linken Schulter sah er ein grünes Chamäleon auf einem Ast sitzen, darunter einen Kakadu, einige Schlangen, von denen die eine ein Nest aus elfenbeinfarbenen Eiern beschützte, und als er später noch einmal unter dem Licht seiner Neonröhre nachschaute, bohrte sich durch das eine fragile Ei der Zahn einer gerade im Schlüpfen begriffenen Schlange. Seltene tropische Pflanzen wie Flechtwerk zwischen Eidechsen und Feuersalamandern über dem rechten Ellbogen, an der Wirbelsäule einige große Spinnen und, die Leisten entlang, eine Straße winziger feuerroter Ameisen. Pilze wucherten in den schattigen Mulden der Rippenbogen. Der Junge trug einen Urwald auf seinem Rücken.

Er wollte Frösche. Er hatte Zeichnungen mitgebracht und einen präparierten Frosch in einem Einmachglas, aus dem gelbe Flüssigkeit tropfte. Morgan erinnerte sich an die naturkundliche Abteilung des Museums auf dem Festland, das vor Jahren eingerichtet wurde, um Touristen anzuziehen, und an die Fröschesammlung. Er empfahl sie dem Jungen und bot ihm an, ihm am nächsten Vormittag sein Boot zu leihen.

Am Morgen begann es leise zu regnen. Der Junge entfernte sich langsam mit dem Boot von der Insel, Wasser schwappte unregelmäßig gegen den muschelverkrusteten Bug. Morgan sah ihm von seiner Veranda aus mit zusammengekniffenen Augen nach, dann ging er zum Steg. Die Frau war im Wasser und tauchte. »Es gibt Napfschnecken am Steg, die sich im Fleisch festbeißen«, sagte er. Sie starrte ihn mit rot unterlaufenen Augen an. Ihr Blick war so ausdruckslos wie ihr nasses Haar, das um ihren Kopf herumhing. Ihr Bauchnabel stach aggressiv aus ihrer Körpermitte. »Wenn Ihnen die Napfschnecken nicht behagen, können Sie meinen Pool benutzen.« Morgan drehte sich um und ging. Im Grunde war ihm die Frau gleichgültig. Der Junge und seine Frösche hingegen gingen ihm nicht aus dem Kopf.

Am Nachmittag traf er sie am Pool. Sie lag in der gleichen Haltung im Wasser wie am Vormittag im Meer. Er hatte sie von seiner Terrasse aus beobachtet. Sie tauchte minutenlang an den Rändern des Schwimmbeckens entlang, dann fuhr sie abrupt auf und hielt sich die Hände an die Ohren, wie um das Wasser herauszupressen. Auf der Wasseroberfläche trieb eine alte rosafarbene Luftmatratze. Morgan roch das Eukalyptuswäldchen, ein Geruch, der ihn stets beruhigte, doch der Anblick dieser Frau, die wie ein verwilderter Seehund am Rand seines Schwimmbeckens entlangtrieb, machte ihn nervös.

Am Abend traf er sich mit dem Jungen in seiner Werkstatt. Auch nachdem dieser fast über den Zeichnungen und den gemischten Farben eingeschlafen war und er ihn ins Bett geschickt hatte, blieb Morgan wach. Der Regen trommelte auf das Dach seiner Werkstatt. Unten am Steg drückte das Wasser durch die Planken. Die Stämme seiner Bäume standen im Wasser. Wohin sollte er gehen, wenn seine Insel unterging? Er konnte sich keinen Platz vorstellen, an dem er es länger als einen Monat aushalten würde. Vorerst zählte jedoch nur, dass der Junge blieb. Morgan dachte an etwas viel Größeres als nur an Frösche. Er hatte einmal einen Tätowierer gesehen, der aus den bereits bestehenden Formen einen neuen Umriss gezeichnet und so im Hintergrund des Bildes ein ganz neues Bild geschaffen hatte. Morgan war fasziniert gewesen. So einen Schattenriss wollte er dem Jungen machen. Er wollte, dass durch diesen Urwald ein großes Tier schlich wie eine dunkle Verheißung. Morgan wollte einen Tiger für den Jungen. Er wusste nicht, wie viel Zeit die Frau noch hatte, aber er wollte den Jungen hierbehalten, bis der Tiger fertig war. Er wollte ihm seine Frösche machen und dann weiter in den Urwald vordringen, wollte Pflanzen, Farne, Gewächse zeichnen, bis sich das Grün zu einem Dickicht schloss, und die Augen des Tigers würden vom gleichen Grün sein. Auf der rechten Schulter des Jungen sollte ein Kolibri sitzen, so wollte es Morgan. Ihm blieb nicht viel Zeit.

Das Trommeln des Regens auf dem Werkstattdach und das monotone Summen der Maschine ließen Morgan in eine wunderbare Trance fallen. Seit fast einer Woche lag der Junge nun auf dem umgebauten Zahnarztstuhl und wandte den Blick nicht ab von seinem gelb schimmernden Frosch in dem Einmachglas vor ihm. Morgan konzentrierte sich ganz auf das innere Bild, nach dem er arbeitete. Der Kolibri war schon nachgestochen in seinem kräftigen Grün mit den hellen Flügelspitzen, morgen sollte der Verband abgenommen werden. Gerade stach Morgan die linke Hüfte mit dem letzten Frosch. Auf den Rücken des Jungen hatte er Spinnen, Käfer, Ameisen und Kakerlaken eingearbeitet. Jeden Tag ein Insekt, wie eine Fingerübung. Seit das Wasser stieg, kamen die Tiere ins Haus. Er legte Wassermelonen vor die Tür, um die Ameisen nicht in die Küche zu locken, und verspritzte im Keller Insektenmittel, um die Spinnen zu töten, die auf der Suche nach einem trockenen Futterplatz zu Scharen durch die Kellerritzen krabbelten. Eingesponnen in ihre zarten Netze, hingen die Wespen trocken und warm.

Die Frau klopfte zaghaft an die Schuppentür. Morgan tupfte einen hellen Blutfleck von seiner Arbeit und schaute über den Rand seiner Brille, die er in der Werkstatt trug, in ihre Richtung. Das nasse Haar hing ihr wie immer in Strähnen über den Schultern, doch heute war auch ihr restlicher Körper durchnässt. Seit sie am ersten Tag im Pool gelegen hatte, strolchte sie nur noch durch den Garten. »Das Wasser ist ins Zelt gekommen«, sagte die Frau und zeigte ihre nackten Füße, an denen Algen und Sand klebten.

Morgan schaltete die Maschine aus. Das Mädchen störte ihn bei der Arbeit. Sie sprach nicht viel, und dies war das erste Mal, dass sie in den Schuppen kam, aber er hörte seit einigen Tagen, wie sie um die Werkstatt herumschlich und versuchte, durch die Ritzen zwischen dem Wellblech ins Innere zu spähen. Sie wurde misstrauisch. Sie war zu viel allein. Sie verwilderte auf der Insel.

Der Junge hob den Kopf und sah sie an. »Ihr könnt ins Haus ziehen, wenn ihr wollt«, sagte Morgan. »Im Keller ist es warm.«

Am Abend saß Morgan vor seiner Haustür und schaute hinunter in den Garten. Durch die Holzstufen, auf die er seine nackten Füße gestellt hatte, drang Licht. Er hörte die beiden streiten. Sie drängte ihn aufzubrechen, der Junge wollte bleiben. Im Garten strich ein größeres Tier um die dornigen Hecken. »Bald«, sagte Morgan zu sich selbst. »Noch haben wir Zeit.«

Tagelang lief der Regen an den Wellblechstreifen der Werkstatt hinunter und perlte an den undichten Stellen ins Innere. Morgan stellte einen alten Blecheimer auf. Die Tropfen, die hineinfielen, klangen wie das Ticken einer Uhr.

»Hast du gesehen, wo der Tiger hinsoll?«, fragte Morgan den Jungen und stellte den Spiegel beiseite. Er wollte sichergehen, dass er auch alles verstand. Der Junge drehte den Rücken in seine normale Position zurück und nickte. »Es wird nicht mehr lange dauern«, sagte Morgan. Er fühlte Panik in sich aufsteigen. Der Junge durfte nicht weggehen.

Morgan wusste, dass es Wahnsinn war, auf der Insel zu bleiben. Nachts kamen Stürme auf. Auch die letzten Stämme der Eukalyptusbäume wurden jetzt vom Meer umspült, an seinem Lieblingsplatz in der Nähe der Felsen ging ihm das Wasser bis zum Knie. Seit Salzwasser in den Keller tropfte, schliefen der Junge und sein Mädchen in Morgans Arbeitszimmer. Er konnte den Rücken des Jungen immer noch im Spiegel sehen. Im Neonlicht sahen die Frösche lebendig aus. Der Junge hatte lange geschwiegen, als er sie zum ersten Mal angesehen hatte. Morgan wusste, was der Junge empfand. Er spürte dasselbe. Sie schienen seine Haut zu durchbohren und sich mit ihren Saugnäpfen festzubeißen. »Leg dich hin«, sagte Morgan. »Ich möchte die Umrisse vorzeichnen.«

Sie schrie. Sie rannte durch den verwilderten Garten, die nackten Beine knickten unter dem aufgeblähten Bauch ein und versanken knöcheltief im Schlamm. Langsam richtete er sich in seinem Bett auf. Das Mondlicht brach sich in der Scheibe und ließ nur einen verzerrten Blick auf das Mädchen im Garten frei. Sie lief zum Steg. Morgan meinte, dass der Holzboden unter seinen Füßen rutschig geworden sei, aber er konnte seine Umgebung nur undeutlich wahrnehmen, wie immer, wenn er nachts von den Schmerzen in seinen Gelenken aufwachte. Dann aber erkannte er, dass das Mädchen es geschafft hatte, sein Boot bis zu den Rhododendronbüschen zu ziehen, durch sein Eukalyptuswäldchen hindurch. Morgan wusste, dass es fast zu spät war. Er hatte alle Sicherheitsvorkehrungen missachtet. Er hatte keine Leuchtfeuer abgeschossen, um die Fischer zu warnen. Er war nicht auf dem Markt gewesen, um sich nach dem Wasserstand zu erkundigen. Zwei Fangboote hatten an seiner Insel festgemacht und ihm angeboten, sie zum Festland zu bringen. Er hatte sie ausgelacht und fortgeschickt. Sie hätten eher gehen müssen. Er hatte kaum noch Vorräte, und die Fischer würden ihn nicht wieder auf die Insel zurückkehren lassen.

Das Mädchen trug immer mehr Dinge aus seinem Haus in das Boot. Er fragte sich, wo der Junge war. Wie immer in den letzten Nächten war er in der Werkstatt eingeschlafen, und Morgan hatte ihn auf dem Zahnarztstuhl liegen lassen. Er selbst schlief nur noch einige Stunden und war schon bei Sonnenaufgang wieder an der Maschine. Es war ihm gelungen, das satteste Schwarz zu mischen, das er je auf einer Tätowierung gesehen hatte, und damit bearbeitete er den Rücken des Jungen. Er ließ ihn nicht ausruhen. Sie sprachen nicht über die Schmerzen, die der Junge hatte. Das Mädchen saß währenddessen im Garten, steckte Stöckchen in die weiche Erde und beobachtete, wie nach einigen Stunden das Meer um sie spülte. Jetzt sah er sie zur Werkstatt rennen. Morgan spürte nun ganz deutlich, dass seine Füße feucht waren. Das große schlafende Tier wurde langsam wach und starrte Morgan durch die Nacht mit grünen Augen an. Die Frau kam aus der Werkstatt gelaufen, sprang ins Boot und riss wild an der Motorleine.

Die Werkstatttür war ein gelbes Rechteck, in dem jetzt der Junge stand. Er zog ein Hemd über und blickte zum Haus. Morgan glaubte, dass sein Gesicht hinter der Scheibe nicht zu sehen war. Der Junge ging wie zur Probe einige Schritte auf das Boot zu. »Geh!«, sagte Morgan leise zu seiner Silhouette. Das Mädchen brachte den Motor zum Laufen. »Geh!«, sagte Morgan lauter und verkrampfte seine Zehen. Der Junge schwankte zum Boot, das Mädchen beugte sich vor und zog an seinem Arm. Der erste Fuß stand im Trockenen. Morgan fühlte nichts. Eine Welle umspülte das Bein des Jungen bis über das Knie. Instinktiv zog er den zweiten Fuß nach. Das Mädchen ist wieder viel zu dünn angezogen, dachte Morgan. Das Boot drehte, der Motor arbeitete ohne Probleme und mit einem tiefen Brummen. Morgan sog den scharfen Geruch des Eukalyptus ein.

In dem Boot Richtung Festland schwamm ein Urwald, durch den ein Tiger schlich, mit Augen so grün wie der Dschungel. In das Nest des Kolibris, in einer Mulde des Schulterblattes, neben zwei blauen Federn, hatte er seine Initialen eingearbeitet. Morgan legte sich auf sein Bett, schlang die Decke um seine Schultern und starrte in die Finsternis.

Die Missionare konnten den Indianern gewisse alte Gebräuche bei der Geburt eines Kindes, beim Mannbarwerden, bei der Bestattung der Toten verbieten; sie konnten sie dahin bringen, dass sie sich nicht mehr die Haut bemalten oder in Kinn, Nase oder Wange sich Einschnitte machten; sie konnten beim großen Haufen die abergläubischen Vorstellungen ausrotten, die in manchen Familien im Geheimen sich forterben: aber es war leichter, Gebräuche abzustellen und Erinnerungen zu verwischen, als die alten Vorstellungen durch neue zu ersetzen.

Alexander von Humboldt,
Die Reise nach Südamerika

Victor Segalen

Der Erzähler

In dieser Nacht wie in den vielen anderen, die so zahlreich waren, daß man nicht ohne Verwirrung an sie denken konnte, ging Terii der Erzähler mit gemessenen Schritten immer wieder die Tempelvorplätze ab. Die Stunde war günstig, um in einem Zug, damit kein Wörtchen ausfiel, die schönen uralten Reden herzusagen, in denen, wie die Meister versichern, die Entstehung der Welten, die Geburt der Sterne, die Erschaffung der Lebewesen und auch die Brünste und ungeheuren Arbeiten der Maori-Götter enthalten sind. Es ist Sache der Wanderer-der-Nacht, der Haerepo mit dem langen Gedächtnis, von einem Altar zum andern und vom Opferpriester an den Schüler diese Geschichten der ersten Zeiten und die Gesten weiterzugeben, die nicht aussterben dürfen. Daher eilen die Haerepo, sobald die Nacht da ist, an ihre Arbeit: von jeder göttlichen Terrasse, von jedem Marae am kreisrunden Ufer ertönt im Finstern ein monotones Gemurmel, das, zusammen mit der tosenden Stimme des Riffs, die Insel mit einem Gürtel von Gebeten umgibt.

Terii gehörte nicht zu den Rangersten unter seinen Stammesbrüdern im Land Tahiti, nicht einmal in seinem eigenen Tal, obwohl sein Name »Terii a Paraürahi« den »Häuptling mit großen Reden« ankündigte. Aber die Namen enttäuschen ebenso wie die Götter niederer Ordnung. Man glaubte, er sei der Sohn von Tevatane, dem Idolträger des Hitia-Ufers, oder von Vehiatua no Teahupoo, der auf der Halbinsel gekämpft hatte. Er sollte noch andere Väter oder vielmehr Pflegeeltern haben, bei denen er abwechselnd seine Kindheit verbracht hatte. Seine entfernteste Erinnerung erzählte ihm von der Landung der großen Piroge ohne Ausleger und Ruderer in der Matavai-Bucht. Ihr Häuptling hieß Tuti. Er war einer jener bleichhäutigen Fremden, die man »Piritane« nennt, weil sie ganz weit weg in einem Land wohnen, das »Piritania« heißt*. Tuti hatte mit den früheren Meistern freundschaftlich verkehrt. Obwohl er versprochen hatte zurückzukommen, sah man ihn nicht wieder: auf einer anderen Maori-Insel hatte das Volk ihn zwei Monde lang wie einen Atua angebetet und dann, in den ersten Tagen des dritten Mondes, ehrfürchtig in Stücke zerlegt, um seine Gebeine zu verehren.

Terii wollte gar nicht wissen, wie viele Jahreszeiten seitdem vergangen waren, und auch nicht, wie oft man seitdem von dem befruchtenden Sonnengott Abschied genommen hatte. Nur die bleichhäutigen Menschen haben die verrückte Angewohnheit, peinlich genau die seit ihrer Geburt vergangenen Jahre zu zählen und bei jedem Mond das, was sie ihr »derzeitiges Alter« nennen, zu berechnen! Warum dann nicht gleich die Tausende von Schritten auf der wechselnden Haut des Meeres messen … Solange man fühlt, daß der Körper wendig, die Glieder rege und die Bedürfnisse zahlreich, spontan und präzise sind, braucht man sich um den Himmel, der sich dreht, und die Monde, die vergehen, nicht zu kümmern. Das meinte Terii. Aber als er heran-

* Piritania: Britain, England. Tuti: Cook (Ende des 18. Jh.s)

wuchs und Gefallen an den Festen fand und Verlangen nach den Vorrechten, die nur die Vertrauten der Götter genießen, hatte er sich den Priestern des Papara-Tals angeschlossen.

Diese opferten im vornehmsten aller Marae der Insel. Der Oberste der Erzähler, Paofai Teriifataü, hatte nichts gegen den neuen Schüler einzuwenden: er hatte hin und wieder mit Teriis Mutter geschlafen. Die Lehrzeit begann. Man mußte mit einer frommen Gelassenheit all das vollbringen, was die Lehrmeister bis dahin fromm und gelassen vollbracht hatten.

Dazu gehörten kraftvolle Gesten, rhythmisch gegliederte, tiefsinnige und verworrene Beschwörungsformeln und bestimmte Gänge um die Einfriedung aus polierter Koralle. Sie mußten lachen oder weinen, wie es Sitte war, je nachdem, ob der strahlende Gott Oro hoch über der Insel dahinschwebte oder, während der Dürrezeit, in das abgründige Land der Toten entflohen zu sein schien. Gehorsam wiederholte der Schüler die Gesten, prägte sich das zu Sagende ein, brüllte vor Freude oder klagte. Er machte Fortschritte in der Kunst, die Zeichen zu deuten und im offenen Bauch der geopferten Hunde das gewisse Zittern der Eingeweide wahrzunehmen, das einen glücklichen Kampf verheißt. Er verstand es, zu Beginn der Schlacht, über den ersten gefallenen Feind gebeugt, den Todeskampf des Sterbenden zu belauern, und wußte, wenn der harte Krieger schluchzte, daß er das Unglück der Seinen beklagte; ballte er die Faust, so versprach der Widerstand hartnäckig zu werden. Dann schleuderte Terii-mit-den-großen-Reden seinen Brüdern bei seiner Rückkehr wunderbare Worte entgegen, die sie ins Herz trafen und aufspringen ließen. Er sang, schrie, tobte und prophezeite ununterbrochen bis zu dem Augenblick, da er selbst, erschöpft von soviel Mutmachen, zu Boden sank.

Wenn es jedoch düster aussah oder die Geschicke eine andere Wendung nahmen, als seine Meister dunkel gemutmaßt hatten, vertuschte er schleunigst die verdächtigen Zeichen und verwandelte sie in trostreichere Vorhersagen. Es war keine Respektlosigkeit gegenüber den heiligen Dingen, aber waren die Priester nicht dazu da, auf die Absicht der Götter, wenn sie auf einmal klar und unumstößlich feststand, mit ihren beschwörenden Gebeten und geschickten Anpassungsversuchen einzuwirken?

Terii stellte seine Meister vollkommen zufrieden. Mit Stolz trug er den eintätowierten bläulichen Kreis um den linken Knöchel, eine Auszeichnung unter den Haerepo, hoffte aber auf noch seltenere Zierden: den Strich, der die Hüfte adelte, das Mal an den Schultern, das Zeichen an der Seite und das an den Armen. Vielleicht würde er sogar, bevor er alt wäre, zum siebten und höchsten Rang aufsteigen und zu den Zwölf mit den tätowierten Beinen gehören. Dann wäre er von allen Mühen und Plagen der Hörigen befreit. Er brauchte nicht mehr durch feuchtes Dickicht bergan zu steigen und die schweren Fei-Trauben zu suchen, um seinen Hunger zu stillen, denn die Gläubigen würden alles, was ein Priester an Nahrung braucht, zur Schwelle seines Fare bringen, und viele fette und schöne Frauen würden in seinen Armen das Heilmittel gegen ihre Unfruchtbarkeit suchen. Er würde ein Arioi sein und ein Bruder jener Meister-des-Genießens, die mit ihren ausgelassenen Truppen über die Inseln ziehen und die Götter des Lebens feiern, indem sie ihr eigenes Leben mit allem ausschmückten, was es an Herrlichkeiten und Lüsten gibt und den Körper beglückt.

Bevor er darauf Anspruch haben konnte, mußte ein Haerepo viele Male zeigen, daß er imstande war, das übermittelte Wissen ohne einen Fehler vorzutragen. Zur Stütze seines jugendlichen Gedächtnisses griff er auf die von den Meistern erlaubten Hilfsmittel zurück und stellte mit großer Sorgfalt die Knotenschnüre zusammen, deren Stränge, von einem einzigen Ballen ausgehend, sich in verschieden lange Fasern teilen und von regelmäßigen Knoten unterbrochen sind. Mit geschlossenen Augen ließ der Erzähler sie durch seine Finger gleiten. Jeder Knoten bedeutete den Namen eines Reisenden, eines Häuptlings oder eines Gottes, und alle zusammen erinnerten an endlos viele Generationen. Dieses Geflecht nannte man »Ursprung-des-Wortes«, denn es war, als ob die Worte aus ihm hervorkämen. Terii gedachte bald ohne Knotenschnüre auszukommen, denn die unablässig wiedergekäuten heiligen Worte würden schließlich ganz von selbst in seinem Mund aufeinanderfolgen, ohne Fehler und ohne Mühe, so wie die geflochtenen Blätterbüschel, die man aufs Wasser wirft und treiben läßt, in fortlaufenden Reihen aufeinanderfolgen, bis man sie, voll von funkelnden Fischen, mit beiden Armen wieder herausholt.

Als er gerade mit viel Bedacht seine Arbeit für diese Nacht beendete – die fünfzehnte nach dem toten Mond –, geschah es, daß der Erzähler plötzlich ins Stocken geriet ... Er verstummte und begann mit doppelter Aufmerksamkeit von neuem den Text seiner Bewährungsprobe aufzusagen. Dieser bestand in der Aufzählung unendlich langer Reihen von Vorfahren, von denen die Häuptlinge, die Ariki, abstammten, die ihrer Rasse und Statur nach göttlicher Herkunft sind:

»Es schlief der Häuptling Tavi vom Marae Taütira
mit der Frau Taürua,
dann mit der Frau Tuiterai vom Marae Papara:
Diesen entstammte Teriitahia i Marama.
Es schlief Teriitahia i Marama mit der Frau Tetuaü
Meritini vom Marae Vairao:
Diesen entstammte ...

Es entstand eine drückende und leicht beängstigende Stille. Aüe! Was deutete das Vergessen des Namens an? Es ist ein schlechtes Omen, wenn die Wörter sich den Menschen versagen, welche doch von den Göttern dazu bestimmt sind, die Hüter der Wörter zu sein! Terii hatte Angst; er hockte sich nieder und begann, in gewohnter Haltung an die Einfriedung gelehnt, zu grübeln.

Wahrscheinlich war er schon einmal in einer anderen Nacht so erschrocken, als nämlich ein niederer Priester vom rivalisierenden Marae Atahuru sich in giftigen Worten gegen ihn erging. Aber Terii hatte Tane, der die Verwünschungen verschlingt, ein Opfer gebracht, und sofort hatte sich das Unheil gegen den Verwünscher gewandt: der Priester von Atahuru wurde von bösen Geschwüren zerfressen, und seine Beine schwollen dick an. – Es ist leicht, auf Schläge zu antworten, wenn man den Arm sieht, der sie austeilt.

Diesmal waren die Drohungen nicht so eindeutig und auch viel zahlreicher, sie erfüllten anscheinend alle Winde ringsumher. Das verlorene Wort war nur ein Vorzeichen unter vielen anderen, die Terii von weitem spürte, ja, die er ahnungsvoll wie ein Erleuchteter wahrnahm; so wie ein heiliges Schwein, bevor es abgestochen wird, den faden Geruch der Kadavergrube wittert, zu der man es zerrt. Schon waren die alten bekannten Krankheiten tückischer geworden. Andere, ungeahnte Übel hatten vor nunmehr zwanzig Monden – oder hundert oder noch mehr – die Stammesbrüder, die Verwandten, die Fetii überfallen. Wenn man daran erinnerte, fühlte jeder eine große Unruhe in seinem Leib:

Die Leute magerten ab wie Greise, sie bekamen glänzende Augen und eine schleimige Haut, ihr Atmen wurde von schmerzhaften Schluckaufs unterbrochen, und keuchend starben sie. Andere bekamen steife Glieder, ihre Haut wurde trocken wie abgeschlagene Baumrinde, mit der man sich an Festtagen schmückt, und ebenso unempfindlich und rauh; schwarze, matte Flecken tatauierten die Leidenden mit ekelhaften Malen; ihre Finger und Zehen krümmten sich wie Vogelkrallen, lösten sich aus den Gelenken und fielen ab. Man säte sie beim Gehen. Die Knochen brachen an den Stümpfen in kleine Stücke. Trotz ihrer verlorenen Hände, ihrer schartigen Füße, ihrer offenen Augenhöhlen, ihrer Gesichter ohne Lippen und Nase gingen die Elenden noch viele Jahreszeiten unter den Lebenden umher, ihre Körper verwesten schon, wollten aber nicht vollends sterben. Manchmal starben alle Bewohner eines Ufers, von Fiebern geschüttelt, den Körper voller roter Pusteln, mit blutunterlaufenen Augen, als hätten sie mit den Geistern-die-in-der-Nacht-umgehen gekämpft. Die Frauen waren unfruchtbar, oder ihre jammervolle Schwangerschaft fruchtete nichts und nahm vorzeitig ein Ende. Auf flüchtige Umarmungen oder ganz gleichgültige Paarungen folgten unvorstellbare Leiden. Angesichts der Ängste ihrer Söhne zitterte die glückliche Insel in ihren grünen Eingeweiden. Seit wie vielen Monden hatte man nicht mehr in Frieden, ohne irgendwelche Tükken befürchten zu müssen, die Feste der Fruchtbarkeit gefeiert! Von Tal zu Tal gerieten die Bewohner aneinander, aufgewiegelt von rachsüchtigen, gottlosen Häuptlingen. Es waren Neun, die sich den Boden streitig machten und um die kleinen Inseln des Riffs kämpften. Sie stürmten in die Schlacht, bevor noch die Priester gesagt hatten: »Dies ist ein guter Krieg. Ziehet los!« Sie kämpften sogar um das offene Meer! Die Männer versammelten sich nur, um in ihren Doppelpirogen, deren Bug sich wie ein drohendes Maul erhebt, gegen andere Männer in den Kampf zu ziehen, und niemand dachte mehr daran, wie zu Zeiten von Arno-dem-Erbauer, ein Volk aufs Meer hinauszuführen, um Korallen zu schneiden, zu polieren und große Terrassen zu Ehren der Maori-Götter daraus zu bauen. Die neuen Lüfte, die ohne Unterschied Sklaven, Hörige, Land-Besitzer und Ariki vergifteten, waren sogar für die Atua eine Beleidigung! Gegen diese Lüfte vermochten die üblichen Beschwörungsformeln merkwürdigerweise nichts auszurichten. Das Heilmittel entzog sich der Macht der Zauberer, der Macht der Priester: der Macht Oros – es waren unbekannte Götter am Werk ...

Der Haerepo saß da und kaute an diesen Sorgen in der reglosen Nacht. Die große Hina-am-Himmel, halb in Wolken gehüllt, stieg zu Tanes Raum empor, und alle vergänglichen, unsteten Sterne gingen ein in ihr unsterbliches Licht. Unter der hellen Liebkosung streifte das große Marae sein Gewand ab, kam aus dem Dunkel hervor und wurde unendlich groß. Die nächtliche Brise, mit irdischen Wohlgerüchen beladen, verbreitete sich duftend und kalt. Dumpf heulte die Brandung in der Ferne. Die Insel schlief, ebenso die Halbinsel und das eingeschlossene Meer am Riff. Von dem tröstenden Licht beruhigt, nahm Terii seine rhythmischen Reden, seine rituellen Gesten und seinen gemessenen Gang wieder auf.

Da stand plötzlich ein Schatten vor ihm, und er zuckte zusammen. Was weiß man von den zwielichtigen Wesen, den Stromern-der-Finsternisse? Er erkannte Paofai, den Obersten der Erzähler, und beruhigte sich.

In seinem gelb bemalten, safranbestäubten priesterlichen Maro, der den Oberkörper frei ließ, damit man die Tatauierung der obersten Lehrmeister sehen konnte, kam Paofai in der Gangweise der Zauberer daher. Er stieg über die reservierte Einfriedung und setzte seinen Fuß auf den Vorplatz der Götter. Terii hielt ihn zurück:

»Wohin gehst du da?«

Der Großpriester setzte seinen Weg fort, ohne zu antworten. Er sprach laut die feierlichen Worte: »Mögen die Götter, die sich in den neun Himmelsräumen Tanes so sorgenvoll und erregt zeigen, mich hören und sich beruhigen.

Ich kenne den Grund ihres Zorns: Menschen mit-neuem-Reden sind gekommen. Sie halten vom Opfern ab. Sie sagen, es ist nicht gut zu stehlen. Sie sagen, daß der Sohn den Vater achten soll, auch wenn er alt ist! Sie sagen, daß ein einziger Mann, auch wenn er Priester ist, gleichzeitig nur eine einzige Frau erkennen darf. Sie sagen, daß es nicht gut ist, das erste männliche Kind am Tage seiner Geburt zu töten, auch nicht, wenn es von einem Arioi geboren wird. Sie sagen, daß die Götter, vor allem die höheren Atua, nur machtlose Götter aus Holz sind!

Sie haben Zaubersprüche, die in Zeichen eingeschlossen sind. Sie haben diese kleinen Zeichen auf Blätter gemalt. Sie befragen sie mit den Augen und verbreiten sie mit ihren Worten!

Darüber hat sich Oro empört, der den niederen Priestern sechs und den Arioi zwölf Frauen zugeteilt hat und der diesen Frauen verbot, ihre Zeit mit Gebären zu verlieren. Sie werden den Zorn des feinsinnigen Hiro zu spüren kriegen, der den Listigen beisteht.

Mögen die Atua bis zum neunten Firmament sich ausruhen und schlafen, und mag Fanaütini, der mit den Verrückten und Schwachen und mit den kinderreichen Vätern ist, diesen Fremden mit ihren beleidigenden Reden zu Hilfe kommen, wenn er kann: ich werde sie verwünschen!«

Terii folgte dem Meister. Freilich verstand er nicht alles, was dieser sagte. Was waren das für Menschen mit-neuem-Reden, deren Ankunft die Götter so erregte? Und warum diese gemalten Zeichen, wo man doch die Schnüre vom »Ursprung des Wortes« als Gedächtnisstütze hatte? Was für Schwächlinge waren das, denen eine einzige Frau genügte? Und es waren sogar Priester! Aber während sich in Paofais Mund die haßerfüllten Schimpfreden bildeten, wurde der Schüler von Vorahnungen erleuchtet: die unbekannten Krankheiten, die neuen Fieber, die Streitereien und die Gifte waren nichts anderes als Verwünschungen, die von den Neuankömmlingen, von diesen mageren bleichhäutigen Menschen, auf die glückliche Insel gespuckt worden waren, und von den Göttern, die sie mitgebracht hatten! Die unabwendbaren Seuchen rinnen mit dem Schweiß von ihren Schultern, die Hungersnöte und alle Leiden kamen aus ihrem Atem ... Nur Mut! Terii wußte jetzt, von wo die Schläge kamen und gegen wen man mit Zaubersprüchen kämpfen konnte. – Da Paofai, unbeirrt in seiner majestätischen Heftigkeit, den Beschwörungsgesang fortsetzte, tat Terii es ihm gleich und verdoppelte noch die Drohungen.

Sie gingen den schmalen Pfad entlang, der die Priesterwohnungen vom Fare der Diener trennte. Dann stiegen sie bis zum ersten Absatz der Terrassen hinauf und gelangten zum Opferaltar, wo man die den Atua geweihte lebendige Nahrung niederlegt, bevor sie zu den Opferpriestern gebracht wird. Sie machten einen Umweg, um nicht den Schatten eines Toten zu streifen; unter einem niedrigen Blätterdach wachte der halb deifizierte Körper des edlen Oripaia. Obwohl der Häuptling in kauernder Stellung, die Hände mit den Knien zusammengebunden, dasaß und sein mit Stofflappen umwickeltes Fleisch von wohlduftenden Ölen getränkt war, flößte seine Nähe immer noch Angst ein: sein Geist schwebte wahrscheinlich noch nahebei: man durfte ihn nicht verstimmen.

Am Himmel streifte das bleiche Gesicht der großen Hina-am-Himmel ihre Wolken ab, um mit ihrem hellen Schein den beiden Verwünschern den Weg zu zeigen. Von ihrem Licht umhüllt und gestreichelt, hatten sie keine Irrgeister mehr zu befürchten, welche die Finsternisse bevölkern. Mit festen Schritten stiegen sie die elf Terrassen empor. Um sie herum versanken die immer schmaler werdenden Stufen und der Erdboden, auf dem die kleinen Menschenwesen zittern, tiefer und tiefer und gingen im Dunkel unter, während die beiden, im Hochgefühl ihres Hasses und ihrer Frömmigkeit, furchtlos in den erleuchteten Raum hinaufstiegen. Sie erklommen die elfte Stufe, die für einen göttlichen Schritt bemessen ist. Sie berührten die Götterbilder. Paofai lehnte sich an den heiligen Pfahl, der, außer Reichweite, das Bild des Atua – den Vogel aus Holz und darüber den Fisch aus

Stein – hervorbringt, und er umarmte ihn. Der Schüler wich aus Ehrfurcht oder Vorsicht zurück. Er sah, wie der breite Rücken des Meisters sich zu der Wohnung der Götter emporhob und wie er mit großer Anstrengung an den an der Insel haftenden Verwünschungen rüttelte. Der weiße Maro, das Zeichen des ersten Wissens, leuchtete in der über alles erhabenen Nacht. Der nackte Oberkörper glänzte unter Hinas Blick: Hina lächelte. Terii wurde wieder zuversichtlich und atmete tief.

Paofai beschleunigte seinen Gang, denn jeder seiner Schritte bedeutete von nun an für die Fremden eine Verletzung. Er stieg hinter dem Altar zu der Kadavergrube hinab, in die nach der Opferung die Opfergaben fallen: die zur Weissagung geschlachteten Schweine, die gemäß den Riten erschlagenen Menschen, die aufgeschlitzten Sühnehunde. Aus diesen Tiefen – wo Tane, der Fresser toten Fleisches, umgeht und regiert – stiegen unsägliche Dünste empor, und es war ein solches Grauen, daß man nicht gewagt hätte, seinen Feind hineinzustoßen. Paofai sprang mit einem Satz hinein. Seine großen Füße verschwanden in der schlammigen Masse, zermalmten krachend die Knochen und brachten die Köpfe mit den leeren Augenhöhlen zum Platzen. Als er schließlich in dem lauwarmen Moder Halt fand, zog er ein kleines Büschel geflochtener Blätter aus seinem Maro; er machte ein Loch in dem Schlamm, steckte das Büschel hinein und wartete.

Der Haerepo begriff plötzlich, was vorging, und war entzückt: es waren lebende Teilchen, die den Fremden gestohlen worden waren – Haare oder vielleicht Zähne, oder von ihrem Speichel getränkter Stoff –, die der Meister in den vergifteten Fleischmassen vergrub: wenn die Beschworenen diese Teile ihres Wesens nicht vor dem neuen Mond wieder ausgrüben, würden sie zugrunde gehen; aber zuvor würden an ihren Körpern schwere Wunden aufbrechen, ihre Haut würde zu Schuppen eintrocknen … Nun hielt Paofai, als alles still war, den Atem an, streckte sich auf den toten Leibern aus und preßte sein Ohr an das wieder geschlossene Loch. Er lauschte lange. Dann:

»Ich höre«, sagte er leise, »ich höre, daß der Geist der Fremden weint.« Er richtete sich triumphierend auf.

Terii zitterte: er hätte solche Kühnheit nicht erwartet. Vor allem fürchtete er in seinem Innern, daß die Verwünschungen auf ihn zurückfallen könnten. Er verließ Paofai sehr schnell und sprach dabei inbrünstig und mit großer Genauigkeit die flehentliche Bitte für die angstvollen Nächte, in denen man ausruft:

> *»Es ist Abend, es ist der Abend der Götter! Bewahre mich vor den nächtlichen Gefahren, bewahre mich davor, daß ich verleumde oder verleumdet werde, vor Arglist und vor Streit um die Grenzen des Landes und vor dem wütenden Krieger, der im Dunkel umgeht und dessen Haare sich sträuben.«*

Um jedoch mit den unerwarteten Feinden zu einem Ende zu kommen, beschloß er, seine Frau gegen sie einzusetzen: mit Zeichen am Bauch und an der Stirn, mit geschmückten Brüsten und aufgeputzt mit Kränzen und duftenden Ketten würde sie zu den fremden Männern gehen und ihre Begierden wecken: arglos würden sie sich zu ihr legen. Aber sogleich würde sie, diese zur Zauberin Gewordene, »Zum-Gefallen-Geschmückte«, die Fremdlinge beklagen, wie man

Tote beklagt, denn sie würden sterben, noch bevor sie Mutter wäre.

Auf dem Weg zu seinem Fare bemerkte Terii hinter dem Bambusgeflecht einen ängstlichen Schatten, der bei seinem Näherkommen die Flucht ergriff. Er wußte, daß die Frau Taümi sich schon wieder aus eigenem Antrieb mit irgendeinem Piritane eingelassen hatte, denn sie hielt eine funkelnde Axt in der Hand, die sie als Preis für ihre Umarmungen verlangt hatte, und sie freute sich, daß es so schnell gegangen war: ihre Mutter ging mit den bleichhäutigen Männern schon für eine einzige Handvoll Nägel.

Aber der Haerepo wurde ärgerlich. Er wollte, wie es ihm zustand, nach eigenem Belieben über das Tun und Treiben seiner Gefährtin bestimmen, und Taümi, von diesen unerlaubten Liebesspielen beschmutzt, konnte nun nicht mehr seine Zaubersprüche tragen. Er schlug sie heftig und bedrohte sie mit Worten, die Angst machen. Sie lachte. Er jagte sie davon.

Nachdem er so seinem Zorn und seiner Enttäuschung deutlich Ausdruck gegeben hatte, wurde er ruhiger. Dann machte er sich auf die Suche nach einer neuen Frau für die Nacht und für andere kommende Nächte.

»Hoho!« rief La Clef-des-cœurs, »schaut euch doch diesen Musketier Gottes an, was der für einen bunten Bauch hat!«

Hulot und ein paar Soldaten traten an die nackt daliegende Leiche des Chouans heran. Auf seiner Brust gewahrten sie eine Art von bläulicher Tätowierung, die ein in Flammen stehendes Herz darstellte. Es war das Bundeszeichen der Mitglieder der Bruderschaft von Sacré Cœur. Oberhalb dieses Bildes las Hulot die Worte: Marie Lambrequin, – ohne Zweifel der Name des Chouans.

»Da schau, La Clef-des-cœurs«, sagte Beau-pied. »Ich glaube, du könntest tausend Jahre alt werden und doch nicht erraten, was dieses Pulverhorn da bedeutet.«

»Soll ich mich etwa auf die päpstlichen Uniformen verstehen?« erwiderte La Clef-des-cœurs.

»Elender Kerl, du«, fuhr Beau-pied fort, »willst du denn nie etwas dazulernen? Begreifst du nicht, daß man diesem Lumpen da versprochen hat, er werde auferstehen, und daß er sich den Magen angemalt hat, um sich selbst dann wiederzuerkennen?«

Honoré de Balzac,
Die Königstreuen

Flannery O'Connor

Parkers Rücken

Parkers Frau saß auf dem Boden der Vorderveranda und brach Bohnen. Parker hockte auf der Stufe, ein Stück weit weg, und beobachtete sie verdrossen. Sie war einfach häßlich. Ihre Gesichtshaut war dünn und so straff gespannt wie die Haut einer Zwiebel, und ihre Augen waren grau und scharf wie die Spitzen zweier Eisdolche. Parker wußte, warum er sie geheiratet hatte – anders hatte er sie nicht bekommen können –, aber er wußte nicht, warum er jetzt bei ihr blieb. Sie war schwanger, und schwangere Frauen waren nicht sein Fall. Dennoch blieb er, als hätte sie ihn behext. Er wunderte und schämte sich über sich selber.

Das Haus, das sie gemietet hatten, stand auf einer hohen Böschung über einer Landstraße, einsam neben einem einzelnen hohen Pecanobaum. Von Zeit zu Zeit schoß drunten ein Auto vorbei, und dann schweiften die Augen seiner Frau argwöhnisch hinter dem Geräusch her, kehrten zurück und hefteten sich wieder auf die Zeitung voller Bohnen in ihrem Schoß. Zu den vielen Dingen, die sie mißbilligte, gehörten auch Autos. Sie hatte nicht nur an allem und jedem etwas auszusetzen, sondern witterte auch noch überall Sünde. Sie rauchte und schnupfte nicht, trank keinen Whiskey, gebrauchte keine häßlichen Wörter und malte sich nicht an, dabei hätte sie weiß Gott einen Anstrich vertragen können, dachte Parker. Da sie gegen alles Bunte war, erstaunte es um so mehr, daß sie ihn geheiratet hatte. Manchmal dachte er, sie habe ihn nur geheiratet, weil sie ihn von seinen Sünden erretten wollte. Dann wieder kam ihm der Verdacht, daß ihr alles, was sie angeblich verabscheute, in Wahrheit sehr gefiel. Für sie konnte er sich die eine oder andere Erklärung denken, sich selber aber konnte er nicht verstehen.

Sie wandte den Kopf in seine Richtung und sagte: »Du kannst genausogut für einen Mann arbeiten. Es braucht nicht eine Frau zu sein.«

»Halt doch endlich mal die Klappe«, brummte Parker.

Wenn er sicher gewesen wäre, daß sie auf seine Arbeitgeberin eifersüchtig war, hätte ihm das Spaß gemacht, aber höchstwahrscheinlich dachte sie nur an den Sündenfall, der unvermeidlich würde, falls er und die Frau aneinander Gefallen fänden. Er hatte ihr erzählt, die Frau sei eine stramme junge Blondine; tatsächlich war sie fast siebzig und zu ausgetrocknet, um sich für irgend etwas zu interessieren, außer dafür, soviel Arbeit wie möglich aus ihm herauszuschinden. Nicht daß nicht manchmal alte Frauen sich für junge Männer interessierten, zumal, wenn einer so anziehend war, wie Parker sich vorkam, aber diese alte Frau schaute ihn genauso an, wie sie ihren alten Traktor anschaute – als müsse sie sich damit abfinden, weil sie nichts anderes habe. Der Traktor war kaputtgegangen, als Parker ihn den zweiten Tag gefahren hatte, und sie hatte Parker sofort zum Gebüschroden angesetzt und dabei aus dem Mundwinkel heraus zu ihrem Nigger gesagt: »Alles, was er anfaßt, geht kaputt.« Sie bat ihn auch, bei der Arbeit sein Hemd zu tragen; Parker hatte es ausgezogen, obwohl der Tag nicht schwül gewesen war; er zog es widerstrebend wieder an.

Diese häßliche Person, die Parker geheiratet hatte, war seine erste Ehefrau. Er hatte andere Frauen gehabt, war jedoch entschlossen gewesen, sich nie gesetzlich zu binden. Er hatte sie zum ersten Mal an jenem Morgen gesehen, als sein Laster auf der Landstraße zusammengebrochen war. Mit viel Mühe hatte er ihn von der Straße weg in einen sauber gefegten Hof manövriert, in dem ein schäbiges Zweizimmer-Haus stand. Er stieg aus, öffnete die Kühlerhaube und fing an, den Motor zu untersuchen. Parker hatte einen sechsten Sinn, der ihm sagte, wenn eine Frau ihn aus der Nähe beobachtete. Nachdem er sich ein paar Minuten lang über den Motor gebeugt hatte, fing sein Nacken an zu kribbeln. Er warf einen Blick über den leeren Hof und die Veranda des Hauses. Eine Frau, die er nicht sehen konnte, war entweder hier draußen hinter einem Geißblattgebüsch oder im Haus, von wo sie ihn durchs Fenster beobachtete.

Plötzlich fing Parker an, auf und ab zu hüpfen und seine Hand zu schlenkern, als hätte er sie in das Getriebe gebracht. Er krümmte sich und preßte die Hand auf die Brust. »Gottverdammt!« brüllte er. »Himmeldonnerwetter! Allmächtiger Jesus verdammich! Gottverdammter Mist!« schrie er und stieß immer wieder die gleichen Flüche aus, so laut er konnte.

Ohne Warnung klatschte eine gräßlich borstige Pranke auf seine Backe nieder, und er fiel rücklings auf die Kühlerhaube. »Hier wird kein Unflat nich geredet!« schrillte eine Stimme neben ihm.

Parkers Blick war so getrübt, daß er einen Augenblick lang glaubte, ein Geschöpf aus der Luft habe ihn angefallen, ein riesiger, falkenäugiger Engel, der eine Waffe aus grauer Vorzeit schwang. Als sein Blick klarer wurde, sah er ein großes grobknochiges Mädchen mit einem Besen vor sich.

»Ich hab einen Unfall gehabt«, sagte er. »Einen Unfall.« In seiner Wut hatte er vergessen, daß er gar keinen Unfall gehabt hatte. »Meine Hand is vielleicht gebrochen«, knurrte er, obwohl seine Stimme noch immer zitterte.

»Sehnlassen«, gebot das Mädchen.

Parker streckte die Hand aus, und sie trat näher und schaute die Hand an. An der Innenfläche war nichts zu sehen, und sie faßte die Hand und drehte sie herum. Ihre Hand war trocken, heiß und rauh, und bei der Berührung erwachte Parker wieder ruckartig zum Leben. Er schaute sie genauer an. Mit der da will ich nix zu tun haben, dachte er.

Die scharfen Augen des Mädchens musterten den Rücken der plumpen roten Hand, die sie festhielt. In Rot und Blau prangte darauf ein tätowierter Adler, der auf einer Kanone horstete. Parkers Ärmel war bis zum Ellbogen hochgerollt. Über dem Adler ringelte eine Schlange sich um einen Wappenschild, und der Platz zwischen dem Adler und der Schlange war mit Herzen ausgefüllt, einige waren von einem Pfeil durchbohrt. Über der Schlange war ein gefächertes Kartenspiel. Jeder Fleck Haut auf Parkers Arm war mit einem geschmacklosen Motiv bedeckt. Das Mädchen starrte mit einem fast betäubten Schocklächeln darauf, als hätte sie versehentlich eine Giftnatter angefaßt; sie ließ die Hand fallen.

»Die meisten, die ich sonst noch hab, hab ich im Ausland machen lassen«, sagte Parker. »Die da sin fast alle in den Vereinigten Staaten gemacht. Meine erste hab ich gekriegt, wie ich fünfzehn war.«

»Schluß«, sagte das Mädchen, »ich mag das nicht. Ich kann nix damit anfangen.«

»Sie sollten mal die sehn, die Sie nicht sehn können«, sagte Parker und zwinkerte.

Zwei rote Kreise erschienen wie Äpfel auf den Wangen des Mädchens und ließen sie sanfter wirken. Parker war ratlos. Keinen Augenblick glaubte er, daß ihr die Tätowierungen wirklich nicht gefielen. Er war noch nie einer Frau begegnet, die nicht davon fasziniert gewesen wäre.

Mit vierzehn hatte Parker auf einem Jahrmarkt einen Mann gesehen, der vom Kopf bis zu den Füßen tätowiert war. Bis auf die Lenden, die mit einem Pantherfell umgürtet waren, schien die Haut des Mannes, von Parkers Platz aus gesehen – er stand auf einer Bank fast ganz hinten im Zelt –, mit einem einzigen verschlungenen, glänzendbunten Muster überzogen zu sein. Der Mann, der klein und stämmig war, marschierte auf dem Podium auf und ab und ließ die Muskeln spielen, so daß die Arabeske aus Menschen, Tieren und Blumen auf seiner Haut eine Art Eigenleben zu gewinnen schien. Parker wurde von einer Gemütsbewegung erfüllt, ähnlich dem Hochgefühl, das manche Leute beim Vorbeiziehen der Fahne erfaßt. Er war ein Junge, dessen Mund meist offen stand. Er war schwerfällig und ernst, so gewöhnlich wie ein Laib Brot. Nach Schluß der Vorstellung stand er noch immer auf der Bank und glotzte dorthin, wo der tätowierte Mann gewesen war, glotzte, bis das Zelt sich beinahe geleert hatte.

Nie vorher hatte Parker das geringste Staunen empfunden. Bis er den Mann auf dem Jahrmarkt sah, war es ihm nie zum Bewußtsein gekommen, daß an der Tatsache seiner Existenz irgend etwas Ungewöhnliches sein könnte. Auch dann kam es ihm nicht zum Bewußtsein, doch eine seltsame Unruhe machte sich in ihm breit. Es war, als hätte man einen blinden Jungen so behutsam in eine andere Richtung gedreht, daß er von seiner Kursänderung nichts merkte.

Kurz danach ließ er seine erste Tätowierung machen – den Adler, der auf der Kanone hockte. Sie wurde von einem einheimischen Künstler gefertigt. Es tat nur wenig weh, gerade so viel, daß Parker das Gefühl hatte, es sei eine feine Sache. Auch das war etwas Neues, denn bislang hatte er geglaubt, nur was nicht weh tue, sei eine feine Sache. Im nächsten Jahr verließ er die Schule, weil er sechzehn war und nicht mehr schulpflichtig. Eine Zeitlang besuchte er die Berufsschule und arbeitete ein halbes Jahr in einer Garage. Er arbeitete überhaupt nur, um sich weitere Tätowierungen leisten zu können. Seine Mutter arbeitete in einer Wäscherei und sorgte für seinen Unterhalt, aber die Tätowierungen wollte sie nicht bezahlen, nur ein Herz mit ihrem Namen darin, das er murrend hatte anbringen lassen. Egal, sie hieß Betty Jane, und niemand brauchte zu wissen, daß das der Name seiner Mutter war. Er stellte fest, daß die Tätowierungen der Sorte Mädchen imponierten, die ihm gefielen, denen er jedoch bisher nicht gefallen hatte. Er fing an, Bier zu trinken und sich in Händel einzulassen. Seine Mutter weinte über seine Entwicklung. Eines Abends zerrte sie ihn mit zu einer Erweckungsandacht; sie hatte ihm nicht gesagt, wohin sie gingen. Als er die große, erleuchtete Kirche sah, riß er sich von ihr los und rannte davon. Am nächsten Tag trat er unter Angabe eines falschen Alters in die Kriegsmarine ein.

Parker war zu kräftig für die knappen Matrosenhosen, aber die alberne weiße Mütze, die tief in der Stirn saß, ließ sein Gesicht durch die Kontrastwirkung nachdenklich und fast grüblerisch erscheinen. Nach ein paar Monaten bei der Marine stand sein Mund nicht mehr offen. Seine Züge verhärteten sich und wurden männlich. Er blieb fünf Jahre bei der Marine und schien zu einem Bestandteil des grauen

Kriegsschiffes geworden zu sein, bis auf die Augen, die vom gleichen blassen Schiefergrau waren wie der Ozean und die ungeheure Weite um ihn spiegelten, als wären sie ein Miniaturbild der geheimnisvollen See. In den Hafenstädten schlenderte Parker herum und verglich die verwahrlosten Gegenden mit Birmingham in Alabama. Von jedem Ort brachte er eine neue Tätowierung mit.

Von den leblosen Motiven wie Ankern und gekreuzten Flinten war er abgekommen. Er hatte einen Tiger und einen Panther auf jeder Schulter, eine Kobra, die sich um eine Fackel rollte, auf der Brust, Falken auf den Schenkeln, Elisabeth II. und Philipp über dem Magen beziehungsweise der Leber. Es war ihm ziemlich egal, was das Bild darstellte, wenn es nur recht bunt war. Auf dem Unterleib hatte er ein paar Obszönitäten, aber nur, weil dort der rechte Platz dafür zu sein schien. Mit jeder Tätowierung war Parker immer einen Monat oder so zufrieden, dann verlor sich gerade das, was ihm am reizvollsten erschienen war. Wo immer er an einen entsprechend großen Spiegel gelangen konnte, stellte er sich davor auf und studierte seine Totalansicht. Sie wirkte nicht wie eine einzige verschlungene Farbarabeske, sondern zusammengesucht wie ein Flickenteppich. Dann überkam ihn ungeheure Enttäuschung, und er ging hin, stöberte einen neuen Tätowierer auf und ließ einen weiteren Flicken aufsetzen. Parkers Vorderseite war fast völlig zugedeckt, aber auf dem Rücken hatte er keine Tätowierungen. Er wünschte sich auch keine an Stellen, wo er sie nicht mühelos jederzeit selber sehen konnte. In dem Maß, wie der Platz für Tätowierungen auf seiner Vorderseite abnahm, wuchs seine Unzufriedenheit.

Nach einem Landurlaub ging er nicht aufs Schiff zurück, sondern betrank sich und blieb ohne offizielle Erlaubnis in einem Logierhaus einer Stadt, die er nicht kannte. Seine Unzufriedenheit, die chronisch und latent gewesen war, war plötzlich akut geworden und wütete in ihm. Es war, als hätten der Panther, der Löwe, die Schlangen, der Adler und die Falken seine Haut durchstoßen und lebten nun in wütendem Kampf. Die Marine schnappte ihn, verpaßte ihm neun Monate Straflager und anschließend eine ehrlose Entlassung.

Danach fand Parker, daß die Landluft die einzig richtige Atemluft sei. Er mietete den Schuppen an der Böschung, kaufte den alten Laster und tat bald dies und bald jenes, solange es ihm jeweils Spaß machte. Zu der Zeit, als er seine spätere Frau kennenlernte, kaufte er Äpfel korbweise ein und verkaufte sie pfundweise zum gleichen Preis in Einödhöfen an entlegenen Feldwegen.

»Das ganze Zeug da«, sagte die Frau und deutete auf seinen Arm, »is um kein Haar besser, als was so ein alberner Indianer tun würd. Bloß ein Haufen Eitelkeit.« Sie schien das Wort gefunden zu haben, das sie gesucht hatte. »Eitelkeit der Eitelkeiten«, sagte sie.

Also, was zum Teufel kümmerts mich, was sie davon hält? fragte sich Parker, aber er war ausgesprochen verwirrt. »Vielleicht gefällt Ihnen trotzdem das eine oder andere besser«, sagte er, um Zeit zu gewinnen, bis ihm etwas einfiele, was sie beeindrucken würde. Er hielt ihr den Arm wieder vors Gesicht. »Welches gefällt Ihnen am besten?« »Gar keins«, sagte sie, »aber das Huhn ist nicht so übel wie die anderen.«

»Welches Huhn?« Parker kreischte fast. Sie deutete auf den Adler.

»Das is ’n Adler«, sagte Parker. »Was für ein Blödmann läßt sich ’n Huhn auftätowieren?«

»Was für ein Blödmann läßt sich überhaupt tätowieren?« sagte das Mädchen und wandte sich ab. Sie ging langsam ins Haus zurück und überließ es ihm, sich zu verdrücken. Parker blieb noch fast fünf Minuten lang stehen und gaffte auf die dunkle Tür, durch die sie verschwunden war.

Am nächsten Tag kam er mit einem Korb Äpfel wieder. Eine, die so aussah wie sie, konnte ihn noch lange nicht aus dem Konzept bringen. Ihm gefielen gut gepolsterte Frauen, bei denen man keine Muskeln spüren konnte und noch viel weniger ihre alten Knochen. Als er ankam, saß sie auf der obersten Stufe, und der Hof war voller Kinder, alle so dünn und dürftig wie sie selber; Parker fiel ein, daß Samstag war. Er machte sich nicht gern an eine Frau heran, wenn Kinder in der Nähe waren, aber zum Glück hatte er den Korb Äpfel vom Lastwagen mitgebracht. Als die Kinder herankamen, um zu sehen, was er trug, gab er jedem Kind einen Apfel und sagte ihnen, sie sollten sich trollen. Auf diese Weise wurde er die ganze Gesellschaft los.

Das Mädchen nahm in keiner Form von seiner Anwesenheit Notiz. Als wäre er ein Schwein oder eine Ziege, die sich in den Hof verirrt hatten, und als wäre sie zu müde, um den Besen zu nehmen und ihn zu verscheuchen. Er stellte den Korb mit den Äpfeln neben ihr auf der Stufe ab. Sie setzte sich eine Stufe weiter hinunter.

»Bitte, sich zu bedienen«, sagte er und wies mit einer Kopfbewegung auf den Korb; dann verfiel er in Schweigen. Sie griff sich hastig einen Apfel, als könnte der Korb verschwinden, wenn sie sich nicht beeile. Hungrige Menschen machten Parker nervös. Er hatte selber immer genug zu essen gehabt. Er fühlte sich höchst unbehaglich. Er überlegte, daß er nichts zu sagen habe, wozu also reden? Er hätte nicht sagen können, warum er gekommen war oder warum er nicht fortging, bevor er einen weiteren Korb voll Äpfel an die Kinderschar verschwendete. Er nahm an, daß sie ihre Geschwister waren.

Sie kaute den Apfel langsam, aber mit einer Art genüßlicher Konzentration, saß leicht vorgebeugt, den Blick geradeaus gerichtet. Von der Veranda aus sah man einen langen, mit Eisenkraut überwucherten Abhang und über die Landstraße hinweg eine breite Kette von Hügeln und einen kleinen Berg. Weite Ausblicke deprimierten Parker. Man braucht nur so ins Weite zu schauen, und schon fühlt man sich, als wäre jemand hinter einem her, die Marine oder die Regierung oder die Kirche.

»Wem seine Kinder sin das, Ihre?« sagte er schließlich.

»Ich bin noch nicht verheiratet«, sagte sie. »Die gehören der Moma.« Sie sagte das, als sei es nur eine Zeitfrage, bis sie verheiratet sein würde.

Wer in Gottes Namen würde sie heiraten? dachte Parker. Eine mächtige Frau mit breitem, zahnlückigem Gesicht erschien in der Tür hinter Parker. Sie war offenbar schon seit mehreren Minuten dort.

»Guten Abend«, sagte Parker.

Die Frau ging über die Veranda und las auf, was von dem Korb Äpfel übriggeblieben war. »Wir danken Ihnen«, sagte sie und ging damit ins Haus zurück.

»Is das Ihre Alte?« murmelte Parker.

Das Mädchen nickte. Parker wußte eine Menge scharfe Sachen, die er hätte sagen können, wie zum Beispiel: »Sie sin mir sympathisch«, aber er war trübsinnig stumm. Er saß einfach da und blickte in die Gegend. Er fand, er müsse mit irgend etwas herausrücken.

»Wenn ich morgen ein paar Pfirsich erwisch, bring ich Ihnen welche«, sagte er.

»Da wär ich Ihnen sehr dankbar«, sagte das Mädchen.

Parker hatte keineswegs die Absicht, mit einem Korb voll Pfirsichen nochmals hier aufzukreuzen, aber am nächsten Tag tat er es doch. Er und das Mädchen wußten einander fast nichts zu sagen. Eines aber sagte er doch: »Aufm Rükken hab ich keine Tätowierung.«

»Was ham Sie dann dort?« sagte das Mädchen.

»Mein Hemd«, sagte Parker. »Haha.«

»Haha«, machte das Mädchen höflich.

Parker glaubte, den Verstand zu verlieren. Nicht einen Augenblick lang hielt er es für möglich, daß eine Frau wie sie ihn anzog. Sie interessierte sich für gar nichts, nur für das, was er mitbrachte, bis er beim dritten Mal mit zwei Kantalupen erschien. »Wie heißen Sie?« fragte sie.

»O. E. Parker«, sagte er.

»Was heißt O. E.?«

»Nennen Sie mich einfach O. E.«, sagte Parker. »Oder Parker. Niemand nennt mich mit Vornamen.«

»Aber wie heißen Sie mit Vornamen?« beharrte sie.

»Unwichtig«, sagte Parker. »Und Sie?«

»Sag ich Ihnen, wenn Sie mir sagn, was die zwei Buchstaben bedeuten.« Eine winzige Andeutung von Flirt lag in ihrem Tonfall und stieg Parker prompt zu Kopf. Er hatte die Namen niemandem verraten, weder Mann noch Frau, nur den Akten der Marine und der Regierung, und sie standen auf seinem Taufschein, der ihm im Alter von einem Monat ausgestellt worden war; seine Mutter war Methodistin gewesen. Als der Name aus den Marineakten durchgesickert war, hätte Parker den Mann, der ihn aussprach, fast umgebracht.

»Sie werden's rumtrompeten«, sagte er.

»Ich schwör, daß ich's niemand sagen werd«, sagte sie. »Ich schwörs bei Gottes heiligem Wort.«

Eine Weile saß Parker schweigend da. Dann griff er nach dem Nacken des Mädchens, zog ihr Ohr nah an seinen Mund und verriet ihr leise die Namen.

»Obadja«, flüsterte sie. Ihr Gesicht strahlte langsam auf, als wäre der Name als ein Zeichen zu ihr gekommen. »Obadja«, sagte sie.

Der Name sank in Parkers Wertschätzung noch ein Stück tiefer.

»Obadja Elihue«, sagte sie ehrfurchtsvoll.

»Wenn Sie mich vor andern so nennen, schlag ich Ihnen den Schädel ein«, sagte Parker. »Wie heißen Sie?«

»Sarah Ruth Cates«, sagte sie.

»Sehr erfreut, Sarah Ruth«, sagte Parker.

Sarah Ruths Vater war Prediger, aber er war verreist, er verbreitete das Evangelium in Florida. Die Mutter schien nichts dagegen zu haben, daß er dem Mädchen den Hof machte, wenn er nur jedesmal einen Korb voll irgend etwas mitbrachte. Was Sarah Ruth selber anging, so war Parker nach dem dritten Besuch klar, daß sie verrückt nach ihm war. Sie mochte ihn, obwohl sie dabei blieb, daß Bilder auf der Haut Eitelkeit der Eitelkeiten seien, und sogar nachdem sie ihn hatte fluchen hören und sogar nachdem sie ihn gefragt hatte, ob er erlöst sei, und er geantwortet hatte, er verstehe nicht recht, wovon er erlöst werden solle. Und er hatte die Eingebung gehabt, hinzuzufügen: »Ich wär schon erlöst, wenn Sie mirn Kuß geben wolltn.«

Sie runzelte die Stirn. »Das is keine Erlösung«, sagte sie.

Nicht lang danach ließ sie sich zu einer Fahrt in seinem

Lastwagen überreden. Parker stellte ihn auf einem verlassenen Sträßchen ab und schlug vor, daß sie sich zusammen in den Fond legen könnten.

»Erst, wenn wir verheiratet sin«, sagte sie – einfach so.

»Oh, das braucht's nicht«, sagte Parker, und als er nach ihr griff, stieß sie ihn mit solcher Wucht zurück, daß die Tür des Lastwagens nachgab und er rücklings auf der Erde landete. An dieser Stelle und in diesem Augenblick beschloß er, daß er nichts mehr mit ihr zu tun haben wolle.

Sie wurden im Büro des Friedensrichters getraut, weil Sarah Ruth fand, daß Kirchen Götzentempel seien. Parker hatte darüber keine eigene Meinung. Das Büro war mit Aktenbehältern aus Pappe und Registerbänden tapeziert, aus denen staubige, vergilbte Papierstreifen hingen. Der Friedensrichter war eine alte Frau mit rotem Haar, die das Amt seit vierzig Jahren innehatte und genauso verstaubt aussah wie ihre Bücher. Während sie die beiden traute, stand sie hinter dem Gitter eines Stehpults, und als sie fertig war, verkündete sie: »Drei Dollar fünfzig und bis der Tod euch scheidet!« und riß ein paar Formulare aus der Maschine.

Die Ehe änderte Sarah Ruth nicht um einen Deut, und Parker machte sie trübsinniger denn je. Jeden Morgen beschloß er, daß es ihm jetzt reiche und daß er am Abend nicht zurückkommen werde; jeden Abend kam er zurück. Sooft Parker etwas zum Hals heraushing, ließ er sich eine neue Tätowierung machen, aber jetzt war nur noch auf seinem Rükken Platz. Um eine Tätowierung auf seinem eigenen Rükken anzuschauen, müßte er zwei Spiegel haben und sich in genau der richtigen Position zwischen ihnen aufstellen, und das schien Parker ausgesprochen blödsinnig zu sein. Wenn Sarah Ruth verständiger gewesen wäre, hätte sie an einer Tätowierung auf Parkers Rücken Spaß haben können, aber sie wollte nicht einmal die anschauen, die er anderenorts hatte. Sooft er versuchte, sie auf spezielle Einzelheiten hinzuweisen, kniff sie die Augen zu und drehte ihm überdies den Rükken zu. Wenn es nach ihr gegangen wäre, hätte Parker, außer im Stockdunkeln, am liebsten immer angekleidet sein und die Hemdärmel herunterrollen müssen.

»Vor Gottes Richterstuhl wird Jesus dich einmal fragen: ›Was hast du dein ganzes Leben lang getrieben, außer dich um und um mit Bildern vollmalen zu lassen?‹« sagte sie.

»Mach mir doch nix vor«, sagte Parker, »du hast bloß Angst, der Strammen, für die ich arbeit, könnt ich so gut gefalln, daß sie sagt: ›Na, Mr. Parker, wie wär's mit uns zwei beiden?‹«

»Du spielst mit sündigen Gedanken«, sagte sie, »und vor Gottes Richterstuhl wirst du dich auch dafür verantworten müssen. Es wär besser, wenn du wieder die Früchte der Erde verkaufen tätst.«

Parker tat zu Hause kaum etwas anderes, als sich anzuhören, was ihm vor Gottes Richterstuhl blühen werde, wenn er sich nicht ändern wolle. Sooft er Gelegenheit fand, streute er eine Geschichte über die stramme Blonde ein, für die er arbeitete. »Mr. Parker«, sagte er, habe sie gesagt, »ich habe Sie wegen Ihres Verstandes engagiert.« (Sie hatte hinzugefügt: »Warum gebrauchen Sie ihn also nicht?«)

»Und du hättst ihr Gesicht sehn solln, wie sie mich zum ersten Mal ohne Hemd gesehen hat«, sagte er. »›Mr. Parker‹, hat sie gesagt, ›Sie sin ein wandelndes Panna-Ramma!‹« Diesen Ausspruch hatte sie tatsächlich getan, aber verächtlich aus den Mundwinkeln heraus.

Parkers Unzufriedenheit nahm solche Ausmaße an, daß nur noch eine Tätowierung sie bändigen konnte. Jetzt kam sein Rücken dran. Da führte kein Weg mehr dran vorbei. Ein vager, unausgegorener Einfall fing an, in seinem Hirn zu rumoren. Er stellte sich eine Rückentätowierung vor, der Sarah Ruth sich nicht würde widersetzen können – ein religiöses Sujet. Er dachte an ein offenes Buch, darunter die Worte HEILIGE SCHRIFT und einen Bibelvers auf die aufgeschlagene Seite tätowiert. Eine Zeitlang schien es genau das richtige zu sein; dann konnte er sie in Gedanken sagen hören: »Hab ich denn nicht eine richtige Bibel? Meinst du vielleicht, ich möcht immer wieder den gleichen Vers lesen, wenn ich genausogut das Ganze lesen kann?« Er brauchte etwas, was sogar noch besser war als die Bibel! Er dachte so viel darüber nach, daß er an Schlaflosigkeit litt. Er fiel bereits vom Fleisch – Sarah Ruth warf einfach Essen in den Topf und ließ es kochen. Daß er nicht recht wußte, warum er noch immer bei einer Frau blieb, die sowohl häßlich wie auch schwanger war und obendrein nicht kochen konnte, machte ihn vollends nervös und reizbar, und er legte sich einen kleinen Tick in einer Gesichtshälfte zu.

Ein-, zweimal ertappte er sich dabei, daß er herumfuhr, als wäre jemand ihm auf den Fersen. Einer seiner Großväter hatte in der staatlichen Irrenanstalt geendet, allerdings erst mit fünfundsiebzig. So wichtig es auch war, daß er eine Tätowierung bekam, es war ebenso wichtig, daß es genau die richtige sein würde, um Sarah Ruth kirre zu machen. Er zermarterte sich das Hirn, und seine Augen nahmen einen hohlen, abwesenden Ausdruck an. Die alte Frau, bei der er beschäftigt war, sagte, wenn er mit seinen Gedanken nicht bei seiner Arbeit bleiben könne, dann wisse sie einen vierzehnjährigen Negerjungen, der es sehr wohl könne. Parker war sogar zu geistesabwesend, um gekränkt zu sein. Zu jedem früheren Zeitpunkt wäre er auf der Stelle weggegangen, hätte nur gesagt: »Na schön, dann nehmen Sie ihn nur.«

Ein paar Vormittage später war er mit der klapprigen Heupresse und dem Traktor der Alten beim Heubündeln auf einem großen Feld, das bis auf einen riesigen alten Baum in der Mitte völlig leer war. Die Alte gehörte zu den Leuten, die einen großen alten Baum nicht umhauen lassen, weil er ein großer alter Baum ist. Sie hatte Parker auf ihn aufmerksam gemacht, als hätte er keine Augen im Kopf, und ihm geboten, aufzupassen, damit er nicht dagegenfahre, wenn die Maschine in der Nähe Heu aufsammle. Parker fing am Rand des Feldes an und näherte sich in enger werdenden Kreisen dem Baum. Immer wieder mußte er vom Traktor klettern und die Knüpfseile entwirren oder einen großen Steinbrocken mit einem Fußtritt aus dem Weg schaffen. Die Alte hatte ihm befohlen, die Steinbrocken an den Feldrand zu tragen, und wenn sie ihm zuschaute, tat er es. Wenn er glaubte, er könne es schaffen, dann fuhr er darüber. Während er über das Feld kreiste, kreisten seine Gedanken um ein passendes Bild für seinen Rücken. Die golfballgroße Sonne wechselte regelmäßig ihren Standort, war bald vor ihm, bald hinter ihm, doch ihm war, als sähe er sie an beiden Stellen zugleich, als hätte er Augen im Hinterkopf. Plötzlich sah er, wie der Baum nach ihm griff. Ein furchtbarer Anprall schleuderte ihn in die Luft, und er hörte sich mit unglaublich lauter Stimme brüllen: »GOTT IM HIMMEL!«

Er landete auf dem Rücken, während der umgestürzte Traktor in den Baum krachte und in Flammen aufging. Das erste, was Parker sah, waren seine Schuhe, die im Handumdrehen vom Feuer verzehrt wurden; einer war unter dem Traktor eingeklemmt, der andere lag ein Stück weiter weg und brannte vor sich hin. Er steckte nicht darin. Er konnte den heißen Atem des brennenden Baums auf seinem Gesicht spüren. Er kroch, noch immer sitzend, weiter zurück, seine Augen waren eingesunken, und wenn er gewußt hätte, wie man sich bekreuzigt, hätte er es getan.

Sein Laster stand auf einem Ackerweg am Rand des Feldes. Er schob sich darauf zu, noch immer im Sitzen, noch immer rückwärts, aber immer schneller; auf halbem Weg stand er auf und verfiel, mit vorgebeugtem Oberkörper, in eine Art Laufschritt, wobei er zweimal in die Knie brach. Seine Beine fühlten sich an wie zwei alte verrostete Regenröhren. Endlich erreichte er den Laster und fuhr los, im Zickzack die Straße entlang. Er fuhr an seinem Haus auf der Böschung vorbei und stracks weiter in die Stadt, die ganzen fünfzig Meilen.

Auf dem Weg zur Stadt erlaubte Parker sich kein Nachdenken. Er wußte nur, daß in seinem Leben eine große Veränderung eingetreten war, ein Sprung in ein schlimmeres Ungewisses, und daß er sich nicht dagegen wehren konnte. Es war soweit.

Der Künstler hatte zwei große, unordentliche Zimmer über der Praxis eines Fußpflegers in einer Hintergasse. Parker, der noch immer barfuß war, tauchte kurz nach drei Uhr nachmittags geräuschlos bei ihm auf. Der Künstler, der etwa in Parkers Alter war – achtundzwanzig –, aber dünn und kahl, stand hinter einem kleinen Zeichentisch und zog ein Muster in grüner Tinte aus. Er blickte ärgerlich auf und schien Parker in der hohläugigen Gestalt, die vor ihm stand, nicht zu erkennen.

»Ich möchte das Buch sehn, wo Sie alle die Bilder von Gott drin ham«, sagte Parker atemlos. »Das fromme Buch.«

Der Künstler starrte ihn unentwegt mit seinem intellektuellen, überlegenen Blick an. »Betrunkene tätowiere ich nicht«, sagte er.

»Sie kennen mich doch!« rief Parker entrüstet. »Ich bin O. E. Parker! Sie ham mir schon ein paar gemacht, und ich hab immer gezahlt!«

Der Künstler schaute ihn noch eine Weile an, als sei er nicht ganz überzeugt. »Sie sind magerer geworden«, sagte er. »Haben Sie gesessen?«

»Geheiratet«, sagte Parker.

»Oh«, sagte der Künstler. Mit Hilfe von Spiegeln hatte er sich eine bis ins kleinste perfekte Miniatur-Eule auf den Schädel tätowiert. Sie war etwa so groß wie ein halber Dollar und diente ihm als Referenz. Es gab billigere Tätowierer in der Stadt, aber Parker hatte immer nur das Beste haben wollen. Der Künstler begab sich zu einem Schrank im Hintergrund des Zimmers und blätterte in einigen Kunstbüchern. »Für wen interessieren Sie sich?« sagte er. »Heilige, Engel, Christusbilder oder was?«

»Gott«, sagte Parker.

»Vater, Sohn oder Geist?«

»Gott eben«, sagte Parker ungeduldig. »Christus. Mir egal. Hauptsache, es is Gott.«

Der Künstler kam mit einem Buch zurück. Er räumte Papiere von einem zweiten Tisch, legte das Buch darauf und wies Parker an, sich zu setzen und sich etwas auszusuchen. »Die Gefragtesten sind ganz hinten«, sagte er.

Parker setzte sich mit dem Buch und leckte den Daumen. Er fing an es durchzusehen, von hinten, wo die gefragtesten Bilder waren. Einige erkannte er – »Der Gute Hirte«, »Wehret ihnen nicht«, »Der lächelnde Jesus«, »Jesus, der Freund des Arztes«, aber er blätterte rasch immer weiter vor, und die Bilder wurden immer weniger vertraut. Eines zeigte ein abgezehrtes, grünes, totes Gesicht, das blutüberströmt war. Eines war gelb mit purpurroten Augen und Säcken darunter. Parkers Herz klopfte immer schneller, bis es in seinem Inneren zu dröhnen schien wie ein gewaltiger Generator. Er schlug die Seiten schnell um, er hatte das Gefühl, sobald er zu dem für ihn bestimmten Bild kommen würde, würde er ein Zeichen erhalten. So blätterte er weiter, bis er fast zum Anfang des Buches gekommen war. Von einer der Seiten warf ein Augenpaar ihm einen schnellen Blick zu. Parker hastete weiter, dann hielt er inne. Auch sein Herz schien auszusetzen; völlige Stille herrschte. Sie sagte so deutlich, als wäre die Stille eine Sprache: ZURÜCKBLÄTTERN.

Parker blätterte zu dem Bild zurück – unter dem Heiligenschein der Kopf eines flachen, strengen, byzantinischen Christus mit gebieterisch fordernden Augen. Er saß zitternd da; sein Herz fing langsam wieder zu schlagen an, als hätte eine verborgene Kraft es neu zum Leben erweckt.

»Haben Sie etwas gefunden?« fragte der Künstler. Parkers Kehle war so trocken, daß er nicht sprechen konnte. Er stand auf und schob dem Künstler das aufgeschlagene Buch mit dem Bild vor die Augen.

»Das wird Sie eine Stange Geld kosten«, sagte der Künstler. »Aber Sie wollen ja wohl nicht alle die kleinen Vierecke, nur die Kontur und die wichtigsten Gesichtszüge.«

»Genauso, wie's hier is«, sagte Parker, »genauso oder gar nix.«

»Sie schaffen an«, sagte der Künstler, »aber so eine Arbeit tu ich nicht umsonst.«

»Wieviel?« fragte Parker.

»Daran werde ich zwei Tage arbeiten.«

»Wieviel?« sagte Parker.

»In Raten oder in bar?« fragte der Künstler. Parker hatte früher immer in Raten bezahlt, aber bezahlt hatte er jedesmal.

»Zehn Anzahlung, und zehn für jeden Arbeitstag«, sagte der Künstler.

Parker zog zehn Dollarnoten aus seiner Brieftasche; drei verblieben ihm noch.

»Kommen Sie morgen früh wieder«, sagte der Künstler und schob das Geld in die Tasche. »Ich muß das zuerst aus dem Buch kopieren.«

»Nein, nein!« sagte Parker. »Kopieren Sie's jetzt oder geben Sie mir mein Geld zurück«, und seine Augen flammten kampfbereit.

Der Künstler gab nach. Ein Mensch, der so blöd war, daß er ein Christusbild auf dem Rücken haben wollte, überlegte er, würde wohl auch imstande sein, sich im nächsten Augenblick anders zu besinnen, doch sobald die Arbeit im Gang sein würde, könnte er das nicht mehr.

Während er mit dem Kopieren beschäftigt war, wies er Parker an, sich am Waschbecken den Rücken zu waschen und dazu die Spezialseife zu benutzen. Parker wusch sich und kam zurück, um nun unter nervösem Schulterzucken im Zimmer auf und ab zu marschieren. Er hätte das Bild gern noch einmal angeschaut, aber andererseits wollte er auch wieder nicht. Endlich stand der Künstler auf, und Parker mußte sich auf den Tisch legen. Er rieb ihm den Rücken mit Äthylchlorid ab und fing dann an, mit seinem Jodpinsel den Kopf darauf zu umreißen. Eine weitere Stunde verging, dann nahm er seine elektrische Nadel zur Hand. Parker spürte weiter keinen Schmerz. In Japan hatte er sich mit Elfenbeinnadeln einen Buddha auf den Oberarm tätowieren lassen; in Burma hatte ein kleines braunes Wurzelmännchen ihm mit dünnen zugespitzten Hölzchen von zwei Fuß Länge einen Pfau auf jedes Knie gemacht; Amateure hatten mit Stecknadeln und Ruß an ihm herumgestochert. Parker war unter den Händen des Künstlers meist so entspannt und sorglos, daß er häufig einschlief, aber dieses Mal blieb er wach, jeder Muskel war gespannt.

Um Mitternacht sagte der Künstler, daß er jetzt gehen könne. Er stellte einen Spiegel von vier Fuß im Quadrat auf einen Tisch gegen die Wand und nahm einen kleineren Spiegel über dem Waschbecken ab und gab ihn Parker in die Hand. Parker wandte dem Spiegel auf dem Tisch den Rücken zu und drehte den zweiten Spiegel, bis er die Farbenpracht auf seinem Rücken schillern sah. Er war fast völlig mit kleinen roten, blauen, elfenbeinfarbenen und safrangelben Quadraten bedeckt; von ihnen hoben sich die Linien des Gesichts ab – ein Mund, der Ansatz schwerer Brauen, eine gerade Nase, aber das Gesicht war leer; die Augen waren noch nicht darin. Im ersten Augenblick hatte er den Eindruck, als hätte der Künstler ihn betrogen und den »Freund des Arztes« tätowiert.

»Er hat keine Augen nicht!« rief Parker.

»Kommen schon«, sagte der Künstler, »wenn's soweit ist. Wir haben noch einen ganzen Tag zu tun.«

Parker verbrachte die Nacht auf einem Feldbett im Asyl der Christlichen Mission. Er fand dieses Quartier für Übernachtungen in der Stadt besonders vorteilhaft, weil es gratis war und eine Art Mahlzeit einschloß. Er bekam das letzte freie Feldbett, und weil er barfuß war, ließ er sich ein

Paar getragene Schuhe schenken, die er in seiner Verwirrung im Bett anzog; er stand noch immer unter dem Schock der vorhergegangenen Ereignisse. Die ganze Nacht lag er wach in dem langen Schlafsaal mit seinen Feldbetten und zusammengekauerten Gestalten darauf. Das einzige Licht kam von einem phosphoreszierenden Kreuz, das am Ende des Raumes glühte. Wieder griff der Baum nach ihm, ging dann in Flammen auf; der Schuh verbrannte lautlos daneben; die Augen im Buch befahlen ihm deutlich: ZURÜCKBLÄTTERN und ließen dabei doch keinen Ton hören. Er wünschte, daß er nicht in dieser Stadt wäre, nicht in diesem Missionsasyl, nicht allein in einem Bett. Er sehnte sich erbärmlich nach Sarah Ruth. Ihre scharfe Zunge und die Augen wie zwei Eisdolche waren der einzige Trost, der ihm einfallen wollte. Er mußte den Verstand verloren haben. Ihre Augen schienen sanft und geduldig, verglichen mit den Augen im Buch, denn obwohl er sich den Ausdruck jener Augen nicht genau ins Gedächtnis rufen konnte, spürte er noch immer ihre Schärfe. Unter ihrem Blick fühlte er sich durchsichtig wie ein Mückenflügel.

Der Tätowierer hatte gesagt, er solle nicht vor zehn Uhr vormittags wiederkommen, aber als er um diese Zeit in seine Werkstatt kam, saß Parker schon im dunklen Hauseingang auf dem Boden und wartete auf ihn. Beim Aufstehen am Morgen hatte er beschlossen, daß er die Tätowierung, sobald sie fertig wäre, nicht mehr anschauen würde, daß alle seine Empfindungen vom Vortag und der vergangenen Nacht die Empfindungen eines Irren gewesen waren und daß er von jetzt an wieder alles nach seinem eigenen gesunden Urteil machen werde.

Der Künstler setzte die Arbeit fort, wo er sie unterbrochen hatte. »Eines möchte ich wissen«, sagte er nach kurzer Zeit, »warum wollen Sie dieses Bild draufhaben? Sind Sie vielleicht fromm geworden? Sind Sie erlöst?« fragte er mit spöttischer Stimme.

Parkers Kehle fühlte sich salzig und trocken an. »Nö«, sagte er, »so was is nix für mich. Ein Mann, der wo sich nicht selber erlösn kann von allem, was ihm nicht paßt, für den hab ich nix übrig.« Diese Worte schienen wie Phantome aus seinem Mund zu kommen und sich sofort in Luft aufzulösen, als hätte er sie nie ausgesprochen.

»Warum also ...«

»Ich hab eine geheiratet, die wo erlöst is«, sagte Parker. »Hätt ich nie tun solln. Hätt sie sitznlassn solln. Geht her un kriegt 'n Kind.«

»Zu dumm«, sagte der Künstler. »Dann will sie also, daß Sie sich das machen lassen?«

»Nö«, sagte Parker, »sie weiß gar nix davon. Soll 'ne Überraschung sein.«

»Meinen Sie, es gefällt ihr und Sie werden's eine Weile leichter mit ihr haben?«

»Bleibt ihr gar nix anders übrig«, sagte Parker. »Sie kann nicht sagn, Gottes Bild gefällt ihr nicht.« Er fand, daß er dem Künstler genug von seinem Fall erzählt habe. Künstler waren schön und gut, wenn's um die Kunst ging, aber er konnte es nicht leiden, wenn sie ihre Nasen in die Angelegenheiten normaler Leute steckten. »Ich hab letzte Nacht nicht geschlafn«, sagte er. »Ich glaub, ich schlaf jetzt ein bißchen.«

Das verschloß dem Künstler den Mund, aber Parker konnte trotzdem nicht schlafen. Er lag da und stellte sich vor, wie das Gesicht auf seinem Rücken Sarah Ruth die Sprache verschlagen würde, und in Abständen wurde diese Vorstellung immer wieder von dem Bild des Feuerbaums und seines leeren Schuhs, der darunter verbrannte, abgelöst.

Der Künstler arbeitete ununterbrochen bis kurz vor vier Uhr, er machte keine Mittagspause, setzte kaum die elektrische Nadel ab, um die triefende Farbe von Parkers Rücken zu wischen, während er weitermachte. Endlich war er fertig. »Sie können jetzt aufstehen und es anschauen«, sagte er.

Parker richtete sich auf, blieb aber auf der Tischkante sitzen.

Dem Künstler gefiel sein Werk, und er wollte, daß Parker es sofort anschaue. Statt dessen blieb Parker noch immer auf dem Tischrand sitzen, leicht vorgebeugt, aber mit leerem Blick. »Was fehlt Ihnen denn?« sagte der Künstler. »Kommen Sie, schauen Sie's an.«

»Mir fehlt gar nix«, sagte Parker in angriffslustigem Ton. »Die Tätowierung da läuft mir nicht davon. Die wird immer da sein, wo ich bin.« Er langte nach seinem Hemd und fing an, es sich behutsam überzuziehen.

Der Künstler packte ihn rauh beim Arm und steuerte ihn zwischen die beiden Spiegel. »Schauen Sie doch«, sagte er. Er ärgerte sich über die Mißachtung seines Werkes.

Parker schaute, wurde weiß und wandte sich ab. Die Augen des Spiegelbildes blickten ihn beharrlich an – ruhig, gerade, unerbittlich fordernd, ganz in Schweigen eingekapselt.

»Es war Ihr Einfall, erinnern Sie sich gefälligst«, sagte der Künstler. »Ich hätte Ihnen zu etwas anderem geraten.« Parker sagte nichts. Er zog sein Hemd an und ging zur Tür hinaus, während der Künstler brüllte: »Und ich will mein ganzes Geld sehen!«

Parker stürzte an einen Kiosk an der Ecke. Er kaufte einen halben Liter Whiskey, ging damit in eine nahe Anlage und trank das Ganze in fünf Minuten. Dann trollte er sich in einen Spielsalon in der Nähe, wo er oft hinging, wenn er in der Stadt war. Es war ein hell erleuchtetes, scheunenartiges Lokal, mit einer Theke an der einen Wandseite und Spielautomaten an der anderen und Billardtischen im Hintergrund. Bei seinem Eintritt hieß ein großer Mann in rotschwarz kariertem Hemd ihn willkommen, indem er ihm auf den Rücken schlug und schrie: »Alter Junge! O. E. Parker!«

Parker war für Schläge auf den Rücken noch nicht in der richtigen Verfassung. »Hör auf«, sagte er. »Ich hab da eine frische Tätowierung.«

»Was ist es denn diesmal?« fragte der Mann und rief ein paar Leuten an den Automaten zu: »O. E. hat 'ne neue Tätowierung!«

»Nix Besondres diesmal«, sagte Parker und verdrückte sich zu einem freien Automaten.

»Los«, sagte der Dicke, »wir wollen O. E.s Tätowierung anschauen«, und während Parker sich in ihren Händen wand, zogen sie ihm das Hemd hoch. Parker spürte, wie sämtliche Hände augenblicklich von ihm abließen, und sein Hemd fiel wie ein Schleier wieder über das Gesicht. Das Schweigen, das jetzt im Spielsalon herrschte, schien Parker von dem Kreis der Umstehenden auszugehen, sich bis zu den Grundmauern unter dem Haus und hinauf über die Dachsparren auszubreiten.

Endlich sagte einer: »Christus!« Dann brach allgemeiner Lärm los. Parker drehte sich um, auf seinem Gesicht lag ein unsicheres Grinsen.

»Typisch O. E.«, sagte der Mann im karierten Hemd. »Der Junge is 'n As!«

»Vielleicht is er fromm gewordn«, brüllte einer.

»Denkste!« sagte Parker.

»O. E. is fromm gewordn un legt Zeugnis ab für Jesus, stimmt's, O. E.?« sagte ein kleiner Mann mit einem Zigarrenstummel im Mund unter schiefem Grinsen. »Ne originelle Methode, kamma wohl sagn.«

»Wenn einem was Neues einfällt, dann is es Parker!« sagte der Fette.

»Yeeeyyy, boy«, krakeelte einer, und sie fingen alle an, anerkennend zu pfeifen und zu fluchen, bis Parker sagte: »Haltet die Schnauze.«

»Zu was hast du's denn getan?« fragte einer.

»Damit's was zum Lachen gibt«, sagte Parker. »Was kümmert euch das?«

»Warum lachst du dann nicht mit?« brüllte einer. Parker stürzte sich mitten in das Knäuel, und wie ein Wirbelwind an einem Sommertag brach ein Kampf los, der zwischen umgestürzten Tischen und ausholenden Fäusten tobte, bis zwei von ihnen ihn zu fassen kriegten und zur Tür liefen und ihn hinauswarfen. Dann legte sich eine so beklemmende Stille über den Spielsalon, als wäre der lange, scheunenartige Raum das Schiff, von dem aus Jonas ins Meer geworfen wurde.

Parker blieb lange auf dem Boden in der Gasse hinter dem Spielsalon sitzen und prüfte seine Seele. Er sah sie als Spinnengewebe aus Fakten und Lügen, mit dem er selber gar nichts anfangen konnte, das jedoch desungeachtet notwendig zu sein schien. Die Augen, die nun für immer in seinem Rücken waren, duldeten keinen Widerspruch. Davon war er überzeugt, mehr als von allem anderen auf der Welt. Sein ganzes Leben lang hatte Parker, widerwillig und manchmal fluchend, häufig angstvoll und einmal voll Entzücken, solchen Instinkten gehorcht – voll Entzücken, als er vom Anblick des tätowierten Mannes auf dem Jahrmarkt hingerissen gewesen war, voll Furcht bei seinem Eintritt in die Marine, widerwillig, als er Sarah Ruth geheiratet hatte.

Der Gedanke an sie brachte ihn langsam auf die Füße. Sie würde wissen, was er tun mußte. Sie würde die Sache zu Ende bringen, und zumindest würde es ihr Freude machen. Es schien ihm, daß er die ganze Zeit nur das eine gewollt hatte: ihr eine Freude machen. Sein Laster parkte noch immer vor dem Haus, wo der Künstler seine Werkstatt hatte, aber das war nicht weit weg. Er stieg ein und fuhr aus der Stadt und hinaus aufs nächtliche Land. Sein Kopf war beinah frei vom Alkohol, und er stellte fest, daß seine Unzufriedenheit verschwunden war, aber er war noch immer nicht ganz er selber. Er kam sich wie ein Fremder vor, als führe er durch ein unbekanntes Land, obwohl alles, was er sah, ihm vertraut war, selbst bei Nacht.

Endlich kam er vor dem Haus auf der Böschung an, ließ den Laster unter den Pecanobaum rollen und stieg aus. Er machte soviel Lärm wie möglich, um darzutun, daß er immer noch der Herr im Haus war, daß sein kommentarloses Fernbleiben in der vergangenen Nacht weiter nichts zu bedeuten hatte, als daß es ihm eben gefallen hatte wegzubleiben. Er warf die Wagentür zu, stapfte die zwei Stufen hinauf und über die Veranda und rüttelte an der Türklinke. Sie gab nicht nach. »Sarah Ruth!« brüllte er. »Mach auf!«

Die Tür hatte kein Schloß, sie mußte eine Stuhllehne unter die Klinke geklemmt haben. Er fing an, gegen die Tür zu trommeln und zugleich an der Klinke zu rütteln.

Er hörte das Bett ächzen, bückte sich und legte das Auge ans Schlüsselloch, aber es war mit Papier zugestopft. »Laß mich rein!« rief er und donnerte wieder gegen die Tür. »Warum hast du mich ausgesperrt?«

Eine scharfe Stimme nah an der Tür sagte: »Wer is da?«

»Ich«, sagte Parker. »O. E.«

Er wartete eine Weile.

»Ich«, sagte er ungeduldig, »O. E.«

Noch immer kein Laut von drinnen.

Er probierte es nochmals. »O. E.«, sagte er und hieb noch ein paarmal an die Tür. »O. E. Parker. Weißt du doch.«

Alles blieb still. Dann sagte die Stimme langsam: »Ich kenn keinen O. E. nich.«

»Laß den Blödsinn«, bat Parker. »Du hast doch kein Grund nicht, daß du so was machst. Ich bins, der alte O. E., ich bin wieder da. Du hast doch keine Angst nicht vor mir.«

»Wer is da?« sagte dieselbe ungerührte Stimme.

Parker drehte den Kopf, als erwartete er, daß jemand hinter ihm die Frage beantworte. Der Himmel war ein wenig heller geworden, und ein paar gelbe Streifen schwammen über dem Horizont. Dann, während er dastand, explodierte ein Lichtbaum über der Erde.

Parker taumelte rücklings gegen die Tür, als hätte eine Lanze ihn dort festgenagelt.

»Wer is da?« sagte die Stimme von drinnen, und ihr Ton hatte jetzt etwas Endgültiges. Die Klinke bewegte sich, und die Stimme sagte gebieterisch: »Wer da is, frag ich?«

Parker bückte sich und legte den Mund an das verstopfte Schlüsselloch. »Obadja«, flüsterte er, und mit einem Mal spürte er, wie das Licht ihn durchströmte, seine Spinnwebseele in eine vollendete Arabeske aus Farben verwandelte, in einen Garten voller Bäume und Vögel und Tiere.

»Obadja Elihue!« flüsterte er.

Die Tür ging auf, und er stolperte hinein. Da stand Sarah Ruth hochaufgerichtet, die Hände in den Hüften. Sie fing sofort an: »Das war keine stramme Blonde nicht, wo du gearbeit hast, un den Traktor, wo du zu Klump gefahrn hast, mußt du ihr bis aufn letztn Penny zahln. Sie hat ihn nicht versichern lassn. Sie war hier, un sie un ich ham uns lang unterhaltn, un ich …«

Zitternd versuchte Parker, die Kerosinlampe anzuzünden.

»Was fällt dirn ein, das Kerosin verbrennen, wos schon fast Tag is?« fragte sie. »Ich will dich nicht anschaun.«

Ein gelber Schein hüllte sie ein. Parker legte das Zündholz weg und fing an, sein Hemd aufzuknöpfen.

»Un du läßt mich gefälligst in Ruh, so kurz vor Tag«, sagte sie.

»Halt den Mund«, sagte er ruhig. »Schau dir das an, un dann will ich von dir kein Wort nicht mehr hörn.« Er zog das Hemd aus und drehte ihr den Rücken zu.

»Noch ein Bild«, grollte Sarah Ruth. »Ich hätt wissn können, daß du dir bloß noch mehr Dreck hast aufmaln lassn.«

Parkers Knie wurden unter ihm weich. Er fuhr herum und schrie: »Schau es an! Red nicht einfach so! Schau es an!«

»Hab schon geschaut«, sagte sie.

»Weißt du nicht, wer das is?« rief er gequält.

»Nein, wer is es denn?« sagte Sarah Ruth. »Is niemand, den wo ich kenn.«

»Er is es«, sagte Parker.

»Wer, er?«

»Gott!« schrie Parker.

»Gott? Gott schaut nicht so aus!«

»Was weißt du, wie er ausschaut?« murrte Parker. »Du hast ihn nicht gesehn.«

»Er schaut überhaupt nicht aus«, sagte Sarah Ruth. »Er is ein Geist. Kein Mensch soll sein Gesicht sehn.«

»Hör doch«, stöhnte Parker, »das is bloß ein Bild von ihm.«

»Götzendienst!« kreischte Sarah Ruth. »Götzendienst! Ihr, die Ihr zu den Götzen lauft unter alle grünen Bäume! Mit Lügn un Eitelkeit kann ich's aufnehmen, aber keinen Götzendiener will ich nicht in diesem Haus!«, und sie ergriff den Besen und fing an, ihn damit auf die Schultern zu hauen. Parker war zu bestürzt, um sich zu wehren. Er saß da und ließ sich von ihr prügeln, bis sie ihn beinah bewußtlos geschlagen hatte und dicke Striemen das Gesicht des tätowierten Christus überzogen. Dann taumelte er in die Höhe und auf die Tür zu.

Sie stieß den Besen ein paarmal auf den Boden, dann ging sie zum Fenster und schüttelte ihn aus, damit die Farbe herausging. Noch immer mit dem Besen in der Hand, schaute sie zum Pecanobaum hinüber, und ihre Augen wurden noch härter. Dort lehnte er – der sich Obadja Elihue nannte – am Baumstamm und weinte wie ein kleines Kind.

Der Mythos Blut und deutsch zu sein reichten aus, egal, ob man faul oder fleißig, dumm oder intelligent war, man gehörte zum Herrenvolk. Ähnlich dem Adel, mit dem der Vater im Baltikum konfrontiert worden war und der auf die Reinheit des Stammbaums achtete, war es hier die Volksgemeinschaft. Und darin, in dieser durch nichts als den Stammbaum verschworenen Gemeinschaft, die sich elitär über alle anderen Völker erhaben fühlte, war die SS, die Schutzstaffel, das Vorbild, ihren Mitgliedern wurde die Blutgruppe in den linken Oberarm eintätowiert. Was einerseits einer eher nüchternen Überlegung entsprang, nämlich bei Verwundungen sogleich die Blutgruppe zu erfahren, war in seiner tieferen Bedeutung Ausdruck einer Blutsbrüderschaft, einer Ideologie, die ständig und immer wieder mit dem Blut argumentierte, dem Stammbaum, der Zucht. Und sie war die reziproke Handlung zu der, die den Häftlingen in dem KZ eine Nummer auf den Unterarm tätowierte, zur Kenntlichmachung der aus der menschlichen Gemeinschaft Ausgestoßenen. Opfer und Täter waren gleichermaßen durch Nummern gezeichnet.

Uwe Timm,
Am Beispiel meines Bruders

Don de Grazia

American Skin

Als ich später am Tage in die Zelle zurückkehrte, kippelte Tim auf den hinteren Beinen seines Stuhls und las. Ich setzte mich auf das untere Bett und schilderte ihm leise flüsternd und voller Erleichterung, wie ich mich geschlagen hatte. Er hörte mir unbewegt zu und wandte seinen Blick nicht ein einziges Mal von dem Magazin *Kung Fu Dragon,* das auf seinem Schoß lag. Ab und zu nickte er beifällig. Er hatte sich verändert. Er war inzwischen ziemlich bullig geworden, nicht mehr so sehnig. Außerdem sah er hart aus. Als ich ihm so ziemlich alle Einzelheiten mitgeteilt hatte, sah ich das Spiegelbild meines Gesichts in der zerkratzten metallenen Seitenwand seines Spinds. Die weichen und rundlichen Züge, die ich immer hatte loswerden wollen, waren inzwischen ebenfalls verschwunden.

Tim deutete mit dem zusammengerollten Magazin auf mich und flüsterte heiser: »*Du mußt aufhören, so zu tun, als würdest du nur so tun, und du mußt glauben, daß du glaubst.* Beides geht nicht. Du kannst niemandem was vormachen ... nicht hier drinnen.« Unwillkürlich prustete ich los. »Glauben, daß ich ein *Nazi* bin?«

Das Magazin kam mir mit flatternden Seiten entgegengeflogen. Tims Gesicht war rot vor Zorn, als er aufstand und mich anfuhr.

»Wenn du wie eine *Scheißschwuchtel* reden willst, können wir dich in der Bruderschaft nicht brauchen! Dann kannst du zu den Niggern zwei Ebenen tiefer ziehen. *Die* werden sich bestens um dich kümmern.«

Echter Haß schwang in seiner Stimme mit, und gleichzeitig war da etwas Künstliches an seinem Tonfall, wie bei dem Wärter, der mich hergebracht hatte. War es wirklich Tim, der da vor mir saß? Die letzten beiden Stunden waren wie ein Getorkel durch ein Spiegelkabinett gewesen.

»Hör auf, dich selbst zu bescheißen, Alex. Frank hätte dir niemals geglaubt, wenn du nicht *selbst* jedes deiner Worte geglaubt hättest. Willst du dasitzen und mir tatsächlich weismachen, daß du es nicht wirklich *gefühlt* hast?«

»Yeah«, flüsterte ich, »yeah, ich *habs* gefühlt. Ich hab mich selbst belogen, bis ichs gefühlt hab. Das nennt man schauspielern.«

»Nein, du dämliches Arschloch – jetzt in *diesem* Moment belügst du dich selbst.«

Er sah mir minutenlang mit seinen graublauen Augen ins Gesicht, ließ dann den Blick auf meinen Brustkorb sinken, schüttelte den Kopf und atmete tief durch.

»Du hast großes Glück, Mann«, sagte er, nicht mehr ganz so giftig. »Ich bin erst seit zwei Tagen wieder in meiner Zelle. Ich war nämlich vier Wochen im Loch. Und du solltest ursprünglich auch erst in ein paar Tagen kommen.«

Endlich ergab sich die Möglichkeit, ein paar Antworten zu erhalten.

»Was ist in Vandalia passiert?«

»Die Nigger herrschen in Vandalia«, sagte er. »Ich hab 'n Nigger von solcher Scheißgang plattgemacht, und deswegen bin ich hier.«

»Einen Wärter?«

»Pff ... ›Wärter‹. Der Niggertyp war 'n gottverdammter Bandenführer. Ich und einer von seinen Homeboys sind aufeinander los, und er prügelt mit seinem Knüppel auf mich ein, sprüht mit Gas ... den Arm hab ich ihm gebrochen, und die nannten es versuchten Mord. Hat mir acht zusätzliche Jahre eingebracht. Und hier, hier sind letzten Monat zwei Dachpappen mit dem Messer auf mich losgegangen, und einer von denen rennt jetzt ohne linkes Auge rum. Deswegen erwartet mich noch eine Anklage! Ich komm hier nie mehr raus.« Er lachte. »Ich werd alt in diesem Laden. Scheiß, ich werd noch wie der Vogelmann von Alcatraz enden. Werd die Spatzen abrichten, daß sie auf die Nigger scheißen ... Mistdreck. Aber mit der Bruderschaft geht es mir in diesem Höllenloch hier besser als allein in Vandalia. Da hätte ich mich demnächst aufgehängt. Ist mein Ernst ... ich wußte doch, daß sie mich früher oder später eh umlegen würden – oder in den Arsch ficken.«

»Ich mein ... woher wußtest du denn, was mit *mir* los war und so?«

Er sah mich höchst argwöhnisch an, als wollte ich ihn reinlegen.

»Ich habs dir doch gesagt, mit Marie«, sagte er schließlich. »Ich habs dir doch gesagt – sie schreibt mir Briefe. Normalerweise mach ich sie gar nicht erst auf. Aber wie ich schon sagte, du bist ein Glückspilz.«

»Als ich im County war, hab ich nicht ein einziges Mal was von ihr gehört«, entgegnete ich erstaunt. Ich hielt inne, um nachzudenken, und wollte gerade weiterreden, als Tim warnend einen Finger auf mich richtete und den Kopf schüttelte.

»Entschmieri, ich sags dir nur *einmal:* Erwähn diese miese Fotze nie mehr wieder. Nie mehr. Okay?«

Er sprach leise, und seine Stimme ging fast in dem Klirren und dem Geschrei und dem Gelächter im C-Block unter. Er sah auf. Zwei Männer standen in der Türöffnung.

Es waren der pockennarbige Mann vom Hof und ein jüngerer Typ mit orangefarbenen Haaren und entsprechenden Wimpern, der fragte:

»Bruder Verdi?«

»Das da ist dein Junge, Peachy.« Pockengesicht grinste und zeigte auf mich. Er schwankte ein wenig. Als sei er betrunken. Der Typ mit den orangefarbenen Haaren hatte einen Lederbeutel von der Größe einer Handtasche dabei, und Pockengesicht hielt ein klitschnasses verwaschenes blaues Frotteetuch in der Hand.

»Werd 'n bißchen Tinte in dich stechen, Junge«, sagte Pockengesicht genüßlich. Dann durchquerte er die Zelle und setzte sich neben mich aufs Bett.

»›Junge‹?« fragte Tim zornig, und sein Gesicht war wieder rot und kantig wie ein Ziegelstein.

»Oh, ich weiß ja, daß er dein Junge ist«, sagte Pockengesicht und legte einen Arm um meine Schultern.

Tim funkelte mich an. Er wartete auf meine Reaktion.

»Nimm deinen Scheiß ...«, sagte ich, wehrte mit einem Achselzucken seinen Arm ab und sah ihn an. »Was hast du verdammt noch mal gesagt?«

»Oho, ah, hahaha! Komm schon, Bruder. Scheiße, Peachy – stich 'n paar Löcher hier in unseren Bruder Verdi, bevor er noch explodiert. Komm jetzt ... Bruder.«

Peachy kniete sich vor mich und öffnete seinen Lederbeutel. Darin befanden sich diverse spitze Werkzeuge und eine schwarze Filmdose aus Plastik. Dunkelblaue Tinte sickerte unter dem Deckel hervor.

»Bruder Southard«, sagte Tim, der sich vor uns aufgepflanzt hatte, »du wirst von jetzt an verdammt noch mal Bruder Verdi mit Bruder Verdi ansprechen, oder es wird eine Abreibung fällig.« Wenn die Bruderschaft für ein Mitglied, das sich etwas zuschulden hatte kommen lassen, eine Abreibung anordnete, tauchten drei oder vier Brüder in dessen Zelle auf und vermöbelten den Bruder, der still zu stehen hatte und sich nicht wehren durfte.

»Ach, zum Teufel …«, sagte Southard. »Komm her, Bruder Verdi, zieh dein Hemd aus.«

Ich sah zu Tim hinüber, der mir zunickte.

»Hast du mich verstanden, Bruder Southard?« fragte Tim, als ich mein Hemd aufknöpfte. »Hast du kapiert, was ich gesagt hab? Ich werds nämlich nicht noch einmal sagen.«

»Yeah, alles klar, Bruder Penn. Scheiße, entspann dich doch. Gottverdammt, Bruder Verdi, nimm erst mal einen Drink.«

Er hielt mir das Handtuch an den Mund. Ich sah wieder zu Tim, der die Stirn runzelte und nickte. Ich öffnete den Mund, und Southard wrang einen Schluck gräßlich schmekkenden Alkohols direkt auf meine Zunge. Ich schluckte und verzog das Gesicht, als sich das Gesöff den Weg hinunter bis in meinen Magen brannte.

»Ist aus Kartoffelschalen gemacht«, feixte Southard und quetschte sich ebenfalls einen Schluck in den Mund. Dann rieb er das Handtuch über das verblaßte Anarchie-Zeichen auf meiner rechten Schulter.

»Wassn das für 'n Scheiß? Das muß weg, Bruder Verdi«, sagte Southard und hängte mir den nassen Stoff um den Hals.

»Moment«, sagte ich, weil ich plötzlich begriff, was sie vorhatten. »Nee, was zum Teufel? Ich will keine Tätowierungen, Mann. Ganz bestimmt nicht mit dem Scheißwerkzeug, das ihr da habt.«

»Entspann dich«, sagte Tim.

»Ich will kein verdammtes Aids, Mann«, sagte ich, um sie aufzuhalten. Peachy holte ein kleines Bic-Feuerzeug hervor und machte sich daran, die geschwärzten Spitzen mehrerer Nadeln zu versengen.

Southard lachte in sich hinein.

»Dadurch wird verhindert, daß du Aids kriegst, Jun… Bruder Verdi.«

Es gab keinen Ausweg. Peachy holte einen schwarzen Marker aus dem Beutel und zeichnete ein dickes Hakenkreuz über meine alte Tätowierung. Dann tauchte er seine Nadel in die Tinte und pikste mir ein Loch in die Haut. Tauchte und pikste. Tauchte und pikste. Hunderte von Malen. Es brannte ganz schrecklich, und Blut floß auch.

Mittendrin schlug Timmy plötzlich Pockengesicht auf den Rücken, als habe er sich entschieden, ihm zu verzeihen.

»Komm, Bruder, sing uns was von Hank.«

Pockengesicht beugte sich trunken vor und rieb eins von Peachys Werkzeugen über die eiserne Abdeckung eines Luftschachts in der Wand. Hin und her in einem stetigen Rhythmus. Dann fing er zu singen an:

I can set-tle down
and be do-in' just fine
till I heeeeaar an old freight
rollin' dowwwwn the line

Ich kann mich irgendwo niederlassen
und alles ist klar
bis ich den Güterzug hör
der über die Gleise rollt

Er hatte eine gute, tiefe und bebende Stimme, und er war mit großem Ernst bei der Sache. Er war so absurd gut und mit Ernst dabei, daß es mich von meinen Gedanken nach einem Ausweg ablenkte. Sein Song übertönte den Gefängnislärm, und ich bekam Gänsehaut. Peachy tauchte immer weiter ein und pikste immer wieder aufs neue.

Then I hur-ry straight
home and pack
and if I diiiidn't go
I b'lieve I'd blooow my stack

Dann mach ich mich sofort
nach Hause auf und packe
und wenn ich nicht losziehn würde
würde ich bestimmt durchdrehen

Ich sah zu Tim, und der bedachte mich mit seinem ganz speziellen Blick. Das sarkastische Grinsen, die aufmüpfige Bewegung mit dem Kinn und das Funkeln in den Augen, das zu sagen schien: »Nun hör dir den Kerl an.« Aber dieser Spott verbrämte auch Bewunderung. Es war ein Blick indirekten Respekts, den er sich für jene Verlierer aufhob, die es schafften, mit einer gewissen lächerlichen Würde durchs Leben zu gehen. Und zwar nicht aus Unerschrockenheit, sondern aus Naivität. Es war genau der Blick, mit dem er die anderen Skinheads bedachte, als sie Alex Verdi, den Entschmierer, an jenem Abend damals zum ersten Mal sahen.

I love you bay-bee
but you gotta un-der-stand
when the Loooord made me
he made a raaaamblin' man

Ich lieb dich, Baby
doch du mußt verstehen
als der Herr mich schuf
schuf er einen Mann, der stets auf Achse muß

Ich quetschte mir noch etwas von dem Kartoffelschnaps in den Mund und warf dann einen kurzen Blick auf das Spiegelbild meiner Schulter im Metallspind. Obwohl er immer noch am ersten Balken des Hakenkreuzes arbeitete, hatte Peachy mein altes Anarchie-Zeichen schon fast ganz überdeckt. Ich sah eine Weile zu, wie die dunkle Mischung aus Tinte und Blut über das Spiegelbild meines Arms rann. Dann schloß ich die Augen und entspannte mich.

Als ich 1948 als Aufseher anfing, sah ich Gefangene beim Waschen, und ich war erschüttert, als ich ihre Tätowierungen sah. Ich musste sie abzeichnen. Sie waren wunderschön. Ich war ein junger Mann und zeichnete selber, aber ich hatte nie vorher etwas Ähnliches gesehen. Ich brachte einige Tätowierungen meinem Vater, und er sagte: Dancik, das ist interessant, sammle das, es wird eines Tages verschwinden.

Dancik Baldajew im Interview
mit Eugen Sorg

Egon Erwin Kisch

Das tätowierte Porträt

Am Abend, wenn die Luft rein, das heißt, wenn ein Auftauchen des Inspektionsoffiziers nicht mehr zu befürchten war, konnte ich meine Einzelzelle verlassen, wenn auch nicht das Arrestgebäude. Mein Weg endete in der Wachstube, wo sich die Häftlinge aus den Zellen zusammenfanden, um nach einem zwischen Mauer, Holz und Eisen verbrachten Tag Menschen zu sehen und zu hören, zu erzählen und Karten zu spielen.

Mit dem Lithographen der Regimentskanzlei, einem Gefreiten, der als Arrestant eingeliefert wurde, kam ein neuer Ton in die Bude. Er schimpfte auf das »alte Rüsselschwein«, das »wegen so einer Lappalie« die Strafanzeige erstattet habe.

Unter »so einer Lappalie« verstand der neue Arrestant die Tatsache, daß er in dem von ihm lithographierten Regimentskommandobefehl eigenmächtig einen Korporal zum Feldwebel gemacht hatte. »Dabei wäre mein Freund, den ich da ernannt habe«, sagte er, »ein zehnmal besserer Feldwebel als alle, die der Oberst ernennt, dieses alte Rüsselschwein.«

Der Lithograph tobte nicht nur über die Ungerechtigkeit, sondern auch über den Undank des Obersten: »Dabei habe ich diesem Rüsselschwein so viel Gefälligkeiten erwiesen.«

»*Du* hast dem Obersten Gefälligkeiten erwiesen?«

»Seine Wohnung hab ich ausgemalt, Tischkarten gezeichnet und seiner Frau die Photographie ihres Vaters vergrößert. Die hängt jetzt gerahmt im Schlafzimmer, und ich sitze hier im Arrest – eine schöne Pietät! Wenn ich aber wieder in Zivil bin, werde ich ihm das schon einsalzen, diesem Rüsselschwein.«

Die Arrestanten freuten sich über diese Ausbrüche, denn es war ein Vorgesetzter, der da beschimpft oder bedroht wurde. Ich hatte ihn einmal bei unserer Vereidigung gesehen. Ein anderes Mal war er, als ich im Kasernentor Wache schob, mit einem verächtlichen Blick vorbeigeschritten, ohne mir und meinem präsentierten Gewehr zu danken. War ich doch nur ein Einjährig-Freiwilliger, und ein solcher stand für die Berufsoffiziere auf der niedrigsten Stufe der Zoologie.

Wie wir in der ersten Instruktionsstunde gelernt, hatte unser Oberst von der Pike auf gedient. Unter Feldmarschall Radetzky hatte der damals achtzehnjährige Korporal Ferdinand Knopp in der krainischen Stadt Unterhausen mit seiner Korporalschaft eine italienische Kavallerie-Patrouille zusammengeschossen. Dafür war ihm die Kaiser-Ferdinand-Medaille verliehen worden, zwar nicht die höchste, aber bei weitem die größte Auszeichnung. Wegen dieser Größe – etwa der eines Topfdeckels – wurde sie später nicht mehr verliehen. Als Ferdinand Knopp den Adel und den Namen jenes Schlachtenorts als Prädikat bekam, lag die Heldentat fast vierzig Jahre zurück, und er war bereits Oberst. Ein Oberst Knopp von Unterhausen kann von seinen Soldaten gar nicht anders genannt werden als der »oberste Knopf von Unterhosen«.

Er war grotesk genug. Schmückte ihn schon als einzigen der außer Kurs gesetzte Orden, die Kochtopfdeckelmedaille, so war auch die ganze Uniform anachronistisch. Die niedrige

Kappe trug er nach der Adjustierungsvorschrift von anno Radetzky, dergestalt, daß sie einerseits die Augenbrauen verdeckte und andererseits unmittelbar an der Schädeldecke aufhörte. Unter dieser Kappe sah der Kopf wie skalpiert aus. Dazu kam, daß der Oberst überwältigend dick und vollkommen halslos war. Auf Treppenstufen stieg sein Kinn bis zur Brust hinab, und die Brust setzte sich ohne Übergang bis zum Bauch fort, dessen Umfang kein oberster Knopf von Unterhosen auch nur um einen Millimeter zu vermindern vermochte. Am auffallendsten aber war seine Nase, eigentlich nicht die Nase selbst, denn diese sah man nicht unter der faustgroßen schwabbelnden Wucherung, hinter der sie in Deckung lag. Sie bestand aus lauter rötlichvioletten Beeren, und so war der Ausdruck Rüsselschwein, den unser neuer Mithäftling immerfort durch die Zähne zischte, keineswegs präzis.

Dieser unser neuer Mithäftling wurde nicht müde, auf das Rüsselschwein zu schimpfen, während er Karten spielte oder die Kunst des Tätowierens ausübte. In dieser Kunst war er bemerkenswert. Mit schnellem Bleistift warf er zuerst Zeichnungen aufs Papier, einen Adler, ein Paar gekreuzter Hanteln, eine Jungfrau mit realistischen Details, eine sich ringelnde und züngelnde Schlange, Inschriften, Embleme und hinweisende Pfeile zu einem oder dem anderen Körperteil. Das von der Kundschaft ausgewählte Muster stach er mit einer Schusterahle in die Haut, als Farbe benützte er die kaum noch flüssige Tinte aus der Wachstube. Das Blut, das aus den Stichwunden spritzte, die Tinte, soweit sie nicht in diese Wunden sickerte, und den Schweiß, der aus den Poren drang, wischte er in kurzen Intervallen mit einem unbeschreiblichen Schmutzlappen ab.

Wir Häftlinge umstanden den Meister und seine lebendigen Staffeleien und machten Bemerkungen zu jeder Linie, die vor unseren Augen entstand. Er war ein Graphiker von hohen Graden. Mich allerdings ekelte der von Schmutz, Blut und Tinte starrende Lappen. Ob ich mich schüttelte, weiß ich nicht, aber einer aus der Zuschauerschar rief: »Schaut den Einjährigen an, wie der zittert!« Ob ich blaß war, weiß ich nicht, aber ein anderer aus der Zuschauerschar fügte hinzu: »Wie blaß der ist, der Einjährige.«

Alle wandten sich von dem entstehenden Kunstwerk ab und mir zu, höhnisch, mitleidig, überlegen: Ich mußte etwas tun zur Rettung meiner Ehre, der Ehre des Einjährigenstandes und der Ehre aller Intellektuellen überhaupt. »Blödsinn«, sagte ich, »ich zittere gar nicht und bin auch nicht blaß. Ich laß mich gleich selber tätowieren.«

Teils Beifall, teils Zweifel. »Große Schnauze. Werden sehen, ob er Mut dazu hat.«

Ein Soldat, der sich gerade tätowieren ließ, rief selbstbewußt herüber: »Bis zum Schluß hält's der gewiß nicht aus. Es tut verdammt weh.«

»Dafür hast du's für ewig«, sagte ein anderer.

»Wollen Sie sich wirklich tätowieren lassen?« fragte mich der Lithograph.

»Natürlich – ich hab's doch schon gesagt«, mußte ich antworten.

»Gut.«

Er schlug mir vor, einen ziselierten Ring auf meinen linken Mittelfinger oder ein Uhrenarmband auf mein Handgelenk zu tätowieren. Ich wollte aber nichts so allgemein Sichtbares. »Gut, ich setz Ihnen was auf die Brust«, sagte er, »... oder, noch besser: auf den Rücken.« Bei diesem Nachsatz schien ein infernalischer Einfall in seinem Blick aufzuleuchten. Weil aber auf dem Rücken wirklich kein Unbefugter die Tätowierung sehen kann, erklärte ich mich einverstanden. Wir einigten uns auf ein harmloses Stilleben.

Und er begann seine Arbeit an mir. Nicht oben bei Schulter und Schlüsselbein fing er an, sondern tiefer, was mich wunderte.

»Damit man es auch dann nicht sieht, wenn Sie Schwimmhosen anhaben.«

»Für einen Grund ist es ein Grund«, sagte ich und gab mich zufrieden.

Es schmerzte. Es schmerzte jeder Stich. Ich biß die Zähne zusammen und wiederholte mir: dafür hast du's für ewig. Schlimmer als die Stiche war es, wenn der schmutztriefende Lappen meine Wunden rieb. Jedoch auch meinen Ekel ließ ich mir nicht anmerken, denn das ganze Korps der Arrestanten umstand uns.

»Lassen Sie die Hosen etwas hinunter«, sagte der Meister.

»Warum?«

»Ich habe die Früchte gezeichnet, und jetzt kommt die Schüssel, in der sie liegen.«

Die Zuschauer lachten. Ich verstand nicht, was an einem Stilleben so lächerlich sein konnte.

»Ach, der Apfel ist so gut gelungen, direkt zum Hineinbeißen«, und von neuem lachte der ganze Chor.

»Noch etwas tiefer die Hosen«, verfügte der Meister.

»Warum?«

»Weil die Weintrauben über den Rand der Fruchtschüssel hängen.«

»*So* tief?«

»Ich hab nämlich die Schüssel zu breit angelegt. Deshalb

muß ich mehr Obst nehmen und die Trauben überhängen lassen.«

Ich schob die Hose bis zu den Knien hinab, spürte, wie kalte Nadel und warmer Wischer arbeiteten, und hörte, wie bald der, bald jener aus der Zuschauerschaft losprustete und schließlich alle grölten.

Endlich war's zu Ende, ich zog das Hemd an, blieb noch eine Anstandspause lang in der Wachstube und ging dann in meine Einzelzelle hinauf. An Schlaf war nicht zu denken, es schmerzte bestialisch, ich konnte weder liegen noch sitzen. Meine Achseldrüsen schwollen an, ich fieberte. Dafür hast du's für ewig, versuchte ich mich zu trösten.

Am Morgen mußte ich mich zur Marodenvisite melden. Im Sanitätszimmer der Kaserne versah Oberarzt Doktor Böhm den Dienst, ein alter Bummelkumpan. Er erzählte mir, heute nacht hätten sich die Mädchen aus dem Café Mikado erkundigt, wann ich denn wiederkäme. Dann fragte er mich, was mir fehle.

»Recht geschieht dir!« lachte er, als er es erfuhr. »Jetzt wirst du mindestens eine Woche lang verfluchte Schmerzen haben. Und wenn du Alkohol trinkst, noch verfluchtere. Na, zeig mal her.« Ich zeigte her.

»Sie Schweinehund!« donnerte Oberarzt Böhm aus heiterem Himmel. »Sie Schweinehund!«, wobei das Wort »Schweinehund« bei weitem nicht so schlimm war wie das Wörtchen »Sie«, weil es dienstlich war.

»Feldwebel!« rief er ins Nebenzimmer. »Schreiben Sie eine Strafanzeige gegen den Einjährig-Freiwilligen Kisch.«

Betroffen, verständnislos wagte ich einzuwenden, eben habe doch Herr Oberarzt darüber gelacht, weil ich tätowiert wurde.

»Halten Sie mich für einen Trottel? Haben Sie geglaubt, ich werde nicht erkennen, was die Tätowierung vorstellt? Soll ich vielleicht Ihretwegen meine militärische Laufbahn ruinieren, mich zu Ihrem Mitschuldigen machen an einem Verbrechen im Sinne des Militärstrafgesetzes?!«

Vergeblich beteuerte ich, daß ich keine Ahnung habe, was hinter meinem Rücken geschehen sei, Oberarzt Doktor Böhm diktierte die Strafanzeige, und so erfuhr ich, wessen ich beschuldigt wurde.

Der Lithograph, dieser Schurke! Jetzt verstand ich, welche Idee ihn durchzuckt hatte, als er vorschlug, mir die Tätowierung auf den Rücken zu setzen – dort wollte er seine Rache ungestört befriedigen. Seine Rache an unserem Obersten. Statt des vereinbarten Stillebens hatte er mir hinterlistig und hinterrücks die bösartigste Karikatur, nämlich das Porträt des Obersten eingestochen: den durch die Kappe abgeschnittenen Schädel, den halslosen dicken Körper mit der Kochtopfdeckelmedaille und die wabbelnde, aus rotvioletten Beeren bestehende Nase.

Das alles wäre noch kein Verbrechen im Sinne des Militärstrafgesetzes gewesen. Das Verbrechen im Sinne des Militärstrafgesetzes bestand darin, daß das Porträt verkehrt gemalt war. Der Kopf war auf den Kopf gestellt, und aus dem Mund hing übertrieben lang die Zunge heraus über Hügel und Tal, wo sie im Dunkel verschwand. Diese Zunge also war die »überhängende Weintraube« gewesen, um derentwillen ich meine Hose hinunterlassen gemußt. Deshalb hatten die Kunstbetrachter so dröhnend gelacht, deshalb hatte sich Oberarzt Doktor Böhm vor Mitschuld an einem Verbrechen im Sinne des Militärstrafgesetzes gefürchtet und Anzeige gegen mich erstattet. Subordinationsverletzung,

Verhöhnung eines hohen Vorgesetzten, des Regimentskommandeurs, wenn nicht gar Meuterei.

Schon am Nachmittag wurde ich ins Justizzimmer der Kaserne geführt. Die Kommission zur Feststellung des Sachverhalts bestand aus drei Offizieren. Der eine, Leutnant meiner Kompanie, war ein junger und sympathischer Mensch, leider aber auch aufrichtig und naiv. Kaum hatte er einen Blick auf meine Tätowierung geworfen, rief er aus, sie stelle unverkennbar den Herrn Obersten dar, unverkennbar. Sogar das Bild Kaiser Ferdinands auf der Kriegsmedaille sei absolut ähnlich. Nachdem er solcherart sein Gutachten wahrheitsgetreu abgegeben hatte, trat er befriedigt beiseite.

Nun besichtigte mich das nächste Kommissionsmitglied, der Jurist, ein Hauptmannauditor. Das war ein schlauer Mann, denn er hütete sich, in einer abstoßenden Karikatur eine Ähnlichkeit mit seinem Vorgesetzten zu erkennen. »Überhaupt keine Ähnlichkeit«, sagte er, »es wäre eine Beleidigung des Herrn Obersten, so etwas zu behaupten.«

Der Leutnant, der eben so etwas behauptet hatte, wurde leichenblaß.

»Und in diesem albernen Gesicht auf der Medaille das weise Antlitz Sr. Majestät weiland Kaiser Ferdinands erkennen zu wollen, ist geradezu ein Crimen lasae majestatis.«

Angstschlotternd hörte solches der arme Leutnant. Er merkte nicht die Ironie, mit der der Auditor vom weisen Antlitz Kaiser Ferdinands sprach; Kaiser Ferdinand war notorisch schwachsinnig gewesen und hatte demgemäß genauso ausgesehen wie auf dem tätowierten Abbild der Medaille.

Der Major, welcher als dritter zur Abgabe des Gutachtens schritt, war von Natur aus vielleicht nicht sehr schlau. So schlau aber war er doch, um zu begreifen, warum der Auditor die Ähnlichkeit zwischen Original und Konterfei bestritten hatte. Bevor er noch seinen Kneifer aufsetzte, stellte er bereits fest: »Keine Spur von Ähnlichkeit. Es ist eine Frechheit, eine Insubordination, hier von Ähnlichkeit zu sprechen.«

Der Leutnant stand an der Wand wie vor einem Hinrichtungspeloton.

»Diese Fresse da«, rief der Major aus, »diese scheußliche Fresse mit unserem Herrn Obersten zu vergleichen! Unerhört! Unser Herr Oberst ist doch ein stattlicher Mann, ein schöner Mensch.« Und weil dem Sprecher diese Lüge selbst etwas zu dick aufgetragen schien, spiegelte er vor, seine Erkenntnis aus der näheren, aus der nächsten Betrachtung zu schöpfen. Er beugte sich so tief gegen die Tätowierung vor, daß ich seinen Atem spürte. »Unser Herr Oberst ...«, begann er wieder.

Da öffnete sich die Tür sperrangelweit, und in ihr erschien kein Geringerer als das Modell des eben diskutierten Stichs. Breit und mächtig trat Oberst Knopp von Unterhausen ein. Seine Augen blitzten durch den Mützenschild hindurch. Alles sprang in Positur, jedoch der Oberst nahm sich kaum Zeit, zu danken. »Wo ist der Kerl mit der Tätowierung?« fragte er.

»Herr Oberst«, sagte der Major, »darf ich gehorsamst bemerken, daß überhaupt keine Ähnlichkeit besteht. Nur böser Wille oder Dummheit ...«

Der Oberst winkte ihm ab. »Wo dieser Kerl ist, will ich wissen.«

Dieser Kerl stand marmorn da, männliches Gegenstück zur Venus von Milo. Aber statt des Kleides, das sie hochzuraffen versucht, versuchte er das mit den herabgelassenen Hosen.

»Kehrt euch«, kommandierte der Oberst, und in dem Augenblick, da meine Wendung vollzogen war, brauste es wie Donnerhall, wie Schwertgeklirr und Wogenprall durch den Kasernenbereich: »Das bin ich! Auf Ehrenwort, das bin ich! So eine Schweinerei!«

Lange Pause. Nur das Schnaufen eines verwundeten Tigers war zu hören, ein Fauchen von Wut und Schmerz. Dann legte er los gegen den ungeheuerlichen Vorwurf der Zeichnung.

»Ich habe unter Sr. Exzellenz Feldmarschall Graf von Radetzky gedient«, begann er mit Stolz und Pathos, um im gleichen Satz mit Stolz und Pathos hinzuzufügen, daß er an Sr. Exzellenz Feldmarschall Graf von Radetzky niemals das ausgeübt, wessen ihn die Zeichnung zeihe.

»Ich habe unter Sr. Exzellenz dem Generalstabschef Freiherr von Benedek gedient«, fuhr der Oberst fort und versicherte, er habe diesen auch nicht ... So ließ er seine Vorgesetzten Revue passieren, streng nach dem Rang einen nach dem andern, bis er zur Konklusion kam: »Und ich werde auch einen Einjäh...«

Mitten im Wort stockte er. Der Gedanke, sich mit einem Einjährig-Freiwilligen irgendwie in Zusammenhang zu bringen, war für ihn so ekelerregend, daß seine Stimme sich wehrte. Aber er begann von neuem: »Und ich werde auch einen Einjährig-Freiwilligen nicht am A...«

Damit war das Wort zu Ende, der Satz und die Lebenskraft des Obersten. Er fiel um und japste nur: »A... A...«

Alle stürzten auf ihn zu, alle riefen nach dem Regimentsarzt, nach Ordonnanzen, die einen Arzt suchen sollten, Eis aus der Offiziersmesse holen und ein Kissen.

Ich wollte auch etwas holen, aber der Hauptmannauditor, der noch vor wenigen Minuten ein für mich günstiges Gutachten abgegeben hatte und nun von seinen Bemühungen um den vom Herzschlag getroffenen Obersten ausgefüllt schien, ließ mich nicht aus den Augen. Scharf befahl er: »Sie bleiben hier!«

Jetzt sah nämlich mein Fall ganz anders aus. Der Oberst hatte entschieden, daß die Karikatur ihn vorstelle, und nach einem Blick auf den röchelnd Daliegenden konnte kein Zweifel bestehen, daß zu den Verbrechen, deren ich beschuldigt war, alsbald der Vermerk hinzukommen werde: »Mit tödlichem Ausgang.«

In das Sanitätsgebäude am Westflügel der Kaserne wurde der sterbende Oberst transportiert, in das Arrestgebäude am Ostflügel der Einjährig-Freiwillige, dem sein todbringender Zorn gegolten. Der Oberst entschlief am selben Abend, versehen mit den Tröstungen des Regimentsgeistlichen; der Einjährig-Freiwillige, der jeder Tröstung ermangelte, konnte nicht entschlafen. Zum Takt der Worte »mit tödlichem Ausgang« ging ich in meiner Zelle auf und ab.

Nach dem Tätowierer, dem Lithographen, hatte die Justizabteilung bereits gesucht, aber er war schon am Morgen zu einer höheren Instanz eskortiert worden. Sein Delikt war Urkundenfälschung, nicht etwa, weil die Tätowierung den Obersten fälschlich einer erniedrigenden Tätigkeit bezichtigte, sondern wegen der eigenmächtig vorgenommenen Ernennung eines Korporals zum Feldwebel.

Des Lithographen Nachfolger trat das Amt mit der Vervielfältigung einer Einladungskarte an: »Wer von den Herren Offizieren das tiefe Herzensbedürfnis fühlt, unseres teuren Verblichenen im engen Kameradschaftskreise zu gedenken, wird hiermit zu der übermorgen (Dienstag) um sechs Uhr nachmittags in der Offiziersmesse stattfindenden Gedenkfeier für Herrn Oberst Knopp von Unterhausen höflichst eingeladen.« Für jene aber, die allenfalls das tiefe Herzensbedürfnis nicht fühlen sollten, trug die höfliche Einladung den Vermerk: »Ausreden werden nicht entgegengenommen!«

Der Einjährig-Freiwillige Kysela, der im Zivilberuf Maler war, bekam den Auftrag, für diese Feier den dahingeschiedenen Obersten in Lebensgröße zu porträtieren.

»Ich habe den Herrn Oberst nie gesehen«, sagte Kysela. »Bei unserer Eidesleistung stand ich ganz hinten in der sechzehnten Kompanie, im zweiten Glied. Ich habe keine Ahnung, wie er ausgesehen hat.«

Er verlangte eine Photographie, aber es gab keine. Wer ein Rhinophym im Gesicht trägt, läßt sich nicht gerne photographieren.

Dem Regimentsadjutanten blieb nichts übrig, als Kysela auf meine Tätowierung hinzuweisen. Ich wurde ins Wachzimmer gerufen, dorthin, wo die Skizze zu dem künftigen Porträt vorgestern abend entstanden war.

»O weh«, rief Kysela mit gespieltem Entsetzen aus, als er die Tätowierung sah, »die Graphik ist ja verkehrt gehängt. Wie soll ich sie da abzeichnen?«

Der Adjutant befahl mir, mich bäuchlings auf den Tisch zu legen, aber Kysela sagte, das sei nichts. Höchstens, wenn ich Handstand machen würde, wäre es möglich, die Skizze zu kopieren. Aber eine Stunde lang kann niemand auf den Händen stehen.

»Ließe sich nicht durch Spiegelreflex das Bild in die gewünschte Lage bringen?« fragte der Adjutant.

Davon verstehe er nichts, antwortete Kysela, nur in seinem Atelier könnte er eine Kopie in Farben machen.

So mußte man mir trotz des Verdachts, ein militärstrafrechtliches Verbrechen mit tödlichem Ausgang begangen zu haben, der Mörder des Regimentskommandeurs oder zumindest der Schuldtragende an seinem Tode zu sein, so mußte man mir, sage ich, das Verlassen der Kerkerzelle, ja des Kasernenbereichs gestatten. Ich bekam einen Urlaubsschein für vierundzwanzig Stunden!

Das waren vierundzwanzig Stunden! Normalerweise durfte sich kein Soldat nach dem Zapfenstreich auf der Straße oder in einem Lokal sehen lassen, es sei denn, daß er »Überzeit« hatte, Ausgangserlaubnis bis zu einer bestimmten Stunde. Kysela aber und ich waren unbeschränkt. Der Warnung zum Trotz, daß Alkohol den Tätowierungsschmerz verschlimmere, trank ich in mich hinein, was das Zeug hielt. Zum Kranksein würde ich im Arrest genug Zeit und Muße haben.

Als wir am Morgen dem Hause zutorkelten, in dem Kysela sein Atelier hatte, erschraken wir. Vor dem Haustor standen zwei Soldaten. Verhaftung? Bewachung? Keines von beiden. Der Regimentsadjutant hatte gestern die Uniform des verstorbenen Obersten geschickt, damit der Maler sie für das Gemälde verwerte, und die beiden Soldaten sollten sie persönlich übergeben. Da Kysela nicht zu Hause war, hatten sie die ganze Nacht gewartet.

Auf diese Weise wurde Kysela daran erinnert, daß er noch heute ein lebensgroßes Porträt zu malen habe. Die Uniform war wenigstens etwas; Kysela konnte sie abmalen. Für das Porträt des Waffenrocks verbrauchte er drei Tuben Preußischblau. Mindestens eine Tube mehr wäre erforderlich gewesen, hätte Kysela nicht den großen Kreis für die Medaille ausgespart, in den er Messingfarbe auftrug. Solchermaßen füllte der Rumpf bereits drei Viertel der Leinwand aus. Vorteilhaft war auch die Kappe, denn sie verdeckte fast das ganze Gesicht, das der Maler nicht kannte.

Für das Gesicht hatte Kysela nur meine Tätowierung als Vorbild. Aber so frech er sonst war, er wagte es nicht, ihre krasse Realität in Öl und Lebensgröße zu übertragen. Nur ganz leicht deutete Kysela das Rotviolett der Nase an, und so war das Gemälde auf seiner Leinwand bei weitem nicht so lebenswahr wie die Graphik auf meiner Haut.

Noch frisch und feucht wurde das Bild in die Kaserne gebracht, und damit war der Urlaub zu Ende. Ich kehrte in meine Zelle zurück, meldete mich mit hohem Fieber krank und bekam Diät vorgeschrieben.

In Gold gerahmt und im Offizierskasino aufgehängt, fand das Ölgemälde bei der Trauerfeier gebührend Bewunderung. Die Witwe des Obersten ließ den Künstler rufen.

»Das Bild ist ausgezeichnet. Sie haben meinen Mann sicherlich sehr gut gekannt«, sagte sie huldvoll zu ihm.

Kysela entgegnete, er habe den Herrn Oberst nie gesehen.

»Nie gesehen? Wie konnten Sie ihn dann so ähnlich malen? Es gibt ja kein Photo von ihm.«

Kysela erwiderte, er habe es von einer Tätowierung abgezeichnet.

»Was? Von einer Tätowierung? Wer hat sich denn ein Porträt meines Mannes tätowieren lassen?«

Kysela antwortete, ein Einjährig-Freiwilliger namens Kisch.

»Ach, ist das rührend!« Die Frau Oberst wandte sich an die Stabsoffiziere, die sie umstanden. »Ist das nicht wirklich schön, meine Herren, daß ein Soldat sich das Bild des Regimentskommandanten tätowieren läßt, um es immer vor

Augen zu haben? So viel Liebe und Dankbarkeit für seinen Vorgesetzten!«

Die Stabsoffiziere nickten und bemerkten, das beweise in der Tat eine seltene Liebe und Dankbarkeit zum Vorgesetzten.

»Ich möchte gerne die Tätowierung sehen. Bitte, lassen Sie den Freiwilligen rufen. Ich will ihm danken, daß er Herrn Kysela das Vorbild für dieses schöne Gemälde geliefert hat.«

Bei diesem Wunsch der Frau Oberst hörte das zustimmende Nicken der Stabsoffiziere auf. Sie traten nervös von einem Fuß auf den anderen und glaubten sich erst gerettet, als der Regimentsarzt meldete, der Einjährige Kisch sei leider sehr krank, 41 Grad Fieber, er könne unmöglich gerufen werden.

»Dann führen Sie mich zu ihm«, rief Frau Oberst entschlossen aus, »es ist ohnehin richtiger, daß ich zu ihm gehe, wenn ich mich bedanken will. Wo liegt er, im Sanitätsgebäude?« Nein, der Mann liege im Arrestgebäude.

»Im Arrestgebäude? Nun gut. Herr Major und Herr Hauptmann werden die Freundlichkeit haben, mich hinüberzubegleiten.«

So geschah es, daß sich plötzlich die Tür der Zelle öffnete, in der ich fiebernd auf dem Bauche lag, und herein kamen der Major-Kasernenkommandant, der Hauptmann-Regimentsadjutant und zwischen ihnen eine schwarzverschleierte Dame.

Sie trat auf mich zu. »Ich bin Frau Oberst von Knopp. Ich will Ihnen dafür danken, daß Sie sich das Bild meines Mannes tätowieren ließen.«

»O bitte, Frau Oberst«, sagte ich verwirrt, »nichts zu danken, geschah ... ich wußte gar nicht ...«

»Ich möchte die Tätowierung gerne sehen.«

Hier sprangen Major und Hauptmann dazwischen: das sei nicht möglich.

»Warum sollte das nicht möglich sein, wenn ich es ausdrücklich wünsche?« Die Stimme der Frau Oberst klang gereizt, als sie dieses fragte, sie klang drohend.

»Verzeihung, Frau Oberst«, stotterte der Major, »ich bitte um Verzeihung, aber die Tätowierung ist an einer sehr delikaten Stelle.«

»Ach Unsinn, ich bin eine verheiratete Frau!« Sie wandte sich an mich, und in einem Befehlston, an dem das Wort »bitte« nichts änderte, sagte sie: »Bitte, zeigen Sie mir Ihre Tätowierung.«

Ich zeigte meine Tätowierung. Sie hatte durch Alkohol und Fieber die Farben blühenden Lebens bekommen, aber das allein erklärt nicht, was jetzt geschah. Wer hätte voraussehen können, daß die rauhe Begebenheit mit der Tätowierung plötzlich eine Wendung ins Lyrische nehmen werde und mit den zarten Tönen der Liebe und Rührung ende.

»Ferdinand«, flüsterte die Frau Oberst bewegt, als sie ihren Mann vor sich sah, »mein Ferdl«, hauchte sie hingebungsvoll und beugte sich nieder, um ihn mit Küssen zu bedecken.

»Warum seid ihr so dumm?« fragten die Eingeborenen die Missionare. »Warum sollen wir dumm sein?« fragten diese zurück. »Weil ihr euch nicht bemalt wie die Eyiguayeguis.« Man mußte bemalt sein, um ein Mensch zu sein: Derjenige, der im Naturzustand verharrte, unterschied sich in nichts vom Tier.

Claude Lévi-Strauss,
Traurige Tropen

Jürg Federspiel

Geographie der Lust

Die Bibel besagt, Gott habe Adam und Eva nach seinem Ebenbild geschaffen, nackt. Also trägt Gott keine Kleider. Es fällt schwer, sich Gott mit einer Krawatte oder einem Fußballeibchen vorzustellen. Dennoch beten viele Leute, meist nachts, im Pyjama oder Nachthemd, Gott möge ihnen Geld schenken oder wenigstens ihren Reichtum bewahren helfen, und die Freunde des Fußballs beten zu Gott, er möge am Sonntag ihre Mannschaft siegen lassen, kurz, Gott spaziert splitternackt im Universum, während wir Sünder ihn bitten, unsere diversen Blößen zu bedecken. Adam und Eva erkannten ihre Nacktheit erst, als sie sich dem Sündenfall ergeben hatten. Und so entdeckten sie die Scham und bedeckten ihre Schamteile. Nach der Vertreibung aus dem Paradies begann sich Eva zu schminken, während sich Adam auf dem Feld abrackerte und schwitzte. »Wenn ich mich schon wegen der Scham mit Schafpelzen einkleiden muß«, belehrte Eva Adam, »so kann ich ebenso gut in meinem Gesicht, früher Antlitz genannt, mit ein wenig Ruß die Augenbrauen schwärzen, die Lippen mit verdünntem Ochsenblut röten und die Augenlider mit Veilchensaft einbläuen, und wenn du dich nach der Arbeit geduscht hast, wirst du mich heftiger begehren als je zuvor! Übrigens bin ich schwanger.«

»Was ist das?« fragte Adam mißtrauisch und begriff die Welt nicht mehr als zuvor. Noch weniger, als Eva ihm eröffnete, ihrem Leib entwachse in absehbarer Zeit ein Kind.

»Was ist jetzt das wieder – ein Kind?« fragte er.

»Das ist die Quintessenz der Vertreibung aus dem Paradies«, antwortete Eva, »ach, du wirst schon sehen. Vermutlich wirst du etwas mehr arbeiten müssen. Das ist alles. Ich denke, es wird ein Sohn sein.«

»Ein was?«

»Ein Sohn. Er wird dir ähnlicher sehen als mir, und wir werden ihn Kain nennen.«

»Warum Kain?« fragte Adam neugierig.

»Weil er später seinen Bruder umbringt, liest du eigentlich kein Buch?«

»Meinetwegen«, antwortete Adam mürrisch, »Kain tönt nicht schlecht.« Und damit trottete er wieder an die Arbeit.

»Kain wird ein Mal auf seiner Stirn tragen«, rief Eva ihm nach, »eine Tätowierung, man wird sie das Kainszeichen nennen. Steht übrigens in der Bibel.«

Adam antwortete nicht. Wie jeder echte Mann brachte er kein Verständnis für Romanlektüre auf.

Und damit kommen wir zu Kain, der später seinen Bruder Abel umbrachte. War es eine Strafe Gottes, oder tätowierte sich Kain das Zeichen des Brudermörders selbst auf die Stirn?

Es gibt keine Antwort. Das Kainszeichen war die erste Tätowierung.

Für die Christen war die Verunzierung der Haut eine Sünde. Wann begegneten sie dieser Sünde zum ersten Mal?

Im Jahre 1776.

Damals nämlich hatte der berühmteste Kollege des Entdeckers Kolumbus, ein Engländer namens James Cook, den tahitianischen Prinzen Omai in seine Heimat geschifft und der höheren Gesellschaft und dem Volk vorgeführt. Prinz Omai wies mit wunderbaren Handbewegungen auf die acht Tätowierungen seiner Hände und signalisierte damit die Anzahl seiner Frauen. Er war ein stattlicher Mann. Besonders die weiblichen Zuschauer waren ergriffen, als sie vernahmen, wie faszinierend bunt andere seiner Glieder bemalt waren. Unaustilgbare Kunst war in seine Haut eingraviert, und man gab sich nachts in den Kissen Mutmaßungen hin, was diese Tätowierungen darstellen mochten.

In Europa ist das Tatauieren heute kaum mehr als eine Spielerei, und wenn auch das Tatauieren in Amerika und Asien, in Afrika und in der Südsee eine ungeheuer große Rolle spielt, so ist bei den meisten Völkern der erotische Zweck ins Unterbewusstsein gesunken. Die Menschen, die sich tatauieren, wollen sich damit verschönern. Aber jede Verschönerung des menschlichen Körpers, mag sie für unseren Geschmack noch so barbarisch und widersinnig erscheinen, hat ein sexuelles Motiv.

Leo Schidrowitz,
Sittengeschichte des Intimsten

John Irving

Der kleinste Soldat von allen

Stronach ist ein Name aus Aberdeen, und darum war Bill Stronach, Alice' Vater, in der Welt der Tätowierer als Aberdeen-Bill bekannt, auch wenn er in Leith geboren war und nichts mit Aberdeen zu tun hatte. Laut Alice, seinem einzigen Kind, hatte Bill Stronach ein betrunkenes Wochenende in Aberdeen verbracht – eines von diesen Wochenenden, an denen alles schiefgegangen war –, mit dem Ergebnis, daß er für den Rest seines Lebens Aberdeen-Bill hieß. Als junger Mann war Aberdeen-Bill mit dem Zirkus gereist. Nachts hatte er die Zirkusleute in ihren Zelten tätowiert, gewöhnlich beim Schein einer Öllampe. Er hatte gelernt, seine beste schwarze Tinte aus dem Ruß von Öllampen herzustellen, den er mit Melasse vermischte.

Bevor Jack und seine Mutter im Herbst 1969 nach Europa aufbrachen, schrieb Alice alle Tätowierer in den Städten auf ihrer geplanten Reiseroute an, von denen sie gehört hatte. Sie habe ihr Handwerk im Studio Persevere in Leith gelernt, schrieb sie; eigentlich hätte es gereicht zu sagen, daß sie Aberdeen-Bills Tochter war. Ein Tätowierer in diesen Nordseehäfen, der nicht von Aberdeen-Bill gehört hatte, war seine Nadeln nicht wert.

Ihr erstes Ziel war Kopenhagen. Die Adresse von Ole Hansens Studio lautete Nyhavn 17; Ole hatte Alice' Brief erhalten und erwartete sie. Wie Aberdeen-Bill war auch Tatovør-Ole ein Mann der Seefahrt. (Er hätte sich niemals als Künstler bezeichnet, sondern nannte sich schlicht »Tätowierer«.) Und wie Aberdeen-Bill war auch Tatovør-Ole jemand, unter dessen Händen viele Herzen und Meerjungfrauen, Schlangen und Schiffe, Flaggen und Blumen, Schmetterlinge und nackte Frauen entstanden.

Es war Tatovør-Ole – damals ein Mann von Anfang Vierzig –, der Alice ihren Künstlernamen gab. Sie trat mit Jack in Oles Studio am Nyhavn, wo das kabbelige Wasser des grauen Kanals an die Schiffsrümpfe klatschte – es war spät im November, und von der Ostsee wehte ein frischer Wind. Ole sah von der Tätowierung auf, an der er gerade arbeitete: eine nackte Frau auf dem breiten Rücken eines halbnackten Mannes.

»Du mußt Tochter Alice sein«, sagte er. Und so hatte Alice einen Künstlernamen, noch bevor sie ein eigenes Studio besaß.

Tatovør-Ole stellte sie sofort ein. In der ersten Woche tätowierte Ole die Konturen und überließ Alice die Schattierungen. Danach hatte sie freie Hand.

Bei Tatovør-Ole zählte nur eines: daß er ein Mann der Seefahrt war und daß Tochter Alice tat, was er ihr sagte. Immerhin hatte sie bei ihrem Vater gelernt; sie hatte ihre ersten Tätowierungen mit der Hand gestochen, bis Bill ihr schließlich die Handhabung der elektrischen Maschine erklärt hatte.

Vom Studio ihres Vaters in Leith war Alice mit den Acetatschablonen vertraut, die Tatovør-Ole verwendete. Sie zeichnete ein gebrochenes oder entzweigerissenes Herz oder ein blutendes, mit dornigen Rosen umkränztes Herz.

Sie zeichnete schaurige Totenschädel und gekreuzte Knochen oder feuerspeiende Drachen. Sie zeichnete beeindrukkende Versionen von Christus am Kreuz und eine wunderschöne Jungfrau Maria, über deren Wange eine grüne Träne rann. Sie zeichnete eine Göttin, die im Begriff war, mit einem Schwert eine Schlange zu köpfen. Sie zeichnete Schiffe auf hoher See, alle möglichen Anker und eine Meerjungfrau, die im Damensitz auf einem Delphin ritt. Sie zeichnete auch eigene nackte Frauen und weigerte sich, Oles Schablonen zu benutzen.

An Tatovør-Oles nackten Frauen störte Alice etwas: Der schmale Streifen ihres Schamhaars war gewölbt wie eine auf dem Kopf stehende Augenbraue, wie ein von einer vertikalen Linie geteiltes Lächeln. Diese Frauen hatten oft mehr Haare in den Achselhöhlen. Doch die einzige Kritik, die Alice gegenüber Tatovør-Ole äußerte, war die Bemerkung, sie zeige ihre nackten Frauen lieber »von hinten«.

Oles anderer Lehrling, Lars Madsen, hieß Herzensbrecher-Lars oder Herzensbrecher-Madsen. Er war ein nicht sonderlich selbstsicherer junger Mann, der Alice anvertraute, er möge nackte Frauen so, wie er sie bekommen könne. »Von vorne und von hinten.«

Worauf Alice, wenn überhaupt, antwortete: »Nicht wenn Jack dabei ist.«

Der Junge mochte Herzensbrecher-Lars. Seine Mutter hatte ihn so gut wie nie in das Studio des Chinesen in Toronto mitgenommen. Obwohl Jack eine Menge über ihre Ausbildung und ihre Fertigkeiten als Tätowiererin wußte, hatte seine Mutter nie Wert darauf gelegt, daß er ihr bei der Arbeit zusah. Doch in Kopenhagen gab es keine Lottie, und bis

Tatovør-Ole zwei Zimmer mit Bad in der Angestelltenetage des Hotel d'Angleterre für sie fand, schliefen Jack und seine Mutter im Studio.

»Ich schlafe mal wieder in den Nadeln«, sagte Tochter Alice, als hätte sie dabei gemischte Gefühle.

Trotz mancher Vorbehalte hatte sie Jack hin und wieder mit den Tätowiermaschinen spielen lassen. Für den Jungen hatten sie Ähnlichkeit mit Pistolen, auch wenn ihr Geräusch eher dem eines Zahnarztbohrers gleicht und sie mehr als zweitausend Stiche pro Minute machen können.

Bevor Jack und Alice nach Kopenhagen fuhren, hatte der Junge hin und wieder an einer Orange oder Grapefruit üben dürfen und einmal auch an einer Flunder – aber eben nur ein einziges Mal, denn seine Mutter sagte, frischer Fisch sei teuer. (Die Haut einer frischen Flunder, hatte Aberdeen-Bill seiner Tochter gesagt, komme in ihrer Beschaffenheit der menschlichen Haut am nächsten.) Herzensbrecher-Lars aber ließ Jack an seinem Körper üben.

Lars Madsen war etwas jünger als Alice, als Lehrling aber weit unerfahrener; vielleicht war das der Grund, warum Lars dem Jungen gegenüber so großzügig war. Nachdem Tatovør-Ole gesehen hatte, was Alice konnte, durfte der arme Lars nur noch schattieren. Mit wenigen Ausnahmen ließen Ole und Alice ihn lediglich ihre Konturen füllen, doch bei Herzensbrecher-Madsen durfte Jack die Konturen stechen.

Es war kühn, ja geradezu leichtsinnig von Lars, einen Vierjährigen an seine Haut zu lassen. Glücklicherweise beschränkte Jack sich auf den Bereich von Madsens Knöcheln, wo ein »Picker« (ein schlechter Tätowierer) die Namen zweier ehemaliger Freundinnen des Herzensbrechers gestochen hatte. Diese Tätowierungen erwiesen sich nun als hinderlich für sein Liebesleben – jedenfalls glaubte er das. Der Junge sollte diese Namen überdecken.

Tatsächlich dienen etwa zwanzig Prozent aller Tätowierungen dazu, ältere Tätowierungen zu überdecken – und dabei handelt es sich zur Hälfte um irgendwelche Namen. Herzensbrecher-Madsen war blond und blauäugig. Seine gebrochene Nase und die Zahnlücke, die man sah, wenn er lächelte, verdankte er einem verlorenen Faustkampf. Um einen Knöchel zog sich ein grüner Dornenzweig mit kleinen roten Herzen – als hätte ein Rosenstrauch irrtümlich nicht Blüten, sondern Herzen hervorgebracht. Um den anderen Knöchel schmiegte sich eine schwarze Kette. Der Zweig wand sich durch die Buchstaben des Wortes Kirsten, und in den Kettengliedern stand Elise.

Die Tätowiermaschine vibrierte in der kleinen Hand des Jungen. Als er sie ansetzte, drückte er wohl zu fest auf. Der Kunde sollte – jedenfalls, wenn er nüchtern ist – nicht bluten, und Madsen hatte nichts Stärkeres als Kaffee getrunken. Die Nadeln dringen nicht tiefer als 0,4 bis 1 Millimeter in die Haut ein, so daß sie keine Blutgefäße verletzen. Bei dem armen Lars ging Jack jedoch offenbar tiefer. Der Herzensbrecher nahm es zwar sportlich, doch da Tinte spritzte und überraschend viel Blut quoll, gab es eine Menge wegzuwischen. Madsen blutete nicht nur – seine Haut glänzte auch von Vaseline.

Daß Lars sich nicht beklagte, lag nicht nur an Jacks Jugend. Lars war bestimmt in Alice verliebt – möglicherweise versuchte er, ihr Herz zu gewinnen, indem er Jack seine Knöchel opferte.

Alice war Anfang Zwanzig, und Lars war achtzehn oder neunzehn, und in diesem Lebensabschnitt bekommt beinahe jeder Altersunterschied zwangsläufig eine große Bedeutung. Auch Madsens Gesichtsbehaarung verbesserte seine Aussichten nicht gerade. Er trug mit gänzlich unangebrachtem Stolz ein äußerst schütteres Ziegenbärtchen, das eher aussah, als hätte er vergessen, sich zu rasieren.

Die Familie Madsen war im Fischgeschäft. (Verkaufen, nicht tätowieren.) Herzensbrecher-Lars hatte jedoch absolut keine Lust, in die Fußstapfen seines Vaters zu treten. Sein Talent als Tätowierer mochte begrenzt sein, doch er fand in dieser Branche immerhin eine gewisse Distanz zu seiner Familie und der Welt des Fischs. Jedesmal, wenn er sich die Haare wusch, spülte er sie mit frischem Zitronensaft aus. Das Problem war nicht unähnlich dem, das er mit Kirsten und Elise hatte, den verflossenen Freundinnen, die an seinen Knöcheln prangten: Lars glaubte, er sei bis an die Haarwurzeln mit dem Geruch des Familiengeschäfts durchtränkt.

Tatovør-Ole untersuchte Jacks Überdecker des Namenszugs Kirsten – das war der mit den Herzen und Dornen – und verkündete, nicht einmal Herbert Hoffmann in Hamburg hätte es besser machen können. (Trotz der Lobeshymne blutete Lars Madsen noch immer.)

Alice' Methode, Buchstaben zu überdecken, bestand darin, diese in Blätter oder Beeren umzuwandeln. Aus jedem Buchstaben, sagte sie Jack, könne man ein Blatt oder eine Beere machen, gelegentlich auch ein Blütenblatt. Manche Buchstaben hatten mehr runde Bestandteile als andere – hier bot sich die Form einer Beere an. Die Buchstaben, die mehr gerade Elemente und Winkel enthielten, wurden zu Blättern. Ein Blütenblatt dagegen konnte sowohl spitz als auch rund sein.

Kirsten brachte mehr Blätter als Beeren und ein seltsames Blütenblatt hervor. Zusammen mit den unverändert gebliebenen Herzen und Dornen umkränzten sie Lars' linken Knöchel mit einer eigenartigen Girlande: Es sah aus, als wären viele kleine Tiere geschlachtet und ihre Herzen in einem ungepflegten Garten verteilt worden.

Jack war recht zuversichtlich, auch Elise überdecken zu können, doch die schwarzen Kettenglieder gaben einen schlechten Hintergrund für jede denkbare Kombination von Blättern und Beeren ab. Außerdem läßt sich einem E nicht so ohne weiteres eine Form verleihen, die auch nur entfernte Ähnlichkeit mit etwas Pflanzlichem hat.

Für seinen zweiten Versuch auf menschlicher Haut war die Wahl des Vierjährigen auf einen Stechpalmenzweig gefallen. Die spitzen, gezackten Blätter und die leuchtendroten Beeren erschienen ihm ideal für einen Namen, der so kurz war wie Elise. Das Ergebnis erinnerte an einen mißhandelten Weihnachtsschmuck, den jemand zum Spott an einem Maschendrahtzaun befestigt hatte.

Dennoch lautete Tatovør-Oles einziger Kommentar, daß selbst der legendäre Les Skuse aus Bristol Jack um seine Kunstfertigkeit beneidet hätte. Das war ein hohes Lob. Nur die Behauptung, daß Aberdeen-Bill sich in seinem Grab aufgesetzt hätte, um das Werk seines Enkels zu würdigen, hätte noch schmeichelhafter sein können, doch Ole wußte, wie empfindlich Alice auf Bemerkungen reagierte, in denen ihr Vater in einem Atemzug mit dem Wort Grab vorkam.

Sie war nicht in Leith gewesen, um die Asche ihres Vaters durch den Zaun auf den Friedhof der Pfarrkirche zu streuen, aber ihr Vater hatte noch selbst dafür gesorgt, daß ein Fischer die Asche der Nordsee übergab. Und die allen Tätowierern in den Hafenstädten an der Nordsee bekannte Tatsache, daß Aberdeen-Bill sich zu Tode getrunken hatte, erwähnte Ole nur ein einziges Mal.

Hatte ihn die Schande seiner Tochter, die nach Halifax geflohen war und ein uneheliches Kind zur Welt gebracht hatte, in die Trunksucht getrieben? Oder war Aberdeen-Bill schon immer ein Trinker gewesen? Schließlich war ja schon an jenem Wochenende in Aberdeen alles schiefgegangen, und vielleicht hatte die Abreise seiner Tochter seine bereits bestehenden Probleme nur noch verschärft.

Tochter Alice sprach nie darüber, und auch Tatovør-Ole erwähnte das Thema nicht mehr. Jack Burns wuchs mit Gerüchten auf, und davon bekam der Junge in Nyhavn 17 eine Menge ab.

Jack überließ es natürlich seiner Mutter, Lars' Knöchel zu reinigen und zu verbinden. Eine Tätowierung heilt von allein. Man deckt sie für einige Stunden ab und wäscht sie dann mit unparfümierter Seife. Man vermeidet zuviel Wasser und trägt lediglich eine Feuchtigkeitscreme auf. Ole erzählte Jack, eine frische Tätowierung fühle sich an wie ein Sonnenbrand.

Die Überdecker des Vierjährigen mochten in ästhetischer Hinsicht bedenklich sein, doch die beiden Namen waren verschwunden. Daß Herzensbrecher-Madsens Knöchel nun mit Gestrüppen umkränzt waren, die an Leichenteile erinnerten – oder schlimmer: mit etwas, das laut Tatovør-Ole »die reinste Anti-Weihnachts-Propaganda« war –, stand auf einem anderen Blatt.

Der arme Lars. Tatovør-Ole hatte ihm den Spitznamen Herzensbrecher verpaßt, doch das Gegenteil schien der Fall zu sein. Jack sah ihn nie in Gesellschaft einer Frau, hörte ihn nie von einer Frau sprechen. Natürlich lernte der Junge auch weder Kirsten noch Elise kennen – nur ihre Namen, die er in Tinte und Blut ertränkte.

Wie jeder Vierjährige hörte Jack Burns nicht so genau hin, wenn Erwachsene sich unterhielten. Sein Verständnis von linearer Zeit mochte auf dem Niveau eines Elfjährigen sein, doch was er von der Geschichte seines Vaters wußte, stammte aus seinen kleinen Gesprächen mit seiner Mutter und nicht aus dem, was sie gegenüber anderen Erwachsenen sagte. Bei diesen Unterhaltungen schweifte Jacks Aufmerksamkeit immer wieder ab; er hörte noch nicht zu wie ein Elfjähriger.

Selbst Herzensbrecher-Lars erinnerte sich an William Burns, obwohl es Tatovør-Ole gewesen war, der ihn gestochen hatte, und es bei Notenschrift keine Schattierungen gab. Williams Tätowierungen waren einfach schwarz, es gab offenbar keine Abstufungen.

Ole drückte es so aus: »Alles an ihm war schwarz.«

Vermutlich schloß Jack aus dieser Bemerkung – sofern er sie überhaupt hörte –, daß sein Vater immer schwarze Kleider trug. (Aber Tatovør-Ole mochte Tochter Alice sehr gern, und so bezog sich das Wort »schwarz« möglicherweise auf Williams treuloses Herz.)

Doch den Spitznamen, den Tatovør-Ole seinem Vater gegeben hatte, hörte der Junge sehr wohl: »Der Musikmann.«

Ole hatte Weihnachtsmusik von Johann Sebastian Bach auf Williams rechte Schulter geschrieben, wo sich die Tätowierung gewellt wie ein Stück Fahnentuch präsentierte. Entweder aus dem Weihnachtsoratorium oder aus den Canonischen Veränderungen über das Weihnachtslied, vermutete Alice. Sie kannte viele der Stücke, die der junge Organist am liebsten spielte. Und im Nierenbereich, wo das Tätowieren besonders schmerzhaft ist, hatte Ole eine recht lange und komplizierte Phrase von Händel gestochen.

»Noch mehr Weihnachtsmusik«, sagte Ole geringschätzig. Alice fragte sich, ob das Stück aus dem Weihnachtsteil des Messias stammte.

Ole äußerte sich kritisch über zwei Tätowierungen, die William bereits gehabt hatte und die natürlich nicht von Aberdeen-Bill stammten. (Ole bewunderte den Osterchoral auf Williams rechtem Oberschenkel sehr.) Und dann war da noch das Fragment eines anderen Chorals, das sich um den linken Unterschenkel schmiegte wie ein Strumpf ohne Fußteil. Hier gab es auch Worte zu den Noten, und Herzensbrecher-Madsen war von der Tätowierung so beeindruckt gewesen, daß er sich an den Text erinnerte. Es war ein anglikanisches Kirchenlied: »Erlöse mich, du Odem Gottes«.

Alice kannte es. Es klang eher wie ein Sprechgesang, doch sie nannte es einen Choral, weil Choräle, wie sie sagte, lediglich vertonte Gebete waren. (Sie hatte ihn Jack vorgesungen; sie hatte ihn mit William geprobt.) Aus dem hohen Lob, das Tatovør-Ole und der Herzensbrecher der Odem-Gottes-Tätowierung zollten, schloß Alice, daß sie Charlie Snows oder Matrosen-Jerrys Werk war. Ihre alten Freunde hatten ihr eine detaillierte Beschreibung der Tätowierungen, die William sich in Halifax hatte machen lassen, erspart.

Lars fand die beiden mißlungenen Tätowierungen des Musikmanns nicht so schlimm wie Ole, gab jedoch zu, die Nadelführung sei nichts Besonderes. Auf Williams linker Hüfte standen weitere Noten, doch der Tätowierer hatte nicht bedacht, daß eine Beugung der Hüfte einige davon zusammenpressen würde.

Aufgrund dieser spärlichen Indizien nahm Alice an, daß William bei Beachcomber Bill in Toronto gewesen war – obgleich sie später einräumte, daß ein solcher Fehler auch dem Chinesen hätte unterlaufen können. Den anderen Fehler – einige Noten lagen auf der Unterseite von Williams rechtem Bizeps und entzogen sich so dem Blick – traute sie beiden Männern zu.

Tatovør-Ole und Herzensbrecher-Madsen vermittelten Jack und seiner Mutter einen recht guten Eindruck davon, wie der Musikmann seinen Körper gestaltete. Er war tatsächlich tintensüchtig – ein Sammler, wie Aberdeen-Bill prophezeit hatte.

»Aber was ist mit seiner Musik?« fragte Alice.

»Was soll damit sein?« erwiderte Ole.

»Er muß irgendwo Orgel spielen«, sagte Alice. »Ich nehme doch an, daß er einen Job hat.«

Jack Burns erinnerte sich recht genau an die Stille, nicht aber an das Gespräch, das dann folgte. Zum einen war es in Tatovør-Oles Studio eigentlich nie ganz still, denn das Radio spielte immer irgendeine Unterhaltungsmusik. Und in dem Augenblick, als Jacks Mutter die Frage nach dem Aufenthaltsort seines Vaters aufbrachte, die – das begriff Jack schon mit vier Jahren – im Zentrum ihres Lebens stand, surrten drei Maschinen.

Tatovør-Ole arbeitete an einer seiner nackten Frauen, einer Meerjungfrau, also ohne die umgedrehte Augenbraue, die Alice so mißfiel. Der Kunde, ein alter Seemann, schlief oder war tot; er lag vollkommen reglos da, während Ole die Konturen der Schuppen auf dem Schwanz stach. (Es war ein Fischschwanz, der in weiblich geformten Hüften auslief – auch dies etwas, was Alice nicht gefiel.)

Herzensbrecher-Madsen war ebenfalls beschäftigt: Er schattierte eine von Oles Seeschlangen auf einem Schweden. Es schien sich um eine Würgeschlange zu handeln, denn sie umschlang ein berstendes Herz.

Alice legte letzte Hand an ihre berühmte Rose von Jericho. Es war ein regelrechtes Schmuckstück, das den linken Brustkorb eines halbwüchsigen Jungen halb bedeckte. Alice fand, daß er zu jung war, um zu wissen, was eine Rose von Jericho war. Jack war viel zu jung, um es zu wissen. Man hatte ihm erklärt, eine Rose von Jericho sei eine Rose, in der etwas verborgen sei.

»Eine Rose mit einem Geheimnis«, hatte seine Mutter gesagt.

In den Blütenblättern der Rose sind die jener anderen Blume verborgen. Man kann in einer Rose von Jericho Schamlippen entdecken, wenn man weiß, wonach man suchen muß. Je schwerer sie auszumachen sind, desto besser ist die Tätowierung, erfuhr Jack später. (Und in einer guten Rose von Jericho springen einem die Schamlippen, wenn man sie erst einmal entdeckt hat, regelrecht entgegen.)

Drei Tätowiermaschinen machen recht viel Lärm, und der Junge, der die Rose von Jericho bekam, weinte schon seit einiger Zeit hörbar. Alice hatte ihn gewarnt, daß die Schmerzen vom Brustkorb bis zur Schulter ausstrahlen würden.

Doch als Alice sagte: »Ich nehme doch an, daß er einen Job hat«, glaubte Jack für einen Augenblick, es habe einen Stromausfall gegeben. Selbst das Radio verstummte. Wie kann es sein, daß drei Tätowierer ohne ein Kommando oder verabredetes Signal gleichzeitig die Füße von den Fußschaltern nehmen? Die drei Maschinen hielten inne, der Fluß von Tinte und Schmerz wurde unterbrochen. Der komatöse Seemann öffnete die Augen und musterte die unfertige Meerjungfrau auf seinem geröteten Unterarm. Der Schwede, dessen herzumschlingende Schlange – die ausgerechnet über seinem Herzen saß – farbig schattiert wurde, sah Lars fragend an. Der weinende Junge hielt den Atem an. Waren die Sitzung und seine Schmerzen endlich vorüber?

Nur das Radio setzte wieder ein. (Jack erkannte das Weihnachtslied, auch wenn es auf dänisch gesungen wurde.) Da niemand ihr antwortete, wiederholte Alice ihre Frage. »Er muß irgendwo Orgel spielen«, sagte sie. »Ich nehme doch an, daß er einen Job hat.«

»Er hatte einen«, sagte Ole.

Dieses »hatte« bewirkte, daß Jack sich fragte, ob sie wieder einmal zu spät gekommen waren, um seinen Vater zu treffen, doch der Vierjährige hatte das vielleicht falsch verstanden. Er war überrascht, daß seine Mutter anscheinend nicht enttäuscht war. Ihr Fuß drückte auf den Schalter, und sie machte sich wieder daran, die Schamlippen zwischen den Rosenblättern zu verbergen. Der Junge fuhr fort zu klagen, der alte Seemann, der geduldig auf die Vollendung seiner Meerjungfrau wartete, schloß die Augen. Lars schattierte und sorgte dafür, daß die Schlange sich enger um das Herz über dem Herzen des Schweden legte.

Die Wände von Tatovør-Oles Studio waren mit Schablonen und handgezeichneten Vorlagen bedeckt, die man »Flashs« nannte. Jack starrte auf eine Wand voller Flashs, während Ole einige Einzelheiten der Geschichte des flüchtigen Vaters erzählte. (Es war einer der Augenblicke, in denen die Aufmerksamkeit des Jungen abschweifte.)

»Er hat die Orgel in der Kastelskirken gespielt«, sagte Ole. »Aber nicht als erster Organist, wohlgemerkt.«

»Vermutlich war er Hilfsorganist«, sagte Alice.

»So was wie ein Lehrling«, warf Lars ein.

»Ja, aber er war gut«, sagte Ole. »Ich muß zwar zugeben, daß ich ihn nie gehört habe, aber man hat mir gesagt, daß er gut war.«

»Und das war wohl nicht das einzige, worin er gut war –«, begann Lars.

»Nicht wenn Jack dabei ist«, unterbrach ihn Alice.

Die Flashs an dem Stück Wand, dem Jacks Aufmerksamkeit galt, waren allesamt Vorlagen zum Thema »Des Mannes Verderben« und zeigten verschiedene Formen männlicher Selbstzerstörung: Glücksspiel, Alkohol und Frauen. Am besten gefiel dem Jungen das Martiniglas mit der weiblichen Brustwarze, die wie eine Olive aus der Flüssigkeit ragte, oder das, bei dem ein weiblicher Hintern eine ähnliche Rolle spielte. Auf beiden Bildern schwammen, als wären sie aus Eis, zwei Spielwürfel im Glas.

Jacks Mutter machte ein erstklassiges »Des Mannes Verderben«, allerdings etwas anders als die hier gezeigten. In ihrer Version trank eine nackte Frau – selbstverständlich eine Rückenansicht – aus einer halbvollen Flasche Wein. Die Würfel lagen auf ihrer ausgestreckten Hand.

»Dann gab es in der Kastelskirken also Schwierigkeiten?« fragte Alice.

Herzensbrecher-Madsen nickte neidisch.

»Nicht wenn Jack dabei ist« war Oles Antwort.

»Ich verstehe«, sagte Alice.

»Kein Chormädchen«, sagte Ole. »Sie war aus der Gemeinde.«

»Die junge Frau eines Soldaten«, sagte Herzensbrecher-Lars, aber Jack hatte ihn sicher falsch verstanden. Der Junge starrte noch immer mit offenem Mund auf die Brustwarze in dem Martiniglas, so gebannt, als säße er vor einem Fernseher. Er sah nicht, wie seine Mutter Lars mit einem Nicht-wenn-Jack-dabei-ist-Blick ansah.

»Dann hat er die Stadt also verlassen?« fragte Alice.

»Du solltest in der Kirche nachfragen«, sagte Ole.

»Ihr habt wahrscheinlich nicht gehört, wohin er gegangen ist«, sagte Alice.

»Nach Stockholm, hab ich gehört, aber ich bin mir nicht sicher«, sagte Ole.

Lars, der mit der Schlange des Schweden fertig war, sagte: »In Stockholm kriegt er keine anständige Tätowierung. Wenn sie sich tätowieren lassen wollen, kommen die Schweden zu uns.« Er sah seinen Kunden an. »Stimmt's?«

Der Schwede zog das linke Hosenbein hoch. »Das hier hab ich mir in Stockholm machen lassen«, sagte er.

Auf seiner Wade war eine hervorragende Tätowierung. Sie war so gut, daß sie auch von Tatovør-Ole oder Tochter Alice hätte stammen können. Ein Dolch mit reichverziertem grün-goldenem Griff durchbohrte eine Rose; sowohl die Blütenblätter als auch das Dolchheft waren orangerot konturiert, und um Rose und Dolch wand sich eine grünrote Schlange. (Offenbar hatte der Schwede eine Vorliebe für Schlangen.)

Der Gesichtsausdruck von Jacks Mutter verriet, daß sie die Nadelführung bewunderte. Sogar Tatovør-Ole sagte, die Tätowierung sei gut. Herzensbrecher-Madsen war sprachlos vor Neid. Vielleicht dachte er auch an seine beinahe sichere Zukunft im Fischgeschäft der Familie.

»Das war Doc Forest«, sagte der Schwede.

»In welchem Studio arbeitet er?« fragte Ole.

»Ich wußte gar nicht, daß es in Stockholm überhaupt ein Studio gibt!« sagte Lars.

»Er arbeitet zu Hause«, erklärte der Schwede.

Jack wußte, daß sie nicht vorhatten, nach Stockholm zu fahren. Die Stadt stand nicht auf der Liste seiner Mutter.

Alice bandagierte behutsam den Jungen. Er hatte sich die Rose von Jericho auf die Brust tätowieren lassen, damit die Blütenblätter sich bewegten, wenn er atmete.

»Versprich mir, daß du das nicht deiner Mutter zeigst«, sagte Alice zu ihm. »Und wenn du's tust, daß du ihr nicht sagst, was es ist. Laß sie es nicht zu lange ansehen.«

»Versprochen«, sagte der Junge.

Der alte Seemann bewegte den Unterarm und sah zufrieden, wie der Schwanz der Meerjungfrau, der noch koloriert werden mußte, durch die Anspannung der Muskeln hin und her schwang.

Es war kurz vor Weihnachten, und das Geschäft ging gut, doch die Nachricht, daß William abermals entwischt war – ausgerechnet nach Stockholm –, war wenig geeignet, Alice' oder Jacks Stimmung zu heben.

Und wenn sie das Studio am Nyhavn verließen, war es immer schon dunkel, selbst um vier oder fünf Uhr nachmittags. Ganz gleich, wie spät es war – in den Restaurants am Nyhavn gab es immer warmes Essen. Inzwischen konnten Alice und Jack die Düfte unterscheiden: Kaninchen, Rehkeule, Wildente, gebratener Steinbutt, gegrillter Lachs, ja sogar den zarten Geruch von Kalbfleisch. Sie rochen die Früchte in den Wildsaucen, und viele dieser dänischen Käse hatten ein Aroma, das auch auf einer winterlichen Straße wahrzunehmen war.

Sie zählten immer die Schiffe, die an der Kanalmauer vertäut waren, um zu sehen, ob sie auf ihre Glückszahl kamen.

Vielleicht weil es kurz vor Weihnachten war, erschien ihnen der erleuchtete Bogen über dem Denkmal auf dem Platz, an dem das d'Angleterre stand, wie ein verläßlicher Schutz. Das Hotel selbst war mit Adventskränzen geschmückt.

Auf dem Weg zu ihren Dienstbotenzimmern kehrten Jack und seine Mutter oft irgendwo ein und tranken ein Weihnachtsbier. Es war dunkel und süß und so stark, daß Alice Jacks Bier mit Wasser verdünnte.

Einer von Alice' Kunden bei Tatovør-Ole – ein Banker, der sich verschiedene ausländische Geldscheine auf Brust und Rücken hatte tätowieren lassen – hatte ihr gesagt, Weihnachtsbier sei gut für Kinder, denn es verhindere Alpträume. Der Junge mußte, nachdem er das Bier probiert hatte, zugeben, daß das Mittel des Bankers gegen schlechte Träume tatsächlich zu wirken schien. Er hatte seit einiger Zeit keine Alpträume mehr – oder jedenfalls keine, an die er sich erinnern konnte.

In seinen Träumen fehlte ihm Lottie: wie sie ihn an sich gedrückt hatte, wie sie beide den Atem angehalten und Brust an Brust ihre Herzschläge gespürt hatten. Eines Nachts im Hotel hatte Jack versucht, seine Mutter so zu umarmen. Alice hatte die Luft nicht anhalten wollen. Er hatte das Klopfen ihres Herzens gespürt, das langsamer und rhythmischer zu schlagen schien als Lotties, und gesagt: »Du scheinst am Leben zu sein.«

»Natürlich bin ich das«, hatte Alice geantwortet, noch unwilliger als zuvor, als er ihr gesagt hatte, sie solle die Luft anhalten. »Du scheinst auch am Leben zu sein, Jackie – jedenfalls warst du's, als ich zuletzt nachgesehen habe.«

Ohne daß er hätte sagen können, wie oder wann, hatte sie sich schon aus der Umarmung des Jungen befreit.

Am nächsten Tag vor Sonnenaufgang – in Kopenhagen hieß das zu dieser Jahreszeit nach acht Uhr – ging Jacks Mutter mit ihm zur Zitadelle Frederikshavn, dem »Kastellet«. Außer der Kaserne befanden sich dort das Kommandantenhaus und die Kirche, die Kastelskirken, in der William Burns gespielt hatte.

Gibt es einen Jungen, der Festungen nicht liebt? Jack fand es sehr aufregend, daß seine Mutter ihn zu einer echten Festung mitgenommen hatte. Er war nur zu bereit, sich selbst zu beschäftigen, wie Alice es ihm vorschlug.

Sie drückte es so aus: »Ich wäre gern ungestört, wenn ich mit dem Organisten spreche.«

Jack konnte sich überall umsehen. Als erstes entdeckte er das Gefängnis. Es lag hinter der Kastellskirche: An die Mauer der Kirche war ein Gefängnisflügel gebaut worden; man hatte Löcher in die Mauer geschlagen, damit die Gefangenen ungesehen den Gottesdienst verfolgen konnten. Jack war enttäuscht, daß es keine Gefangenen gab, nur leere Zellen.

Der Name des Organisten war Anker Rasmussen – ein typisch dänischer Name –, und laut Alice war er so höflich wie entgegenkommend. Jack fand es später seltsam, daß er eine Uniform trug, doch seine Mutter erklärte ihm, in der Kirche einer Zitadelle müsse man damit rechnen.

Während seiner kurzen Lehrzeit bei Rasmussen hatte William verschiedene Bach-Sonaten sowie dessen Präludium und Fuge in h-Moll und die Clavierübung III gemeistert. (Jack war beeindruckt, daß seine Mutter sich an die deutschen Namen der Stücke erinnerte, die sein Vater geübt hatte.) Auch Couperins Messe pour les Couvents spielte William recht gut, und mit dem Weihnachtsteil aus Händels Messias hatte Alice recht gehabt.

Über die verführte Frau aus der Gemeinde erzählte ihm seine Mutter nur wenig – gerade so viel, daß der Junge zu dem Schluß kommen konnte, man habe seinen Vater nicht wegen eines verpatzten Refrains gebeten, die Kastellskirche zu verlassen.

Als Jack vom Gefängnis genug hatte, ging er hinaus. Es war eiskalt; das blaßgraue Tageslicht ließ den Himmel nur um so dunkler wirken. Obwohl Jack es aufregend fand, die Soldaten exerzieren zu sehen, hielt er Abstand von ihnen und machte sich an die Erkundung des Grabens.

Das Wasser rings um das Kastellet hieß Kastelsgraven. Für einen Vierjährigen sah es eher wie ein Teich oder ein kleiner See aus, und zu Jacks großer Überraschung war das Wasser gefroren. In Oles Studio hatte er gehört, daß der Kanal am Nyhavn sehr selten zufror und die Ostsee so gut wie nie. Salzwasser gefror nur, wenn es sehr, sehr kalt war. Was also war in diesem Graben? Es mußte wohl Süßwasser sein, doch Jack wußte nur, daß es gefroren war.

Für ein Kind gibt es wenige Wunder, die mit schwarzem Eis mithalten können. Und woher wußte der Vierjährige, daß das Wasser gefroren war? Er sah, daß Möwen und Enten darauf herumliefen, und er glaubte nicht, daß diese Vögel heilig waren. Um sicherzugehen, sammelte er ein paar kleine Steine und warf sie nach den Vögeln. Die Steine hüpften über das Eis. Nur die Möwen erhoben sich in die Luft. Die Enten rannten zu den Steinen, als glaubten sie, es seien Brotstücke, dann watschelten sie wieder davon. Die Möwen landeten wieder auf dem Eis. Bald ließen sich die Enten nieder, als hielten sie eine Versammlung ab, und die Möwen trippelten verächtlich um sie herum.

Die Soldaten marschierten auf und ab, mal näher, mal

weiter entfernt. Am Rand des zugefrorenen Grabens war eine hölzerne Uferbefestigung; sie sah aus wie ein schmaler Weg, daneben eine Schräge, die bis zum Eis reichte. Jack kletterte mit Leichtigkeit hinunter. Die Möwen starrten ihn aus runden Augen herausfordernd an, die Enten ignorierten ihn einfach. Als der Junge auf das schwarze Eis trat, hatte er das Gefühl, etwas Geheimnisvolleres als seinen Vater entdeckt zu haben. Er ging auf dem Wasser. Selbst die Enten wandten ihm die Köpfe zu.

Als Jack die Mitte des Grabens erreicht hatte, hörte er etwas, was er für die Orgel der Zitadellenkirche hielt, nur ein paar tiefe Töne, nicht das, was er als Musik bezeichnet hätte. Vielleicht spielte der Organist ein paar Noten, um die Geschichte, die er Alice erzählte, effektvoll zu untermalen. Aber so tiefe Töne hatte Jack noch nie gehört. Es war nicht die Orgel. Der Kastelsgraven selbst sang dem Jungen etwas vor. Der Graben protestierte gegen Jacks Anwesenheit, der Graben hatte einen Eindringling entdeckt.

Bevor das Eis brach, stöhnte es – das Knacken, das dann folgte, war so laut wie Gewehrschüsse. Zu Jacks Füßen bildete sich ein Spinnweb. Er hörte die Soldaten schreien, bevor er das eiskalte Wasser spürte.

Sein Kopf ging nur ein, zwei Sekunden unter, er reckte die Hände nach oben und packte die Kante des Lochs. Er stützte die Ellbogen auf das Eis, hatte aber nicht die Kraft, sich aus dem Wasser zu stemmen – das Eis hätte ihn auch gar nicht getragen. Jack konnte nichts anderes tun, als genau da zu bleiben, wo er war: halb im eiskalten Wasser, halb auf dem Eis.

Der Lärm der Soldatenstiefel auf der Uferbefestigung ließ die Möwen und Enten auffliegen. Die Soldaten riefen Anweisungen auf dänisch, in der Kaserne läutete eine Alarmglocke. Die allgemeine Aufregung rief auch Alice und einen Mann herbei, der, wie Jack annahm, der Organist war. Wozu ist ein Organist in einer solchen Situation zu gebrauchen? dachte Jack. Aber wenigstens sah Anker Rasmussen – sofern er es wirklich war – mehr wie ein Soldat als wie ein Musiker aus.

Alice schrie hysterisch. Jack war besorgt, sie könnte seinen Vater für das Ganze verantwortlich machen. Irgendwie war er ja auch dafür verantwortlich, dachte der Junge. Seine eigene Rettung erschien ihm fraglich. Wenn das Eis ihn nicht getragen hatte, würde es erst recht keinen Soldaten tragen. Doch dann sah Jack ihn, den kleinsten Soldaten von allen. Er war nicht unter den ersten gewesen, die am Ufer eingetroffen waren; vielleicht hatte Anker Rasmussen ihn aus der Kaserne herbeigeholt. Er trug keine Uniform, nur lange Unterwäsche, als habe er eben noch geschlafen, als sei er krank. Er zitterte bereits, als er sich über das Eis auf Jack zuschob. Er robbte auf Ellbogen und Bauch zu ihm, wie es wohl alle Soldaten lernten. Mit klappernden Zähnen biß er auf den Schulterriemen des Gewehrs, das er hinter sich herzog.

Als der Soldat das Loch beinahe erreicht hatte, schob er Jack das Gewehr zu, mit dem Kolben voran. Es gelang Jack, den Schulterriemen mit beiden Händen zu packen, und dann zog der Soldat am Lauf des Gewehrs, dort, wo das Bajonett befestigt wurde. Jack glitt aus dem Wasser und über das Eis zu dem Soldaten.

Jacks Augenbrauen waren bereits gefroren, und er spürte, wie sich in seinen Haaren Eis bildete. Er lag auf dem Eis und wollte sich auf alle viere erheben, doch der kleinste Soldat von allen schrie ihn an.

»Bleib liegen!« schrie er. Daß er Englisch sprach, überraschte Jack weniger als die Tatsache, daß er keine Soldatenstimme hatte. Für Jack klang sie wie die eines anderen Kindes – eines Jungen, der noch kein Teenager ist.

Jack blieb flach auf dem Bauch liegen und ließ sich von dem Soldaten wie ein Schlitten zur Uferbefestigung ziehen, wo Alice wartete. Seine Mutter umarmte und küßte ihn – und unvermittelt ohrfeigte sie ihn. In Jack Burns' Erinnerung war es das einzige Mal, daß seine Mutter ihn geschlagen hatte, und beim zweiten Schlag brach sie in Tränen aus. Ohne zu zögern, griff er nach ihrer Hand.

Er wurde in Decken gewickelt und ins Kommandantenhaus getragen, konnte sich später allerdings nicht erinnern, den Kommandanten gesehen zu haben. Der kleinste Soldat von allen kam mit trockenen Sachen für Jack. Sie waren ihm zu groß, doch es überraschte ihn, daß es keine Uniformteile waren.

»Soldaten haben auch Zivilkleider«, erklärte ihm seine Mutter. Für einen Vierjährigen war das schwer zu begreifen.

Als Jack und seine Mutter das Kastellet verließen, küßte seine Mutter den kleinsten Soldaten von allen zum Abschied. Sie mußte sich hinunterbeugen. Jack sah, daß er sich auf die Zehenspitzen stellte.

Das war der Augenblick, in dem Jack der Gedanke kam, seine Mutter solle seinem Retter eine Gratistätowierung anbieten. Soldaten waren auf Tätowierungen doch sicher ebenso versessen wie Seeleute. Alice fand diesen Vorschlag anscheinend amüsant. Sie ging noch einmal zu dem kleinsten Soldaten von allen, doch diesmal beugte sie sich nicht zu ihm hinunter, um ihn zu küssen, sondern um ihm etwas ins Ohr zu flüstern. Er war sichtlich begeistert; ihr Angebot sagte ihm offenbar zu.

Wie sich erwies, hatten Alice und Jack noch andere Gründe, nach Stockholm zu fahren, als den talentierten Doc Forest. Anker Rasmussen hatte Alice erzählt, daß Erik Erling, der Organist der Hedvig-Eleonora-Kirche in Stockholm, vor drei Jahren gestorben sei. Ein brillanter vierundzwanzigjähriger Organist namens Torvald Torén habe seinen Platz eingenommen, und angeblich suche er einen Hilfsorganisten.

Alice zeigte sich erstaunt, daß William bereit war, als Gehilfe eines Organisten zu arbeiten, der jünger war als er selbst. Anker Rasmussen sah das anders: William war talentiert und clever genug, um ein guter Organist zu sein; jetzt war es an der Zeit, zu reisen, auf verschiedenen Orgeln zu spielen, soviel wie möglich von anderen zu lernen und sich ihre Kniffe anzueignen. Rasmussen glaubte, daß es nicht nur die Frauengeschichten waren, die William von einem Ort zum anderen trieben.

Alice fand Anker Rasmussens Theorie irritierend. Sie hatte sich in William Burns wegen seines Orgelspiels verliebt, doch die Möglichkeit, dieses Instrument könnte seinerseits ihn verführt haben, hatte sie nie in Betracht gezogen. Suchte William die immer bessere, größere Orgel? Oder suchte er die Abwechslung? Liebte er Orgeln so, wie Mädchen Pferde lieben? (Der Gedanke, daß William seine Lehrer ebensogern wechselte wie seine Frauen, irritierte Alice zweifellos noch mehr.)

Jack nahm an, daß sie sogleich nach Stockholm aufbrechen würden, aber seine Mutter hatte andere Pläne. In der Weihnachtszeit war bei Ole viel Geld zu verdienen. Wenn ein Tätowierer, der so gut war wie Doc Forest, zu Hause arbeitete, waren Studios in Stockholm vermutlich verboten. Alice glaubte, daß es nicht leicht werden würde, dort etwas zu verdienen. Sie kam zu dem Schluß, daß es das beste war, die Weihnachtszeit bei Tatovør-Ole zu nutzen, bevor sie und Jack ihre Reise fortsetzten.

Es war ein langer Abschied vom Nyhavn 17. Jack konnte sich nicht erinnern, auf der Straße vor Tatovør-Oles Studio für ein Foto posiert zu haben, doch das Klicken des Apparats war ihm nur zu vertraut. Offenbar hatte jemand Fotos gemacht.

Alice war bei den Kunden – viele davon Seeleute, die für die Weihnachtstage Landurlaub hatten – so beliebt, daß sie bis spät in die Nacht arbeitete. Herzensbrecher-Madsen war weniger gefragt. Oft begleitete er Jack zum Hotel d'Angleterre, während Alice weiter tätowierte.

Lars saß in Jacks Zimmer auf dem Bett, während der Junge sich die Zähne putzte, und dann erzählte er eine Geschichte, bis Jack eingeschlafen war. Madsens Geschichten hielten Jack nie lange wach. Es waren Geschichten voller Selbstmitleid aus Lars' Kindheit. (Meist ging es um irgendwelche Mißgeschicke mit Fischen, die sich, wie Jack fand, leicht hätten vermeiden lassen; dennoch waren diese Katastrophen für Lars von ungeheurer Bedeutung.)

Wenn der Junge in seinem Zimmer schlief – es war das schmalere der beiden, von Alice' Zimmer durch ein Badezimmer mit Schiebetüren getrennt –, saß Herzensbrecher-Madsen auf dem Klo und las Zeitschriften. Jack wachte manchmal auf und sah seine Silhouette durch das Milchglas der Badezimmertür. Oft schlief Lars ein, den Kopf auf den Knien, und Alice mußte ihn wecken, wenn sie heimkam.

Auf seine Bitte stach Alice ihm eine Tätowierung. Er wollte ein gebrochenes Herz über seinem Herzen, das, wie er behauptete, ebenfalls gebrochen war. Alice machte ihm ein puterrotes Herz, das waagrecht durchgebrochen war; zwischen den gezackten Bruchkanten war genug Platz für einen Namen, doch sowohl Alice als auch Tatovør-Ole rieten Lars davon ab. Das gebrochene Herz legte ausreichend Zeugnis ab von seinem Schmerz.

Aber Lars wollte Alice' Namen. Sie weigerte sich. »Dein Herz ist nicht wegen mir gebrochen«, erklärte sie, aber vielleicht irrte sie sich.

»Ich habe gemeint«, sagte Herzensbrecher-Madsen mit unerwarteter Würde, »ich habe gemeint, deinen Künstlernamen.«

»Ah, eine signierte Tätowierung!« rief Ole.

»Na gut, das ist was anderes«, sagte Alice.

In die sehr helle Haut zwischen den beiden Hälften des Herzens stach sie in Kursivschrift:

Tochter Alice

Alice war Madsen dankbar, daß er sich so umsichtig um Jack gekümmert hatte. »Das war gratis«, sagte sie, als sie sein gebrochenes Herz bandagierte.

Jack wußte nicht, welches Geschenk Ole von Alice bekommen hatte. Vielleicht gab es für ihn gar kein Geschenk – auch nicht Alice' begehrte Rose von Jericho, eine Tätowierung, die Ole sehr bewunderte.

An ihrem letzten Abend in Kopenhagen schloß Ole sein Studio früher als sonst und lud alle zu einem Abendessen in einem feinen Restaurant am Nyhavn ein. Es hatte einen offenen Kamin, und Jack aß Kaninchen.

»Wie kannst du nur so ein süßes kleines Kaninchen essen?« fragte seine Mutter.

»Laß ihn doch«, sagte Lars.

»Weißt du was, Jack?« sagte Tatovør-Ole. »Das ist bestimmt kein süßes kleines Kaninchen. In Dänemark gibt's nämlich nur Hasen.«

»Und die sind alle tätowiert!« rief Herzensbrecher-Madsen.

In einem unbeobachteten Augenblick untersuchte Jack das Fleisch auf seinem Teller auf Tätowierungen, fand aber keine. Er aß weiter, aber wahrscheinlich trank er nicht genug Weihnachtsbier.

Mitten in der Nacht hatte er einen Alptraum. Nackt und zitternd fuhr er hoch. Er war soeben im Eis eingebrochen und im Kastelsgraven ertrunken. Noch schrecklicher war, daß er auf dem Grund des Grabens all die Soldaten fand, die im Lauf der Jahrhunderte dort ertrunken waren. Das kalte Wasser hatte dafür gesorgt, daß sie vollkommen erhalten waren. Merkwürdigerweise war unter den Toten auch der kleinste Soldat von allen.

Wie immer brannte das Licht im Badezimmer, damit Jack sich zurechtfand. Er schob die beiden Milchglastüren auf und trat in das Zimmer seiner Mutter. Wenn er schlecht geträumt hatte, durfte er zu ihr ins Bett schlüpfen.

Jemand war ihm zuvorgekommen! Am Fußende des Bettes seiner Mutter, das ebenso schmal war wie seines, ragten ihre Füße mit nach oben weisenden Zehen unter der Decke hervor. Zwischen ihren Füßen sah Jack die Sohlen zweier anderer Füße – und deren Zehen zeigten nach unten.

Zunächst und ohne ersichtlichen Grund nahm Jack an, es seien die Füße von Herzensbrecher-Madsen, doch bei näherer Betrachtung stellte er fest, daß zu den nackten Füßen zwei untätowierte Knöchel gehörten. Außerdem waren die Füße zwischen den Füßen seiner Mutter zu klein, um die von

Lars zu sein. Sie waren noch kleiner als die von Alice. Sie waren beinahe so klein wie die von Jack!

In dem Licht, das aus dem Badezimmer drang, fiel dem Jungen noch etwas ins Auge: Auf dem Stuhl, auf dem seine Mutter oft ihre Kleider ablegte, lag eine Uniform, die aussah, als könnte sie ihm passen. Als er sie anzog, stellte er jedoch fest, daß sie größer war, als er geschätzt hatte. Er mußte die Hosenbeine aufkrempeln und den Gürtel auf das letzte Loch schnallen, und die Schultern von Hemd und Jacke waren viel zu breit. Die Epauletten berührten seine Oberarme, und seine Hände verschwanden in den Ärmeln.

Wenn er hätte raten müssen, hätte Jack wohl gesagt, daß die Uniform des kleinsten Soldaten von allen mindestens eine Nummer größer war als seine anderen Kleider, von denen Jack sich nach seinem Mißgeschick im Wassergraben ja einige ausgeliehen hatte. (Die Zivilkleider des Soldaten, hatte seine Mutter gesagt.)

Unbeirrt von diesem Kleiderrätsel, das im Augenblick auch gänzlich unwichtig schien, beschloß Jack, neben dem Bett seiner Mutter Habachtstellung anzunehmen. Wenn sie und der kleinste Soldat von allen erwachten, würde er salutieren wie ein Soldat. (Angesichts der Kostümierung und der Absicht des Jungen fand seine Mutter später, dies sei Jacks erster Auftritt als Schauspieler gewesen.) Während er in Habachtstellung dastand, merkte er, daß die beiden keineswegs schliefen. Die sachten Bewegungen des Bettes waren ihm anfangs entgangen. Zwar hielt seine Mutter die Augen geschlossen, doch sie war wach: Der Mund war halb geöffnet, ihr Atem ging schnell und flach, und ihre Halsmuskeln waren angespannt.

Von dem kleinsten Soldaten von allen waren nur die Füße

zu sehen. Sein Kopf mußte in etwa zwischen Alice' Brüsten liegen, und die waren unter der Bettdecke. Jack vermutete, daß er sich gerade von einem Alptraum erholte. (Das würde auch das Beben des Bettes erklären.) Außerdem wußte Jack, daß es eine Alptraumnacht war – immerhin hatte er selbst gerade einen gehabt. Für den Jungen war völlig klar, daß der kleinste Soldat von allen ebenfalls einen Alptraum gehabt hatte und darum in Alice' Bett geschlüpft war. Zweifellos betrachtete Jack den Soldaten als eine Art Kind.

Plötzlich überfiel den Soldaten die Erinnerung an seinen Alptraum mit erneuter Heftigkeit. Mit wilden Tritten warf er die Bettdecke ab – im Schein des Badezimmerlichts sah Jack seinen nackten Hintern –, und Alice schien ihn zu fest an sich zu drücken, denn er stöhnte und wimmerte. In dieser Sekunde öffnete Alice die Augen und sah ihren Sohn dort stehen: noch einen kleinen Soldaten, dieser in Habachtstellung. Sie erkannte ihn zunächst nicht, doch das lag sicher an der Uniform.

Ihr Schrei erschreckte Jack ebenso wie den Soldaten. Als dieser den Vierjährigen in seiner Uniform erblickte, schrie er ebenfalls. (Wieder klang er wie ein kleiner Junge.) Und Jack hatte plötzlich eine solche Angst vor dem Alptraum, der den kleinsten Soldaten von allen offenbar ebenfalls überfallen hatte, daß auch er zu schreien begann. Außerdem pinkelte er in die Hose, genau genommen in die Hose des kleinsten Soldaten von allen.

»Jackie!« rief seine Mutter, als sie sich wieder ein wenig gefaßt hatte.

»Ich hab geträumt, daß ich in dem Graben ertrunken bin«, sagte Jack. »Da waren lauter tote Soldaten aus der Vergangenheit. Du warst auch da«, sagte er zu dem Soldaten.

Der Soldat sah jetzt nicht mehr so klein aus. Jack war erstaunt über die Größe seines Penis: halb so lang wie das Bajonett für das Gewehr, mit dem er Jack gerettet hatte, und wie ein Bajonett stand er in einem spitzen Winkel nach oben.

»Du gehst jetzt besser«, sagte Alice zu dem kleinsten Soldaten von allen.

Er nahm den Marschbefehl mit berufstypischer Ergebenheit entgegen, begab sich ohne ein Wort des Protestes ins Badezimmer und kehrte, als er dort alles Nötige erledigt hatte, in Alice' Zimmer zurück, um seine Kleider zu holen. Jack hatte die Uniform ausgezogen und ordentlich gefaltet auf den Stuhl gelegt, dann war er zu seiner Mutter ins Bett geschlüpft.

Gemeinsam sahen sie zu, wie der Soldat sich anzog. Es war Jack peinlich, daß er in die Hose seines Retters gepinkelt hatte, und er konnte erkennen, wann der kleine Held merkte, was geschehen war. Auf seinem Gesicht erschien ein Ausdruck von Unsicherheit und Qual – ganz ähnlich wie das Unbehagen und die Angst, die Jack dort gesehen hatte, als das mutige Kerlchen in seinen langen Unterhosen Zentimeter für Zentimeter über das dünne Eis des Grabens gekrochen war.

Doch er war Soldat; er bedachte Jack mit einem Blick, aus dem großes Verständnis und widerwilliger Respekt sprachen, als fände er es der Situation angemessen, daß der Junge in seine Hose gepinkelt hatte. Und bevor er ging, führte er Jack und seiner Mutter vor, was Jack ihnen hatte vorführen wollen: Er salutierte zackig.

Obgleich Jack ihn splitternackt gesehen hatte, war ihm keine Tätowierung aufgefallen; der kleinste Soldat von allen trug nicht einmal einen Verband. Um nicht wieder einzuschlafen – und wahrscheinlich zu seinem Alptraum über das Ertrinken im Kastelsgraven zurückzukehren –, dachte Jack darüber nach.

Er stellte seiner Mutter die Frage, die ihn beunruhigte. »Hast du ihm eine Gratistätowierung gemacht? Ich hab keine gesehen.«

»Ja … natürlich hab ich ihm eine gemacht«, antwortete sie zögernd. »Du hast sie nur nicht bemerkt.«

»Und was für eine war es?«

»Ein … ein kleiner Soldat«, antwortete sie und zögerte noch mehr. »Sogar noch kleiner als er.«

Jack hatte das gefällte Halbbajonett des Penis gesehen und seinen Eindruck von der Kleinheit des Soldaten revidiert, doch zu seiner Mutter sagte er nur: »Und wohin?«

»Auf einen seiner Knöchel. Den linken«, sagte sie.

Der Junge dachte, daß das Badezimmerlicht ihm einen Streich gespielt haben mußte, denn er hatte die Knöchel des kleinen Soldaten eingehend betrachtet und keine Tätowierung bemerkt. Er hatte sie vermutlich übersehen, ganz wie seine Mutter gesagt hatte.

Wie so oft nach einem Alptraum schlief er in ihren Armen ein, und zwar nicht in der unbequemen Stellung, die der kleinste Soldat von allen eingenommen hatte.

Am letzten Tag unseres Aufenthalts gingen die Mönche mit uns noch einmal zum Heiligen Grab, wo wir die ganze Nacht blieben. In der Frühe kam ein gewisser Elias Areacheros, der aus Bethlehem stammte und das Kloster mit Lebensmitteln versorgte, zu uns und stach uns auf unseren Wunsch das Jerusalemkreuz und den Namen Christi auf den Arm. Ich aber bat ihn, mir darunter auch noch die vier Kronen von König Jakob zu stechen und in den Reif der unteren Krone die Inschrift »Vivat Jacobus Rex« zu setzen, wofür ich ihm zwei Piaster zahlte. Als der Guardian sah, dass ich mir am Heiligen Grab eine Inschrift zu Ehren meines Königs hatte machen lassen, war sein Zorn groß, dass ich die heilige Stätte mit dem Namen des Erzfeindes der römischen Kirche befleckt hatte. Doch da er es nicht ändern konnte und ich ihm von den hohen Tugenden unseres unvergleichlichen Monarchen erzählte, dessen Weisheit und Gelehrsamkeit größer war als die jedes anderen Regenten dieser Erde, beruhigte er sich und bat mich, Seine Majestät darauf aufmerksam zu machen, dass er ihnen trotz der vielen erlittenen Entbehrungen nie irgendeine Unterstützung gewährt oder ihnen Geld für den Erhalt der heiligen Stätten in Jerusalem bereitgestellt habe, die Reisenden seines Königreichs genauso offen standen wie allen anderen.

William Lithgow, Die wundersamen
Irrfahrten des William Lithgow

Sarah Hall

Der elektrische Michelangelo

Cy hatte ein Leben in weiblicher, mütterlicher Gesellschaft hinter sich gelassen und war in ein Leben eingetreten, das durch und durch männlich war, und wie um dies zu bestätigen, tätowierte Eliot Riley ihm ein Schiff auf die Brust, mit dem Namen des toten Vaters in der Takelage. Riley fertigte das Bild in einer einzigen langen, schmerzhaften Sitzung an, so als handele es sich um eine weitere Prüfung. Cy hatte den Eindruck, daß Riley es nicht ertragen könne, nach Reedas Tod ihren Namen zu schreiben, genausowenig wie er seine Zuneigung zu ihr eingestehen konnte, als sie noch lebte, und er wurde ungeheuer wütend und weigerte sich zu antworten, als Cy ihn danach fragte. Eines Nachts dann, als er das Gefühl hatte, dem gerecht werden zu können, tätowierte sich Cyril Parks mit Hilfe von Spiegeln, Geduld und blanker Willensanstrengung den Namen seiner Mutter auf die Haut. Falls Cy dank seiner Mutter jemals Verständnis für das weibliche Denken gehabt haben mochte, so ging ihm das in den darauffolgenden Jahren vollständig verloren. Cy wunderte sich, daß überhaupt eine Frau durch die Tür des Hauses in der Pedder Street trat, sich ins Wartezimmer setzte und durchhielt, bis sie an die Reihe kam. Aber es kamen tatsächlich Frauen, ließen ein paar grobe und anzügliche Bemerkungen im Wartezimmer über sich ergehen und wußten manchmal ebensogut auszuteilen, wie sie einsteckten. Weibliche Kundschaft war gar nicht mal so selten, und es gehörte zu den bestgehüteten Geheimnissen in der Branche, daß so mancher Zentimeter weiblicher Bekleidung auf der Straße so farbenprächtig war wie die Haut unter ihren Schlüpfern und Hüfthaltern. Die Frauen suchten sich kleinere Motive aus als die Männer, an diskreten Stellen, Oberschenkel, Bauch, unterem Rücken, also Stellen, die man normalerweise nicht in der Öffentlichkeit sah, anders als der tätowierte Unterarm eines Mannes, wenn er sich zum Arbeiten die Ärmel hochkrempelte, oder die stolz gezeigten Knöchel eines Seemannes. Für die Frauen war das eine höchst private Angelegenheit. Nur ganz wenige, zumeist Frauen aus dem Zirkus, der gelegentlich in der Stadt war, waren mutiger oder gar am ganzen Körper tätowiert. Bei den anderen waren es häufig Blumen, Schwalben oder die Namen ihrer Liebhaber. Alle wurden sie anständig behandelt. Trotz all seiner Rüpelhaftigkeit genoß Riley bei jenen in der Stadt, die seine Arbeit schätzten, großen Respekt. Er war für seine saubere Arbeit bekannt. Und die Frauen wußten, daß es bei diesem Mann keinerlei Unanständigkeiten gab, wenn sie sich hinter dem Vorhang entkleideten, es sei denn, sie wollten es selbst. Riley war derart vertieft in seinen Beruf, daß ihm dies Gewicht verlieh, wie bei einem Arzt, einem Anwalt oder einem Geschäftsmann, und das brachte ihm das tiefe Vertrauen der Kunden ein. All dies, ebenso wie andere Eigenarten seiner Berufsausübung, das häufige Wechseln der Tinte, die sterilen Nadeln, die vielen Lappen zum Säubern, verstärkte seinen Ruf als merkwürdig professioneller Purist in einer Branche, die mit dem Snobismus und den Verhaltensregeln der Allgemeinheit nichts am Hut hatte. Riley genoß zwar den Ruf eines Großmauls und Trinkers, doch seine Fähigkeiten, seine hohen Ansprüche an seine Arbeit sorgten für einen steten Zustrom an Kundschaft, und darunter waren eben auch Damen mit hohen Absätzen und Kapuzenmänteln, Filzhüten, steifen Unterröcken, Federboas, Broschen und gelegentlich sogar Fuchsstolen.

Aber Frauen waren so ungeheuer schwer einzuschätzen, und Cy fühlte sich ihnen gegenüber vollkommen fremd. Frauen waren Geschöpfe von ungeheurer Zähigkeit und Unvorhersagbarkeit. Riley hatte recht, sie konnten die ganze Behandlung über lächeln, so als handele es sich um eine Luffaschwamm-Massage. So als seien sie direkt von ihrem Hexenzirkel ins Studio gekommen. Sie neigten nicht wie die Männer dazu, ihren Schmerz nach außen zu tragen und sich an den hölzernen Wandgriffen festzuklammern. Statt dessen hielten sie ihre eigenen Hände umklammert, so als wollten sie den Schmerz in sich bewahren. Ihre Körper waren verschlossen, ähnlich der verschlungenen Schleife, dem Symbol für Unendlichkeit. Ihre Reaktionen auf die Arbeit an ihrer Haut waren so unterschiedlich wie extrem. Tränen, hysterisches Lachen, vollkommen schweigsame Hartnäckigkeit, stiller Wahn, Entschlossenheit, plötzliches Entsetzen, Manie, Laszivität, Gefühle auf allen Ebenen zwischen den erkennbaren Gefühlen, wie die weiße weiche Substanz in der harten grünen Haut eines gespaltenen Schilfhalms. Männer waren da anders, sie waren froh, blasiert, wütend oder spielten sich und den anderen etwas vor. Irgendwie hatte Cy den Eindruck, als wären die Kundinnen dem Rätsel des Tätowierens näher, von dem Riley behauptete, es sei heilig und essentiell. Auch in seinem Privatleben konnte Riley das Rätsel

Frau nicht lösen, trotz seines scharfen Blicks in die Höhlen und Spalten des menschlichen Verstandes, trotz seiner chirurgischen Fähigkeit, zu ihren Zügen ein Bild, eine symbolische Entsprechung zu finden, wenn ihnen nichts einfiel oder sie sich trotz all der Vorlagen nicht entscheiden konnten.

Während der Arbeit im Studio durchlief Cyril Parks den Wandel von den Enttäuschungen und rein gedanklichen Auseinandersetzungen mit dem sexuellen Vorspiel hin zu der eigentlichen Sache. Einige der Frauen, die ins Studio kamen, waren bereits entflammt und boten Riley oder Cy ihre erhitzten Unterleiber an, wenn es genug Privatsphäre gab. Sie kamen, um sich Flammen auf ihre weißen Leiber malen zu lassen, Blumen rings um die Brustwarzen, sie ließen sich die Brustwarzen verschönern, so daß es aussah, als lägen Rosenblätter auf der Brust, Katzen, die bei ihren Vulven kauerten. Andeutungen von Koitus. Dieser Aspekt war nun mal untrennbar mit diesem Beruf verbunden. Meeresgetier an der Innenseite eines Oberschenkels, eine Schlange, die auf einer Pobacke eingerollt ruhte oder sich in die schattige Falte des Hinterns verkroch. Die niederen Symbole des Fickens, das lebhaft Erotische. Manche Frauen kamen und ließen sich ihre zügellose Natur auf den Leib schreiben, um so den Betrachter zu wollüstigem Verhalten zu bewegen oder ihre eigene Wollust zu verkünden, und danach, wo sie doch schon mal nackt und bereit waren für mehr als nur das Eindringen einer Nadel, wollten sie Cy haben. Der letzte kratzende Schmerz hinterließ nur einen wunden Beweis der Lust. Manche der Frauen wollten es bis zum keuchenden, schaudernden, zitternden Ende auskosten. Ihre farbenprächtigen Wunden wurden von Sex bedeckt, als handele es sich um einen Wundverband.

»Weißt du, was diese Schwalbe bedeuten soll, mein Lieber? Na komm, ich zeig's dir. Zieh deine Hose runter. Na komm schon, es wird dir nicht leid tun. So ist gut. Ja, schau mal einer an, Riesenschlagstock, aber kein Helm, Herr Wachtmeister. Setz dich lieber hin, okay?«

Oder sie nahmen seine Hand, legten sie sich zwischen die Beine und warteten auf seine Reaktion; sein Blick verriet, daß er sich fügte; dann brachten sie seinen Schwanz in eine angenehme Form, wie eine Töpferin an der Drehscheibe, glasierten ihn mit der Spucke ihrer ofenheißen Münder, bis er endlich in einem Zustand war, mit dem sie etwas anfangen konnten. Manche von den Frauen mochte er wirklich, und er hätte um sie geworben, wenn er sie nicht seinem Chef hätte vorstellen müssen, woraufhin dieser sich mit Sicherheit eingemischt hätte. Wenn Riley besonders anzüglich und gemein war, meinte er, Cy solle sich nicht von Zärtlichkeiten und Küssen einlullen lassen, von dem höflichen, sanften Geplänkel, der süßen Entdeckung jener Stelle, die beide Partner dazu brachte, aufeinanderzuschlagen wie Fensterläden im Sturm. Riley meinte, manche Frauen würden einfach den Biß, den Schmerz, die Bosheit des Tätowierens und des Paarens mögen und daß es der Schmerz sei, der sie ganz feucht und willig mache. Und sollten solche Frauen irgendwann im Studio sitzen, wenn er, Riley, mal nicht dabei sei, wenn sie heiß und schlüpfrig seien, dann würde Cy die schüchternen Annäherungen, das sanfte Stoßen und bedächtige Lieben beiseite lassen müssen. Er würde sie schlagen, sie packen, sie umdrehen und von hinten nehmen müssen.

Natürlich kamen weniger Frauen als Männer in die Pedder Street, aber stets hatten sie etwas Rätselhaftes an sich, sie waren das wandelnde Rätsel des Lebens, sie ruinierten die Einfachheit der Arbeit. Cy versuchte sein Bestes, sich einen Weg durch den Wirrwarr zu bahnen, der sie umgab, doch meist kam er sich dabei verloren vor.

Einmal war eine Frau bei ihnen, die nach getaner Arbeit dastand und weinte. Riley wollte sie nicht trösten. Aus welchen Gründen auch immer, ob aus Grausamkeit oder distanziertem Voyeurismus, jedenfalls interessierte ihn diese Situation nicht so, daß er glaubte, Trost spenden zu müssen, also näherte er sich ihr auch nicht. Statt dessen putzte er die Tintenfläschchen und ließ die Frau, die ihr Taschentuch mit Kummer und Rotz durchtränkte, einfach stehen. Bei ihrem menschlichen Zeichenuntergrund, so sagte Riley immer, könne man sich nie darauf verlassen, daß er sich rational verhalte, vor allem nicht die weibliche Variante. Vielleicht tat es ihr leid, dachte Cy, daß sie die Tätowierung hat machen lassen, eine winzige schwarz-rote Rose über dem Bauchnabel. Genau eine Daumennagelbreite darüber, Rileys breiter, fleckiger Nagel war das Maß. Ihr Gesicht wirkte ganz zerknüllt und hochkonzentriert, so als ob Weinen eine Angelegenheit sei, der man sich mit Anstrengung und Entschlossenheit zu widmen hatte, so als ob sie sich zum Weinen zwinge. Das hatte Cy noch nie verstanden, wenn er es bei Frauen sah. Sie konnten sich voller Leidenschaft und Entschlossenheit aufs Weinen stürzen. Ihn verunsicherte die gnadenlose Selbstzerstörung, die dahintersteckte, die Art und Weise, wie manche Menschen ein Selbstrisiko eingingen, sich zusammenkrümmten, selbst zerstörten. Ihm kam das wie ein Verrat der schlimmsten Art vor, und jedesmal fand er, er müsse diese Rebellion unterbinden. Ob nun aus Mitleid oder als Strafe, jedenfalls wußte er, vom Griff nach der Hand der im Sterben liegenden Mutter war es nur ein Reflex bis zum Griff nach der Hand weinender Frauen. Nicht so bei Riley. Der schien überhaupt nichts zu fühlen, und er konnte sich den Kummer anderer stundenlang mit ansehen und dabei rauchen, so als säße er im Kino. Vielleicht gab er den hysterischen Gesichtern in Gedanken sogar Ohrfeigen. Cy hatte schon ein paarmal gehört, wie Frauen, die Riley mit nach Hause brachte, in Tränen ausbrachen, und die Wände schienen ihr wütendes Jammern nur noch zu verstärken, wenn sie auf die gefühllose Reaktion von Cys Henker stießen, auf seine fehlende Emotion, seine katatonische Haltung. Dann wurde ein zerbrechlicher Gegenstand zerschlagen, falls sich etwas Derartiges zur Untermalung ihrer Darbietung finden ließ, als würden ihre Qualen noch zunehmen, bis sie endlich von einer adäquaten Reaktion gebremst wurden, so als handele es sich um eine Gefühlsgleichung. So als würde man beim Pokern immer höher bieten, bis endlich jemand sehen will. Cy stand ganz auf der Seite dieser Frauen, aber das war ja verständlich angesichts all der Gelegenheiten, bei denen er Riley anbrüllen wollte, sich menschlicher zu zeigen, wenn er wieder mal auf dessen allumfassende Grausamkeit stieß, so menschlich wie all die anderen, die Cys Leben bisher geformt hatten und sein Maßstab an Menschlichkeit waren.

Doch diese Frau, die nun knapp über dem Bauchnabel geblümt war und noch immer mit offener Bluse dastand, so daß man ihren bebenden Bauch sehen konnte, wirkte nach Fertigstellung der Tätowierung so merkwürdig aufgebrochen, so zutiefst verwirrt, daß Cy diese Distanz nicht überwinden konnte. Außerdem war sie nun mal Rileys Kundin, und das hier war das Studio seines Chefs. Wenn Riley nicht zu ihr konnte, um sie zu trösten, wie konnte dann er, Cy, das tun?

Des Lärms müde oder vielleicht ungeduldig auf den nächsten Kunden wartend, sprach Riley sie endlich an.

»Hör auf. Was soll die ganze Aufregung? Sei doch nicht so dumm. Hör auf.«

Ihr Blick und ihr schüttelnder Kopf sagten, daß sie nicht könne.

»Aber natürlich kannst du. Du mußt nur aufstehen und deinen Mantel nehmen, meine Liebe, nach Hause gehen und so tun, als sei nichts geschehen. Du wirst dich schon dran gewöhnen. Hör mal, du hast ein fast genauso großes Muttermal unter der Brust, und dann ist da diese Narbe über deiner Möse, die noch viel schlimmer aussieht! Wo kommt denn die her? Hast du dich an der Wasserleitung operieren lassen?«

Rileys zehntes Gebot lautete: »Du sollst dich dran gewöhnen.«

»Du sollst den Schorf nicht abkratzen«, lautete das erste Gebot. Die anderen acht änderten sich ganz nach Laune. Neue dramatisch große Narben wurden irgendwann mal alt und beleidigten oder schockierten im Spiegel nicht länger. Operationsnarben waren einem im Alter so vertraut wie das eigene Bein. Schwangerschaftsstreifen waren, ähnlich den Runzeln auf der Stirn, nur Erinnerungen daran, daß das Leben weiterging. Einschußnarben, die aussahen, als wären sie mit Seide überzogen – und davon gab es im Studio einige, denn das Geschäft lockte Leute an, die mit Schießereien durchaus vertraut waren –, waren kaum größer als die Narben der Pockenschutzimpfung oder kleine Geburtsmale. Tätowierungen konnten einen zwar kurz aus der Bahn werfen. Letztlich aber wurden sie zu normalen Bestandteilen der menschlichen Anatomie. Die Menschen gingen durchs Leben wie häufig gebrauchtes Steingut, sie bekamen Macken,

Kratzer und Flecken vom ständigen Gebrauch, vom Aufnehmen und Ausgießen des Lebens.

Die Frau, die durch die Grobheit des Mannes aufgerüttelt worden war, begann zu sprechen.

»Mittwoch heirate ich. Diesen Mittwoch.«

Riley zeigte sich unbeeindruckt.

»Was ist denn das für ein bescheuerter Tag zum Heiraten, meine Liebe?«

»Ich weiß. Aber die Samstage sind bis Weihnachten besetzt.«

Es war Sonntag nachmittag. Riley, den das immer noch nicht berührte, nickte nur und dachte wohl, daß sie sich bis zu ihrem Hochzeitstag wohl an die Tätowierung gewöhnen würde. Die Frau hatte aufgehört zu weinen, aber die Augen waren noch immer so wäßrig wie Flaschenböden.

»Schon komisch, nicht? Daß man was Zerbrechliches auf einen Platz stellt, wo man schon weiß, daß es runterfallen könnte. Meinem Mann wird sie gefallen, die Tätowierung. Aber das will ich gar nicht. Das ist der Punkt. Ich will nicht, daß sie ihm gefällt.«

Nachdem sie sich wieder gefangen hatte, nahm sie ihren Mantel und ging. Cy hatte keine Ahnung, was sie denn nun am liebsten ungeschehen machen wollte. Dieses Geschäft, dachte er nicht zum ersten Mal, befand sich in mehr als nur einer Hinsicht am dunklen Ende der Stadt. Und Cy beschloß, sollte ihn eines Tages die menschliche Unverständlichkeit einmal derart verblüffen, dann würde er das einfach auf sich beruhen lassen.

An den Türrahmen gelehnt wie ein Janitschar, der die Gärten bewacht, erwartete mich eines Abends Armand. Ich hatte mich um eine Stunde verspätet und war sicher, daß er mich anbrüllen, vielleicht schlagen würde, ich hatte Angst. Von der letzten oder vorletzten Stufe der Treppe aus sah ich ihn, nackt bis zum Gürtel: seine weite Hose aus blauem Tuch, die sich an den Füßen kräuselte, diente als Sockel, nicht für Armands Büste, sondern für seine verschränkten Arme. Vielleicht ragte der Kopf über sie hinaus, ich weiß es nicht: nur seine Arme existierten, kompakt, muskulös, ein dicker Strang von braunem Fleisch – einer wies eine feine Tätowierung auf, sie stellte eine Moschee dar mit Minarett und Kuppel und einer Palme, die sich im Samum neigte. Auf sie herab fiel vom Hals, gebauscht, im Nacken festgeschlungen, eine lange, beige Musselinschärpe, mit der sich Legionäre oder Kolonialsoldaten den Kopf verhüllen, um den Sand abzuhalten. Die Brustmuskeln waren vollständig von den Armen verdeckt, der Bizeps sprang hervor. Diese Arme existierten für sich, sie waren Armands Schild und Wappen – wie ein Relief.

Jean Genet,
Tagebuch eines Diebes

Artur Heye

Unterwegs

Da kam eines Tages der alte Medizinmann an, ein Kerl mit einem Gesicht, das auf jeden Steckbrief paßte, und fragte mich nach längerem Drucksen und Rülpsen, ob – ich mich nicht in den Stamm aufnehmen lassen wollte!

Was ihn dazu bewogen hatte, ist mir nie ganz klargeworden; ich vermute, daß er sich von der Stammesmitgliedschaft eines Weißen irgendwelche Vorteile bei ihren ewigen Konflikten mit den mexikanischen Behörden versprach.

»Wie wird das gemacht, das In-den-Stamm-Aufnehmen?« fragte ich.

»Ich tätowieren du Totem von Stamm, dann du Apache!« kauderwelschte er.

Das Totem ist das Stammeszeichen, meist das Bild eines Tieres, das dem betreffenden Stamm als heilig, sozusagen als Wappentier gilt. Das Totem der Sequillos war die Schlange; ich hatte die Tätowierung bereits bei allen Männern und Frauen auf dem linken Arme gesehen.

Nun hatte mir schon Blau-Weiß auf der »Luise-Henriette« die Arme mit einigen Tätowierungen geschmückt, diese Barbarei gilt unter Seeleuten als schön und zum Beruf gehörig; also kam es mir auf eine Tätowierung mehr oder weniger nicht an, und ich erklärte mich bereit.

Was aber diese Sequillos daraufhin mit mir zu treiben begannen, grenzte an groben Unfug.

An einem der nächsten Tage ging's los. Sie schienen es als eine Art Volksbelustigung aufzufassen. Die Männer hatten aus Fellsäcken ihren phantastischen Federschmuck und ihre fransenbesetzten, engen Hosen, ihre Kriegsbeile und Skalpmesser, die Weiber wunderhübsche, weichgegerbte und buntbestickte Hirschledergewänder und Unmengen von klirrendem Silberschmuck vorgeholt und angetan. Wilde Tänze, begleitet von Pfeifenmusik, gellendem Geheul der Männer und schrill-trillernden Schreien der Weiber, wirbelten vom frühen Morgen an durcheinander.

Dieses eine einzige Mal erlebte ich echte, wilde Indianerromantik, so wie ich sie mir in den Träumen meiner Jugend vorgestellt hatte, und genoß sie mit dem jungenhaften Stolze, daß ich ihr Mittelpunkt war, so tief und solange ich konnte. Lange sollte das freilich nicht sein.

Ich hatte mit schon wachsendem Mißtrauen beobachtet, wie in einem großen Lederzelt an niederen Pflöcken eine Ochsenhaut lose aufgespannt und dann voll Wasser gefüllt worden war. Sodann machten sie draußen in großen Feuern Steine glühend heiß und warfen sie in das Wasser. Das Ganze gab eine Art Dampfbad.

Bald darauf holte mich eine feierliche Deputation ab und führte mich in das Zelt. Hier bekam ich erst einmal einen halben Kürbis voll Pulque (Agavenschnaps) eingegossen; dann zogen sie mir das Hemd vom Oberkörper, ein Dutzend rotbraune Fäuste packten mich, hoben mich hoch und hielten mich über den Dampf, wahrscheinlich, um die Haut geschmeidig zu machen.

Eine Minute darauf erschien das Verbrechergesicht des

Medizinmannes über den Dampfwolken. Er packte meinen linken Arm und begann ihn zu massieren. Mir war, als hätte mich ein Bär zwischen den Tatzen. Ich fühlte schon keinen Knochen mehr darin, als er endlich eine Art Kamm mit nadelfeinen Zinken nahm und anfing, ihn, bald in blaue, bald in rote Pflanzenfarbe tauchend, zu tätowieren. Wenn er ein Stückchen fertig hatte, spuckte er mir auf den Arm, rührte Farbe darin an und zeichnete mit einem Hölzchen das nächste Stück vor.

Eigentlich schmerzhaft war die Sache kaum. Das Schlimmste bei der Prozedur waren die Begleitumstände, die Ströme von Schweiß, die unaufhörlich an mir herabrannen, die erstickenden Wolken von Dampf und von beizendem Rauch, die von den Feuern und Öllampen kamen, der ranzige Gestank von gebratenen Fischen, gemischt mit dem widerlich süßen des Agavenschnapses, der in unheimlichen Mengen konsumiert und auch mir, trotz allem Sträuben, immer wieder einfiltriert wurde, das Gebrüll und Gegröle der Tanzenden und Saufenden und die paar hundert ermunternden Nackenschläge, die nach und nach auf mich herabklatschten.

Die Tierquälerei hat geschlagene neun Stunden gedauert! In den letzten zwei habe ich das Allerletzte in mir zusammenreißen müssen, um nicht kopfüber in den Bottich zu fallen. Ich schnappte nur noch mühsam nach Luft, Blut und Schweiß rannen mir von dem hochgehaltenen Arm in Augen und Mund – im ganzen kam ich mir vor wie ein Schwein, das geschlachtet, gebrüht und abgeborstet werden soll.

Auf einmal war es zu Ende. – Ich setzte die Zähne aufeinander, wackelte wie durch einen roten Nebel, der mir vor den Augen und im Schädel auf und ab wogte, und taub gegen alle

Zurufe zum Zelt und zum Lager hinaus, an den Bach hinab, und legte mich eine Stunde lang in das kühle, flache Wasser.

Meine nunmehrigen Brüder sprangen mit buntbemalten Gesichtern, zähnefletschend und heulend wie die Kannibalen, um die Feuer herum; ich aber fiel trotz des zur Raserei gesteigerten Tobens in einen Totenschlaf.

Am andern Morgen war mein Arm stocksteif und so geschwollen wie eine Dampfnudel. Im Lager war es totenstill. Gegen Mittag kam der Medizinmann mit schrecklich verkatertem Gesichte angeschwankt, besah aus gläsernen Augen meinen Arm und lallte dann die denkwürdigen Worte: »Du gut ausgehalten! Du auch gut aushalten bei zweite Schlange! Die mehr groß und nimmt mehr Zeit.«

»Zwei – Zweite Schlange –!?« stotterte ich. »Wohin soll die denn kommen?«

»Auf Bauch!«

Heiliger Brahma! Eine zweite und noch größere Schlange trugen sie auf den Leib tätowiert? Die hatte ich noch nicht bemerken können, weil sich die Ferkel ja nie wuschen. –

Da war mein Bedarf an Indianerromantik für immer gedeckt. Noch an demselben Abend entwich ich auf meinem Toxlitcuha aus dem Lager meiner lieben Stammesgenossen. Lieber wollte ich mich der Justiz der Vereinigten Staaten anvertrauen als nochmals den Mörderhänden unseres Medizinmanns!

»Die Egge fängt zu schreiben an; ist sie mit der ersten Anlage der Schrift auf dem Rücken des Mannes fertig, rollt die Watteschicht und wälzt den Körper langsam auf die Seite, um der Egge neuen Raum zu bieten. Inzwischen legen sich die wundbeschriebenen Stellen auf die Watte, welche infolge der besonderen Präparierung sofort die Blutung stillt und zu neuer Vertiefung der Schrift vorbereitet. Hier die Zacken am Rande der Egge reißen dann beim weiteren Umwälzen des Körpers die Watte von den Wunden, schleudern sie in die Grube, und die Egge hat wieder Arbeit. So schreibt sie immer tiefer die zwölf Stunden lang. Die ersten sechs Stunden lebt der Verurteilte fast wie früher, er leidet nur Schmerzen. Nach zwei Stunden wird der Filz entfernt, denn der Mann hat keine Kraft zum Schreien mehr.«

Franz Kafka,
In der Strafkolonie

Clemens Meyer

Tattoo-Thilo

Tattoo-Thilo und Trinker-Thilo kennen sich nicht, und das ist gut so, denn Trinker-Thilo erzählt viel Scheiß und geht den Leuten auf den Sack und quatscht sie dumm voll, wenn er viel getrunken hat, und er trinkt fast immer.

Tattoo-Thilo trinkt nicht viel, er hat sich's abgewöhnt, als er im Knast war. Er war paarmal im Knast, obwohl er noch nicht mal zwanzig ist, und lässt sich nicht gern dumm vollquatschen. Ich weiß nicht genau, warum er gesessen hat, aber Körperverletzung war auch dabei.

Ich lasse mich bei Tattoo-Thilo hacken, denn er hat einen ziemlich guten Ruf, was die Hackerei betrifft, nicht nur im Viertel. Rico hat mir erzählt, dass sogar Typen vom Kiez bei ihm in Behandlung sind, und Rico selbst hat sich auch von ihm hacken lassen, aber das war im Knast. Rico erzählt nicht viel vom Knast, aber ich weiß, dass fast alle Tätowierer dort zur Lehre gingen.

Rico hat mir mein erstes Tattoo geschenkt, als ich achtzehn geworden bin, denn er hatte bei Tattoo-Thilo noch was gut. Jetzt habe ich eine Eidechse auf dem Unterarm, »die geht nie mehr weg«, schimpft Mutter, aber sie bewegt sich, wenn ich die Muskeln anspanne. Eigentlich wollte ich einen Indianer haben, ich hatte mir auch schon eine Vorlage aus einer Tattoo-Zeitung rausgerissen, bei »Rudis Schreibwaren«, denn die Hefte sind ziemlich teuer. Tattoo-Thilo hat selbst jede Menge Tattoo-Magazine zu Hause, müssen so hundert sein, sind auch ganze Indianerstämme drin, aber das wusste ich damals noch nicht.

Tattoo-Thilo kann keine Indianer stechen, auch das wusste ich damals noch nicht, und als er's mir sagte, dachte ich erst, er hat was gegen Ausländer. Ist aber eine Frage der Technik. »Ist nicht wie beim Ficken«, hat er mir gesagt, »da geht's ja alles automatisch, lernste alles von allein«, sicher weiß er nichts von Kamasutra und so, und was er bei den Indianern noch nicht so gut kann, ist das Schattieren. Schattierungen sind ganz feine Grautöne, da muss der Tätowierer ganz vorsichtig auf ganz spezielle Weise mit der Nadel in der Haut rumwühlen, und das lernt er noch, hat er mir gesagt. Und da er jetzt gerade nicht im Knast sitzt, dauert das bisschen länger mit der Lernerei. Also hat er mir eine Eidechse auf den rechten Unterarm gestochen, obwohl ich gar kein Eidechsen-Fan bin, aber Eidechsen sind gerade in Mode, hat er mir gesagt, und der Gefallen, den er Rico noch schuldete, hätte sowieso nicht für einen Indianer gereicht, sondern höchstens für die Eidechse. Jetzt sitzt sie bei mir auf dem Unterarm, »die geht nie wieder weg«, schimpft Mutter, aber das ist mir egal, das Problem ist, dass ich überall rumerzählt habe, vor allem den Mädchen, dass ich bald einen Indianer auf dem Unterarm habe, einen richtigen Häuptling, Sitting Bull persönlich, und jetzt will ihn jeder sehen, am besten auch noch anfassen, und dann krempele ich den Ärmel hoch, und dort sitzt nicht mal Winnetou. Sie sind dann ein bisschen enttäuscht, vor allem die Mädchen, die wollen keine Eidechse im Bett. Also hab ich mir eine Geschichte ausgedacht, die ich jedem erzähle, den Mythos der Eidechse: Die Eidechse ist bei den Indianern ein heiliges Tier, viel mehr wert als Büffel oder Bär und auch als ein Krieger, denn denen wächst nicht der Schwanz nach, wenn er mal ab ist. Die Eidechse steht für die ewige Erneuerung, nicht nur von Gliedmaßen.

Das finden die Leute ganz gut, vor allem die Männer, die Mädchen konnte ich noch nicht so überzeugen. Deshalb lasse ich mir jetzt für achtzig ein Ornament auf den rechten Oberarm stechen, Mädchen stehen auf Ornamente, obwohl Tattoo-Thilo sagt, die Eidechse sei viel zu alleine und bräuchte noch eine Art Partner, eine Schlange oder eine Spinne, aber ich will keine Schlangen oder Spinnen auf meinem Körper. Das Ornament ist fast fertig, sogar in 3-D, denn die schwarze Farbe will nicht in der Haut bleiben und drängt in kleinen Wülsten wieder raus. Tattoo-Thilo kann es noch nicht zu Ende stechen, denn es hat sich entzündet, und wir müssen immer mal paar Wochen Pause machen. Ich habe Angst, dass mir der Arm abstirbt, denn er ist ganz dick, als hätte ich riesige Muskeln, hab ich ja auch, auch ziemlich rot und ein bisschen blau. Tattoo-Thilo sagt, das sei ganz normal, und ich soll fleißig Butter draufschmieren. Also schmiere ich jede Menge Butter auf meine frischen Tattoos, und meine Mutter schimpft, weil ich die ganze Butter alle mache, und auch Tattoo-Thilo schimpft, wenn er meinen zugebutterten Arm sieht, »is viel zu viel«, schimpft er, »das Tattoo muss doch atmen!«

Tattoo-Thilo schimpft sowieso ziemlich viel, vor allem wenn er tätowiert. Mal schimpft er, weil ich zu viele Haare auf dem Arm habe und er sie mir wegrasieren muss, weil sie sonst beim Hacken stören, dann schimpft er, weil ich so stark blute, »blutest wie 'n Schwein, Mensch!«, dauernd schimpft er, weil mein Arm zuckt, kann ich aber gar nichts dafür, da müssen irgendwelche Nerven sein, die er mit der Nadel trifft. Aber am meisten schimpft Tattoo-Thilo, wenn ich ihm irgendwie zeige, dass ich Schmerzen habe, wenn er in meiner Haut rumwühlt. Ich will's ihm nicht zeigen, will 'n harter Kerl sein, bin's ja auch, aber manchmal ist es einfach nicht auszuhalten, und dann atme ich laut aus oder knirsche so laut mit den Zähnen, dass es das Summen seiner Maschine übertönt. Ist überhaupt eine Scheißmaschine, ein selbst gebasteltes Ding mit CD-Player-Motor und einer dreckigen Nähnadel, aber das sage ich Tattoo-Thilo nicht, denn er hat seine Maschine Steffi genannt, ist eine Art Knastmacke, hat er mir erzählt. Steffi ist ein Original-Nachbau seiner Knastmaschine, und ich bin ganz froh, dass er mich nicht mit der Nadel hackt, an der das Blut von hundert Knastis klebt, sicher waren auch paar Mörder drunter.

»Kann sowieso nichts passieren«, sagt Thilo, »Hygiene und so ist bei mir Nummer eins.« Aber das stimmt nicht, Hygiene ist höchstens Nummer zweiundvierzig bei ihm, und ich erinnere ihn jedes Mal daran, seine Maschine sauber zu machen, bevor er mir die Nadel in die Haut jagt. »Ist doch noch sauber, sieht doch noch gut aus«, sagt er, und dann holt er doch ein Messer aus der Küche und kratzt die alte Farbe von der Nadel ab. Dann holt er eine Flasche »Stroh 80«, macht ein Glas voll und hält die Nadel paar Sekunden rein. »Gib Aids keine Chance«, sagt er. Bestimmt weiß er nicht, dass es noch jede Menge anderes Zeug gibt, das der »Stroh 80« nicht kaputt machen kann und das dann dich kaputt macht, Hepatitis zum Beispiel. Hepatitis ist die Hölle, vor allem die C, denn dann kann man nicht mehr saufen. Ich kenne ein Mädchen, das die C hat, aber nicht vom Tätowieren, sie hat gedrückt und eine Zeit lang für Geld oder Stoff alles gemacht. Ist ein ganz liebes Mädchen, aber ziemlich runter, und wenn sie nicht die C hätte, würde ich mit ihr was anfangen, denn sie ist jetzt sauber, aber dafür trinkt sie ziemlich viel und macht's wohl nicht mehr lange. Auch bei Tattoo-Thilo rennen paar Typen rum, Ex-Knastis und solche, die's werden wollen, die so aussehen, als hätten sie auch Hepatitis oder Tripper oder sonst irgendeinen Scheiß.

Tattoo-Thilo wohnt in einer Art Wohngemeinschaft, und alle, die mit ihm dort wohnen, kommen gerade aus dem Knast oder müssen bald wieder hin. Eine Sozialtante passt auf sie auf, damit sie keinen Mist machen, ist eine junge Sozialtante, sogar ziemlich hübsch, vielleicht denken die Gerichtstypen, dass die jungen Knackis eher auf eine junge, hübsche Sozialtante hören als auf eine alte, vertrocknete. Aber die Sozialtante ist ziemlich weich und lässt jede Menge durchgehen, manchmal stinkt die ganze Bude nach Hasch, und Tattoo-Thilo erzählt mir, dass er sie nachts manchmal mit Messerstecher Nummer eins drüben im Nachbarzimmer hört.

Ich kann mir das nicht vorstellen, denn Messerstecher Nummer eins ist ein ziemlich hässlicher Kerl mit Narben im Gesicht. Er sagt, dass die von Fäusten, Flaschen und Messern sind, aber eigentlich sehen sie aus wie Aknenarben oder Pockennarben oder so was. Messerstecher Nummer eins ist mit dem Messer auf eine alte Frau los, die ihm nicht die Handtasche geben wollte, hat Tattoo-Thilo mir erzählt. Er hackt ihn trotzdem. Er hackt fast alle Typen in der WG, und die Sozialtante hat nichts dagegen. Manchmal steht sie sogar daneben und guckt zu, wenn Tattoo-Thilo mich hackt, und dann versuche ich, ganz ruhig zu bleiben, und lächele sie an, auch wenn Tattoo-Thilo die Nadel bis auf meine Knochen jagt. Manchmal sind auch die Knackis aus der WG da und beobachten mich ganz genau, und manchmal kommen irgendwelche Kumpels von Tattoo-Thilo, die auch bei ihm in Behandlung sind, und dann reden sie alle durcheinander, und Tattoo-Thilo redet mit und blickt gar nicht mehr auf meinen Arm, während er hackt, und ich hoffe, dass Steffi auch alleine tätowieren kann und mir kein Hakenkreuz, keine breitbeinige Tussi oder so was auf die Haut malt. Obwohl eine breitbeinige Tussi auch nicht schlecht wäre, die könnte man streicheln und wäre nie allein.

Wenn ich mal in den Knast komme, nicht in den Jugendarrest, da war ich ja schon, richtig in den Knast, in die Kiste, wie Rico sagt, und bestimmt wird das irgendwann passieren, obwohl ich ein bisschen aufpasse, also wenn ich mal in den Knast komme, nach Zeithain oder rüber nach Torgau oder in die Kästnerpipe, dann kenne ich dort schon das Inventar, die Regeln, die Schließer, die Langzeitler und die Preise für die Dienstleistungen und Sonderwünsche, denn die Knastkollegen von Tattoo-Thilo erzählen jede Menge Knastgeschichten, Rico hat das nie gern gemacht. Am liebsten höre ich die Geschichte von dem tätowierten Schwanz, obwohl ich nicht richtig glauben kann, dass die wahr ist, denn wer lässt sich schon den Schwanz tätowieren? Aber vielleicht stand der Typ auf Schmerzen, und man hat ja nichts weiter im Knast, also ließ er sich eben eine Fliege auf die Eichel stechen. Vielleicht wollte er auch sein Mädchen, wenn er eins hatte, bisschen überraschen, wenn er wieder rauskam, und vielleicht war die scharf auf kleine Tiere, und sicher war die Fliege ganz schön, wenn er einen Ständer hatte. »Müssen doch höllische Schmerzen gewesen sein«, sage ich, denn auch ich habe höllische Schmerzen, obwohl niemand meine

Eichel tätowiert, aber Tattoo-Thilo will seinen Knastkumpels zeigen, wie gut und schnell er hacken kann, und rast mit der Maschine wie ein Irrer über meinen Arm. »Wir haben das Ding betäubt«, erzählt einer der Typen, »mit 'nem Löffel immer wieder auf die Eichel gekloppt, bis sie taub war, da spürste dann nichts mehr, verstehste.«

»Klar«, sage ich, »verstehe«, obwohl ich das gar nicht verstehe, aber in der Kiste hat man eben nichts zu tun und kommt auf verrückte Ideen.

Manchmal, wenn die Sozialtante nicht im Zimmer ist, fangen sie an, Geschäfte zu machen, quatschen irgendwelche Deals und Brüche ab, und manchmal fragen sie mich, ob ich mitmachen will, aber ich sage dann, dass ich mit meinen eigenen Farben spiele, drüben in Reudnitz und Anger-Crottendorf. Manchmal packen sie auch Stoff aus und ziehen sich Straßen quer über den Tisch, und manchmal fragen sie mich, ob ich 'ne Runde mitfahren will, aber ich sage dann, dass es nicht geht, wegen der Hackerei, weil ich doch schneller blute, wenn ich was drinhab, aber in Wirklichkeit denke ich an meinen alten Freund Mark, dem es so schlecht geht, wegen dem Scheißzeug. Tattoo-Thilo sagt, dass ich's richtig mache und dass ich eh schon viel zu viel rumblute, und dann stellt er die Maschine ab und zieht sich selbst was rein, bis der ganze Tisch leer ist.

Tattoo-Thilo sticht sich auch, und damit meine ich nicht die vielen selbst gestochenen Tattoos, die fast alle auf seiner linken Körperhälfte sind, denn er ist ja Rechtshänder; er hat auch auf der anderen Seite ein paar Tattoos, von anderen Knasthackern, und die sehen bisschen besser aus als die auf der linken Seite, seiner Übungsfläche, auf der er schon geübt hat, als er vierzehn, fünfzehn war, hat er mir erzählt. Tattoo-Thilo sticht sich. Er jagt sich das Scheißzeug in den Arm, aber nur, wenn keiner seiner Knastkumpels oder Mitbewohner im Zimmer ist, obwohl paar von denen sicher auch drücken, aber keiner will's vor dem anderen zugeben, ist eben doch 'ne Nummer mehr als bisschen Ziehen, das macht eh jeder. Aber dass ich da bin, wenn er sich sticht, stört ihn nicht. Anfangs hat er mich noch rausgeschickt, und ich dachte immer, er müsste noch bisschen meditieren, um sich auf die Hackerei vorzubereiten. Aber als er mit der Eidechse fertig war und mit dem Ornament begann, setzte er sich vor meinen Augen die Spritze, »ist nur für die ruhigen Hände, Danie«, vielleicht hat er vor Stammkunden keine Hemmungen, und vielleicht denkt er, ich hätte mich an Nadeln gewöhnt. Ich gebe ihm manchmal sogar meinen Gürtel, weil er keinen hat, aber sicher wird er sich bald einen zulegen.

Tattoo-Thilo ist verschwunden, und jetzt habe ich einen Totenkopf ohne Augen auf dem Arm, außerdem fehlen ihm noch vier Zähne, aber das mit den Augen ist schlimmer, denn die Zähne hat man ihm rausgeschlagen, war eben ein wilder Totenkopf, erzähle ich allen Leuten, die ihn sehen.

Tattoo-Thilo ist wieder in der Kiste, hat Scheiße gebaut, ich weiß nicht genau, was, aber eigentlich bin ich ganz froh drüber, denn zum Ende hin hat er ziemlich viel gedrückt und gezogen, aber seine Hand wurde auch davon nicht mehr ruhig. Aber mit den Tattoos bin ich trotzdem ganz zufrieden, sehen richtig nach Knast aus, vor allem der Totenkopf, und ich laufe nur noch kurzärmlig durchs Viertel, auch wenn es kalt ist oder schneit, und ich ärgere mich, dass meine Arme nicht schon früher zugehackt waren, dann hätten sicher jede Menge Typen jede Menge Respekt vor mir gehabt, aber manchmal wünsche ich mir einfach, Tattoo-Thilo würde zurückkommen, und ich stelle mir vor, dass er in der Kiste ein richtiger Künstler geworden ist, dass er alles gelernt hat und dass er mich dann fertig hackt und mit den schönsten Kunstwerken bedeckt, sodass selbst meine Mutter nicht mehr schimpft und alle Mädchen des Viertels zu mir kommen.

Nicht ein einziges großes Land von den Polargegenden im Norden bis nach Neuseeland im Süden kann angeführt werden, in welchem die ursprünglichen Bewohner sich nicht tätowiert hätten.

Charles Darwin,
Über die Abstammung des Menschen

Herman Melville

Das Gasthaus »Zum Walfänger«

Als ich die Schankstube betrat, fand ich eine Anzahl junger Seeleute um einen Tisch versammelt vor, die bei trübem Lichte etliche Elfenbeinschnitzereien begutachteten. Ich ging zu dem Gastwirt und erhielt, als ich ihm sagte, ich wünschte ein Zimmer zur Nacht, zur Antwort, sein Haus sei voll – nicht ein einziges Bett sei noch frei. »Aber belege«, setzte er hinzu, indem er sich an die Stirne klopfte, »du hast wohl keine Einwände nich, mit 'nem Harpunier die Decke zu teilen, oder? Du willst doch wohl auf Walfang, da gewöhnste dich besser an so was.«

Ich teilte ihm mit, daß ich nie gerne zu zweit in einem Bette geschlafen hätte, daß, sollte ich es doch jemals tun, dies davon abhänge, wer der Harpunier sei, und daß – falls er (der Wirt) wirklich keinen anderen Platz für mich habe und gegen den Harpunier nichts Entscheidendes einzuwenden sei –, tja, daß ich mich dann, bevor ich in einer so bitterkalten Nacht weiter in einer fremden Stadt herumwanderte, mit der Hälfte der Decke eines anständigen Mannes zufriedengäbe.

»Hab ich mir gedacht. Na gut, nimm Platz. Essen? Willste was? Ist so gut wie fertig.«

Ich ließ mich auf einer alten Holzbank nieder, die wie eine Bank auf der Battery über und über mit Schnitzereien bedeckt war. An einem Ende war eine Teerjacke gedankenversunken dabei, sie weiter mit seinem Klappmesser zu verzieren – vornübergebeugt bearbeitete er sorgfältig das Stück Bank zwischen seinen Beinen. Er versuchte sich an einem Schiff unter vollen Segeln, kam aber nicht so recht voran, wie ich fand.

Schließlich wurden vier oder fünf von uns zu unserem Mahl in ein Nebenzimmer gerufen. Es war kalt wie in Island – nicht das kleinste Feuerchen brannte –; der Wirt sagte, er könne es sich nicht leisten. Nichts als zwei kleine, trostlose Kerzen, jede in ihren Fetzen Leichentuch gehüllt. Wir waren froh, unsere Munkejacken bis oben hin zuzuknöpfen und mit unseren halberfrorenen Fingern Tassen mit kochend heißem Tee an unsere Lippen zu führen. Doch die Kost war höchst nahrhaft: nicht nur Fleisch und Kartoffeln, sondern auch Mehlklöße, gütiger Himmel! Mehlklöße zum Abendessen! Ein junger Bursche in einem grünen Kutschermantel machte sich mit gräßlichsten Manieren über die Mehlklöße her.

»Mein Junge«, sagte der Wirt, »du wirst tüchtig Alpträume kriegen, das ist mal sicher.«

»Herr Wirt«, flüsterte ich, »das ist doch wohl nicht der Harpunier, oder?«

»Ach wo«, sagte er verschmitzt, so als ritte ihn der Teufel, »der Harpunier ist so 'n dunkelhäutiger Kerl. Mehlklöße ißt der nie, der nich – bloß immerzu Rinderbraten, und den gerne blutig.«

»Teufel noch eins«, sag ich. »Wo steckt dieser Harpunier? Ist er hier?«

»Wird schon bald hier sein«, kam die Antwort.

Ich konnte nicht anders: Allmählich wurde ich mißtrauisch gegen diesen »dunkelhäutigen« Harpunier. Jedenfalls beschloß ich, daß er sich als erster ausziehen und ins Bett legen sollte, wenn wir denn zusammen schlafen mußten.

Nach dem Abendessen ging die ganze Gesellschaft in die Schankstube zurück, und ich, der ich sonst nichts mit mir anzufangen wußte, entschied mich, den Rest des Abends zuzuschauen.

Alsbald erhob sich draußen ein lautes Gejohle. Der Wirt fuhr hoch und rief: »Das sind die Leute von der *Grampus!* Heut früh hat man sie gemeldet, da stand sie gerad über der Kimm – vier Jahre auf See, und das Schiff rappelvoll. Hurra, Jungs, nun kriegen wir die neuesten Nachrichten von den Fidschis!«

Im Eingangsflur ertönte das Trampeln von Seestiefeln; die Tür wurde aufgerissen, und herein wogte eine reichlich wilde Schar von Seeleuten. In ihre zottigen Schanzläufer gehüllt, die Köpfe in wollene, ausnahmslos geflickte und zerlumpte Tücher gewickelt, die Bärte steif von Eiszapfen, brachen sie über uns herein wie Bären aus Labrador. Sie waren gerade erst an Land gekommen, und dies war das erste Haus, das sie betraten. Kein Wunder also, daß sie geradewegs auf den Walfischrachen – den Schanktisch also – zusteuerten, wo der runzlige kleine alte Jona, der dort seines Amtes waltete, ihnen sogleich reihum randvoll einschenkte. Einer klagte über eine üble Erkältung, worauf Jona ihm einen pechschwarzen Trank aus Gin und Melasse mischte, welcher, wie er schwor, Erkältungen und Katarrhe aller nur denkbaren Art unfehlbar kurieren könne, ganz gleich, wie lang sie schon währten – ob man sie sich vor der Küste von Labrador geholt habe oder im Luv einer Insel aus Eis.

Die Getränke stiegen ihnen alsbald zu Kopfe, wie es sogar den abgebrühtesten Säufern geschieht, wenn sie gerade an Land gegangen sind, und sie begannen, einen Heidenlärm zu veranstalten.

Ich indes bemerkte, daß einer von ihnen sich etwas abseits hielt und zwar bemüht schien, seinen Bordkameraden durch seine nüchterne Miene ihre Ausgelassenheit nicht zu verderben, insgesamt aber doch Abstand davon nahm, soviel Lärm wie die anderen zu machen. Dieser Mann erweckte sofort meine Neugier, und da die Meeresgötter bestimmt hatten, daß er bald schon mein Bordkamerad werden sollte (wenn auch nur sozusagen als stiller Teilhaber, was diese Erzählung betrifft), will ich es hier unternehmen, eine kurze Beschreibung von ihm zu geben. Er maß volle sechs Fuß, hatte prachtvolle Schultern und eine Brust wie ein Senkkasten. Selten habe ich einen derart muskelbepackten Mann gesehen. Sein Gesicht war tiefbraun und verbrannt, so daß die Zähne im Gegensatz dazu blendendweiß aufblitzten, während in den schattigen Tiefen seiner Augen Erinnerungen glommen, die ihn offenbar alles andere als froh stimmten. Seine Stimme verriet sogleich, daß er aus den Südstaaten kam, und nach seiner edlen Gestalt zu urteilen, meinte ich, er müsse einer dieser ranken Bergbewohner aus den Alleghanies in Virginia sein. Als das ausgelassene Treiben seiner Genossen den Höhepunkt erreicht hatte, schlüpfte dieser Mann unbeobachtet hinaus, und ich bekam ihn nicht mehr zu Gesichte, bis er mein Kamerad auf See ward. Doch vermißten ihn seine Bordkameraden binnen weniger Minuten, und da er bei ihnen aus irgendeinem Grunde überaus beliebt zu sein schien, erhob sich ein Geschrei nach: »Bulkington! Bulkington! Wo ist Bulkington?«, und damit stürzten sie aus dem Hause, ihm hinterher.

Es war nun gegen neun Uhr, und da der Raum nach diesem wüsten Gelage fast übernatürlich still schien, beglückwünschte ich mich allmählich schon zu dem Gelingen des kleinen Planes, der mir just vor dem Eintreten der Seeleute in den Sinn gekommen war.

Kein Mensch zieht es vor, zu zweit in einem Bette zu schlafen. Tatsächlich möchte man selbst mit dem eigenen Bruder das Bett durchaus und ganz und gar nicht teilen. Ich weiß nicht, wieso, aber im Schlaf ist man am liebsten allein und für sich. Und wenn es darum geht, mit einem ganz unbekannten Fremden, in einem fremden Gasthaus, in einer fremden Stadt, das Nachtlager zu teilen, und wenn dieser Fremde ein Harpunier ist, dann vervielfachen sich die eigenen Einwände ins Unendliche. Außerdem gab es keinen denkbaren Grund, warum ausgerechnet ich als Seemann eher als sonst irgendwer zu zweit in einem Bette schlafen sollte, denn Seeleute schlafen auf dem Meer ebensowenig zu zweit in einem Bette wie unbeweibte Könige zu Lande. Natürlich schlafen sie alle zusammen in einem einzigen Gemach, aber jedermann hat seine eigene Hängematte, deckt sich mit der eigenen Decke zu und schläft in der eigenen Haut.

Je mehr ich über diesen Harpunier nachdachte, desto mehr war mir der Gedanke zuwider, mit ihm das Bett zu teilen. Da er ein Harpunier war, durfte man getrost davon ausgehen, daß sein Leinen- oder Wollzeug, je nachdem, nicht von der reinlichsten und mit Sicherheit nicht von der feinsten Sorte war. Schon begann es mich überall zu jucken. Außerdem wurde es langsam spät; jeder anständige Harpunier sollte zu Hause und auf dem Weg ins Bett sein. Was wäre, wenn er um Mitternacht über und auf mich fiele – wie konnte ich wissen, aus welchem üblen Loch er gerade gekrochen war?

»He, Wirt! Ich hab mir die Sache mit diesem Harpunier anders überlegt – ich werde das Bett nicht mit ihm teilen. Ich versuch's mit der Bank hier.«

»Ganz wie du willst. Tut mir leid, daß ich kein Tischtuch für dich überhab, so als Matratze, und dabei is das hier 'n verflucht holpriges Brett« – wobei er die Huckel und Hubbel betastete. »Aber wart 'nen Moment, du junge Teerjacke, ich hab da 'nen Zimmermannshobel im Tresen – warte, sag ich, und ich mach's dir schön gemütlich.« Sagte es und holte sich den Hobel, und nachdem er die Bank mit seinem alten Seidentaschentuch zuerst einmal abgestaubt hatte, machte er sich äffisch grinsend daran, kräftig an meinem Bett herumzuhobeln. Rechts und links stoben die Späne, bis das Hobeleisen endlich mit einem Ruck gegen einen eisenharten Astknoten stieß. Der Wirt hätte sich um ein Haar das Handgelenk verstaucht, und ich beschwor ihn, um Himmels willen einzuhalten – das Bett sei weich genug für mich, und ich wüßte nicht, wie alles Hobeln der Welt eine Kiefernplanke in Eiderdaunen verwandeln sollte. Also sammelte er die Späne auf, wiederum grinsend, warf sie in den großen Ofen, der mitten im Raum stand, und ging weiter seiner Arbeit nach; mich ließ er tief in Gedanken versunken zurück.

Ich maß nun die Bank aus und stellte fest, daß sie einen Fuß zu kurz war; doch das ließ sich mit einem Stuhl ausgleichen. Aber sie war auch einen Fuß zu schmal, und die andere Bank im Raume war an die vier Zoll höher als die abgehobelte – also ließen sie sich nicht zusammenspannen. Darauf stellte ich die erste Bank der Länge nach an das einzige freie Stück Wand und ließ einen schmalen Spalt dazwischen frei, in dem ich meinen Rücken zur Ruhe betten wollte. Doch merkte ich bald, daß dort unter dem Fensterbrett ein so kalter Luftzug hervorwehte, daß diese Idee niemals fruchten konnte, zumal ein weiterer Luftstrom von der klapprigen Tür sich mit jenem vom Fenster vereinigte und beide zusammen in unmittelbarer Nachbarschaft der Stelle, wo ich die Nacht zu verbringen gedacht hatte, mehrere kleinere Wirbelwinde erzeugten.

Diesen Harpunier soll der Teufel holen, dachte ich – doch halt, konnte ich ihm nicht ein Schnippchen schlagen – seine Tür von innen verriegeln, in sein Bett springen und mich selbst vom gewaltigsten Gehämmer nicht wecken lassen? Das schien mir keine schlechte Idee, aber auf den zweiten Blick verwarf ich sie. Denn wer konnte wissen, ob der Harpunier nicht am nächsten Morgen, wenn ich aus dem Zimmer kam, im Flur stehen und nur darauf warten würde, mich zu Boden zu strecken?

Als ich mich indessen erneut umschaute und nicht die geringste Möglichkeit sah, eine erträgliche Nacht zu verbringen, es sei denn, im Bett eines anderen, kam ich allmählich zu der Einsicht, daß ich letztendlich doch vielleicht nur unberechtigte Vorurteile gegen diesen unbekannten Harpunier hegte. Also denk ich mir: Ich werd ein Weilchen warten; er wird sich bestimmt bald einfinden. Ich werd ihn mir dann ganz genau ansehen, wer weiß, womöglich werden wir schließlich doch noch richtig gute Bettgenossen – man kann nie wissen.

Aber während die anderen Logiergäste nach und nach einzeln, zu zweien oder zu dreien hereinkamen und zu Bett gingen, war von meinem Harpunier nichts zu sehen.

»Wirt!« sagte ich. »Was ist er denn für ein Bursche – wird es bei ihm immer so spät?« Es ging nun hart auf Mitternacht.

Der Wirt kicherte abermals sein dünnes Gekicher und

schien sich mächtig über etwas zu amüsieren, das über meinen Verstand ging. »Nee«, antwortete er, »im allgemeinen is er 'n zeitiger Hund – zeitig im Bett und zeitig wieder raus. Ja, er is der Morgenhund mit Gold im Mund. – Heut nacht freilich is er hausieren gegangen, weißte, und ich versteh gar nicht, was in aller Welt ihn so lange aufhält, höchstens, daß er womöglich seinen Kopp nich losschlagen kann.«

»Seinen Kopf nicht losschlagen kann? – Was für eine Räuberpistole wollt Ihr mir da auftischen?« Ich steigerte mich in eine rasende Wut hinein. »Wollt Ihr etwa behaupten, Wirt, daß dieser Harpunier in dieser heiligen Samstagnacht, oder besser an diesem Sonntagmorgen, tatsächlich damit beschäftigt ist, mit seinem Kopf im Städtchen hausieren zu gehen?«

»So isses«, versetzte der Wirt, »und ich sag noch zu ihm, daß er ihn hier nich loswerden kann, der Markt ist überschwemmt mit so was.«

»Mit was?« schrie ich.

»Mit Köppen, is doch klar. Gibt's denn nicht zu viele Köppe auf der Welt?«

»Wirt, ich will Ihnen mal was sagen«, bemerkte ich ganz ruhig. »Ihr solltet mir dieses Garn besser nicht weiter vorspinnen – ich bin kein grüner Junge mehr.«

»Schon möglich.« Sprach's, zog ein Stöckchen heraus und schnitzte sich einen Zahnstocher. »Aber ich denk mir so, der Harpunier wird dich grün und blau schlagen, wenn er hört, wie schlecht du von seinem Kopp reden tust.«

»Den hau ich ihm entzwei«, entfuhr es mir, in heller Wut entflammt ob des ungereimten Geschwätzes des Wirts.

»Der is schon entzwei«, sagte er.

»Entzwei?« sagte ich. »*Entzwei,* meint Ihr?«

»Klar doch, und ich schätze, grad das is der Grund, warum er den nich los wird.«

»Wirt«, sagte ich und trat kühl wie der Berg Hekla im Schneesturm vor ihn hin, »Wirt, laßt das Schnippeln. Ihr und ich, wir müssen wissen, woran wir miteinander sind, und zwar unverzüglich. Ich komme in Euer Haus und wünsche ein Bett – Ihr sagt mir, Ihr könnt mir nur ein halbes geben, die andere Hälfte gehöre einem gewissen Harpunier. Und über diesen Harpunier, den ich noch gar nicht zu Gesicht bekommen habe, erzählt Ihr mir andauernd die unwahrscheinlichsten und haarsträubendsten Geschichten, welche geeignet sind, alles andere als angenehme Gefühle für den Mann in mir zu wecken, den Ihr mir zum Bettgenossen erkoren habt – eine Verbindung, Wirt, die von größter Innigkeit und Vertraulichkeit ist. Ich verlange nun von Euch, mir offen und geradeheraus zu sagen, wer und was dieser Harpunier ist und ob ich in jeder Hinsicht ruhigen Gewissens die Nacht mit ihm verbringen kann. Und zuerst einmal werdet Ihr so gut sein, diese Geschichte über den Verkauf seines Kopfes zurückzunehmen, welche ich, so sie wahr ist, als klares Zeugnis dafür ansehe, daß dieser Harpunier vollkommen verrückt ist, und ich habe nicht die geringste Absicht, mit einem Verrückten das Bett zu teilen. Und Ihr, mein Herr – ja, *Euch* meine ich, Wirt –, *Ihr*, mein Herr, würdet Euch durch den Versuch, mich wissentlich dazu zu verleiten, selbst strafbar machen.«

»Puuh«, sagte der Wirt und holte tief Luft, »das ist 'ne ziemlich lange Predigt für 'nen Kerl wie mich, der nur hin und wieder ein bißchen dick aufträgt. Aber ruhig Blut, immer ruhig Blut! Dieser Harpunier, wo ich dir von erzählt hab, is grad aus der Südsee gekommen, wo er 'nen Haufen balsamierte Neuseeländerköppe gekauft hat (was ganz Seltenes, weißte), und er hat sie allesamt verkloppt, bis auf einen, und den versucht er, heut nacht loszuwerden, weil morgen is Sonntag, und das tut man nicht, in den Straßen Menschenköppe verkaufen, wenn die Leute zur Kirche gehn. Er wollt's schon letzten Sonntag tun, aber ich hab ihn noch erwischt, just als er aus der Tür wollte, mit vier Köppen auf'ne Schnur gezogen, genau wie Zwiebeln.«

Dieser Bericht klärte das Geheimnis auf, das sonst unerklärlich geblieben wäre, und zeigte, daß der Wirt letzten Endes doch nicht vorgehabt hatte, mich zum Narren zu halten – was aber hatte ich gleichzeitig von einem Harpunier zu halten, der vom Samstagabend bis hinein in den heiligen Sabbat ausbleibt und dabei einem solch kannibalischen Geschäfte nachgeht wie dem Verkaufen von Köpfen toter Götzenanbeter?

»Verlaßt Euch drauf, Wirt, dieser Harpunier ist ein gefährlicher Mann.«

»Er zahlt pünktlich«, kam die Erwiderung. »Doch sieh mal, es wird schon schrecklich spät, du haust dich jetzt besser aufs Ohr – ist ein feines Bett: Sal und ich haben in dem Bett da die Nacht geschlafen, als man uns zusammengespleißt hat. In dem Bett is massig Platz zum Rumstrampeln für zweie, ist ein mächtig großes Bett das. Tja, und bevor daß wir's drangaben, hat Sal immer unsern Sam und den kleinen Johnny ans Fußende gepackt. Aber eine Nacht, da hab ich wild geträumt und mich rumgerekelt, und irgendwie is der Sam auf'm Boden gelandet und hätt sich beinah den Arm gebrochen. Darauf hat Sal dann gesagt, das geht so nicht. – Komm hier entlang, ich werd dir gleich leuchten.« Mit diesen Worten zündete er eine Kerze an, hielt sie mir entgegen und erbot sich, voranzugehen und mir den Weg zu weisen. Ich aber blieb unentschlossen stehen; er warf einen Blick auf eine Uhr in der Ecke und rief aus: »Himmel, es ist schon Sonntag – du wirst den Harpunier heut nacht nicht zu Gesicht kriegen, der is irgendwo anders vor Anker gegangen – komm also mit, nu *komm*, nu *komm* doch schon.«

Ich besann mich einen Augenblick; dann stiegen wir die Treppe hinauf, und er führte mich in eine kleine Kammer, so kalt und klamm wie eine Auster und tatsächlich mit einem enorm großen Bett ausgestattet, das fast groß genug für vier Harpuniere war, um Seite an Seite darin zu schlafen.

»Siehste«, sagte der Wirt, indem er die Kerze auf einer wackligen alten Seekiste abstellte, die doppelte Dienste als Waschständer und Zimmertisch leistete. »Also, mach's dir jetzt gemütlich, und dann gute Nacht.« Ich hatte das Bett betrachtet und wandte mich nun um, doch er war schon verschwunden.

Ich schlug die Steppdecke zurück und beugte mich über das Bett. Obgleich nicht gerade vom Feinsten, hielt es der Prüfung doch leidlich gut stand. Dann sah ich mich im Zimmer um und konnte, von der Bettstatt und dem Tisch in der Mitte des Raumes abgesehen, kein anderes Mobiliar im Zimmer entdecken, außer einem grobgezimmerten Kaminsims, den vier Wänden und einem tapezierten Ofenschirm, der einen Mann beim Anwurf auf einen Wal zeigte. Gegenstände, die nicht eigentlich zum Zimmer gehörten, gab es auch: eine Hängematte, zusammengerollt und in eine Ecke geworfen, dazu ein großer Seesack, der sicher die Garderobe des Harpuniers enthielt und ihm als Koffer diente. Ferner lag auf dem Kaminsims ein Päckchen fremdartiger beinerner Angelhaken, und am Kopfende des Bettes lehnte eine lange Harpune.

Aber was war das auf der Kiste hier? Ich nahm das Ding in die Hand, hielt es dicht ans Licht, betastete und beroch es und versuchte auf jede erdenkliche Weise, zu einem befriedigenden Schluß zu gelangen, was es sei. Ich vermag es mit nichts anderem zu vergleichen als einer großen Fußmatte, die an den Kanten mit kleinen klimpernden Anhängseln verziert ist, so in der Art der gefleckten Stachelschweinstacheln an einem Indianermokassin. In der Mitte dieser Matte klaffte ein Loch oder Schlitz wie in einem südamerikanischen Poncho. War es denn aber möglich, daß ein ernsthafter Harpunier in eine Fußmatte schlüpfte und in solchem Aufzug durch die Straßen einer christlichen Stadt marschierte? Ich hängte mir das Ding über, um es auszuprobieren, und es drückte mich nieder wie Tauwerk, so überaus zottelig und dick war es – auch ein bißchen klamm, wie mir schien, so als habe dieser rätselhafte Harpunier es an einem Regentag getragen. Ich trat darin vor einen Spiegelsplitter, der an der Wand hing: So etwas hatte ich in meinem Leben noch nicht gesehen! So hastig riß ich mir das Ding herunter, daß ich mir dabei den Hals verrenkte.

Ich ließ mich auf der Bettkante nieder und dachte über diesen köpfehökernden Harpunier und seine Fußmatte nach. Als ich auf der Bettkante eine Weile nachgedacht, erhob ich mich, zog meine Munkejacke aus und stand dann eine Weile da, mitten im Zimmer, um nachzudenken. Darauf zog ich meinen Rock aus und dachte in Hemdsärmeln ein bißchen weiter nach. Doch weil mir nun allmählich sehr kalt wurde, halb nackt, wie ich war, und ich mich dessen entsann, was der Wirt über den Harpunier gesagt hatte – daß er die ganze Nacht ausbleiben werde, weil es schon so spät sei –, sprang ich ohne viel Federlesens aus meinen Hosen und Stiefeln, blies das Licht aus und ließ mich ins Bett fallen, um mich der Obhut des Himmels anzuvertrauen.

Ob jene Matratze mit Maiskolben gefüllt war oder mit Steingutscherben, ließ sich nicht sagen, aber ich wälzte mich mächtig viel herum und konnte lange Zeit nicht einschlafen. Zuletzt glitt ich in ein leichtes Dösen ab und hatte auf der Überfahrt nach Schlummerland bereits beinahe die hohe See gewonnen, als ich schwere Schritte im Flur vernahm und einen Lichtschein unter der Zimmertüre bemerkte.

Gott steh mir bei, denk ich, das muß der Harpunier sein, der höllische Köpfehökerer. Doch ich lag ganz still, ohne mich zu rühren, und faßte den Vorsatz, kein Wort zu sagen, bis ich angesprochen würde. Ein Licht in der einen und den bewußten Neuseelandkopf in der anderen Hand haltend, trat der Fremde ins Zimmer, stellte, ohne einen Blick aufs Bette zu werfen, seine Kerze ein gutes Stück weg von mir in einer Ecke auf den Boden und begann dann, an den verknoteten Stricken des großen Sackes zu nesteln, der, wie ich bereits erwähnte, auf dem Boden lag. Ich brannte darauf, sein Gesicht zu sehen, doch er hielt es eine Weile abgewandt, derweil er mit dem Aufschnüren des Sackes zugange war. Aber als dies vollbracht, drehte er sich um und – gütiger Himmel, welch ein Anblick! Was für ein Gesicht! Dunkel war es, purpurn und gelb gefärbt, hier und da mit großen, schwärzlichen Vierecken bedeckt. Ja, gerade so, wie ich dachte: Er ist ein schrecklicher Bettgenosse, er hat sich geprügelt, wurde fürchterlich zugerichtet, und hier ist er nun, eben vom Wundarzt zurück. Doch just in dem Moment drehte er zufällig sein Gesicht zum Lichte, und ich konnte deutlich erkennen, daß diese schwarzen Vierecke auf seinen Wangen gar keine Heftpflaster, sondern irgendwelche Flekken waren. Zuerst wußte ich nicht, wie ich daraus klug werden sollte, aber bald stieg eine dunkle Ahnung der ganzen Wahrheit in mir auf. Ich erinnerte mich der Geschichte eines Weißen – auch er ein Walfänger –, der unter die Menschenfresser gefallen und von ihnen tätowiert worden war. Ich schloß, daß dieser Harpunier im Verlaufe seiner weiten Reisen ein ähnliches Abenteuer erlebt haben mußte. Und was, dachte ich mir, ist schließlich schon dabei! Das ist nur sein Äußeres; ein Mann kann in jeder Haut ein ehrlicher Kerl sein. Andererseits: Was hatte dann seine Gesichtsfarbe zu bedeuten, die nicht von dieser Welt war – ich meine die Stellen, die zwischen den tätowierten Vierecken lagen und mit diesen gar nichts zu tun hatten? Sicherlich mochten sie nichts anderes sein als eine dicke Schicht tropischer Sonnenbräune, doch hatte ich nie zuvor gehört, daß ein weißer Mann von der Sonne purpur und gelb gebrannt worden sei. Freilich war ich nie in der Südsee gewesen; vielleicht hinterläßt die Sonne dort unten solche ungewöhnlichen Spuren auf der Haut. Während nun all diese Gedanken mich wie Blitze durchzuckten, hatte der Harpunier mich nicht einmal wahrgenommen. Als er jedoch nach einigen Schwierigkeiten seinen Sack geöffnet hatte, stöberte er darin herum und zog sogleich eine Art Tomahawk sowie einen Beutel aus Seehundsfell hervor. Er legte beides auf die alte Kiste in der Mitte der Kammer, nahm dann den Neuseeländerkopf – ein reichlich abstoßendes Ding – und stopfte ihn tief in den Sack. Nun nahm er seinen Hut ab – einen nagelneuen Zylinder –, und um ein Haar hätte ich vor neuerlicher Überraschung laut aufgeschrien. Sein Kopf war kahl – keine Haare, wenigstens keine, die der Rede wert gewesen wären – nur eine kleine, auf seiner Stirne eingedrehte Skalplocke. Sein nacktes, purpurnes Haupt glich jetzt genau einem modrigen Totenschädel. Hätte der Fremde nicht zwischen mir und der Türe gestanden, ich wäre hurtiger hinausgestürzt, als ich jemals ein Glas hinuntergestürzt habe.

Wie die Dinge standen, kam es mir sogar flüchtig in den Sinn, durch das Fenster zu entschlüpfen, aber die Kammer lag nach hinten hinaus im zweiten Stock. Ich bin kein Feigling, doch ich sah ganz und gar nicht, wie ich aus diesem purpurnen, köpfehökernden Halunken schlau werden sollte. Unwissenheit erzeugt Angst, und da ich ob dieses Fremden vollkommen verwirrt und durcheinander war, muß ich zugeben, daß ich jetzt solche Angst vor ihm hatte, als wäre der Leibhaftige höchstselbst mitten in der Nacht so in mein Zimmer eingebrochen. Tatsächlich hatte ich solch eine Heidenangst vor ihm, daß ich in jenem Augenblick nicht Manns genug war, ihn anzusprechen und eine befriedigende Erklärung dessen zu verlangen, was mir an ihm unbegreiflich schien.

Derweil fuhr er mit dem Entkleiden fort und zeigte zuletzt Brust und Arme. So wahr ich lebe, diese vormals verhüllten Teile seines Körpers wiesen dasselbe Karomuster mit denselben Quadraten auf wie sein Gesicht, und auch sein Rükken war über und über mit nämlichen Vierecken bedeckt; er schien in einem Dreißigjährigen Kriege gewesen und ihm nur eben so mit einem Hemd aus Heftpflastern entronnen zu sein. Mehr noch, sogar seine Beine waren gesprenkelt, so als sei ein Haufen dunkelgrüner Frösche die Stämme junger Palmen hinaufgehopst. Es war nun offensichtlich, daß er ein abscheulicher Wilder sein mußte, der in der Südsee an Bord eines Walfängers angeheuert hatte und so in dieses christliche Land gelangt war. Mich schauderte bei dem Gedanken. Ein fliegender Kopfhändler obendrein – der womöglich die Köpfe seiner eigenen Brüder verkaufte. Er mochte an meinem Gefallen finden – gütiger Himmel! Schaut euch bloß den Tomahawk an!

Doch zum Zittern blieb keine Zeit, denn nun tat der Wilde etwas, das mich voll und ganz in den Bann zog und davon überzeugte, daß er tatsächlich ein Heide sein mußte. Er ging zu seinem schweren Grego oder Kapuzenmantel oder Regenumhang, den er auf einen Stuhl gehängt hatte, suchte in den Taschen herum und holte endlich ein merkwürdiges, mißgestaltetes Figürchen mit buckligem Rücken heraus, das genau die Farbe eines drei Tage alten Kongokindes hatte. Der einbalsamierte Kopf fiel mir ein, und zuerst hätte ich fast gedacht, dieses schwarze Männchen sei ein echter Säugling, den man auf ähnliche Weise eingelegt habe. Als ich jedoch sah, daß es nicht im mindesten biegsam war und ziemlich wie poliertes Elfenbein glänzte, schloß ich, daß es nur ein hölzernes Götzenbild sein konnte, was es dann in der Tat auch war. Denn nun tritt der Wilde vor den leeren Kamin, nimmt den tapezierten Ofenschirm weg und stellt dieses kleine bucklige Figürchen wie einen Kegel zwischen den Feuerböcken auf. Die Pfosten beiderseits und alle Schamottsteine im Inneren des Kamins waren völlig verrußt, und ich dachte bei mir, daß diese Feuerstelle einen bestens geeigneten kleinen Reliquienschrein abgebe, eine passende kleine Kapelle für seinen Kongogötzen.

Ich schielte nun scharf nach dem halbversteckten Figürchen (nicht ohne mich dabei höchst unwohl zu fühlen), um zu sehen, was als nächstes folgen würde. Zuerst nahm er ungefähr zwei Handvoll Holzspäne aus seiner Manteltasche und legte sie sorgfältig vor dem Götzenbild aus; dann tat er etwas Schiffszwieback obendrauf und entfachte mit Hilfe der Kerzenflamme ein Opferfeuer. Nach mehreren hastigen Griffen in die Flammen und noch hastigerem Zurückziehen der Finger (wobei er sie sich offenbar böse verbrannte) gelang es ihm schließlich, den Zwieback herauszuziehen; er pustete Hitze und Asche ein bißchen weg und reichte ihn dem Negerlein als höfliche Opfergabe. Doch der kleine Teufel fand an solch trockener Kost anscheinend keinen Gefallen; seine Lippen bewegten sich nicht. Begleitet wurde dies seltsame Gebaren von noch seltsameren Kehllauten des Götzendieners, der in einem Singsang zu beten oder einen heidnischen Hymnus oder dergleichen anzustimmen schien, derweil es in seinem Gesicht höchst unnatürlich zuckte. Endlich löschte er das Feuer, packte achtlos den kleinen Götzen und stopfte ihn so nachlässig zurück in seine Gregotasche, als sei er ein Waidmann, der eine tote Waldschnepfe einsackt.

All diese wunderlichen Vorgänge vermehrten mein Unbehagen, und als ich nun gewahrte, daß er eindeutig Anstalten machte, seine Verrichtungen zu beenden und zu mir ins Bett zu springen, dachte ich, jetzt sei es an der Zeit – jetzt oder nie, ehe das Licht gelöscht wurde –, den Bann zu brechen, der mich so lange gefangengehalten.

Die Pause aber, die ich mit der Überlegung zubrachte, was ich wohl sagen sollte, war verhängnisvoll. Er nahm seinen Tomahawk vom Tisch, musterte kurz dessen Kopf, hielt ihn ans Licht, den Schaft im Mund, und paffte große Wolken Tabakrauch in die Luft. Im nächsten Augenblick ward das Licht gelöscht; dann sprang dieser wilde Kannibale mit dem Kriegsbeil zwischen den Zähnen zu mir ins Bett. Ich schrie laut auf, nun konnte ich nicht mehr anders; er grunzte überrascht und befühlte mich.

Ich stammelte etwas, was, wußte ich nicht, rollte mich weg von ihm an die Wand und beschwor ihn, wer oder was er auch sein möge, Ruhe zu bewahren, damit ich aufstehen und die Kerze wieder anzünden könne. Doch seine kehlig klingenden Antworten überzeugten mich sogleich davon, daß er kaum verstand, was ich wollte.

»Wer zum Teufel du sein?« sagte er schließlich. »Du nich sprechen, dann vadammt, ich dich totmachen.« Und bei diesen Worten begann der erleuchtete Tomahawk im Dunkel über mir zu kreisen.

»Wirt, um Gottes willen – Peter Coffin!« schrie ich. »Wirt! Beschützt mich! Coffin! Ihr Engel, rettet mich!«

»Sprechen! Sagen, wer sein, oder vadammt, ich dich totmachen!« grollte der Menschenfresser wieder, während die schrecklichen Schwünge seines Tomahawks heiße Tabaksasche auf mir verstreuten, bis ich dachte, meine Leibwäsche würde Feuer fangen. Doch dem Himmel sei Dank: In diesem Augenblick trat der Wirt in die Kammer, eine Kerze in der Hand, ich sprang aus dem Bett und stürzte zu ihm.

»Nu mal keine Bange«, sagte er und grinste wieder. »Der Queequeg hier würd dir nich mal 'n Härchen krümmen.«

»Hört auf zu grinsen«, schrie ich. »Und warum habt Ihr mir nicht gesagt, daß dieser höllische Harpunier hier ein Menschenfresser ist?«

»Ich dachte, das weißt du – hab ich dir nicht gesagt, daß er in der ganzen Stadt Köppe verhökert? Aber jetzt ab in die Koje und geh schlafen. Queequeg, sieh mal – du vastehn mich, ich vastehn dich –, dieser Mann schlafen bei dir – du vastehn?«

»Ich vastehn viel«, grunzte Queequeg, der sich im Bett aufgesetzt hatte und munter an seiner Pfeife sog.

»Du kommen rein«, setzte er hinzu, wobei er mit dem Tomahawk auf mich deutete und die Decke zur Seite schlug. Dies tat er wahrlich auf eine nicht nur höfliche, sondern freundliche und wohlmeinende Weise. Ich blieb einen Augenblick stehen und schaute ihn an. Trotz all seiner Tätowierungen war er alles in allem doch ein reinlicher, schmucker Kannibale. Wozu hab ich eigentlich diesen ganzen Aufstand veranstaltet, fragte ich mich – der Mann ist ein Mensch, gerade so wie ich: Er hat gerade soviel Grund, mich zu fürchten, wie ich, vor ihm Angst zu haben. Lieber mit einem nüchternen Kannibalen das Bett teilen als mit einem trunkenen Christenmenschen.

»Wirt«, sagte ich, »sagt ihm, er soll seinen Tomahawk oder seine Pfeife oder wie immer Ihr's auch nennt wegstekken – kurzum, sagt ihm, er soll mit dem Rauchen aufhören, und dann werde ich mich mit ihm ins Bett legen. Aber einen paffenden Mann mit mir im Bett zu haben, das gefällt mir ganz und gar nicht. Es ist gefährlich. Im übrigen bin ich nicht versichert.«

Als Queequeg dies vernommen, willigte er sogleich ein und bedeutete mir wiederum artig, ins Bett zu kommen – wobei er sich auf eine Seite rollte, so als wollte er sagen: Nicht mal dein Bein werd ich berühren.

»Gute Nacht, Wirt«, sagte ich, »Ihr könnt Euch zurückziehen.«

Ich legte mich hin und schlief so gut wie nie zuvor in meinem Leben.

Die Söldner erkannte man an der Tätowierung ihrer Hände. Die alten Krieger des Antiochus trugen einen Sperber eingebrannt. Wer in Ägypten gedient hatte, einen Affenkopf. Wer im Solde asiatischer Fürsten gestanden, ein Beil, einen Granatapfel oder einen Hammer. Die Söldner der griechischen Republiken hatten das Bild einer Burg oder den Namen eines Archonten eingeritzt. Bei manchen waren die Arme von oben bis unten mit diesen vielfachen Zeichen bedeckt, die sich mit alten Narben und neuen Wunden vermischten.

Gustave Flaubert,
Salambô

Frank Schulz

Freitag, 13. August, 11:22 Uhr

Einer meiner Mandanten der Nebenklage, von Geburt an blind, hat mich darauf aufmerksam gemacht. Und wirklich, niemand muß Gras wachsen hören können, um wahrzunehmen, was da in diesem Clip *von der ersten Sekunde an* auf einen zukommt. Wer weiß, wonach er lauschen muß, braucht bloß die Lautstärke hochzuregeln, um hinter den Vordergrundgeräuschen zwei weitere herauszuhorchen: zum einen das Auspuffgeknatter eines geländegängigen Motorrads (gemeinhin als Enduro bekannt), dessen Fahrer – dem Viertaktergequengel nach zu folgern – gerade zwei, drei Hindernisse überwindet. Zum zweiten, allerdings noch schwach, den Beginn einer Serie des zweitönigen Einsatzsignals der republikanischen Ordnungskräfte. Des Martinshorns.

Noch schwach, aber unverkennbar. Täää*tääa!* Täää*tääa!* Täää*tääa!* Das ewige markige, gallige, törichte Echo der Millionenstadt.

Formatfüllend zu *sehen* ist in dem Clip zunächst nur das wackelnde Abbild einer blütenweiß strahlenden Fassade, flächenweise verdeckt von dichten Baumkronen. (*Da*vor die kahlen Masten einer Staffel Leihsegelboote.) Eine Fassade von schlichter Pracht, mit hochformatigen Sprossenfenstern in fünf Etagen, gekrönt von einem grünen Kupferdach;

vor einer Gaube die Majuskeln ATLANTIC, obenauf eine Stange mit Banner, nicht identifizierbar, weil in der Flaute bloß Lappen.

Währenddessen zu hören, direkt am Mikro, Mandantin Dagmars rheinische Intonation, ein bißchen kratzig und kurzatmig: »Da wohnen wir, und jetzt sind wir auf einem Alsterdampfer und legen gerade ab.«

Es bebt, das Bild, schwillt dann ruckartig ins Nah-Unscharfe und zoomzuckt wieder zurück. Dagmar hatte am Vorabend einen Campari zuviel genossen. Und zwar minutiös. Außerdem dieselte das Sektfrühstück nach. Zu schweigen davon, daß ihr die schwüle Witterung zu schaffen machte. Doch gefilmt werden mußte – schon als Rechenschaftsbericht für den Göttergatten.

Die Vordergrundgeräusche summieren sich aus denen des Straßenverkehrs zwischen Hotel Atlantic und Alsterufer, ferienbedingt spärlich, dem Maschinengebrumm der *Saselbek*, auf deren halb offenem Achterdeck Dagmar ihren Camcorder balancierte, sowie der letzten Strophe eines Sangessolisten aus dem Fahrgastraum (»… de Lüüd för dat Schipp, de weern ok blots schanghait«) und der Chorantwort der anderen föftein Schlumper Shantyboys (»To my hoo day, hoo day, ho-ho-ho-ho …«), beides ein bißchen *zu* breitbeinig. Ein *bißchen*. Zwei, drei µ. Die Stickigkeit, die Stickigkeit unter Deck.

Und dann die Stimme von Mandantin Ellen, Dagmars Busenfreundin aus Hanau, die den Alarm des Streifenwagens nachäfft: »Wäää*wäää*, wäää*wäää*, wäää*wäää* … Klingt eigentlich wie ein Karnevalstusch, findest du nicht auch?« *Klingt eische'tlisch wie e Karnevalstusch, findst net aach?*

Und zum entrückten Hexengelächter einer Möwe wiederum Dagmars Stimme, wiederum direkt am Mikro (wobei das Atlantic wiederum erbebt), beleidigt: »Nää.«

Doch.

Zugegeben, rhythmisch betrachtet ist die erste Note zu lang. Aber sonst …

Jeck *(leiernd):* Und sollt' ich nicht der Größte sein / so hau' ich alles kurz und klein.

Polizeikapelle: Täää*tääa!* Täää*täää!* Täää*täää!*

Doch, doch. O doch …: der ewige Tusch der Millionenstadt.

Dagmar aber war allzu gründlich fokussiert, um das allzu spitze Ohr ihrer Freundin würdigen zu können. Denn grad vollstreckte sie einen ihrer unwiderstehlichen Reißschwenks – und zwar jenen, der die beispiellose Internetkarriere ihres Werkes begründete.

»Alstermonster!« »Amok-Huene!« »Real Splatter!« »Freitag der 13.!« Was noch die sachlichsten Stichwörter sind, unter denen das in vier Clips gegliederte Video im weltweiten Netz kursiert. Und seinen sogenannten Kultstatus bis heute behauptet.

Wobei der meistaufgerufene Clip eben diese hundertzweisekündige Anfangssequenz ist, obwohl bloß zweit- oder drittspektakulärste von allen vieren. Die nutzerfreundliche Kürze dürfte eine Ursache dafür sein. Hauptgrund aber die verquere, zufällige Vollkommenheit, mit der die Bilder, obwohl zweifelsohne authentisch, wirken wie inszeniert. Wie inszeniert von einem Regisseur, der formalen Dilettantismus simuliert, um die Aussagekraft zu steigern.

Dagmar brauchte Dilettantismus nicht zu simulieren. Dreherfahrungen mit ihrem Weihnachtsgeschenk hatte sie lediglich im letzten Arnoldsweiler Karneval gesammelt.

Bis hierhin, in der ›Atlantic-Phase‹ des Clips, verstreichen die ersten vierundzwanzig Sekunden. Die kommenden zehn zählen zur ›Phase des Apokalyptischen Reiters‹: Nach dem Ruck weg vom Atlantic – kein Schnitt, wohlgemerkt! – nimmt der Betrachter des Clips ebenso abrupt, aber präzis die Zentralperspektive auf die räumliche Tiefe eines geländergesicherten Stegs ein. Dieser Steg, eine gewisse Strecke herführend über bläulichen Himmelsdunst widerspiegelndes Wasser der Alster, wurzelt im nuancenreich begrünten Ufer. Und dort, im perspektivischen Fluchtpunkt, entspringt, untermalt von nun deutlichem Genörgel und Geknatter, bereits avisierte Enduro.

Da hinten macht sich deren Fahrer noch vage aus – ein menschliches Ding, ein Unding. Ein Kannibalenhäuptling oder so was. Oder Stuntman. Kostümierter, maskierter Werbeträger für das Deathmetal-Grusical »Satan's Soul«, das grad im Hafen anlief. Oder für Blue Bull oder ähnliche Ausscheidungen des Markts. Eigentlich nimmt man zunächst nicht viel mehr als Buntheit wahr, und Bulligkeit. Und, soviel kann man auf den ersten Blick sagen: Der Schädel wirkt bizarr. Ohne daß man auf denselben ersten Blick hätte sagen können, inwiefern. (Trägt er etwas quer im Gesicht? Apportiert er etwas?) Kommt jedenfalls mittels Enduro auf den Betrachter zugebrettert, und mit dem Crescendo der Beschleunigung steigt die Frequenz des Plankengeratters.

Nun war es so, daß Dagmar einst Herz und Hymen einem Dürener Ghettoprinzen geschenkt hatte, der Geländerennen fuhr. Das war dreißig Jahre her, doch in einer empfindsamen Seelenlage wie auf dieser viertägigen Strohwitwentour, da fiel der Gänsehaut im Nacken Wiederauferstehung leicht. Als Erweckungssignal reichte der Enduro-Sound. Und im Zuge dieses Schauderns, im Zuge der Schwüle und des Katers betätigte Dagmar – ein Reflex – den Zoom. Wie in einem Spaghetti-Western ruck, zuck in der Totalen: Kopf und vornübergekauerter Torso des Fahrers. Durch dessen eigene rasche Vorwärtsbewegung gleich wieder aufgelöst in Unschärfe.

Horrormasken gehörten zur Folklore ihrer Kindheit. Dennoch erschrak Dagmar – meinte sie im Schock der allzu prompten Vergrößerung doch erkannt zu haben, daß die Hirnschale des Fahrers ab Hutschnurlinie fehle und all der Blumenkohl offen zutage liege (aus welchem, wie um den groben Unfug abzurunden, auch noch zwei Stummelhörner herauszuragen schienen). Worüber sie die übrigen schreckenerregenden Details des irren Hünen vorerst übersah.

Der »irre Hüne« (Hamburger Expreß Zeitung = HEZ), der »Teufel vom Kiez« (Hamburger Abendpost), die »Horrorkreatur« (ave TV Hamburg), das »Alstermonster« (Hohenfelder Bote). Preschte auf Dagmars Linse zu – vorgebeugt und in der Hocke, aber ohne Sattelberührung. Weil er sich in der Hektik nach dem Unfall – direkt unter meinem Bürofenster – eine Gesäßbacke an der zersplissenen Kohlefaserhaube seines Lamborghini aufgeschlitzt hatte.

Vor Schreck zoomte Dagmar rückwärts, erweiterte die Perspektive also wieder. Gerade pünktlich genug, um einfangen zu können, wie der ellenlange Gegenstand, der quer in den Mundwerkzeugen des Hünen klemmt und in der Sonne aufblitzt, im Vorüberrasen ganz offensichtlich das Blatt einer Kübelpalme absäbelt, die den Angelpunkt von Schräg- und oberem Querstrich des Anleger-*F*s markierte.

Aus der Vogelperspektive ähnelt die Anlegerkonstruktion nämlich einem *F*. Der schräge Pfostenstrich entspricht dem Steg. Kurzer Horizontalstrich: Anleger für die Segel-, Ruder- und Tretboote des Verleihs. Langer Horizontalstrich: je zur Hälfte Anleger der Alster-Schiffahrtsges. mbH und Terrasse des Café Lorbaß, das rückwärtig Bootsverleih und Segelschule Kpt. Koop beherbergte.

Ein Denkfehler übrigens, jener Sprungflug in die Alster. Nun ja, kein Wunder bei dem Gepansche von körpereigenen und synthetischen Substanzen, das in den Venen des Hünen kochte. Und das bei dem Wetter. Und bei all der anhaltenden Hektik. Bei all der Anstrengung, die es kostete, seine euphorische Tobsucht zu zügeln – entfesselt nach all den entbehrungsreichen Wochen und Monaten. Der Gerichtsgutachter nahm ferner an, der Hüne habe rechtzeitig erspäht, daß er vom Heck der *Saselbek* aus gefilmt wurde, und sei, angesichts seiner übergeordneten Psycho-Agenda, davon magisch angezogen worden.

Wie auch immer, rein verfolgungslogisch hätte er erst einen Blick auf die Terrasse des Café Lorbaß werfen müssen. Wer da so saß. Ob nicht vielleicht vorm Wiederablegen der *Saselbek* jemand *aus*gestiegen war.

Abgesehen von zwei Gastronomiekräften befanden sich auf jener Terrasse in dem Moment fünf Leute (von denen drei später nicht mehr ermittelt werden konnten). Für mehr Betrieb war es einfach zu heiß – schon um diese Tageszeit

31,1 Grad Celsius –, und außerdem würden die Ferien des Bundeslandes Hamburg erst am darauffolgenden Mittwoch enden. Nicht zuletzt das war der Grund, weshalb dem ›I. Moderlieschen-Fest‹ ein Flop vorhergesagt worden war.

Nichtsdestoweniger vermuteten jene zwei Gäste des Café Lorbaß eine Aktion in diesem Rahmen, als sie den Enduro-Sprung von ihrem Korbsessel aus verfolgten. Aufmerksam geworden waren sie ja schon durch den Motorenlärm, und als die Maschine jammernd und nur mehr zwei-, dreimal hohl knatternd samt Fahrer flach von der Schanze schoß, sagte der eine »Äy« und der andere gar nichts. Es fiel ihm nichts ein, »gar nichts, aber auch gar nichts« fiel ihm dazu ein – außer daß er, *wenn* das ein Gag zum Moderlieschen-Fest sein sollte, auf die Pointe *sehr* gespannt wäre.

Der andere behauptete das eine Mal, er habe durchaus wahrgenommen, daß der irre Hüne splitternackt und ganzkörpertätowiert gewesen sei. Und das andere Mal, er habe vielmehr an einen ›Catsuit‹ geglaubt, an ein buntes Ganzkörperkondom einschließlich Kapuze (wegen des diffusen Eindrucks fehlender Ohren). So in der Art von Spider-Man.

Auch die anderen, einschließlich der Servicekräfte, lungerten nur und lauschten und gafften, wie sich der irre Hüne von der meckernd durchdrehenden Enduro löste und, sodann zu einer gewaltigen, bunten Arschbombe geballt, samt Enduro einschlug und einen stattlichen, zweistrahlig aufbrausenden Geiser hinterließ. Das Motorrad blieb weg. Das Mensch tauchte wieder auf – das kurze Schwert oder den Dolch, oder was genau es war, nun in der Rechten haltend –, schwenkte nach einer Sekunde Orientierung ins Kielwasser der *Saselbek* ein und begann, wie mit Dreschflegeln betrieben hinter ihr herzurauschen.

Dagmar war ihrem Unstil in puncto Kameraführung treu geblieben. Nach der Sequenz mit dem Palmenblatt hatte sie einfach gar nichts getan, als weiter draufzuhalten, so daß der Enduro-Jockey auf den Betrachter zuspringt und, in Unschärfe aufgelöst, über dessen rechter Schulter im Nichts verschwindet, bis das doppelte Platschen aus dem Off die akustische Fortsetzung liefert.

Anschließend (Phase drei: ›Impressionen einer betrunkenen Libelle‹) schien Dagmars Augenhöhle wie verschweißt mit dem Gummiflansch am Okular, so durcheinander war sie. Irgendwo tief drinnen, in der Muskulatur ihrer Gebärmutter vielleicht, spürte sie bereits die Ahnung zittern, daß dieser Tag spektakulär verschieden von dem verlaufen würde, den sie und Ellen sich eben noch, beim Frühstück im Atlantic, ausgemalt hatten. Während bei allen anderen Fahrgästen auf dem Achterdeck noch babylonisches Urstaunen vorherrschte, hatte Dagmar bereits Angst (allerdings nicht *nur* Angst). Jedenfalls war sie verwirrt genug, geschlagene acht Sekunden lang zu vergessen, daß der Okularstutzen des Camcorders kein Körperteil war, auch keine Brille oder so, und weil das Objekt aus ihrem Objektiv verschwunden war, irrte sie acht Sekunden lang mit dem Sucher Reißschwenk für Reißschwenk im Ungefähren herum, wobei sie auch noch den Schaukelknopf des Zooms für nervöse Entladungen mißbrauchte. Das Ergebnis ähnelt etwas, das ein Nutzerkommentar halbwegs treffend als »impressions of a drunken dragonfly« qualifiziert.

In nächster Mikrofonnähe zu hören ist in dieser Phase eine Übersprunghandlung Ellens: eine Art südhessischer Gospel. Jubelgelall. Nicht einmal ein gebürtiger Hanauer Phonetiker hätte eine Bedeutung herausfiltern können.

Schließlich drang Dagmar ans Bewußtsein, daß sie ohne Digicam vorm Gesicht viel besser sehen könnte, was hier vor sich ging. Sie blieb zwar auf der Bank sitzen, wie Ellen in der Hüfte gedreht, um sich mit dem linken Arm aufs Geländer der Heckveranda lehnen zu können. Hob die Kamera jedoch anscheinend mit rechts über Ellens Kopf hinweg – für den Betrachter jedenfalls ein schwindelerregendes Manöver – und bettete das Gerät in ihren Schoß. Und filmte die nächsten siebenundzwanzig Sekunden ein Stilleben: den Saum ihrer Khakishorts, die Holzdielen des Dampfers, die lackierten Nägel ihrer Zehen (Aubergine metallic), die aus den goldenen Dreihundertsiebzig-Euro-Sandaletten krallten, welche sie sich am Vortag in den Großen Bleichen ›geholt‹ hatte.

Das Hörspiel zu dieser siebenundzwanzigsekündigen ›Stillleben-Phase‹ besteht aus den rhythmischen, tosenden Kraulhieben des Berserkers sowie, zunächst noch, dem sonoren Diesel der *Saselbek* samt letztem Shantyrefrain. Einem ruhigen Porsche-Röhren, vom Alsterufer her. Den rhythmischen, tosenden Kraulhieben. Wiederum Ellens Stimme, nun leiser, aber deutlicher: »*Leck* misch, was –« Der Stimme der Sitznachbarin zur Rechten Ellens, einer sechsundsiebzigjährigen Hammerbrookerin: »Wat is *dor* denn koputt. Wat will *de* denn. Wat *sall* dat. Werner. Werner.« (Ellen beschrieb die Frisur der alten Frau später, wiederum recht plastisch, als ›Pusteblum‹.) Der Stimme eines siebenundsiebzigjährigen Hammerbrookers: »Wat will *de* denn. Wat sall *dat* denn.« Den rhythmischen, tosenden Kraulhieben. Stimmgewirr der übrigen vier Achterdeckspassagiere, zweier junger Pärchen, leicht bekleidet, gepierct. Zu verstehen nur wiederkehrende

Wendungen in vier verschiedenen Stimmlagen: »Schwert ... Dolch ... kraß, Alter ...« (Diese vier jungen Leute waren diejenigen, die am raschesten begriffen. Die kurz nach der Kaperung über Bord sprangen, zurück zum Anleger schwammen und fünfzig Minuten später bereits in der Liveschalte von pec TV Hamburg als Exklusiv-Augenzeugen berichteten.)

Immer noch zum Bild der Khakishorts hört man als nächstes, wie der Motor der *Saselbek* aussetzt. Mitten in der Koda der Schlumper Shantyboys (»... Saaa-cra-men-tooo!«). Das leicht überspannte dreistimmige »... ooo ...« geht zum Schluß in Fetzen (eben aus Irritation über den verstummten Grundton der Maschine). Doch aus dem vierzehnköpfigen Publikum heraus erschallt ungerührt ein Einzelapplaus, wie er typisch ist für Typen, die erst merken, was um sie herum passiert, wenn es sie in den Hintern tritt. Aber mit Anlauf. (Hinterher wollte es keiner gewesen sein. Ellen tippte – widersinnigerweise – auf den Blinden. Ich vielmehr auf das Herrchen jener weißen Schäferhündin, die der Hüne sechs Minuten später enthauptete.)

Erich L., Käpt'n, Steuermann und Schaffner, hatte im Führerhaus trotz Rückspiegels nur erahnen können, was da achterwärts geschah, und weil er befürchtet hatte, daß sich jemand an der Schraube verletzen könnte, hatte er die Maschine entschlossen gestoppt. Und dem Hünen damit ein Quentchen Kraft erspart, das der Eleganz seines Manövers sicher nicht abträglich war.

Und so herrscht im letzten Drittel der ›Stilleben-Phase‹ (ungefähr ab der Sekunde, in der die digitale Anzeige auf 11:23 Uhr umspringt) nur mehr eine Geräuschsorte vor.

Keine Shantyboys mehr, kein Schiffsmotorpuckern, keine menschliche oder Möwenartikulation, kaum mehr Autoverkehr auch, vielleicht wegen Ampelphasenwechsels. Selbst die Polizeikapelle schweigt für diese acht, neun Sekunden. Sondern man hört eine Abfolge von Wassertritten und kryptosexuellen Raubtierlauten. Während dieser Phase nahmen Dagmars *organische* Linsen wahr (und die Ellens, des Hammerbrooker Rentnerpärchens und der vier perforierten jungen Menschen), wie der irre Hüne die *Saselbek* einholte und enterte.

Ein seltsamer Anblick, die Draufsicht auf das herankraulende Wesen. Ein Menschentier, dem man das Fell über die Ohren gezogen und eine Kriegsbemalung verpaßt hatte. (Wobei ... *welche Ohren* eigentlich?) Oder ein Riesenlurch. Ein monströser, mordsmuskulöser Salamander, dessen Leibzeichnung die Mimikry einer hanebüchenen Kultur war. Alle Regenbogenfarben kamen vor, doch auch – auf dem autoscooterbreiten Kreuz – viel Braungeschiefertes wie Hühnergefieder und, insbesondere entlang den Extremitäten, das Steakrot von Fleischfasern, und auf dem Schädel eben Hirngrau ... Einzelheiten zu unterscheiden aber war bei der Rapidität der Handlung unmöglich.

Nach einer Rumpfbewegung im Delphinstil schnellte der Hüne mit dem letzten Kraulschlag bis zur Taille aus dem Wasser. Hechtete ans Heck des Schiffes. (Ein Geräusch, als versuchte die Alster, zäh schlürfend sein Entschlüpfen zu vereiteln.) Wuchtete, innerhalb ein und derselben Aufwärtsdynamik, seine Bruttoregisterzentner auf der rot lackierten Fenderkante in den linkshändigen Stütz. (Helles, orgasmisches Grollen durch die Gurgel vor lauter entweichender kinetischer Energie, bei schraubstockfest geschlossenen Kiefern, die die Dolchklinge gleich hinterm Parier fixierten. Beim Einatmen Schnaufen.) Haschte, bevor er zurückzufallen drohte, mit dem rechten Mittelfinger die Fahnenstange. Erwischte und umkrallte sie. (Kurzes, überschnappendes Muhen. Beim Einatmen Schnaufen.) Setzte gorillagleich den linken der baren Echsenfüße Schuhgröße einundfünfzig neben die linke Stützhand. (Bellen. Beim Einatmen Schnaufen.) Dann, mit einem Grunzen zwischen *aaa* und *äää*, einem langgezogenen, lässigen Laut der Etappenbefriedigung – Ausdruck hormontrunkener Siegesgewißheit –, hievte er sich mit der Rechten in die Lotrechte. Sein Bizeps war mit der Struktur eines American Football tätowiert (einschließlich Naht, Logo und Herstellername *Wilson*), und weil er sich bei dieser Zugbewegung zu fünfundneunzig Prozent definierte, schien er fast zu platzen. Kabeldick trat eine Ader aus dem ›Leder‹ und schlängelte sich bis ins gewaltige Profil der Schulter, deren Haut gezeichnet war, als sei sie gehäutetes Muskelfleisch.

Erst in dem Moment beginnt die neunzehnsekündige Phase fünf, die ›Busen-Phase‹: dem Moment, in dem Dagmar – die Kamera an der Brust bergend – und Ellen von der Bank aufsprangen und zurückwichen. Bis dahin waren sie hypnotisiert gewesen. Hypnotisiert wie Mäuse vom Totenkopf auf dem Kobranacken.

»Es war furchtbar«, sagte Dagmar später, bei unseren Beratungsgesprächen, immer wieder. *Fuch'chtba.* [fʊxçtba:]

»Der sah furchtbar aus«, ergänzte Ellen, »furchtbar!« *Foschba.* [fɔʃba:]

Als er die holzverkleidete Reling packte, brannte sich Ellens Gedächtnis das Bild seiner Faust ein. Diese Faust sah aus, als sei sie mit der grünlichbraunen Hornhaut eines Schuppenpanzers bezogen (auch die spitz gefeilten und gefärbten Fingernägel unterstützten den Eindruck einer Reptilkralle) – nur daß auf den sogenannten proximalen Phalangen Buchstaben zu lesen waren: ein *B* auf dem ersten Glied des kleinen Fingers (der in der Länge Ellens Mittelfinger entsprach, im Umfang jedoch übertraf), auf dem des Ringfingers ein *U* sowie je ein *M* auf Mittel- und Zeigefinger. (Auf der linken Faust, wie sie später sah, in umgekehrter Reihenfolge: *Z, A, C* und *K*. Die übliche Linksauslegerkombination von Jab und rechter Geraden ergäbe aus Sicht eines künftigen Opfers folglich *ZACK BUMM*.) Eine Schrifttype, wie man sie von Explosionen in Comics kennt, oder von Graffiti auf den Barackenwänden entlang der Abstellgleise unserer Republik.

Als weitere Abweichung vom Kroko-Look war auf der derben Schwimmhaut zwischen Daumen- und Mittelhandknochen – nachträglich eingefaßt von einem smaragdgrünen Kleeblatt – ein Triangel aus Punkten in billigem Blau zu sehen, gestochen sieben Jahre zuvor mit einer Tätowiermaschine Marke Hahnöfersand*. (Gebaut aus Ventilatormotor, Eßlöffel, Verschluß einer Getränkedose sowie in Kugelschreiberhülle geführtem Nadelbündel; die Farbe entstammte dem erhitzten Abrieb von Adiletten.) Dies Zeichen aus alter Knasttradition steht für die dreifaltige Faustregel *Nichts hören, nichts sehen, nichts sagen*, was sich auf Kollaboration mit Behörden aller Couleur bezieht.

* Elbinsel im Alten Land, bekannte Jugendstrafanstalt.

Mit einer Brise aus Moder- und Teichgeruch, ergänzt von fischrauhem, blutrohem Aroma – einer in der Hitze beinah sprühenden Brise, elementar und aufreizend –, stieg der Hüne über diese seine Faust triefend an Bord, mit einer eleganten Scherenbewegung der schwerathletischen Schenkel (die nach dem Muster der Schultern wie gehäutet wirkten; gezeichnet wie in einem Schaubild zur Anatomie der menschlichen Muskulatur). Und aus dem somit präsentierten schmalen Hüftbecken sprang dabei eine fette Kreuzotter auf, angewachsen an einem schlammfarbenen Beutel mit dem Fassungsvermögen von zwei Schlangeneiern.

Ellen mochte nicht einsehen, was sie da sah. (Und jedesmal in ihrem wiederkehrenden Alp assoziierte sie den Beutel mit einem Schlüsselanhänger. Da hob selbst ihr Traumatherapeut die Adlerbraue.) Sie weigerte sich, es wahrzunehmen, und deshalb hob sie gleich darauf ihren Blick, um ein irgend möglich gutmütiges Dementi in den Augen des Irren zu erheischen.

Hatte er überhaupt Lider? Wimpern waren nicht zu erkennen, und aus den Tiefen der waschbärartig schwarz gefärbten Höhlen strahlten Iris, schmal gerändert von rosaweißem Marmor, aber so schwarz, daß sie aussahen wie riesige Pupillen. Ellen hielt das nicht aus, und ohnehin überwältigte sie nun der Gesamteindruck des Schädels. Wenigstens war es keineswegs so, daß das Gehirn frei lag. Es war nur eine Tätowierung des kantigen Kahlkopfs. Eine illusionistische Arbeit in der Tradition eines Trompe-l'œil (wie auch bei der Echsen-Optik auf Händen und Füßen); sie reichte bis hinunter zu jenem extremen Knochengesims, das übrigens statt mit Brauen mit je einem Dutzend kleiner goldener Ringe geschmückt war. Das stummelige, stumpfe Gehörn allerdings war keine Täuschung, sondern definitiv dreidimensional. (Eine Implantation aus Teflon.) An dem einen Horn haftete die feuchte Cellophanhülle einer Zigarettenschachtel. Beifang.

Trotz der Strapazen atmete er gar nicht sonderlich schwer, eher wie aus positivem Streß oder wie jemand, der gerade einen längeren Witz erzählt hat – allemal im aeroben Bereich –; und doch vernahm man erhebliches Schnaufen. Was wohl dem abgenagten Oberarmknochen einer Poularde geschuldet war, der quer in der Nasenscheidewand steckte. Die hageren Wangen zierte je ein Narbenmikado. Seinen Lefzen entnahm er nun den knapp ellenlangen, einschneidigen Dolch (einen Yoroi-dōshi – aus einem Tokioter Museumsraub –, mit dem einst die Samurai des Gegners Rüstung zu durchstechen und ihn zu köpfen pflegten) und lächelte.

Lächelte blutig. Obwohl der Dolch einschneidig war, hatte sein Besitzer sich bei der Aktion an der Palme oder beim Eintauchen ins Wasser oder wann immer einen winzigen Schnitt in der Oberlippe zugezogen. Es tropfte und tropfte. Doch er lächelte, lächelte mit viel Zunge und Zahnfleisch. Anderthalb Wochen zuvor hatte er einen kokainsüchtigen Wellingsbütteler Kieferchirurgen dazu bewogen, ihm bis auf die Backen- sämtliche Zähne zu ziehen. Die Ohren – der Eindruck hatte also nicht getäuscht – fehlten. Hatte er eigenhändig entfernt, mit einem Teppichmesser, schon *vier* Wochen vorher. Die Wundmale, die sich um die Löcher mit den Knorpelzapfen schnörkelten, waren bereits recht gut verheilt, fast vernarbt.

Er sprach wie ein Schwerhöriger lauter als nötig, mit kehliger Stimme; eine sinnvolle Aussage herauszufiltern war dennoch schwer. Nicht nur wegen Nasenschmucks und

Zahnlosigkeit, sondern auch stiernackigen Kiezakzents wegen.

In lautmalerischer Umschrift (bzw. dudenmäßiger Lautschrift) sähe das, was an Äußerung während der ›Busen-Phase‹ zu vernehmen ist, ungefähr so aus:

Tächau. Die For'äoufwoiwee biddeee?
([tæxau]. [di:] [fɔ:'æu:fvɔyve:] [bɪde:]?)

Arnoldsweilerin Dagmar verstand natürlich kein Wort, ebensowenig Hanauerin Ellen. Drei der vier jungen Leute reimten sich was zusammen. Pusteblum und Werner hätten's vielleicht zu dekodieren vermocht, hätten ihre Renten für Hörgeräte je gereicht.

Wie auch immer, gemeint war – das dürfte als gesicherte Erkenntnis gelten – soviel wie: Guten Tag auch. Die Fahrausweise, bitte?

Es lachte aber niemand. Nicht einmal er selbst. Jedenfalls ist während der ›Busen-Phase‹ nichts dergleichen zu hören.

Anschließend hatte er stumm mit einer Kralle auf Dagmar gedeutet und sie gestisch aufgefordert weiterzufilmen. *Ihn* zu filmen. Immer weiterzufilmen – nur zu, keine Bange. Und aus komplizierten psychologischen Motiven, die auch mit Angst, aber nicht *nur* mit Angst zu tun hatten, gehorchte sie. Und wieder tat der höhere Regisseur sein Bestes bei der Kameraführung Dagmars. Wobei die letzte Sequenz dieses Clips ein wenig vom Prisma eines Tropfens Alsterwasser gestört wird, der vom Gefuchtel des Hünen auf die Linse geraten war.

Zu sehen sind in der letzten, der vierzehnsekündigen

›Posing-Phase‹ des Clips *Irrer Huene 1/4* hauptsächlich vier Posen desselben, die er den Repertoires von Bodybuilding, Kung-Fu und Säbelkampf entlehnt haben dürfte. Bei jeder neuen seiner Figuren, seiner unbedingt beeindruckenden Schaufiguren, gibt er Laute von sich. Selbstanfeuerung. Vertonung seiner Wunschvorstellung davon, was das Publikum bei seinem Anblick ästhetisch oder erotisch empfinden möge. Laute wie [ja:], [ɔ:] sowie [həhɔ:]; zuletzt sogar, bei jenem Hüftschwung, ein nicht unbedingt unschwules [õ:].

Rosenrotes Blut trieft von seinem Hintern, und rosenrotes Blut trieft von seiner Oberlippe. Ellen zufolge bildete sich bereits eine Lache an Deck, was auf dem Film nicht zu sehen ist.

Zwo Meter zwo (ohne Gehörn). Hundertachtundzwanzig Kilogramm Knochengerüst und massive Muskulatur, kein Milligramm davon Fett. Seit elf Wochen hatte er – mit teils dermatologisch, teils alkohol- und schmerzmittelbedingten Unterbrechungen – täglich vier Stunden unter der Skarabäusnadel des weltberühmten anonymen Künstlers »###« gelegen und dafür bereits zweiundzwanzig Riesen angezahlt. (Begleitend hatte die neunzehnjährige Minka, die hörigste der Minskerinnen aus seinem Beritt, ihm in regelmäßigen Abständen Schädel, Gesicht, Achselhöhlen, Unterarme, Brust, Schamteile und Beine rasiert.)

Und obwohl sie auf dem Film unübersehbar, ja ausschnittweise relativ gut erkennbar sind, all die spektakulären Porträts und sonstigen Bilder und Muster, die in die Haut des Hünen gestochen, geritzt und gebrannt worden waren – als Betrachter konzentriert man sich unweigerlich auf Posen und Muskelkontraktionen. Auf Dolch, triefendes Blut, irren

Schädel. Auf Kreuzotter oder Cellophanhülle. Geschweige, daß es Ellen und Dagmar in der akuten Situation anders gegangen wäre.

Als aus dem Off die Stimme von Käpt'n L. ertönt, sieht man, wie der Hüne die vierte Pose abbricht.

Sie ertönt recht deutlich, die Stimme von Käpt'n L., weil er plötzlich direkt hinter Dagmar in der offenen Tür zum Fahrgastraum stand. Eine Stimme wie geschnitzt und geölt. Eine Stimme wie ein Requisit aus dem Ohnsorg-Theater. *Wät is hiär denn läous.* Was ist hier denn los. Ohne Frage-, aber auch ohne Ausrufezeichen. Kap Hoorn läßt hörbar grüßen, doch ebenso hörbar ist, daß Zwieback und Skorbut längst Historie sind. Der Schnack ist *so* trocken, daß er am Gaumen kleben bleibt.

Und wiederum gehorchte Dagmar ihrem höheren Regisseur, indem sie *nicht* vor der Stimme erschrak, *nicht* nach der Stimme schwenkte, *nicht* zitterte, zagte und zauderte. Sondern filmisch festhielt, wie der Hüne sich lässig aus seiner letzten Pose löst, die entspannte, kriegerstolze Haltung eines vollwertigen Verhandlungspartners annimmt, zweimal mit der flachen Klinge auf das rechte Horn tippt und mit seinem blutigen, zahnlos grinsenden Maul unter dem quer steckenden Nasenknochen nuschelt:

Der Deubl, Diggä. Der Deubl if läouf, Diggä.

Die Autoren

Dancik Sergejewitsch Baldajew

Geboren 1925 in Ulan-Ude, gestorben 23.1.2005 in St. Petersburg

Als Sohn eines »Volksfeindes« wird Baldajew in einem Waisenhaus für Kinder politisch Gefangener in Sibirien erzogen. Im Zweiten Weltkrieg dient er in der russischen Armee, 1948 wird er in Leningrad beim MWD (Innenministerium) angestellt, ab 1951 Wächter im berüchtigten Kresty-Gefängnis. 1981 wird er im Rang eines Majors pensioniert. 1989 beginnt er, seine über Jahrzehnte heimlich zusammengetragene Sammlung von Zeichnungen der vielfach tätowierten Gefangenen, von Alltags- und Folterszenen der sowjetischen Gefängnisse und Lager zu veröffentlichen und in Ausstellungen zu zeigen. Eine Auswahl seiner über dreitausend Zeichnungen der Tattoo-Motive sowjetischer Gefangener findet sich in den Büchern *Russian Criminal Tattoo Encyclopaedia* (3 Bände, 2003 ff.) und wird 2010 postum in London gezeigt.

Honoré de Balzac

Geboren 20.5.1799 in Tours, gestorben 18.8.1850 in Paris

Nach der Schulzeit in verschiedenen Internaten nimmt Balzac 1816 ein Jurastudium in Paris auf und arbeitet nebenbei als Schreibkraft in einer Kanzlei. 1819 bricht er das Studium ab und wird Schriftsteller, in den ersten Jahren ohne großen Erfolg. 1822 trifft er seine Gönnerin Madame de Berny, in den folgenden

Jahren kann er sich über Wasser halten. 1825 wird er Verleger, muss das Unternehmen jedoch 1828 wieder schließen. Sein erster erfolgreicher Roman erscheint 1829 unter dem Titel *Le dernier Chouan* (dt. *Die Königstreuen*). In den folgenden Jahren ist Balzac als Autor und Journalist außerordentlich produktiv, reist viel und lernt Mitte der 1830er-Jahre die polnische Gräfin Evelina Hánska kennen, die er 1850 heiratet. Er beginnt, Romane zu Zyklen zusammenzufassen, 1842 entsteht die Idee zur *Comédie humaine*, an deren insgesamt einundneunzig Romanen und Erzählungen er in den nächsten Jahren bei exzessivem Kaffeegenuss arbeitet. Balzac zählt heute zu den Klassikern der französischen Literatur.

Ray Bradbury

Geboren 22.8.1920 in Waukegan, Illinois,
lebt in Los Angeles

1934 zieht Bradbury mit seiner Familie von Illinois nach Los Angeles. Schon als Jugendlicher ist er literarisch aktiv, wird kurz nach dem Schulabschluss freier Autor, zunächst für Zeitungen und Magazine. Bereits 1946 erhält er den Preis für die Best American Short Story, sein erstes Buch publiziert er 1947. Literarischer Durchbruch 1950 mit *Die Mars-Chroniken*, zu seinen frühesten Publikationen zählt auch die Kurzgeschichtensammlung *The Illustrated Man* von 1951. Sein bis heute berühmtester Roman *Fahrenheit 451* erscheint 1953. Bradbury schreibt auch (teilweise unter Pseudonym) für etliche Film- und Fernsehprojekte.

Alex Capus

Geboren 23.7.1961 in Mortagne-au-Perche, Normandie,
lebt in Olten, Schweiz

Als Sohn eines Franzosen und einer Schweizerin in Frankreich geboren, besucht Capus ab 1966 die Schule in Olten. Studium der Geschichte, Philosophie und Ethnologie in Basel, danach vier Jahre Inlandredakteur der Schweizerischen Depeschenagentur. 1994 erscheint sein erster Erzählungsband *Diese verfluchte Schwerkraft*. Bis heute liegen zwölf Bücher vor, der bisher größte Erfolg ist der Roman *Eine Frage der Zeit* von 2007, der zu Beginn des Ersten Weltkriegs im kolonialen Afrika spielt. Capus hat drei Romane des amerikanischen Autors John Fante ins Deutsche übersetzt. Seit November 2009 ist Capus Präsident der Sozialdemokratischen Partei Oltens.

James Cook

Geboren 7.11.1728 in Marton, Middlesbrough,
gestorben 14.2.1779 auf Hawaii

Mit achtzehn macht Cook erste Erfahrungen auf Transportschiffen, geht 1754 zur Royal Navy. Bei Vermessungsfahrten an der kanadischen Küste erweist er sich als herausragender Kartograf. Dies und seine Fähigkeiten als Schiffsführer bringen dem zum Leutnant Ernannten 1768 die Berufung zu seiner ersten Pazifikreise ein. Ziel der Expedition, die bis 1771 dauert, ist einerseits Tahiti, andererseits die Erkundung der Terra australis incognita. Die Reise bringt Cook schließlich einmal um den gesamten Globus. Zum Commander ernannt, rüstet er 1772 seine zweite Expedition, auf der ihn u.a. Johann Reinhold und Georg Forster begleiten. Er überquert zum ersten Mal den südlichen Polarkreis. In Polynesien nimmt er den tätowierten Omai an Bord, der nach der Rückkehr 1775 in London als der »edle Wilde« bestaunt wird. Cook ist berühmt, er wird in die Royal Society berufen. Auf einer dritten Expedition landet Cook 1778 auf den Hawaii-Inseln. 1779 wird er bei Auseinandersetzungen mit den Insulanern erstochen.

Charles Darwin

Geboren 12.2.1809 in Shrewsbury, gestorben 19.4.1882 in Downe

Während seiner Schulzeit führt Darwin bereits naturkundliche Forschungen und Experimente durch. Er soll wie der Vater Arzt werden und beginnt 1825 in Edinburgh ein Medizinstudium. Außer den biologischen und zoologischen Aspekten langweilt ihn das Studium, er wechselt auf Anraten des Vaters zur Theologie und erhält 1831 den Grad Baccalaureus Artium. Mit großer Leidenschaft widmet sich Darwin der Botanik und Geologie, vom befreundeten Botaniker John Stevens Henslow wird er zur anstehenden Expedition mit der HMS *Beagle* empfohlen. Am 27. Dezember 1831 beginnt die Fahrt, sie endet im Oktober 1836 und bringt Darwin einmal um den Globus. Tausende mitgebrachte Proben und gut 2500 Seiten Aufzeichnungen bilden die Grundlage für seinen Reisebericht, der 1839 erscheint, und zusammen mit vielen weiteren Studien schließlich auch für sein berühmtes Werk *On the Origin of Species* von 1859, mit dem er die moderne Evolutionsbiologie begründet. 1871 veröffentlicht er *The Descent of Man, and Selection in Relation to Sex*, worin er aufbauend auf seiner allgemeinen Evolutionstheorie die Abstammung des Menschen erörtert. In den letzten zehn Jahren seines Lebens widmet sich Darwin botanischen Themen. Er wird in der Westminster Abbey zu Füßen des Monuments für Sir Isaac Newton beigesetzt.

Louis Dumur

Geboren 1870 in Genf, dort auch gestorben 28.3.1933

Dumur gründet zusammen mit anderen Symbolisten die Zeitschriften *La Pleïade* und *Mercure de France*. Anfangs schreibt er Theaterstücke, später vorwiegend Romane wie *Pauline, ou la liberté de l'amour* (1896), die der Dekadenzliteratur zugerechnet werden. Keines seiner zahlreichen Werke, die nach dem Ersten Weltkrieg zunehmend revanchistische Tendenzen verarbeiten, ist ins Deutsche übersetzt worden.

Kaiserin Elisabeth von Österreich-Ungarn
Geboren 24.12.1837 in München, ermordet 10.9.1898 in Genf
Der Kosename »Sisi«, unter dem die Kaiserin durch zahlreiche Filme vor allem mit Romy Schneider zu einer Kultfigur geworden ist, ist nicht belegt. Als Kind unterschreibt sie Briefe mit Lisi. Als Tochter des Herzogs von Bayern wächst sie sorgenfrei in München auf. Schon in dieser Zeit schreibt sie Gedichte. Bereits mit fünfzehn wird sie an den österreichischen Kaiser Franz-Joseph verheiratet. 1888 lässt sie sich in einer Hafenkneipe einen Anker auf die Schulter tätowieren, sehr zum Ärger des Kaisers. 1898 wird sie von dem Anarchisten Luigi Lucheni ermordet. Elisabeth schreibt zahlreiche Gedichte und bewundert zeitlebens Heinrich Heine.

Jürg Federspiel
Geboren 28.6.1931 in Kemtthal, Kanton Zürich, gestorben 12.1.2007 in Basel
Federspiel wächst in Davos auf, ab 1951 arbeitet er als Reporter und Filmkritiker für verschiedene Schweizer Zeitungen. Längere Aufenthalte in Deutschland, Frankreich, Großbritannien und den USA. Erste Buchpublikation 1961, bis 2001 folgen über zwanzig Bücher. Mit den Romanen *Die Ballade von der Thyphoid Mary* (1982) und *Geographie der Lust* (1989) hat Federspiel großen Erfolg. In seinen letzten Lebensjahren leidet er schwer an Diabetes und Parkinson, sein Tod 2007 ist vermutlich selbst gewählt.

Gustave Flaubert
Geboren 12.12.1821 in Rouen, gestorben 8.5.1880 in Canteleu, Normandie
Ein Jurastudium gibt Flaubert früh auf. 1850/51 macht er mit seinem Freund Maxime Du Camp eine große Tour in den Vorderen Orient. Danach zieht er ins Haus seiner verwitweten Mutter bei Rouen und führt dort ein zurückgezogenes Leben als

Schriftsteller. Ausflüge unternimmt er nach Paris, trifft seine langjährige Geliebte Louise Colet und unterhält literarische Kontakte. Lange Zeit veröffentlicht Flaubert keines seiner Manuskripte, *Madame Bovary*, sein erstes gedrucktes Werk, erscheint 1856 in der *Revue de Paris*. Der Roman verursacht einen Prozess wegen Verstoßes gegen die Sitten, der in einem Freispruch endet. Die 1857 erscheinende Buchausgabe ist nicht zuletzt dadurch ein Verkaufserfolg. Nach einer Tunesienreise entsteht der historische Roman *Salambô* (1862), Flauberts neben *Bovary* zweiter epochemachender Roman *L'Education sentimentale* erscheint 1869. Neben Stendhal und Balzac gilt Flaubert als größter realistischer Erzähler Frankreichs.

Jean Genet

Geboren 19.12.1910 in Paris, dort gestorben 15.4.1986

Genet wächst bei Pflegeeltern auf dem Land auf, bricht die Schule ab und reißt mit vierzehn aus. Er will in Paris Drucker werden. Doch die staatliche Fürsorge steckt ihn erneut in eine Familie, die er bestiehlt, und diesmal landet er im Gefängnis. Wegen seiner Homosexualität wird er psychiatrisch behandelt. Dem Gefängnis entkommt Genet durch freiwilligen Militärdienst. Doch 1936 desertiert er und landet in der Folge auch wegen Diebstahls und Landstreicherei immer wieder im Gefängnis. 1942 lässt er das Gedicht *Der zum Tode Verurteilte* in hundert Exemplaren drucken. Jean Cocteau ist begeistert und fördert auch die Veröffentlichung des im Gefängnis geschriebenen Romans *Notre-Dame-des-Fleurs*. Nach dem Zweiten Weltkrieg wird Genet als Autor bekannt, schreibt zahlreiche Romane, Essays und Theaterstücke, mit denen er immer wieder aneckt. Homosexualität, das Leben im Gefängnis und am Rande der Gesellschaft sind Themen in nahezu allen Veröffentlichungen. Genet stirbt, schwer erkrankt an Kehlkopfkrebs, aufgrund eines Sturzes.

Franziska Gerstenberg

Geboren 1979 in Dresden, lebt in Berlin

Von 1998 bis 2002 studiert Franziska Gerstenberg am Deutschen Literaturinstitut in Leipzig. Zwei Jahre lang ist sie Mitherausgeberin der dort erscheinenden Literaturzeitschrift *EDIT*. Ihre erste Buchveröffentlichung ist der Erzählungsband *Wie viel Vögel* von 2004. *Solche Geschenke*, ein zweiter Band mit Erzählungen, erscheint 2007. Mehrere Literaturpreise, zuletzt das Stipendium der Akademie Schloss Solitude 2010.

Don de Grazia

Geboren 1968, lebt in Chicago

De Grazia arbeitet als Fabrikarbeiter, Türsteher und Soldat, bevor er zu schreiben beginnt. Heute lehrt er Fiction Writing am Columbia College in Chicago und ist dort auch Herausgeber des *f Magazine*, einer Zeitschrift für neue Literatur. De Grazias Roman *American Skin* erregt 1998 bei Erscheinen der englischen Erstausgabe international Aufmerksamkeit und wird u. a. mit Irvine Welshs *Trainspotting* verglichen. Erst ein Jahr später erscheint der Roman in den USA.

Sarah Hall

Geboren 1974 in Carlisle, lebt in Cumbria

Nach dem Studium der Englischen Literatur und Kunstgeschichte nimmt Sarah Hall Kurse in Kreativem Schreiben. Heute unterrichtet sie dieses Fach selbst. Erste Veröffentlichungen sind Gedichte, die in Zeitschriften erscheinen, ihren ersten Roman publiziert sie 2002. *The Electric Michelangelo*, ihr zweiter Roman, steht 2004 auf der Shortlist für den Man Booker Prize. Mittlerweile sind vier Romane erschienen, zuletzt *How to Paint a Dead Man* 2009.

Artur Heye

Geboren 4.11.1885 in Leipzig, gestorben 1.11.1947 in Ascona

Mit vierzehn Jahren verlässt Heye sein Elternhaus und geht auf Wanderschaft. Ein Jahr darauf fährt er bereits zur See und heuert nacheinander auf diversen Schiffen an. 1902 geht er in Hoboken von Bord und schlägt sich fünf Jahre in den USA durch, zwei davon als Tramp. 1909 kehrt Heye nach Deutschland zurück. Noch im gleichen Jahr gelangt er dann nach Ägypten. 1912 kehrt er wieder kurz zurück, bereist danach Südeuropa und Nordafrika. 1914 ist er Soldat in Ostafrika, 1917 wird er britischer Kriegsgefangener und bis 1920 nach Indien gebracht. Zurück in Deutschland, publiziert er sein erstes Buch 1921. In Ostafrika dreht er 1925/26 einen Film, 1929/30 hält er sich, frisch verheiratet, in Brasilien auf. Nach einem Aufenthalt in Alaska siedelt sich Heye Mitte der 30er-Jahre in Ascona an. Ab 1940 publiziert er seine Lebenserinnerungen in mehreren Bänden unter dem Titel *Wilde Lebensfahrt,* worin er viele frühere Publikationen verarbeitet.

Wolfgang Hildesheimer

Geboren 9.12.1916 in Hamburg, gestorben 21.8.1991 in Poschiavo, Graubünden

Schulbildung in Deutschland und England, 1934 emigriert die Familie nach Palästina, dort macht Hildesheimer eine Tischlerlehre. Ab 1937 Studium der Malerei in London. 1946 ist Hildesheimer Dolmetscher und Gerichtsschreiber bei den Nürnberger Prozessen. Er wird Mitglied der »Gruppe 47«. Ab den 1950er-Jahren übersetzt er etliche englische Autoren, u.a. Djuna Barnes, Joyce, Beckett und Shaw. Bekannt wird er als Autor mit der Erzählsammlung *Lieblose Legenden,* die 1952 erscheint. Neben Hörspielen und Theaterstücken ist er vor allem mit seiner Mozart-Biografie von 1977 und der fiktiven Biografie *Marbot* von 1981 erfolgreich. 1984 stellt Hildesheimer das Schreiben ein und widmet sich der bildenden Kunst, vor allem der Collage.

Bohumil Hrabal
Geboren 28.3.1914 in Brünn, gestorben 3.2.1997 in Prag
Kindheit und Jugend verbringt Hrabal in der Kleinstadt Nymburg an der Elbe. Diese Zeit verarbeitet er literarisch in der Trilogie *Das Städtchen am Wasser (Die Schur, Schöntrauer, Harlekins Millionen)*. Sein Studium ab 1935 kann er bedingt durch die Okkupation erst 1946 beenden. Während des Krieges arbeitet er bei der Bahn, später ist er Versicherungsagent, Handelsreisender und Arbeiter in einer Stahlhütte. Schriftsteller nennt sich Hrabal erst ab 1963, obwohl er seit den 30er-Jahren schreibt. Sein erstes Buch erscheint 1966, ab 1970 erhält er Veröffentlichungsverbot, wird 1975 rehabilitiert. Nach dem Ende des kommunistischen Regimes erscheinen in den 90er-Jahren seine Gesammelten Werke, und er gilt schon vor seinem (möglicherweise selbst gewählten) Tod als einer der bedeutendsten tschechischen Autoren des 20. Jahrhunderts.

Alexander von Humboldt
Geboren 14.9.1769 in Berlin, dort auch gestorben am 6.5.1859
Die Humboldt-Brüder Wilhelm (geb. 1767) und Alexander werden von Privatlehrern unterrichtet, die der Aufklärung nahestehen. Alexander interessiert sich für Naturbeobachtungen und wird zudem im Kupferstechen und Radieren ausgebildet. Der Vater stirbt früh, die Mutter wendet weiterhin große Mittel für die Ausbildung der Söhne auf. An der Universität Göttingen lernt Humboldt Georg Forster kennen, der bereits mit Cook die Welt umsegelte, und unternimmt mit ihm 1790 eine geologische Forschungsreise. In den 1790er-Jahren arbeitet Humboldt erfolgreich für den Bergbau in Franken, verzichtet schließlich auf ein gut dotiertes Amt und geht 1798 nach Paris, wo er den Botaniker Aimé Bonpland trifft, mit dem er seine große amerikanische Forschungsreise 1799 antritt. Aus eigenen Mitteln und mit oft waghalsigen Unternehmungen erforschen sie bis 1804 große Teile Mittel- und Südamerikas mit etlichen bahnbrechenden wissen-

schaftlichen Erkenntnissen. In Paris veröffentlicht Humboldt in den folgenden Jahren sein Reisewerk, das schließlich insgesamt dreißig Bände enthält. 1829 nimmt er an einer Russlandexpedition teil. Nun ist er einer der angesehensten Wissenschaftler weltweit, Goethe schreibt: »Man könnte in acht Tagen nicht aus Büchern herauslesen, was er einem in einer Stunde vorträgt.« Mit fast neunzig Jahren stirbt Humboldt als hoch geachteter Gelehrter in seiner Geburtsstadt.

John Irving

Geboren 2.3.1942 in Exeter, New Hampshire, lebt in Vermont und Toronto

Irving trägt den Nachnamen seines Stiefvaters, der ihn mit sechs Jahren adoptiert. Mit vierzehn Jahren findet Irving seine beiden lebenslangen Leidenschaften, Ringen und Schreiben. Ab 1961 studiert er Literatur in Pittsburgh, Wien, New Hampshire und Iowa, beendet sein Studium 1967 mit einem Master. Danach ist er College-Dozent in Vermont. Sein erster Roman *Lasst die Bären los* erscheint 1968. Mit dem vierten Roman *Garp und wie er die Welt sah* schafft Irving 1978 den Durchbruch, von da an kann er als freier Schriftsteller leben. Nach mittlerweile zwölf Romanen und etlichen Verfilmungen zählt Irving heute zu den international erfolgreichsten Autoren der USA.

Franz Kafka

Geboren 3.7.1883 in Prag, gestorben 3.6.1924 in Kierling, Klosterneuburg

Kafkas Familie gehört zur deutschsprachigen Minderheit Prags. 1901 bis 1906 studiert er an der Karl-Ferdinands-Universität in Prag, er beginnt mit Chemie, wechselt zu Jura, hört ein Semester Germanistik und Kunstgeschichte, schließt aber mit einer juristischen Promotion ab. Der Studienfreund Max Brod vermittelt früh den Kontakt zum Leipziger Rowohlt Verlag, wo 1912 Kafkas erstes Buch *Betrachtung* erscheint. Bis 1922 arbeitet Kafka in der Arbeiter-Unfall-Versicherungs-Anstalt, er steigt dort vom Aushilfsbeamten bis zum Obersekretär auf. Sein Arbeitgeber bewahrt ihn vor dem Kriegseinsatz, sperrt sich jedoch fünf Jahre lang gegen Kafkas Pensionierungsgesuch aufgrund der Erkrankung an Lungentuberkulose. Zu Lebzeiten gibt es sechsundvierzig Publikationen seiner Werke, keine davon mit größerem ökonomischen Erfolg. Vierzigjährig stirbt Kafka an Tuberkulose. Testamentarisch trägt er Max Brod auf, den Großteil seiner Schriften zu vernichten. Heute gilt er aufgrund dieser Schriften weltweit als einer der größten Autoren des 20. Jahrhunderts.

Egon Erwin Kisch

Geboren 29.4.1885 in Prag, gestorben 31.3.1948 in Prag

Kisch beginnt 1906 als Volontär des *Prager Tagblatts* seine Reporterkarriere. Im Ersten Weltkrieg ist er kurze Zeit Frontsoldat. Nach dem Krieg Freundschaft mit Joseph Roth und Eintritt in die Kommunistische Partei Österreichs. 1920 Ausweisung aus Österreich, ab 1921 lebt Kisch als freier Schriftsteller in Berlin. Zwischen 1922 und 1926 ausgedehnte Reisen, 1925 erscheint sein berühmtes Buch *Der rasende Reporter.* Zwischen 1928 und 1932 bereist Kisch u.a. die Sowjetunion, die USA und China. Nach dem Reichstagsbrand wird er 1933 von Berlin nach Prag abgeschoben, danach Exil in Paris. Kisch ist Berichterstatter der Internationalen Brigaden im Spanischen Bürgerkrieg. Nach Beginn des Zweiten Weltkriegs flieht er nach Mexiko, dort erscheint sein Erinnerungsbuch *Marktplatz der Sensationen.* 1946 kehrt er nach Prag zurück, wo er 1948 stirbt. Egon Erwin Kisch gilt als einer der wichtigsten Reportageschriftsteller des 20. Jahrhunderts.

Thorsten Krämer

Geboren 1971 in Wuppertal, lebt in Köln

Studium der Sprachwissenschaften in Köln, 1991 bis 1997 Mitglied der Kölner Autorenwerkstatt. Thematisch befasst sich

Krämer stark mit Film und populärer Musik. Seine erste Publikation *Ich heiße Hal Hartley* (1998) trägt den programmatischen Untertitel »Film in Worten«. Einem größeren Publikum wird Krämer mit seinem Roman *Neue Musik aus Japan* von 1999 bekannt. Es liegen weiterhin ein Band mit Erzählungen *(Fast schon ein Glück)* und ein Gedichtband *(The Democratic Forest)* vor.

Jens Kreutzmann

Geboren 1828 in Kangaamiut/Grönland, heute Maniitsoq, dort auch gestorben im Jahr 1899

Jens Kreutzmann ist der Sohn eines Dänen und einer Grönländerin, er lernt, spricht und schreibt jedoch nur Grönländisch und versteht sich zeitlebens ganz als Grönländer. Bekannt wird er in seiner Heimat als großer Walrossfänger, Erzähler und Mitarbeiter von H. J. Rinks *Großer grönländischer Erzählsammlung* von 1858. Die Arbeit als Handelsbevollmächtigter lässt ihm Zeit zum Schreiben und Malen. Er gilt heute – neben Aaron von Kangeq – als der wichtigste moderne Autor grönländischer Sprache.

Georg Heinrich (Freiherr) von Langsdorff

Geboren 18.4.1774 in Wöllstein, Rheinhessen, gestorben 29.6.1852 in Freiburg im Breisgau

Sein Medizinstudium schließt Langsdorff 1797 mit Promotion ab. Danach reist er mit dem Prinzen von Waldeck nach Lissabon, dient 1801 im Feldzug gegen Spanien als Truppenarzt. 1803 nimmt er an der Krusenstern'schen Expedition nach Russisch-Amerika und Japan teil. Nach der Rückkehr wird er Hofrat der Kaiserlichen Akademie der Wissenschaften in St. Petersburg. 1812 erscheinen seine *Bemerkungen auf einer Reise um die Welt in den Jahren 1803 bis 1807*, die zu den frühesten wissenschaftlichen Reiseberichten zählen. Ab 1813 ist Langsdorff russischer Generalkonsul in Brasilien, 1829 muss er seine ausgedehnten Expeditionen dort abbrechen und reist, an Typhus erkrankt, nach Deutschland zurück, wo er 1852 stirbt. Viele von Langsdorff erstmalig beschriebene Arten tragen heute in der biologischen Nomenklatur die Abkürzung »Langsd.«.

Claude Lévi-Strauss

Geboren 28.11.1909 in Brüssel, gestorben 30.10.2009 in Paris

Lévi-Strauss wird während des Ersten Weltkriegs zu seinem Großvater geschickt, dem Rabbiner der Synagoge von Versailles. In Paris studiert er Jura und Philosophie, wird Lehrer. 1935 kommt er als Gastdozent für Soziologie an die Universität São Paulo, wo seine spätere Frau Dina Ethnologie-Vorlesungen hält, und macht mit ihr ausgedehnte Reisen durch den Amazonas-Urwald. Während des Zweiten Weltkriegs muss Lévi-Strauss nach Amerika fliehen. Erst nach seiner Rückkehr erscheint 1955 der Reisebericht *Traurige Tropen*, in dem Lévi-Strauss ethnologische Beobachtungen mit strukturalistischer Kulturkritik verbindet: Die westliche Welt kann von den sogenannten Wilden mehr lernen als umgekehrt. Seine *Strukturalistische Anthropologie* erscheint 1958, *Das wilde Denken* 1959. Lévi-Strauss lehrt ab da bis zu seiner Pensionierung am Collège de France. In den vierbändigen *Mythologica* analysiert er Mythen und ihre Strukturen. 1973 wird er Mitglied der Académie française. 2009 stirbt er nicht ganz hundertjährig an einem Herzinfarkt. Lévi-Strauss' strukturalistische Soziologie hatte insbesondere in den 60er- und 70er-Jahren weltweiten Einfluss.

Nicolai Lilin

Geboren 1980 in Bender, Transnistrien, lebt in Cuneo, Piemont

2003 übersiedelt Lilin aus Russland nach Italien. Er ist Tattoo-Künstler, seinen ersten Roman schreibt er 2009 auf Italienisch. *Sibirische Erziehung* ist ein großer Überraschungserfolg und wird unmittelbar nach Erscheinen in vierzehn Sprachen übersetzt. Protegiert von Roberto Saviano, erhält das Buch vor allem aufgrund seiner autobiografisch-authentischen Schilderungen des sibirischen Kriminellenclans der Urki begeisterte Kritiken.

William Lithgow

Geboren 1582 in Lanark, gestorben 1645 in Schottland (beide Jahreszahlen sind nicht exakt belegt)

Überliefert ist die Anekdote, dass der schottische Schneiderjunge William Lithgow im Jahr 1603 einer Angebeteten den Hof machte, woraufhin die Brüder der Schönen ihm als Lohn für diese Belästigung kurzerhand beide Ohren abschnitten. So sei er quasi zur Landesflucht gedrängt worden, denn in fernen Ländern lasse sich der sichtbare Makel elegant unter einem Turban verstecken. Tatsache ist, dass Lithgow nach 1603 etliche große Reisen unternimmt, in denen er ganz Europa, Nordafrika, Palästina und Ägypten großenteils zu Fuß durchwandert. Seine Erinnerungen *The Rare Adventures and Painful Peregrinations of William Lithgow* von 1632 zeugen nicht nur von Wanderlust und großer Beschreibungskunst, sie offenbaren auch, dass dieser »wunderliche, allein reisende schottische Querulant« (Roger Willemsen) eigentlich nirgendwo wirklich gerne war, weder zu Hause noch in der Fremde.

Adolf Loos

Geboren 10.12.1870 in Brünn, gestorben 23.8.1933 in Kalksburg, Wien

Loos studiert von 1889 bis 1894 in Wien und Dresden. Danach reist er mit geringen Mitteln in die USA, wo er sich u.a. als Musikkritiker und Möbelzeichner über Wasser hält. 1896 lässt er sich in Wien nieder und arbeitet als Journalist und Architekt. Er ist erklärter Gegner allen Kunstgewerbes, besonders der Bestrebungen der »Wiener Secession« und der »Wiener Werkstätte«. In seinem Aufsatz *Ornament und Verbrechen* von 1908 fordert er die strikte Trennung von Kunst und Gebrauchsgegenstand. Sein ästhetischer Gegenentwurf sieht zur Vervollkommnung z.B. in der Architektur die strenge und schlichte Verwendung edler Materialien vor. Sein Wahlspruch: »Das Kunstwerk ist revolutionär, das Haus konservativ.« Für seine Zeitgenossen ist er jedoch als Architekt ein Revolutionär. Eins seiner frühen Gebäude entsteht 1910 gegenüber der Wiener Hofburg, um das »Looshaus« mit seiner ornamentlosen Fassade gibt es große öffentliche Auseinandersetzungen. Loos lässt sich trotz vieler Künstlerfreundschaften zeitlebens von keiner Schule vereinnahmen.

Herman Melville

Geboren 1.8.1819 in New York, gestorben 28.9.1891 in New York

Melvilles Familie stammt aus Schottland, er ist das dritte von acht Kindern. 1831 muss er die Schule verlassen, arbeitet in einer Bank, auf einer Farm und im Pelzgeschäft. 1839 wird er Kabinenjunge auf einem Postschiff, heuert 1841 in Nantucket auf einem Walfänger an. Harte und abenteuerliche Jahre auf See führen Melville über viele Stationen in die Südsee, 1844 kehrt er nach Boston zurück. Melvilles Romane, Erzählungen und ein Versepos erscheinen ab 1846 bis zu seinem Todesjahr. Der unvollendete Roman *Billy Budd* wird postum 1924 veröffentlicht. Zu Lebzeiten kann Melville nicht vom Schreiben leben, er führt von 1850 bis 1863 einen Bauernhof in Massachusetts, 1866 nimmt er eine Stelle als Zollinspektor in New York an. Sein Hauptwerk ist unbestritten *Moby Dick* (1851), das seit seiner Wiederentdeckung in den 1920er-Jahren als Meilenstein der Weltliteratur gilt.

Clemens Meyer

Geboren 1977 in Halle an der Saale, lebt in Leipzig

Meyer wächst in Leipzig auf, nach dem Abitur jobbt er u.a. als Bauarbeiter. 1998 bis 2003 Studium am Deutschen Literaturinstitut Leipzig. Dazwischen Aufenthalt in der Jugendarrestanstalt Zeithain. Während des Studiums arbeitet Meyer auch als Möbelpacker, Wachmann und Gabelstaplerfahrer. Sein erster Roman *Als wir träumten* erscheint 2006 und wird von Kritik und Publikum begeistert aufgenommen. 2008 erhält Meyer für seinen

Erzählungsband *Die Nacht, die Lichter* den Preis der Leipziger Buchmesse. Sein drittes Buch *Gewalten. Ein Tagebuch* erscheint 2010.

Flannery O'Connor

Geboren 25.3.1925 in Savannah, Georgia, gestorben 3.8.1964 in Baldwin County, Georgia

Nach dem Studium wird O'Connor 1946 in den Iowa Writers' Workshop aufgenommen. 1949 lernt sie Robert Fitzgerald kennen und nimmt die Einladung an, bei ihm und seiner Frau Sally in Connecticut zu wohnen. Nach der Diagnose einer schweren Erberkrankung kehrt sie 1951 auf das Bauerngut ihrer Familie zurück und züchtet dort verschiedene Vogelarten, u. a. hat sie etwa hundert Asiatische Pfauen. Sie ist strenggläubige Katholikin, hält auch Vorträge über das Verhältnis von Glauben und Literatur. Insgesamt schreibt O'Connor zwei Romane und zweiunddreißig Kurzgeschichten, 1952 erscheint der Roman *Wise Blood*, 1960 ihr zweiter Roman *The Violent Bear It Away*. Ihre Erzählungen erscheinen in zwei Sammelbänden 1955 und postum 1965. Im Alter von neununddreißig Jahren stirbt Flannery O'Connor an Lupus. Sie gilt als Südstaatenautorin im Sinne des »Southern Gothic«, stilistisch verwandt mit dem Werk William Faulkners.

Chuck (Charles Michael) Palahniuk

Geboren 21.2.1962 in Pasco, Washington, lebt in Vancouver, Washington

Nach dem Besuch der School of Journalism an der University of Oregon arbeitet Palahniuk als Journalist und Lkw-Mechaniker. Ehrenamtlich engagiert er sich in Obdachlosenheimen und Jugendherbergen. Gleich sein erster veröffentlichter Roman *Fight Club* von 1996 wird ein großer Erfolg, die prominente Verfilmung mit Brad Pitt in der Hauptrolle trägt dazu bei. Mittlerweile liegen zwölf weitere Bücher vor, großen Erfolg hat auch 2008 der

Roman *Snuff*, für den eine Filmoption vorliegt. Palahniuks Romane polarisieren stark, sie haben häufig groteske Varianten von Gewalt und Sex zum Thema. Er hat eine große internationale Fangemeinde und genießt den Status eines Kultautors.

Daniel Pennac

Geboren 1.12.1944 in Casablanca, lebt in Paris

Als Sohn eines Armeeangehörigen wächst Pennac in unterschiedlichen Orten der französischen Kolonien Afrikas und Südostasiens auf. Seine erste Publikation von 1973 ist ein militärkritischer Essay. Nach dem Literaturstudium in Nizza wird Pennac Lehrer in Paris. Die Detektivfigur Malaussène lässt er zum ersten Mal im Roman *Au Bonheur des ogres* 1985 auftreten, das Buch wird ein voller Erfolg. Mittlerweile umfasst die Malaussène-Reihe sieben Bände, ist eine der erfolgreichsten Krimiserien Frankreichs und in etliche Sprachen übersetzt. Außerdem ist Pennac als Kinderbuchautor erfolgreich. 2007 erhält er den Prix Renaudot, einen der bedeutendsten französischen Literaturpreise.

Sylvia Plath

Geboren 27.10.1932 bei Boston, gestorben 11.2.1963 in London

Nach dem frühen Tod ihres Vaters schreibt Plath bereits als Kind mehrere Hundert Gedichte. 1950 beginnt sie ihr Studium und gewinnt 1952 den Schreibwettbewerb einer Frauenzeitschrift. Sie leidet im folgenden Jahr unter starken Depressionen und unternimmt einen Selbstmordversuch. Die Ereignisse des Jahres 1953 verarbeitet Plath später in ihrem einzigen Roman *Die Glasglocke*, der 1963 unter Pseudonym erscheint. 1955 Examen und Stipendium für die Universität Cambridge in England, 1956 heiratet sie dort den Schriftsteller Ted Hughes, mit dem sie zwei Kinder bekommt. Bekanntschaft mit Robert Lowell und Anne Sexton, vor allem beschäftigt Plath sich mit Lyrik, 1960 erscheint ihre Gedichtsammlung *The Colossus And Other Poems*. 1962

Trennung von Ted Hughes. Am 11. Februar 1963, einen knappen Monat nach Veröffentlichung der *Glasglocke*, begeht Sylvia Plath Selbstmord. Für ihre *Collected Poems* wird ihr 1982 postum der Pulitzer-Preis verliehen.

Arthur Rimbaud

Geboren 20.10.1854 in Charleville, gestorben 10.11.1891 in Marseille

Bereits als Schüler veröffentlicht Rimbaud erste Gedichte. Während des Deutsch-Französischen Kriegs (1870/71) tritt er in die Nationalgarde ein und macht Erfahrungen als Soldat. Im März 1871 nimmt er begeistert am Aufstand der Pariser Kommune teil, worüber er *L'orgie parisienne ou Paris se repeuple* noch im gleichen Jahr veröffentlicht. Nachdem Rimbaud bereits mit sechzehn Jahren Briefkontakt zum Dichter Paul Verlaine aufgenommen hat, nimmt dieser ihn bei sich auf, und sie beginnen eine ausschweifende Liebesbeziehung, die 1873 mit einem Pistolenschuss und der Verhaftung Verlaines endet. In dieser Zeit experimentiert Rimbaud auch mit Drogen, er reflektiert seine Erfahrungen in seiner bedeutendsten Gedichtsammlung *Une saison en enfer*, die 1873 erscheint. Mit einundzwanzig Jahren gibt Rimbaud das Schreiben auf und führt ein unstetes Wanderleben, das ihn als Händler durch Europa, Nordafrika und in den Jemen führt. Die Gedichte Rimbauds üben einen kaum zu unterschätzenden Einfluss auf die europäische Literatur des frühen 20. Jahrhunderts aus.

Joachim Ringelnatz

Geboren 7.8.1883 in Wurzen bei Leipzig, gestorben 17.11.1934 in Berlin

Unter dem Namen Hans Bötticher wird Ringelnatz in eine Künstlerfamilie geboren. Als Flucht vor dem verhassten Schulalltag beginnt er bereits mit neun zu schreiben. Den Verweis vom Gymnasium erhält Ringelnatz, als er sich im Zoo den

Unterarm tätowieren lässt und damit prahlt. Nach Abschluss einer privaten Realschule wird Ringelnatz 1901 Schiffsjunge und fährt bis 1904 zur See. Er übt viele Nebenberufe aus, u. a. bei Schaustellern, im Seemannsheim und als Schaufensterdekorateur. 1909 tritt er in der Münchner Künstlerkneipe Simplicissimus auf und veröffentlicht im gleichnamigen Magazin, 1910 erscheinen zwei Kinderbücher und ein Gedichtband. Im Ersten Weltkrieg dient er bei der Marine, 1919 benutzt er zum ersten Mal das Pseudonym Joachim Ringelnatz. In den 20er-Jahren hat er als Vortragskünstler und Maler Erfolg. Ab 1930 lebt er in Berlin, die Nazis erteilen ihm 1933 Auftrittsverbot und verbrennen seine Bücher. Er erkrankt an Tuberkulose, an der er 1934 stirbt.

Leo Schidrowitz

Geboren 1894 in Wien, gestorben 1956 ebenda

Schidrowitz erlangt vor allem Bekanntheit als Geschäftsführer des Verlages für Kulturforschung Amonesta & Co in Wien. Dieser in Anlehnung an das »Institut für Sexualforschung« von Magnus Hirschfeld ins Leben gerufene Verlag publiziert bis 1930 u. a. die von Schidrowitz herausgegebene *Sittengeschichte*. Dazu gehören neben der *Sittengeschichte des Intimsten* die *Sittengeschichte des Lasters*, die »der Revolution« oder die »von Paris«. Leo Schidrowitz ist ferner Inhaber und Gründer des Leo Schidrowitz Verlags, wo er die Reihe »Die couriose Bücherei« mit Titeln wie *Der lasterhafte Herr Biedermeyer* oder *Der unbegabte Goethe* herausgibt.

Frank Schulz

Geboren 1957 in Hagen bei Stade, lebt in Hamburg

Nach Ausbildung zum und Tätigkeit als Groß- und Außenhandelskaufmann studiert Schulz von 1981 bis 1987 Germanistik und Psychologie in Hamburg. Währenddessen veröffentlicht er erste journalistische und literarische Texte. Nach dem Studium arbeitet Schulz als Redakteur, erhält 1989 den Hamburger Literatur-Förderpreis. Sein erster Roman *Kolks blonde Bräute* erscheint 1991 und erlangt schnell literarischen Kultstatus. *Morbus fonticuli oder Die Sehnsucht des Laien* erscheint 2001, 2006 folgt *Das Ouzo-Orakel*. Zusammen bilden die Romane die *Hagener Trilogie*. 2010 legt Schulz seine Erzählungen in dem Band *Mehr Liebe. Heikle Geschichten* vor. Sein neuer Roman *Schupf, Onno, schupf!* ist in Arbeit und erscheint im Frühjahr 2012. Den Anfang bildet der Auszug in dieser Anthologie.

Victor Segalen

Geboren 14.1.1878 in Brest, gestorben 21.5.1919
in Huelgoat, Bretagne

Segalen studiert Medizin in Bordeaux. 1903 bis 1905 bereist er Polynesien, auf den Marquesas-Inseln erwirbt er 1903 die letzten Zeichnungen Paul Gauguins, der dort kurz vor Segalens Eintreffen verstorben ist. Die Jahre von 1909 bis 1914 verbringt Segalen in China. Nach diversen Veröffentlichungen in Zeitschriften erscheint sein Roman *Les Immémoriaux* (dt. *Die Unvordenklichen*) 1907 in Paris, sein erster Gedichtband *Stèles* wird 1912 in Peking verlegt. Viele seiner Reisebücher, Gedichte und Essays werden erst postum veröffentlicht.

Robert Louis Stevenson

Geboren 13.11.1850 in Edinburgh, gestorben 3.12.1894
in Vailima, Samoa

Robert Lewis Balfour, so Stevensons Taufname, wird von einer streng calvinistischen Nanny erzogen. Die frühe und ausgiebige Lektüre von biblischen, aber auch von Schauergeschichten beeinflusst ihn stark. Er leidet an Atemwegsbeschwerden, weshalb die Schulbildung in erster Linie privat stattfindet. Sein erstes Buch *Pentland Rising* erscheint bereits 1866, den Großteil der Auflage ersteht allerdings sein Vater. 1875 schließt er sein Jurastudium ab, wird jedoch nicht Anwalt, geht in Debattierclubs, schreibt, reist viel und lebt weiter auf Kosten der Eltern. 1880 heiratet Stevenson in San Francisco die Malerin Fanny Osbourne, die er auf Reisen in Frankreich kennengelernt hatte. Im Herbst 1880 erkrankt er an Tuberkulose, im Folgejahr beginnt er *Die Schatzinsel*, 1883 sein erster Bestseller. 1886 entsteht *Der seltsame Fall des Dr. Jekyll und Mr. Hyde*, sein zweiter großer Erfolg. 1888 reist die Familie Stevenson in die Südsee, 1890 lassen sie sich in Samoa nieder. Mit vierundvierzig Jahren stirbt Stevenson an einer Gehirnblutung und wird auf dem Mount Vaea in Samoa begraben.

Junichiro Tanizaki

Geboren 24.6.1886 in Tokio, gestorben 30.7.1965 in Tokio

Tanizaki stammt aus einer Kaufmannsfamilie. Sein Studium der englischen und japanischen Literatur schließt er nicht ab, sondern entscheidet sich früh für eine freie Schriftstellerkarriere. Sein erstes Buch erscheint 1910 unter dem Titel *Irezumi* (dt. *Tätowierung*). Mit seinen frühen Erzählungen hat er großen Erfolg. Tanizakis Schreiben steht sowohl unter traditionell japanischem wie westlichem Einfluss (u.a. Poe, Wilde, Baudelaire), er bekennt sich zum Ästhetizismus. Aus seinem umfangreichen Œuvre (über hundert Publikationen) wird heute neben Romanen und Erzählungen vor allem sein Essay *Lob des Schattens. Entwurf einer japanischen Ästhetik* von 1933 international stark rezipiert.

Uwe Timm

Geboren 30.3.1940 in Hamburg, lebt in München und Berlin

Uwe Timm macht bei seinem Vater eine Kürschnerlehre. Nach dem Tod des Vaters macht er das Abitur nach, lernt dabei Benno Ohnesorg kennen, in dessen Zeitschrift er erste Gedichte veröffentlicht. Er wird Mitglied des Sozialistischen Deutschen Studentenbundes, schreibt Agitprop-Stücke, studiert Soziologie, promoviert über *Das Problem der Absurdität bei Albert Camus* und lebt seit 1971 als freier Schriftsteller, arbeitet aber auch als

Drehbuchautor und Regisseur. Zu seinen bekannteren Werken gehören *Heißer Sommer* (1974), *Morenga* (1978), *Rennschwein Rudi Rüssel* (1989), *Die Entdeckung der Curry-Wurst* (1993). *Am Beispiel meines Bruders* (2003) ist eine Auseinandersetzung mit dem deutlich älteren Bruder, der freiwillig der Waffen-SS beitrat und 1943 in einem Lazarett der Ukraine verstarb. 2009 ist Uwe Timm Gastdozent der Frankfurter Poetikvorlesungen.

Dorle Trachternach

Geboren 1979 in Arnsberg, lebt in Berlin

Dorle Trachternach ist Autorin und Theaterpädagogin. Nach dem Abitur lebt sie ein Jahr in Bochum und geht 1999 zum Studium Kreatives Schreiben und Kulturjournalismus nach Hildesheim. Bei Aufenthalten in Santiago de Chile erste Arbeiten im Bereich Jugendtheater. Seit dem Diplom arbeitet sie als freie Autorin, erhält u. a. das Stipendium des 10. Klagenfurter Literaturkurses und veröffentlicht Kurzgeschichten. Theaterarbeiten realisiert sie u. a. an den Staatstheatern Hannover und Dresden und am Deutschen Theater Berlin.

Kurt Tucholsky

Geboren 9. 1. 1890 in Berlin, gestorben 21. 12. 1935 in Göteborg

Bereits zu Schulzeiten erscheint Tucholskys erster Text in einer Zeitschrift. Während des Jurastudiums ist er journalistisch und politisch aktiv, zieht 1911 für die SPD in den Wahlkampf. 1912 erscheint seine Erzählung *Rheinsberg – ein Bilderbuch für Verliebte*, ab 1913 schreibt er regelmäßig für *Die Schaubühne*, später umbenannt in *Die Weltbühne*. Nach seiner Promotion zum Dr. jur. wird Tucholsky 1915 an die Ostfront einberufen. Nach dem Krieg schreibt er unter mehreren Pseudonymen für *Die Weltbühne*. Er dichtet Lied- und Kabaretttexte, der Lyrikband *Fromme Gesänge* erscheint 1919. In den 20er-Jahren ist er scharfer Kritiker aller nationalistischen Strömungen. 1924 wird er Zeitungskorrespondent in Paris, 1929 veröffentlicht er zusammen mit John Heartfield *Deutschland, Deutschland über alles*. Er muss mehrere Prozesse mit politischen Gegnern führen, zieht 1930 nach Schweden. 1933 werden Tucholskys Bücher verbrannt. Er stirbt, nachdem er sich resigniert von allen deutschen Umtrieben distanziert hat, 1935 während schwerer Krankheit an einer Überdosis Tabletten.

Quellenverzeichnis

Der mareverlag dankt allen Rechteinhabern für die Abdruckgenehmigung. Da in einigen Fällen die Inhaber der Rechte nicht feststellbar oder erreichbar waren, verpflichtet sich der Verlag, rechtmäßige Ansprüche nach üblichen Honorarsätzen nachträglich zu vergüten.

S. 9 Vorwort der Herausgeber. © 2010 mareverlag, Hamburg

S. 12 Robert Louis Stevenson, *Die Schatzinsel*, aus dem Englischen von Heinrich Conrad u. a. S. Fischer Verlag, Frankfurt am Main

S. 13 Vorwort Clemens Meyer. © 2010 mareverlag, Hamburg

S. 26 James Cook, *Entdeckungsfahrten im Pacific. Die Logbücher der Reisen von 1768 bis 1779*, hrsg. von A. Grenfell Price, aus dem Englischen von Reinhard Wagner und Bernhard Willms. © 2005 Edition Erdmann in der marixverlag GmbH, Wiesbaden

S. 27 Ray Bradbury, *Der illustrierte Mann*, aus dem Englischen von Peter Naujack. © 2008 Diogenes Verlag AG, Zürich

S. 36 Joachim Ringelnatz, *Kuttel Daddeldu und die Kinder*. Leipzig: Kurt Wolff Verlag 1920

S. 37 Alex Capus, *Ein Finne auf Hawaii*, aus: *Mein Studium ferner Welten*. © 2001 Residenz Verlag im Niederösterreichischen Pressehaus Druck- u. Verlagsgesellschaft mbH, St. Pölten/Salzburg

S. 46 Daniel Pennac, *Monsieur Malaussène*. © 1995 by Editions Gallimard, Paris. Aus dem Französischen von Eveline Passet. © 1997, 2002 Verlag Kiepenheuer & Witsch GmbH & Co. KG, Köln

S. 47 Jens Kreutzmann, *Der Lustmörder Iseraasoraq, der sehr alt wurde*, aus: *Fortaellinger & akvareller*. Hrsg. und vom Grönländischen ins Dänische übertragen von Kirsten Thisted. © 1997 Attuakiorfik Nuuk. © 2010 der deutschen Übersetzung Martin Zähringer

S. 52 Herman Melville, *Omu*, aus dem Amerikanischen von Lore Plischke. Düsseldorf: Droste-Verlag 1952

S. 53 Sylvia Plath, *Der Fünfzehn-Dollar-Adler*, aus: *Die Bibel der*

Träume, aus dem Amerikanischen von Julia Bachstein und Sabine Techel. © 1987 Frankfurter Verlagsanstalt, Frankfurt am Main

S. 76 Adolf Loos, *Ornament und Verbrechen*. Wien: Prachner 1908/2000

S. 77 Junichiro Tanizaki, *Tätowierung*, aus dem Sammelband *Japan erzählt*, hrsg. und eingeleitet von Margarete Donath. Frankfurt am Main: S. Fischer Verlag 1969

S. 90 Louis Dumur, *Les Défaitistes*, 1923 Albin Michel, Paris, Übersetzung der Herausgeber

S. 91 Thorsten Krämer, *Nur ein Strich*. © Thorsten Krämer

S. 98 Kurt Tucholsky, *Unter anderem in den Pyrenäen*. Berlin (DDR): VEB Verlag Volk und Welt 1963

S. 99 Nicolai Lilin, *Wenn die Haut spricht*, aus: *Sibirische Erziehung*, aus dem Italienischen von Peter Klöss. © 2010 Suhrkamp Verlag, Berlin

S. 110 Kaiserin Elisabeth von Österreich, zitiert nach: *Das poetische Tagebuch*, hrsg. von Brigitte Hamann. Wien: Österreichische Akademie der Wissenschaften 1984

S. 111 Wolfgang Hildesheimer, *Westcottes Glanz und Ende*, aus: *Gesammelte Werke in sieben Bänden, Band 1: Erzählende Prosa*. © 1991 Suhrkamp Verlag, Frankfurt am Main

S. 122 Georg Heinrich von Langsdorff, *Bemerkungen auf einer Reise um die Welt in den Jahren 1803 bis 1807, 2 Bde*. Frankfurt am Main: Verlag Friedrich Willmans 1812

S. 123 Bohumil Hrabal, *Die Meerjungfrau*, aus: *Schöntrauer*. © 1983 Suhrkamp Verlag, Frankfurt am Main

S. 138 Chuck Palahniuk, *Snuff*, aus dem Amerikanischen von Werner Schmitz. © 2008 Manhattan, München in der Verlagsgruppe Random House GmbH

S. 139 Franziska Gerstenberg, *Marecki singt*, aus: *Wie viel Vögel*. © 2004 Schöffling & Co. Verlagsbuchhandlung GmbH, Frankfurt am Main

S. 150 Arthur Rimbaud, *Délires 1*, aus: *Sämtliche Dichtungen*, 6. durchgesehene Auflage, aus dem Französischen von Thomas Eichhorn. © 1982 Verlag Lambert Schneider, Heidelberg

S. 151 Dorle Trachternach, *Frösche*. © Dorle Trachternach

S. 162 Alexander von Humboldt, *Die Reise nach Südamerika*. Göttingen: Lamuv Verlag 1990/2002

S. 163 Victor Segalen, *Der Erzähler*, aus: *Die Unvordenklichen*, aus dem Französischen von Eva Tophoven-Schöningh. © 2002 Suhrkamp Verlag, Frankfurt am Main

S. 178 Honoré de Balzac, *Die Königstreuen*, aus: *Die menschliche Komödie*, aus dem Französischen von Magda Kahn. © 1998 Diogenes Verlag AG, Zürich

S. 179 Flannery O'Connor, *Parkers Rücken*, aus: *Die Lahmen werden die ersten sein*, aus dem Englischen von Hedda und Rolf Soellner © 1987 Diogenes Verlag AG, Zürich

S. 210 Uwe Timm, *Am Beispiel meines Bruders*. © 2003, 2010 Verlag Kiepenheuer & Witsch GmbH & Co. KG, Köln

S. 211 Don de Grazia, *American Skin.* © 1998 Don de Grazia, reprinted by permission of Don de Grazia, Nr. 68'614 der Paul und Peter Fritz AG, Zürich. © für die Übersetzung von Teja Schwaner: 2001 Aufbau Verlag GmbH & Co. KG, Berlin

S. 220 Dancik Baldajew, Interview mit Eugen Sorg, *Das Magazin,* Nr. 35, 4. 9. 1999

S. 221 Egon Erwin Kisch, *Das tätowierte Porträt,* aus: *Marktplatz der Sensationen. Entdeckungen in Mexiko. Gesammelte Werke in Einzelausgaben, Band 8.* Hrsg. von Bodo Uhse und Gisela Kisch © 1967 Aufbau Verlag GmbH & Co. KG, Berlin

S. 238 Claude Lévi-Strauss, *Traurige Tropen.* © 1955 Librairie Plon, aus dem Französischen von Eva Moldenhauer. © 1978 Suhrkamp Verlag, Frankfurt am Main

S. 239 Jürg Federspiel, *Geographie der Lust.* © 1989 Suhrkamp Verlag, Frankfurt am Main

S. 242 Leo Schidrowitz, *Sittengeschichte des Intimsten.* Wien/Leipzig: Verlag für Kulturforschung 1929

S. 243 John Irving, *Der kleinste Soldat von allen,* aus: *Bis ich dich finde,* aus dem Amerikanischen von Dirk van Gunsteren und Nikolaus Stingl. © 2007 Diogenes Verlag AG, Zürich

S. 274 *Die wundersamen Irrfahrten des William Lithgow,* hrsg. von Roger Willemsen, aus dem Englischen von Georg Deggerich. © 2009 mareverlag, Hamburg

S. 275 Sarah Hall, *Der elektrische Michelangelo,* aus dem Englischen von Peter Torberg. © 2004 Liebeskind, München

S. 284 Jean Genet, *Tagebuch eines Diebes,* aus dem Französischen von Gerhard Hock. © 1961 MERLIN VERLAG, Gifkendorf

S. 286 Artur Heye, *Unterwegs. Die Lebensfahrt eines romantischen Strolches.* Berlin: Safari-Verlag 1925

S. 290 Franz Kafka, *In der Strafkolonie.* Frankfurt am Main: S. Fischer Verlag 1970

S. 291 Clemens Meyer, *Tattoo-Thilo,* aus: *Als wir träumten.* © 2006 S. Fischer Verlag, Frankfurt am Main

S. 300 Charles Darwin, *Über den Einfluß der Schönheit bei der Bestimmung der Heirathen unter den Menschen,* aus: *Über die Abstammung des Menschen,* aus dem Englischen von Heinrich Schmidt. Stuttgart: Kröner Verlag 1966

S. 301 Herman Melville, *Das Gasthaus »Zum Walfänger«,* aus: *Moby Dick oder Der Wal,* aus dem Amerikanischen von Matthias Jendis, hrsg. von Daniel Göske. © 2001 Carl Hanser Verlag, München

S. 320 Gustave Flaubert, *Salambô,* übersetzt von Arthur Schurig. Leipzig: Insel Verlag 1904

S. 321 Frank Schulz, *Schupf, Onno, schupf!,* Galiani Berlin. © 2011 by Verlag Kiepenheuer & Witsch GmbH & Co. KG, Köln

Weiterführende Literatur

Addonizio, Kim, und Dumesnil, Cheryl (Hrsg.): *Dorothy Parker's Elbow*, lit. Anthologie. New York: Warner Books Inc. 2002

Baldajew, Dancik (Hrsg.): *Russian Criminal Tattoo Encyclopaedia, 3 Bände*. London: Fuel Publ., Göttingen: Steidl Verlag 2003–2008

Caplan, Jane: *Written on the Body. The Tattoo in European and American History*. Princeton Univ. Press 2000

Djomin, Michail: *Die Tätowierten*. Frankfurt am Main: S. Fischer Verlag 1973

Feige, Marcel: *Tattoo-Theo, der Tätowierte vom Kiez*. Berlin: Schwarzkopf & Schwarzkopf 2001

Gastman, Roger: *Juxtapoz Tattoo*. Berkeley: Gingko Press 2008

Hanke, Helmut: *Seemann, Tod und Teufel*. Rostock: Hinstorff Verlag 2005

Harten, Jaap: *Die tätowierte Loreley*. Berlin: Verlag rosa Winkel 1990

Hoffmann, Herbert: *Traditionelle Tattoo-Motive*. Mannheim: Huber Verlag 2008

Houtkamp, Angelique: *Tattoo Darling*. Melbourne: Outré Gallery Press 2007

Houtkamp, Angelique: *Tattoo Mystique*. Melbourne: Outré Gallery Press 2010

Melville, Herman: *Taipi*. U.a. Leipzig: Sammlung Dieterich 1953/2001

Ritz, David/Rolling Stone: *Tattoo Nation. Portraits of Celebrity Body Art*. New York: Bulfinch Press 2005

Schiffmacher, Henk aka Hanky Panky: *Encyclopedia For The Art And History Of Tattooing*, hrsg. von Almar Seinen. Amsterdam: Pimento Kinderboeken, Amsterdam 2010

van D, Kat: *High Voltage Tattoo*. Berlin: Schwarzkopf & Schwarzkopf Verlag 2009

van D, Kat: *The Tattoo Chronicles*. Berlin: Schwarzkopf & Schwarzkopf Verlag 2010

van Dinter, Maarten Hesselt: *Tatau. Traditionelles Tätowieren weltweit*. Uhlstädt-Kirchhasel: Arun Verlag 2008

Waterhouse, Jo: *Art by Tattooists. Beyond Flash*. London: Laurence King Publ. 2009

Williams, Tennessee: *Die tätowierte Rose*. Frankfurt am Main: S. Fischer Verlag 1956

Die Herausgeber

Benedikt Geulen, geboren 1963 in Aachen, war fünfzehn Jahre lang Buchhändler in Aachen, Heidelberg und Köln und ist seit 2005 selbstständiger Verlagsvertreter für Literatur- und Sachbuchverlage. Heute lebt er in Neuss.

Peter Graf, geboren 1967 im Rheinland, lebt in Zürich. Er war als Lektor für verschiedene Verlage tätig (u. a. Hoffmann und Campe, Rogner & Bernhard, Kein & Aber), bevor er sich im Sommer 2009 mit dem Verlag Walde + Graf in Zürich selbstständig machte.

Marcus Seibert, 1964 in Aachen geboren, ist Autor für Fernsehserien (u. a. *Lindenstraße*) und Redakteur der Filmzeitschrift *Revolver.* Neben verschiedenen Filmprojekten hat er u. a. Übersetzungen von Eric Rohmer, Catherine Deneuve, Martin Page und zuletzt von Michel Georges-Michel (*Die von Montparnasse,* Walde + Graf 2010) veröffentlicht.